新潮文庫

巨額粉飾

嶋田賢三郎著

新潮社版

9051

巨額粉飾　目次

巨額粉飾

主な登場人物

番匠啓介　トウボウ株式会社常務取締役財務経理本部長

西峰一斉　トウボウにおける最高実力者、名誉会長
伊志井徹　トウボウ副会長で人事労務畑の最高責任者
兵頭忠士　トウボウ社長
桜木英智　トウボウ副社長（メインバンクからの派遣）
沢木　剛　トウボウ経理部長
倉橋凜子　トウボウ社長室秘書
姉島　隆　兵頭の後にトウボウ社長に就任

麻生宗生　住倉五井《すみくらいつい》銀行会長（旧五井銀行頭取）
重宗倫太郎　住倉五井銀行頭取（旧住倉銀行頭取）
藤堂輝久　住倉五井銀行副頭取（旧住倉銀行出身）
坂上成久　住倉五井銀行常務取締役（旧五井銀行出身）
根本幸夫　住倉五井銀行融資八部部長（旧五井銀行出身）

塩見広信　根本の後、住倉五井銀行融資八部部長（旧住倉銀行出身）

伊岡谷之助　元山手監査法人代表社員、最古参で長らくトウボウの関与社員

津田信彦　山手監査法人代表社員、伊岡谷之助の後リーダーを務めたトウボウの関与社員

見月　修　山手監査法人代表社員、トウボウの関与社員

松下利洋　山手監査法人代表社員、トウボウの関与社員

香坂　隆　トウボウ労働組合の上部団体、ニッセン労盟会長（曙《あけぼの》化成出身）

久世義昭　クレセント株式会社社長

吉備敏郎　日本企業再建機構社長

鳴沢明彦　毎朝《まいちょう》経済新聞の記者

西岡行雄　番匠の大学時代の友、公認会計士

朝霧ゆうな　番匠を支える恋人

トウボウグループの組織図概略（平成14年度）

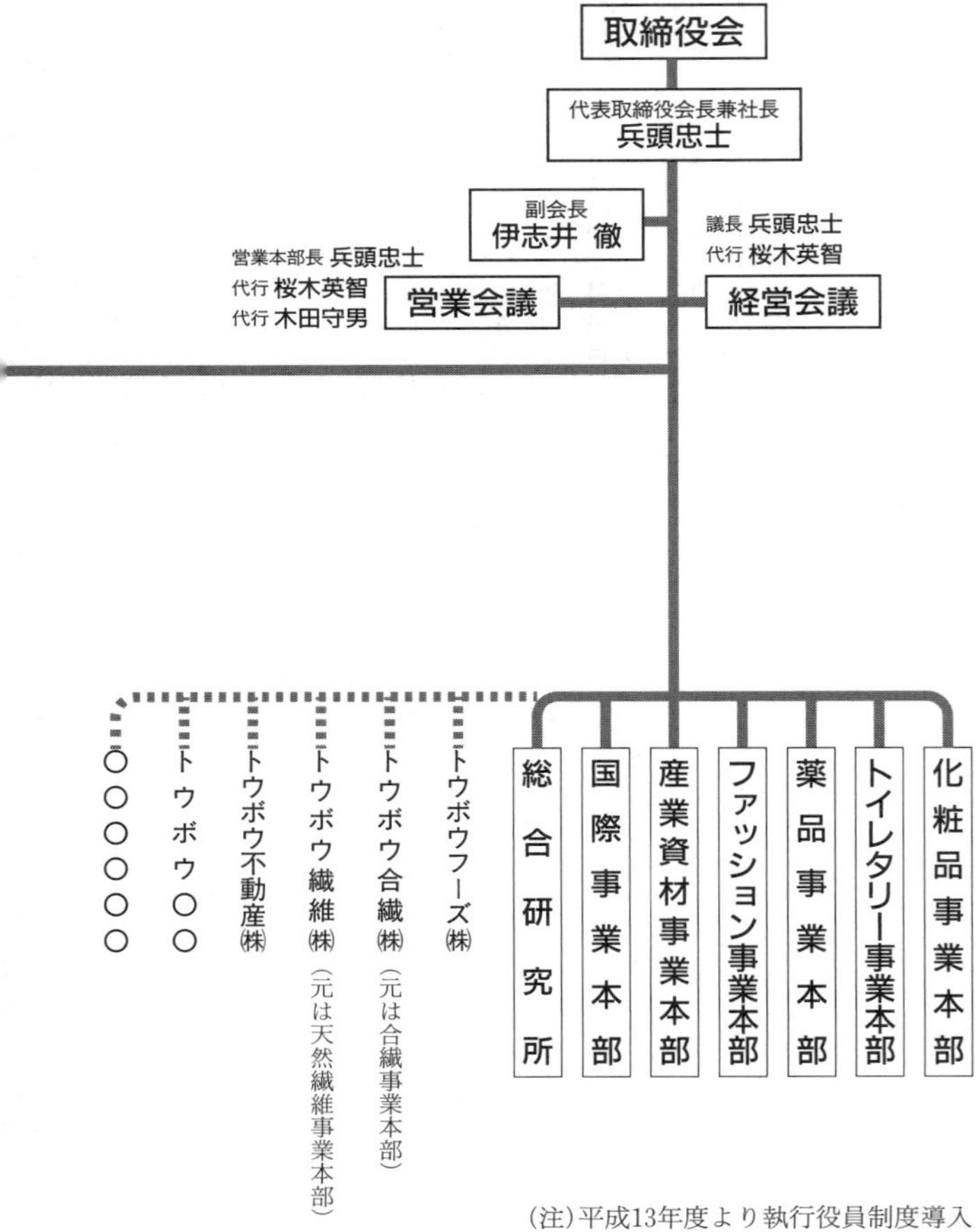

（注）平成13年度より執行役員制度導入

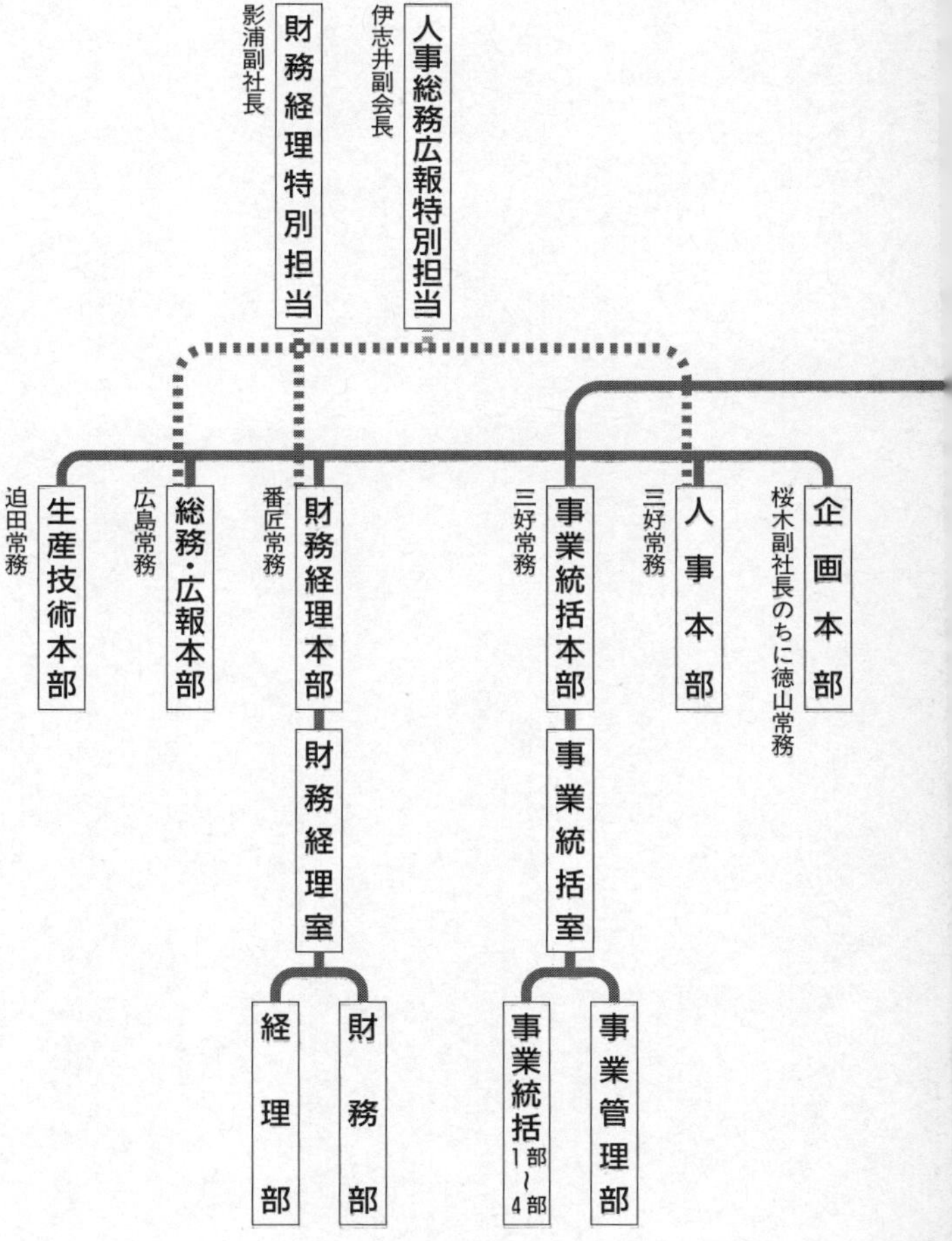

人事総務広報特別担当
伊志井副会長
財務経理特別担当
影浦副社長
企画本部
桜木副社長のちに徳山常務
人事本部
三好常務
事業統括本部
三好常務
事業統括室
事業管理部
事業統括1部〜4部
財務経理本部
番匠常務
財務経理室
財務部
経理部
総務・広報本部
広島常務
生産技術本部
迫田常務

第1章　軋《あつ》轢《れき》

握りしめている受話器は冷たく濡《ぬ》れていた。番匠啓介《ばんしょうけいすけ》の掌《て》が汗ばんでいるのだ。平成一四年一月一六日の昼下り、相手は住倉五井《すみくらいつい》銀行常務取締役の坂上成久《しげひさ》である。

住倉五井銀行は前年四月、それぞれに財閥グループを背負った住倉銀行と五井銀行が現今の金融不況を乗り越えるべく、背水の陣で合併・発足したメガバンクだ。坂上は取引先問題会社を所管してきた五井出身者で、どんなトラブルにも耐え忍べるような、浅黒くて角張った、押し出しの利《き》く顔つきをしている。

儀礼的な挨拶《あいさつ》を手短にすませ、番匠は本題に斬《き》り込んだ。

「本日電話を致しましたのは、弊社一四年三月期の決算の件でございます。すでにご承知のように各部門の業績が低迷しております。加えて、東洋染織*に対する受取手形に多額の貸倒引当*を計上する必要が生じ、連結ベースで大きく赤字となる見通しです。率直に申し上げますと、連結債務超過*への再転落は避けられません。たいへん恐縮なのですが、その件をお含み置きいただきたいのです――」

　トウボウが東洋染織株式会社に対して抱える受取手形は今や四〇〇億円以上に膨れ上がっている。番匠の眉間《みけん》には深い縦皺《たてじわ》が寄った。

　トウボウ株式会社は東京証券取引所市場の第一部上場会社である。日本の資本主義勃《ぼっ》興《こう》期に当たる明治二〇年に設立され、その二年後に東京株式取引所に上場した、一二〇年の歴史を誇る超名門会社である。当時の上場銘柄で今日まで名をとどめているのは日本郵船、東京瓦斯《ガス》、東京海上火災保険とトウボウの四社だけであり、オールド・ジャパンを代表する老舗《しにせ》企業と言えよう。繊維から化粧品まで、というキャッチフレーズに象徴される経営多角化路線が世間の話題を華々しくさらった時代もある。番匠は現在、トウボウ本社で常務取締役財務経理本部長を務めている。

「それは由々しき事態ですよ。いま、連結で債務超過になったら、間違いなく貸し剝《は》がしの大合唱が始まります。そうなればとても当行だけでは支えきれない」

　予想通り、坂上常務は自行が火の粉をかぶらないよう予防線を張ってきた。取引先の立場や状況を一顧だにせず、自行のリスク回避のみに徹する姿勢は、バンカーに共通する習性だ。

「ですが、トウボウの当期決算がことさらに苦しいのは、東洋染織が原因なのですよ」。番匠はかまわず核心部分へ踏み込んだ。

「その原因を作ったのが桜木副社長だと言いたいのですか」

「率直に申し上げれば、その通りです」

平成七年一二月にメインバンクの旧五井銀行から顧問として送り込まれた桜木英智《ひでとも》は、昭和三九年東京大学法学部卒業後、同行に入行した。平成五年には取締役法人部長に就任。平成八年六月に派遣先のトウボウで常務取締役となり、二年後の四月より取締役副社長に就く。旧五井の頭取麻生宗生《あそうむねお》直属の部下だった時期のあることが、折にふれ社内で麻生現会長との親密度を誇示する所以《ゆえん》だ。文字通り、トウボウ社長の片腕、否《いな》、頭脳

＊**東洋染織**＝関西南部で操業する東洋染織株式会社は、トウボウが自社のアクリル糸を購入させる相手として取引する毛布メーカーである。資本金一億円、従業員四百人の同社は一時アクリル毛布の生産シェアで市場の六〇パーセントを占めていた。＊**貸倒引当金**＝企業が有している売掛金、受取手形などの売上債権の回収の可能性がないと見込まれる場合、予《あらかじ》め損失として認識し、損益計算書に費用として引当計上する。企業会計において上記の引当を行なわなければ会計士監査上指摘される可能性がある。＊**連結債務超過**＝欠損金で資本勘定がマイナスとなり、全資産を売却してもまだ負債が残る財務体質を債務超過と称し、企業にとって非常に危険な状況を意味する。企業集団の財政状態が連結決算上、そのような重篤《じゅうとく》な状況にあることを連結債務超過という。

の役割を果たしてきた。

デスクに積まれた分厚い報告書にパラパラと目を通しただけで、内容をただちに把握できるほどの能力の持主だ。しかし拡大志向が強く机上の空論によって数字を振り回すので、企業の置かれた状況や人材の力量を無視してしまうきらいがある。目的を達するためには手段を選ばず、昨日は「黒」と言っていたことを、今日は「白」だと恥ずかしげもなく発言しつつ、周囲を口先でまるめこむ狡猾《こうかつ》さも備えていた。

兵頭忠士《ひょうどうただし》と桜木英智は出会った当初から、妙にウマが合った。

桜木が旧五井銀行から送り込まれてきた時、兵頭はトウボウの常務取締役であった。当時、トウボウの儲《もう》け頭である化粧品事業の本部長でありながら、本部スタッフの事業統括本部長も兼任していた。桜木英智の類《たぐい》まれな頭脳とメインバンク元役員というブランドにさっそく目を付け、次期社長就任という野望実現のために大いに利用せんと接近を図っていった。

平成一〇年四月、メインバンク五井銀行の後押しの下、兵頭忠士は同年六月の株主総会を待たず、秋山一雄前社長から奪い取るようにして代表取締役の座に就いた。二年前に陥った二五〇〇億円近い連結債務超過の解消がこのままでは一向にはかどらない、と五井は秋山を突き放したのである。

兵頭が指名されたのは、「この男ならば掌に乗せてコントロールできる」と考えた桜木が五井銀行の経営首脳陣に働きかけたお陰である。社内では周知の事実だ。

兵頭忠士は直感型・人情派タイプの人間で、一流大学出身者で固められているトウボウでは、お世辞にも切れ者とは言えなかった。九州大分の出身で、四国の私立大学を出てから大阪にある化粧品問屋に就職したが、その問屋が当時販路拡大を目指していたトウボウ化粧品関西販社に吸収合併された結果、トウボウ化粧品に入社したという稀有《けう》な経歴の持主だ。押しの強さを武器にした営業力は天下一品であった。自己顕示欲と出世欲の強さでは、トウボウでも右に出る者はいなかった。拡大衝動にかられやすく、上昇志向一辺倒である。この点は桜木とよく似ている。

兵頭は、多くの店主、オーナーを一瞬で虜《とりこ》にしてしまう独特の魅力を持っていた。四国のある化粧品屋に「ご主人、おたくの店のシャッター、もうボロボロやないですか。うちで修理させてもらいます」と持ちかけるなり、翌日シャッターを新品に取り替え、「トウボウ化粧品」と大書させたというエピソードが残っている。人懐《ひとなつ》っこくて、どこか憎めない人柄が彼の財産だった。

その兵頭は桜木を誰よりも信頼し、彼の能力を他者の目には異様に映るほど大きく買った。桜木の意見、主張には不思議なくらい分別なく従ってしまうのだ。

坂上常務が重い口を開いた。

「番匠常務、桜木さんはもうすでに当行の人間ではなく、御社の方ではありませんか」

長らく同じ釜《かま》の飯を食っていたはずの男は、トウボウの内部事情を知り尽くしているにもかかわらず、無責任な台詞《せりふ》を吐いた。

「形の上では御行を辞め弊社に入社されたわけですが、弊社の生殺与奪権を握っているのは桜木副社長だと社内では見られています。いまもメインをバックに発言される桜木さんには、正直言って兵頭以外誰も歯が立ちません」。番匠も皮肉を込めて応酬した。

「そんな副社長が、独断でと言ったら語弊がありますが、平成一〇年から東洋染織に対する全権限を一手に握って運営されてこられた。内部調査で分かったのですが、平成一〇年三月までのおよそ一〇年強ほどのあいだに、実損額は五二四億円に達しています。むろんこの損失額は桜木さんとは無関係です。しかし副社長が担当した平成一〇年度から三年間でさらにその実損を三〇〇億円も増やし、それによってトウボウが一気に窮地に立たされたことも事実です」

東洋染織は個性の強い叩《たた》き上げの経営者がオーナーとして君臨するアクリル毛布メーカーだ。元来毛布事業には非効率性がつきまとう。サマー毛布を除けばその実需は冬に限られる。にもかかわらず、コストとの見合いで工場は通年操業せざるを得ない。初秋からの店頭販売に備えるため、春ないし初夏より備蓄生産体制に入り、実需のシーズン商戦に間に合わせる。毛布の備蓄取引はこうした事情から発生した慣行だが、はなはだ効率の悪い商慣習といわざるを得ない。需要の低迷が続き、東洋染織の実態業績は悪化する一方で、その財政状態は虫の息であった。資金繰りに苦しむ同社に、トウボウは自社アクリル糸の販売先を確保せんがため破綻《はたん》救済に乗り出し、気前よくカネをつぎ込んでいった。番匠の目にはドブにカネを捨てる愚行としか映らなかった。

通常、銀行から来た人間は自己保身に巧みで必要以上に用心深く、不慣れな事業運営には深入りしないものである。なぜ桜木がここまで干渉してきたのか、番匠には理解できない。頭取への道が断たれたと悟った時、新天地での権力の階段を、兵頭を利用して昇ってゆこうと決意したのかもしれない。

社内でオーソライズされた数字は、その達成責任を事業部門側だけに置くというドライな手法を桜木は取る。常にドイツ語でいうゾレン(sollen)、つまり現実よりも「ありうべき形」で要請する。理想の数字を組み立て、その達成を部下に要求し、遂行させるのである。現実を無視した「ありうべき数字」と「ありうべき戦略」を携え、事業のフロントにまで踏み込んで指示する。だがビジネスの現実は厳しい。実際の事業運営はとてもアナログ的である。

***アクリル**＝ナイロン、ポリエステルと並ぶ三大合繊の一つである。戦後日本企業は合繊の優位性に目をつけ、欧米からの積極的な技術導入と自社開発を図る。用途は衣料用と産業資材用に大きく二分されるが、トウボウのアクリル事業部門は衣料用を主軸に据えてきた。アクリル繊維は羊毛に似た性質を持ち、軽くて柔らかく湿感があり、美しい色に染めやすい。毛布や冬物セーターなどの衣料用素材に適している。

坂上の突き放したような声が受話器から洩《も》れてくる。

「桜木副社長をそうさせている責任は社長にもあるのではないですか。兵頭さんから副社長を抑えていただくしかない」

「それが出来れば苦労はしません。確かに副社長を好き勝手にさせている兵頭にも大いに責任はあると思います。しかし御行の権威をまとう桜木さんは頭の回転がいい上に口が実にうまい。情けないが兵頭くらい簡単に言いくるめてしまいますよ。もとより兵頭は桜木さんに絶対的といえるほどの信頼を置いています。東洋染織について二人はすでに一蓮托生《いちれんたくしょう》の仲だし、よくご存じのことではありませんか」

「では番匠常務、われわれにいったいどうしろと言われるのですか」

「御行で桜木副社長を引き取って下さいと予《かね》てよりお願いを申し上げています」

さながら「着払いで引き取れ」と言わんばかりだ。社内の大方は桜木副社長の横暴にはひたすら口を閉ざしている。それだけに、痛烈に響いたのだった。

トウボウでは「経営会議」に上程する案件は、必ずその前に「事前検討会議」に諮《はか》る仕組みになっている。主宰するのは桜木副社長だ。例えば関係会社が本体に融資や増資を求める場合には、まず事前検討会議で審査を受けなければならない。それを通過した案件だけが経営会議で取り上げられ、議長である社長が承認するか否かを決定する。経営会議はもとより、事前検討会議においても、〝被告席〟に立つ「関係会社」と「当該会社を所轄《しょかつ》する事業部門」はそれぞれ代表責任者を出席させる決まりになっている。

事前検討会議はしばしば紛糾する。桜木議長は、こんな赤字を垂れ流すとはいったいどんな事業運営をしているのか、トウボウはいまどんな状況になっているか知っているのか、約束した計画をちゃんと達成したまえ、と被告席に座った者を頭ごなしにどやしつける。

桜木が怒り狂うのも一理ある。リストラ努力を満足にせず、赤字を垂れ流す関係会社、事業部門側には大いに問題がある。しかしその追い詰め方は実に苛酷《かこく》で、被告席に座る側の人格を踏みにじるような発言が次々と飛び出す。番匠はいつも憂鬱《ゆううつ》な気分になる。金貸しが万策尽き果てた事業者の弱みにつけ込んで攻めまくる場面にも似ており、前任者から押し潰《つぶ》されるほどの不良資産を受け継いだ事業責任者であれば、なおさらやり切れない心情に陥るだろう。

東洋染織の不首尾を棚に上げるのか、といつも喉元《のどもと》まで出かかる。

しかしながら、宮仕えの身には万事先が見える。桜木から本体投融資の承認は利益達成との交換条件であるとほのめかされれば、小競《こぜ》り合いを起こしたとしても彼らは引き下がらざるを得ない。

桜木の性格を住倉五井銀行の坂上は知り尽くしているはずだが、トウボウに彼を送り込んだ責任を一切口にしない。

坂上は抑えた声で告げた。

「繰り返しますが、桜木副社長は既に御社の方です。したがって、御社が桜木氏を要らないと決意されたならば当行は耳を貸します。決定に従う余地もある。あくまでも御社自身が処置を決定すべきです」

「トウボウが決意するということは、代表取締役社長である兵頭が決意するのと同義ではありませんか。兵頭がはたして副社長を手放しますか。朝は九時から一緒にコーヒータイム。昼は社長室でランチをともにし、夜も仲良く酒を酌《く》み交わす。出張する際は、車中でも飛行機の中でも、宿泊先のホテルでも仲睦《むつ》まじく行動する。御行が引き取ると言い出さない限り、桜木更迭《こうてつ》なんぞ絶対実現しません。不可能です」

電話を終え、番匠はトイレに立った。ストレスと疲れのせいか、小便がいつもと違って茶褐色に見える。

＊

トウボウとメインバンクの力関係を象徴する会見がこの数ヵ月前に行なわれた。

平成一三年秋、トウボウ株式会社社長兵頭忠士が住倉五井銀行頭取重宗《しげむね》倫太郎のもとを初めて訪れた。トウボウのメインバンク旧五井銀行頭取であった関係から同行会長の麻生宗生とは旧知の間柄であるが、旧住倉頭取の重宗にはそれまで面識がなかった。

頭取専用の広い応接間は、海の底のように静まりかえっていた。ふかふかした青い絨《じゅう》毯《たん》が敷きつめられ、中央にはマホガニーの光沢あるテーブルとくすんだ黒色レザーのソファが重厚な対をなして鎮座する。兵頭は浅くソファに腰を下ろし、重宗の登場を今か今かと落ち着かない様子で待っていた。

ノブが回り、ゆっくりとドアが開いた。紺のツーピースを着た頭取秘書がお茶を手にして入ってきた。「申し訳ございません。重宗の到着が一五分ほど遅れております。しばらくお待ち頂けますでしょうか」と告げると、楚々《そそ》とした様子で引き下がった。

壁にかかる風景画を横目に、気持ちに余裕をもたせようと愛用のマイルドセブンをくわえ、金箔《きんぱく》のライターで火をつけると大きく息を吸い込んだ。灼熱《しゃくねつ》の砂漠を背景に旅するキャラバン隊の絵は見るからに値打ち物だ。心を落ち着かせるように口を丸め煙をゆっくりと吐き出すと、ゆらゆらと丸い輪が空中に浮かんだ。漂う白い煙をじっと見ているうちに、いつもの威厳を徐々に取り戻した。

三年半前、兵頭は型破りの経営者としてメディアに登場した。

兵頭はすべてにおいて異色だった。名門の歴史からは考えられない経歴の代表取締役社長の就任は、世間の評判と話題をさらった。

社長就任早々、メインバンクの指導にもとづき、基本賃金を向こう三年間一〇パーセントカットするという策を打ち出した。デフレ不況下、「構造改革」が遅々として進まない企業群の中で、彼の自信にあふれたダミ声には閉塞《へいそく》状況を打破する意志が感じられた。

賃金カット策に対する記者質問での答えの歯切れの良さもマスコミに大いに受けた。「社内の反発はあったが、変革時には批判はつきものです。しかしやるべきことは断固としてやる。これが私のスタンスです」。さらにこう続けた。「社長としての最大の責務は収益力を上げることだ。そのためには従業員の意識改革は何より重要です。従業員をこづいてなでる。私は有言実行と実践躬行《きゅうこう》を信条としておりますので、日夜暴れまくるつもりでいます」

宿願の座を射止めた兵頭は派手な発言を続け、リップサービスを怠らなかった。従来の理屈っぽい経営者と比較すると、彼のシンプルな言動は実に頼もしい、と各銀行の頭取たちはおおむね好感を抱いた。

こうして銀行からの期待を一身に集めた兵頭は、盟友たる桜木と共に、その継承時に存在した二三三億円の連結債務超過を三年間で解消した。しかしこれには裏事情があった。経営努力の他に、問題子会社群の巧みな連結外し、押込み売上や経費の繰延べなど強硬手段も伴った上での成果だったのである。

勢い余ってか、兵頭は有言実行ぶりを自負してやまなくなる。みずからをトウボウの中興の祖と位置付け、最高権力者として四半世紀にわたり君臨してきた名誉会長、西峰一斉《いっせい》をも凌駕《りょうが》する辣腕《らつわん》経営者だと思い込むようになった。

平成一三年三月期の連結債務超過脱出に無理をした反動で、その翌期に入るや連結債務超過再転落の兆《きざ》しが大きく見えはじめた。

前社長の秋山一雄はかねてよりメインバンクから東洋染織問題への姿勢の甘さを指摘され続けてきた。この課題をクリアできなかったのも、主力銀行による秋山更迭の理由の一つだった。再建請負人を自負する桜木は連結債務超過を解消するだけではなく、否《いや》応《おう》なしに東洋染織の業績再建を果たすという大使命を背負わされた。

銀行出身者には珍しく拡大傾向の強い桜木は、構造改革やリストラの道を選ばなかった。デフレの真っ只中にもかかわらずシェア拡大を狙《ねら》ったり、高級アクリル毛布の拡販を急がせたり、新商品の開発に色気を見せたりと、とにかく強気一点張りだった。

彼をよく知る元同僚の話によれば、入行以来頭取になる野望を抱いてきた桜木なら、トウボウの連結債務超過解消を果たした上で東洋染織も建てなおし、銀行の連中をひざまずかせてやると意気込むのは頷《うなず》けるという。

その焦燥感のためか、桜木は問題会社を大胆に連結対象から外すなど手段を選ばずに公約を成し遂げる。その一方で、東洋染織の執行部隊には無理な計画の達成を執拗《しつよう》に強要した。しかし、事態が桜木の狙い通りに展開することはついぞなかった。平成一〇年度から一二年度にかけての東洋染織の当期損失額は一八九億円にのぼった。その上粉飾を強要したため一〇七億円の不良資産が形成され、平成一〇年三月末時点で抱えていた不良資産五二四億円に、二九六億円の実損を積み上げてしまった。

目標を達成したと胸を張っていた裏で、兵頭・桜木コンビはたった三年間ですでに連結から外されていた東洋染織の実損額を約三〇〇億円も膨らませるという大失態を演じてしまったのだ。資本金一億円弱の東洋染織はたちまち三桁《けた》億の債務超過に陥った。さらに、平成一〇年度から一二年度までにトウボウから東洋染織へ流出した資金は先の実損額や借入金の借替え肩代わりにより四四〇億円に達した。

見逃せないのは、一連の不首尾の責任者が五井銀行出身者の桜木であるという事実だ。銀行にとっての、この不都合な事実こそが、後年アクリルを軸にした合繊事業構造改革を大きく遅らせる元凶となったのだった。

桜木のチグハグな事業運営について、住倉五井銀行幹部の内心は穏やかではなかった。同行にとっても、東洋染織は疫病神《やくびょうがみ》と化しつつあった。

トウボウは、平成一〇年度に新薬事業を、翌年度には化成品事業および情報システム事業を気前よく立て続けに売却した。それを主たる財源として平成一〇年度からの三年間で銀行借入金をグループで一気に約一千億円返済した。

この実績は金融機関から一様に評価された。表面上の二三三億円なる連結債務超過をとりあえず解消し、加えて一千億円もの借入金を削減した。兵頭は歴代の傀儡《かいらい》社長に比べて多少なりとも頼もしげに映った。

メディアがこぞって彼の豪腕ぶりに賞賛の声を上げたことが、持ち前の浅薄短慮に弾みをつけさせてしまったのかもしれない。社内でも、桜木が暗い話題を極力避けるだけではなく、社長としての指導力をことさらほめちぎり兵頭の自尊心をふくらませていった。

二本目のタバコに火をつけようとしたときノック音が響いた。先ほどの秘書が姿を見せた。「重宗はあと数分で参りますので、今しばらくお待ち下さいませ」と笑顔を向け、お茶の差し替えにコーヒーを運んできた。

彼女が退出したあと、兵頭はコーヒーをすすりながら、一介の化粧品セールスマンから本体の取締役化粧品事業本部長にまで引き上げてくれた名誉会長、西峰一斉を思い浮かべた。

一五年間の長きにわたり社長の座にすわり続けた西峰は、昭和五八年六月、代表権を持ったまま会長となった。平成四年六月からは名誉会長に収まっている。肩書がどう変わろうともその権勢は一向に衰えず、トウボウグループに君臨する〝天皇〟であり続けた。

その西峰が最近怪しい動きをしている。兵頭は胸騒ぎを覚えていた。その誼《よしみ》から重宗頭取に名誉会長はかねてより財務大臣建部辻太郎《つじたろう》と懇意にしていた。その誼から重宗頭取に面識を得て、膨大な借金の重圧に呻吟《しんぎん》し続けるトウボウの再建について相談をもちかけているという。再登場する好機を窺《うかが》っているのであろう、との噂《うわさ》も耳にしている。「西峰がまた院政を敷くのではないか」と気が気ではなかった。恐怖心すら感じている。

新体制への移行期に、西峰は専務であった兵頭よりも総務担当の伊志井徹《いしいとおる》常務を推挙したという経緯がある。もっとも伊志井は野心満々の兵頭とは事を構えず、副会長職に就き、現体制を支える立場をとったが。

西峰は百万株を優に超える個人筆頭株主ではある。発行済み株式総数五億一二〇〇万株と比較すれば、さほど重大な意味合いは持たないが、労組にも今なお睨《にら》みをきかせているオール・トウボウの象徴だ。

兵頭は頭取応接室で腕を組みながら、静かに目をつむった。

〈トウボウの再建はワシしかやれん。いまさらおじいちゃんが出てくる幕なんぞない〉

口をへの字に曲げた兵頭は顎《あご》を突き出し苦り切った表情で、学者然とした顔を思い浮かべた。八十の齢《よわい》を重ねた名誉会長を「おじいちゃん」と呼ぶのは、兵頭流の揶揄《やゆ》である。

ワシは今年で六十五歳になるが、学閥重視、管理部門優先のトウボウのなかで化粧品営業一筋でしゃにむに突き進み、ここまでのし上がってきた。今日まで幾多のライバルを蹴落《けお》とし、労苦の末に夢にまで見た地位をやっと摑《つか》んだ。この権力をやすやすと手放すものか——。

兵頭の髪は年齢から想像できないくらい黒くて量も多い。生来の地黒の上に毎週欠かさずゴルフに出かけることで艶々《つやつや》と顔色に磨きをかけるのを怠らない。「理」よりも「情」を重んじ、「論」よりも「勘」で勝負する。口さがないチェーン店主からは土建屋のオヤジといったほうがぴったりだとからかわれることもあった。本をむさぼり読む西峰とは万事対照的だ。

扉が勢いよく開いた。重宗頭取が姿を現す。

重宗は部屋に足を踏み入れると頰をゆるめ、

「どうもどうも、兵頭さん。たいへん長らくお待たせいたしました」

挨拶《あいさつ》がてら、品定めするような目で兵頭を直視した。額は抜けあがり、瘦《や》せた顔に深い皺《しわ》を刻み上品に枯れてはいるが、眼光は鋭い。思わず身をすくめた。全身から妖気《ようき》とさえ感じられるオーラを放っている。「豪腕バンカー」として知られる頭取だ。タバコを慌《あわ》ててクリスタルの灰皿に擦《こす》り付けた。銀行界の実力者に気圧《けお》されぬよう敢《あ》えて悠然と腰を持ち上げ、ことさら落ち着き払った風で挨拶をした。

「トウボウの兵頭でございます。平素弊社がたいへんお世話になりありがとうございます。お忙しい中、貴重なお時間を取って頂き恐縮しております。頭取ご就任からたいへん遅れましたが、本日ようやく伺った次第でございます。一刻も早くご挨拶に参上すべきところ、まことに申し訳ございません」

実のところ、兵頭自身はもっと早期に重宗と会談を持ちたかった。しかしトウボウはもともと旧五井銀行の麻生会長案件として位置づけられていた。ようやく対面の望みがかなったのがこの日だったのである。

平成一三年四月の住倉銀行と五井銀行の合併は、三大財閥の枠を超えるもので、世間をアッと言わせた。まさに電撃のメガバンク誕生であった。合併の立役者が住倉銀行頭取だった重宗倫太郎である。行内会議で灰皿を投げつける噂もある強面《こわもて》で、役員会でもしばしば出席者を震え上がらせる発言をする。

五井銀行は株価から見ても住倉銀行よりかなり劣勢にあり、メディアは危険な都市銀行としてしばしば取り上げた。バブル崩壊後は、銀行再編銘柄の目玉とされた。

上場企業の合併においては、通常一株当たりの株価を主要指標にして合併比率が算出されるので、両行合併交渉の席上では当然その主導権は住倉銀行側にある。新体制発足後における運営においても同様で、喧嘩《けんか》上手で勇猛果敢な住倉銀行の前では五井紳士と称される五井銀行側は守勢にまわることが多く、万事住倉色が強くなった。むろん新生メガバンクの頭取には旧住倉銀行の重宗倫太郎が就いた。

「いかがですか、御社のご状況は？」

口元に微笑をたたえながら重宗は鷹揚《おうよう》にたずねた。柔和に垂れ下がった瞼《まぶた》に隠された目が、時折猛禽《もうきん》のごとく険しい光を放つ。バンカーとしての前半生を不良債権処理、事件絡《がら》みの取引先の後始末という修羅場をかいくぐることに費やした男である。格の違いといえばよいのか、圧倒される思いがした。だが、こちらも日本を代表する企業のトップだ。兵頭は重宗と目を合わせ、自信に満ちた口ぶりを意識して語り始めた。

「いや頭取、一三年三月期には念願の連結債務超過の解消を達成し、化粧品も益々《ますます》好調に推移しています。口紅のテスティーノも絶好調です。マーケットには今後、高級ブランドをどんどん投入していきますからね。業界ナンバー・ワンを目指し、国際戦略にも一層の力を注ぎます。化粧品事業の規模をここまで大きくするのに私自身たいへんな努力を払って参りましたが、ようやくリーディングカンパニーとしての地固めが出来てきましたよ」

一気にまくし立てた。

「それは結構ですね。しかし、化粧品でせっかく稼いでも繊維が大幅赤字では何もならないですよ。トウボウさんが今置かれている状況にかんがみれば、化粧品よりも繊維、特に合繊事業の抜本的解決策を考えなければならないのではないですか」

トウボウ最大の問題点を突いてきた。

「ええ……」

「アクリルの赤字はどのくらい出ているのですか？」

「いや、その……」

兵頭は息を呑《の》んだ。いきなりこのような洗礼を受けるとは予想もしていなかった。

「攻勢に出られるより、足を引っ張る部門にきちんと対策を打つ方が重要なのではありませんか？　兵頭さん」

トウボウの総帥《そうすい》ともあろう者がいったい何を考えているのか、と言わんばかりの冷酷な視線を向けられる。その両眼には侮蔑《ぶべつ》の色さえも加わっているように見えた。自らの経営手腕への評価を期待していた兵頭は慌てた。

重宗はさらに言葉を重ねる。

「今後は、銀行に対して金融当局は相当厳しく当たるでしょう。膨れ上がった借入金を思い切り減らさないことには由々しき事態を招きますよ」

「もちろん合繊には手を打ちます。私自ら率先垂範し、借入金も間違いなく減らします。一千億から一五〇〇億の借入金削減がさらなる課題だと理解しております」

根拠は何もなかったが、顔を火照《ほて》らせながらも、とっさにそう言い繕った。

「ぜひお願い致しますよ。キャッシュ・フロー*も三桁億単位で出していかなければなりません。金融界は冬を通り越して氷河期の時代を迎えており、メインバンクという言葉も早晩死語となるだろうと言われております」

きつい一発を見舞われたものだ。

「わ、わかりました。私がトウボウをかならずや再建してみせます。……これを機にぜひご支援、ご指導をよろしくお願いします」

兵頭はほうほうの体で頭取応接室を去った。窮地にあるトウボウを救った、余人をもって代え難い経営者だと重宗に認識させるつもりが、真逆の結末に終わったことに落胆の色を隠せなかった。

よろよろと去ってゆく兵頭を見送ったあと、重宗倫太郎は自室に戻った。腹心の副頭取藤堂輝久《とうどうてるひさ》を呼ぶようにインターホンで秘書に命じると執務椅子《いす》に腰を下ろし、胸の裡《うち》

＊キャッシュ・フロー＝資金の流れを指す言葉。「勘定合って銭足らず」「黒字倒産」などと言われるように利益と資金は必ずしも一致しない。企業においては、掛売りや掛仕入など信用取引が行なわれており、固定資産なども増減変化する。計上する利益と入ってきた資金や、計上する費用と支出する資金の額は通常イコールとならない。利益が出ていても資金がなければ会社は危機に陥る。利益はあくまで中間の成果であり、最終的な成果を示すのはキャッシュである。金の流れを考えた企業経営、すなわちキャッシュ・フロー経営の重要性が叫ばれる所以《ゆえん》である。

で言い放った。

「トウボウなんぞに構ってられるか！」

あの男は繊維事業の難しさをまったく分かっていない。若手時代に繊維業界を担当し、人一倍苦労した重宗はそう断じた。

住倉銀行には、悪戦苦闘した三つの経済事件が未《いま》だに重くのしかかっている。石油事業の失敗から巨額の焦《こ》げ付きを出し昭和五〇年代前半に解体した総合商社「安住産業」。杜撰《ずさん》な不動産投機融資など乱脈の限りを尽くした末に昭和六〇年代に破綻《はたん》した「七和相互銀行」。さらにバブル崩壊直前に起きた戦後最大の経済事件「イソマン」事件――。

イソマンは住倉系列の名門商社であった。三大経済事件によって抱え込んだ不良資産が兆単位の金額のまま水面下で蠢《うごめ》いていた。つまり、事件処理のため旧住倉銀行傘下《さんか》の関連不動産会社に抱かせた非稼動《かどう》資産に対する自行融資が不良債権化しているのである。旧住倉銀行から引きずってきた負の遺産だ。これら暗部の後始末に初期段階から陣頭指揮を振るってきたのが重宗だった。

現在の住倉五井は自行の生存に精一杯であり、トウボウのために大きな犠牲を払うつもりなど毛頭ない。合繊問題に正面から取り組まないと命取りになるぞ、と衣の下から鎧《よろい》をちらつかせ、それをメインバンクは死語となろうとの比喩《ひゆ》に包んで告げた。

そもそも大銀行のバンカーには、あからさまなもの言いを極力避ける文化がある。ましてや頭取クラスであれば余程のことがない限り露骨な言及はしない。成り上がりにはそれを理解するセンスが欠けているのだろう。

頭取室の扉がノックのあとそっと開いた。藤堂副頭取が「失礼します」と直角に腰を折り入室してきた。

「いまさっき、トウボウの兵頭社長が帰ったのだがね、早晩行き詰まりかねないあのグループをどうするか、手を考えておかなければならんな」

単刀直入に告げた。

「はい、頭取、仰《おお》せの通りかと存じます」

調査部時代から重宗に仕えてきた藤堂は専制君主の前に平伏《ひれふ》す臣下みたいに畏《かしこ》まり、神妙な表情で言葉を返した。べっ甲柄の眼鏡に落ち着きなく指先を添えている。

「トウボウには幸い化粧品がある。選択肢はいくつか考えられるだろう」

「いざという時の対策を抜かりなく練っておきます」

「何かと名門意識が先走る会社だから、用心してくれ。いいな」

重宗は西峰名誉会長の件には言及しなかった。

平成一四年一月二五日。

寒風吹きすさぶ朝である。番匠は新交通ゆりかもめの「芝浦ふ頭」で下車した。かすかな潮の香りがする。ここから本社まで徒歩で五分もかからない。

「おはようございます。番匠常務」

透明感のある若々しい声が背後から聞こえた。振り向くと、白い息をはずませた倉橋凜子《りんこ》の笑顔があった。浜風が彼女の髪の裾《すそ》を乱す。

「やあ倉橋君、おはよう。いつ見ても元気そうだね」

凜子は頰を紅潮させた。顔にまとわりついた艶やかな長い髪を手櫛《てぐし》でかき上げる。

「ええ。私は夜遅くまで遊びまわってませんから……常務みたいに！」

社長秘書は「常務みたいに」という箇所を茶目っ気たっぷりに強調した。

エルメスの薄紫色のロングコートの上に、暖かそうなランバンブルーのマフラーを巻き、切れ長の目を向けた。少し鼻にかかったハスキーボイスが特徴的だ。独身社員の憧《あこが》れの的と聞いている。

「そうだね。毎晩遅くまで飲み歩いていると、しまいには身体《からだ》を壊してしまう。真似《まね》なんかするなよ」

番匠は苦笑しながら、アルコールにすこぶる強い、と噂される彼女を冷やかした。

「でも常務、たまには、ご一緒させて下さい。私の健康については心配して頂かなくとも結構ですから」

「まあ、そのうち、一度メシでも食うか」

軽くかわしながら、トウボウ本社のロビー・フロアに入っていった。

毎朝八時過ぎには出社することにしている。従業員の多くは九時前に現れるのでエレベーター付近にまだ人は少なかったが、凜子との会話はそこまでとした。来月スタートする経営首脳との「今期の連結決算見込み」打合せの件が頭をよぎった。それについて考えると気が滅入《めい》ってくる。

最上階まで一緒にエレベーターに乗った。二四階には社長室、秘書室、本社スタッフ本部が置かれている。トウボウ株式会社の中枢《ちゅうすう》部門といってもよい。

「では……また」

倉橋凜子に軽く会釈《えしゃく》を送りながら財務経理本部に足を向けた。

番匠啓介は先日、五十二歳の誕生日を迎えた。財務経理室長を二年経験した後、平成一二年六月取締役に選任され、財務経理室長を兼務したまま常務取締役財務経理本部長の地位に就いた。重役就任から一年半が経過している。

財務経理本部は財務部と経理部から構成されている。財務は東京と大阪に分かれており、財務部長の牛窪康治《うしくぼやすはる》を中心に男性一六人、女性九人の二五人から成る大所帯だ。経理は男六人、女三人から成り、経理部長の沢木剛《つよし》が、実務を切り盛りしている。沢木は一四年という長い経理経験を持つだけではなく専門知識にも秀《ひい》でており、監査法人との下折衝も彼を軸に行なわれていた。

財務部が経理部より人員を多く抱えている理由は、トウボウグループ全社の借入金が六千億円前後という多額債務を常態とし、連結債務超過以来百行にわたる取引銀行が猛烈な貸し剝《は》がし攻勢をかけてきている事情による。

取引銀行の攻勢に対抗するため、返済額縮減の折衝はもとより、内容証明便送り付けをも見据えた返済猶予《ゆうよ》交渉などありとあらゆる手段を駆使して難局をかいくぐらなければならなかった。人員削減を声高に主張するメインバンクも、さすがに「メイン寄せ」によって生じる借入れ肩代りは避けたいがため、特別に財務部門には人員強化を要請し、若手行員数人を含めて出向させてきた。

番匠は入社してから事業管理や企画にかかわるスタッフ部門を歩んできた。大学院で学んだ会計学や税務関係の専門知識には自信があったものの、これまでは財務経理畑とは距離を置いてきた。金融機関に軸足を置く財務部門の職制ならともかく、経理の仕事は性に合わないと感じている。

先日も、行きつけの銀座のクラブのホステスから、こう揶揄《やゆ》された。

「番匠さん、本当にあなた、経理マンなの?」

髪をオールバックにまとめ、ゼニアのスーツの胸にチーフを差した経理マンはよほどの珍獣にみえるらしい。

「ねえ、そんな風には見えないわよね、嘘《うそ》よ」

「嘘、ってことはないだろう？ 真面目《まじめ》に見えない男なのかね」

「別に真面目に見えないんじゃないのよ。私たちは、経理と言えば髪を七三に分けた、お硬いタイプを思い浮かべるの。でもあなたはそんな感じが全然しないじゃない。強いて持ち上げればダンディズムの香りがするわよ」

「嫌味を少し利《き》かせて、見えすいたお世辞をさらりと言ってのける。銀座の一流ホステスには敵《かな》わないね。ま、いいか。じゃ、悪く言えば、いったいどうなる？」

「そうね、悪く言えば、女に悪さしてきたイケナイオヤジね、そんな不道徳な人、経理部にはあまり見かけないでしょう？ 番匠くん」

ホステスは丸く削った氷入りのタンブラーにウィスキーを注ぎながら、ふざけた口調で目で笑う。客扱いは手馴《てな》れたものだ。並木通りに面した十階建てビル最上階の全フロアを占拠するこの高級クラブには有名人も多く出入りしているという。

三十路《みそじ》を越えたばかりの、このチーフ格の女性は興が乗るといつも、「番匠さん」から「番匠くん」に呼び方を変える。

「オイオイ、人聞きの悪いことを言うんじゃないよ」

「そうかしら？」

口を尖《とが》らせる仕草を見せ、運ばれてきたドライフルーツとナッツ類をテーブルに置いた。右手の薬指には大きなルビーの指輪が光っている。どこかの禿《はげ》オヤジからせしめた戦利品だろう。

「女に泣かされてきた被害者に対し、いたわりの言葉がまるでないね、この店には」

マカデミア・ナッツを一つ摘《つま》み、口の中に放り投げた。噛《か》むとカリッと乾いた音を立てる。

「泣かすより泣かされたほうがいいわよ、番匠くん」。甲高い笑い声を立てたあと、「でもね、ウチにはいろいろなお客様がいらっしゃるでしょう。遊び方でお里が知れちゃうってこと、あるわよね」といって、二重の大きな目に悪戯《いたずら》っぽい光を宿した。

「へぇ、意味深な発言だね、もう少し分かりやすく言ってくれない？」

「そうね、銀行とか官庁とか、わりかしエリートぶってる硬い感じの人たちと言えばいいのかなあ……」

この店の顧客には金融関係者が多いと以前チーママから聞いていた。

「それがどうした？」

「隙《すき》を見て、外でいやらしいことしようとするのよ。危なくってさ、夜遅くのタクシーなんて一緒に乗れないわよ。僕は虫一匹殺しません、という顔しててね。奥さんにはいったいどんな顔を見せてるのかしら」

「ほう。ところで、そりゃ、どこのおっさんなんだ？」

「某社のメインバンクのお偉いさんよ。フフフ、案外番匠くんの身近にいる人かもね」

「まいった、想定外の話だね。もしかしてあの……男のことか」

「さあー、どうかしら？」

「そりゃないだろう」

「この続きは今度ね。みなさーん、女癖の悪い男には気をつけましょう！」

「そりゃ、オレのことか？」

とまぜっ返すと、店内は爆笑に包まれた。個人的に呑みに来るほか、接待で銀座を利用する機会は多いが、ホステスから思いがけないネタをもらったりもする。

待機していた予約タクシーに乗り込んだ。車が走り出すと、酔いはすぐに醒《さ》め、頭が仕事モードに切り換わる。心おきなく酔える日はいつになればやって来るのだろうか。

トウボウ株式会社（資本金三二〇億円）は、連結売上高五千数百億円、連結総資産七千億円超。連結借入金は五千億円を超え、全グループの借入金総額が最高時（平成五年三月末）には七八〇〇億円も存在した。資産効率の悪い企業の代表銘柄と言えよう。

戦前からの巨大名門企業というイメージのわりには連結売上が五千億円台程度に甘んじているのは、繊維部門に相次ぐ縮小や見直しをかけてきたからだ。セグメント・ウェイト（部門別売上高）の過半数を占めていた繊維から急速に化粧品にシフトさせてきているが「選択と集中」型経営を採ることはなかった。従来通りの「総花的な多角化」経営の承継にとどまり、化粧品を主力として、トイレタリー、薬品、フーズ、ファッション・アパレル、天然繊維、合繊、産業資材、不動産等々をそれぞれ、本体事業、子会社事業の形態によって営み、国内外に展開している。

五井家の資本によって創立され、発祥の地の東京を登記上の本店としてきた。明治二〇年の創業以来、メインバンクは五井銀行である。祖業が繊維産業であるため、事実上の本社を長らく大阪に置いていたが、非繊維部門の比重が高まり、平成七年秋から東京に本部を移したのだ。

トウボウが誕生したのは株式会社勃興《ぼっこう》の時代であり、幾多の会社が雨後の筍《たけのこ》のように生まれ、泡沫《ほうまつ》のように消えていった。

トウボウは「東京紡績産業株式会社」という名の紡績会社として産声《うぶごえ》を上げた。戦後の経営多角化を機に「東紡株式会社」、さらに非繊維事業の拡大に伴い、カタカナの「トウボウ株式会社」と商号を変える。

東京紡績産業は重工業、化学工業、航空機産業から牧畜農業まで手がけ、一時は民間企業のトップにまで登りつめたが、第二次大戦によって大きな痛手を負った。国内七八ヵ所の工場、海外一二三ヵ所の事業所が壊滅した。日本繊維産業の戦時損失の約三分の一に当たると言われるほどの膨大な資産を失ったのである。大企業としていかに突出していたかが分かる。

「大東紡」の復活を果たさんと昭和二二年、社長に就任したのが才門隆之《さいもんたかゆき》、当時四十四歳の俊英であった。

才門は東京紡績産業を業界トップに返り咲かせようと奮闘した。しかし繊維事業は三年から五年の周期で好況と下降を繰り返す典型的な市況産業であり、当時は景気の波の振幅も激しく、東京紡績産業は険しい雨風に身を晒《さら》し続けた。

昭和三一年から三二年の神武《じんむ》景気の後、深刻な不況が続く中で社は一大危機に直面した。この時に、会社再建のための大胆な建白書を提出したのが、当時信濃《しなの》工場の人事係長で組合役員にも任じられていた若き西峰一斉であった。

この建白書に記した合理化案を才門社長に認められ、西峰は本部社長室に異例の登用を受けた。昭和三八年には前例を破る三九歳の若さで取締役に就任した。彼は紡績事業のみではさらなる発展はあり得ないとして、化粧品や合繊など多角化を目指した「GT（グラン・トウボウ）計画」を立案する。労組をバックに昭和四三年六月、わずか四十五歳で社長に就任。この交代劇はクーデターに近いものだとも噂《うわさ》された。

社長就任後、西峰が特に力を入れたのは合繊事業の拡大と非繊維事業の充実強化だった。繊維、化粧品、薬品、食品、住宅の五つの事業を核とする経営を企図し、低迷する従来の業態から脱却せんとする経営ビジョンを唱え、当時のマスメディアにもてはやされた。しかしながらこの多角化は成功を収めたとはお世辞にも言えなかった。

西峰一斉の最大の失策はアクリル事業への進出である。トウボウは合繊後発メーカーとしてナイロン、ポリエステルを手がけた後、昭和四七年にアクリルの後々発メーカーとして市場に参入した。アクリルは創業以来大幅な赤字をたれ流し続け、加えて不適正取引の積み重ねが社の屋台骨を脅《おびや》かすまでにふくらむ。だが三〇年の歳月の間、糊塗《こと》する行為はあっても、メスを入れる姿勢は見られなかった。

歴代社長が撤退に二の足を踏む理由は二つあった。一つは参入を決断した西峰への気兼ねである。もう一つは、増減資が必要とされるほど巨額の撤収損失が発生する事態だ。後者は当然主要経営陣の引責辞任問題にリンクする。

アクリル事業をワイズに収束させるにはいかなる方策を採るべきなのか。番匠はバックシートに背を深く預け、目を固く閉じた。

第2章　疑　心

地球温暖化が急速に進行していると言われているが、寒い日が続く。

平成一四年二月二八日、毎朝経済新聞経済部の鳴沢明彦《あきひこ》はトウボウ本社広報部で定例の取材を終えたが、「このまま手ぶらで帰るわけにはいかない」と廊下で立ち止まった。今朝、大阪のネタ元から東洋染織の赤字がトウボウを追い込んでいるらしい、との情報が舞い込んできたのだ。

真偽を確かめるため、アポイントメントなしで二四階にある番匠常務室を訪ねてみることにした。古い会社ゆえか、本部といえどもセキュリティが甘く、各部門間の電子ロックがなされていない。そのため社内にひとたび入れば、誰でも自由に往来ができる。

「ご無沙汰《ぶさた》してます、番匠さん、鳴沢です」

開けられた扉《とびら》から顔を覗かせた鳴沢は、人懐《ひとなつ》っこい顔を向けると常務室に滑り込んだ。

「やあ、ナルさんじゃない。おひさしぶり。忍者みたいな素早い身のこなしで、いったいどうしたの？」

かねてから気心の知れた間柄ではあるが、取材は広報部を通すのがルールになっている。

「いやいや、この時期、常務は超ご多忙で気おくれしたのですが、少々ご尊顔を拝したくて」

鳴沢は大げさに忍者のような身振りを見せたあと、たやすくは席を立たないぞ、とばかりにソファにどっかりと座り込んだ。

「敏腕記者にそう言われて光栄ですよ。しかしこの時期の出没は珍しい限りだね、どんな魂胆です？」

「いやね、普段、警戒が厳しくてなかなか番匠さんには会わせてもらえませんので、こうして寝込みを襲ったわけです」

鳴沢は大きな掌《て》でゆっくり揉《も》み上げから顎《あご》にかかる無精髭《ぶしょうひげ》を撫《な》で上げた。そのときノック音がした。番匠の秘書がお茶を運んできてくれたのだ。しばらくの間二人は視線を宙に遊ばせ、手持ちぶさたな様子で沈黙を保った。

彼女がドアの外に姿を消すと、番匠は鳴沢に目を向け、おもむろに口を開いた。

「私みたいな小者をとっちめてみても別に何も出てきませんよ」

微妙な時期にやっかいな御仁《ごじん》が現れた、と番匠啓介は気を引き締めた。大阪本社に長らく籍を置き、繊維産業にはことのほか詳しい記者である。

「番匠さん、御社は最近火事や自殺者でてんやわんやですね」

突拍子もない斬《き》り込み方をしてきた。頬骨の張りとつり上がった眉に、向こう気の強さが窺《うかが》える。

「何の話？」

「いや、合織にチョー詳しかったOBの長谷川真也《しんや》さんが亡《な》くなられたり、お宅と因縁の深い東洋染織が不審火を出したりしてるでしょう？」

昨年一二月、番匠が慕っていた三歳年上の長谷川真也が能登《のと》の断崖《だんがい》から飛び降り自殺をした。退職から六年以上経《た》ち、関係者と付き合いを絶っていた彼の死の理由は判然としない。社員の多くは彼の自殺を未《いま》だに知らないはずだ。

「ところで東洋染織さんは、何回も火事を起こしているらしいじゃないですか」

しわくちゃな背広と曲がったネクタイが刑事コロンボのようで、タフな風情《ふぜい》をいっそう強めている。無精髭もその風采《ふうさい》に違和感なく溶け込んでいた。

「倉庫がいきなり焼けるなんて、おかしくありませんか。焼け太り狙《ねら》いですか？」

「まさか……あの会社が何度か火事に見舞われたとは聞いているが……記者が臆測《おくそく》でものを言うのは禁物じゃないかね」

詳細な情報は得ていないが、火の気のない倉庫が丸焼けになったこと自体、理解できなかった。しかし新聞記者を煽《あお》るわけにはいかない。

鳴沢はにやっと白い歯を見せた。自信に満ちた笑みである。

「御社の有価証券報告書*を見ると、東洋染織に対してはここ何年間か受取手形*と支払手形*が両建て計上されていますよね」

「ご存じだと思うが、毛布原料のアクリルの糸や綿を当社から買って下さる大切な取引先ですよ。あまり気にも留めてなかったけれど、毛布は備蓄取引するからじゃないですか」

「立場上、すっとぼけなければならんのには同情しますが……それでは平成一〇年から受取手形が増え続け、現在四〇〇億円以上にまで膨らんでいるのはなぜですか？」

原因を作った桜木に聞いてくれ、と声が出かかったのをぐっと呑《の》み込んだ。

「さあ、ね。あなたもよくご存じのように、昔から合繊の業界取引は複雑怪奇で得手ではないんだ。私みたいな素人《しろうと》には仕組みがいまいち理解できなくってね。新聞社に迂闊《うかつ》なことでも言おうものなら、社長に大目玉を喰うからな」

「『宇宙遊泳』を指してるんでしょ？」

番匠の目を覗《のぞ》きこむと鳴沢はあからさまな物言いをした。

「何だい？　『宇宙遊泳』ってのは？」

「やだなあ、とぼけちゃって。まったく、番匠さんも三味線が上手になったもんだ」

鳴沢は皮肉な笑いを浮かべながら、両眼の光を強めた。

「いやいや、本当に理解できてないんだ。まあ、ナルさん、意地悪言わず教えてよ」

どうにも旗色が悪い。が、東洋染織問題の深層だけは口が裂けても語るわけにはいかない。ベタ記事にでもされた時点で万事休すだ。ここは時間稼ぎするしかない。

「では、会計のプロに教えて差し上げますよ」

この男もなかなか我慢強い。知らぬふりをするのもいい加減にしろ、と番匠を目でなじりながらも、説明を始める。

「合繊部門の赤字を埋める狙いで、いったん売りつけた商社Aから売れ残った自社在庫を買い取り、その在庫を別の取引商社数社B、C、Dとの間で売買して取引が成立した

＊**有価証券報告書**＝上場会社が決算期ごとに提出を義務づけられている書類のこと。決算期終了後三ヵ月以内に投資家が投資判断ができるよう、事業年度ごとに事業の状況、財務状態、経営成績の財務諸表などを記載・開示しなければならない。　＊**受取手形**＝引き渡した商品などの売上代金、売掛金の代わりに受け取るもので、一定期日に所定の場所（銀行）で代金が支払われることを約束した証券。　＊**支払手形**＝受取手形とは逆に、期限が到来したら額面に表示された金額を支払う義務があることを証明する証券。

かのように仮装し、大量の在庫を帳面上だけ移動させるやり方ですよ。最終的には御社がその在庫をどこかで引き取る必要がでてきますがね……」

「なるほど。商社BからCへ流れるケースでは直接の売り先Bからの買い戻しを隠すため、Cからトウボウが在庫を引き取るわけだね」

「なーんだ、やっぱ、分かってんじゃないですか。いわゆる三角取引っすよね」

「いやいや、自分で説明できるほど分かっちゃいないよ。『宇宙遊泳』の意味が今日はじめてはっきり分かりましたよ。……まあ怒らないで、ご指導のお礼にメシでもおごるよ、今晩どう?」

「食えぬ人になったなぁ、ま、いいか。今晩は空いてるので、喜んでお付き合いさせて頂きます。ところで、西岡先輩はお元気ですか？　先輩とは長い間連絡をとってないものですから」

　そう言って、話を切り替えてくれた。

「ナルさんは西岡の部活の後輩だったよね」

「ええ、そうです。年次はかなり離れていますが同じ野球部でした」

　そもそも大学のゼミ仲間の西岡行雄から、「こんど繊維企業の担当になる後輩のブンヤだ、よろしく頼む」と鳴沢を紹介されたのだ。ひと昔前、西岡が出張で大阪に立ち寄った折、北新地で痛飲した時の話である。番匠と西岡は青春時代を共有した友人だった。

西岡が大手監査法人で公認会計士をやっていた関係で、その晩は、監査法人の存在意義について大議論となった。同席していた鳴沢は笑顔を絶やさなかったが、その目は興味深そうに二人に向けられていた。

「西岡は元気だよ。独立して事務所を構えてるし、大学の客員教授もやってる」

「へえ、西岡さん、頑張ってるんですね。今もよく憶《おぼ》えていますよ、番匠さんは、『監査法人なんてものはまったく当てにならん、何だ、あのだらしない連中は』って怒ってましたよね」

「そうだったかな。でもブンヤさんがいたので、言いたいことの半分も言えなかったんだよ、実は」

笑ってごまかしたが、当時、トウボウを担当する山手監査法人の対応に義憤を感じていた。だから、久しぶりに気の置けない友との席で監査法人と企業のもたれ合いについて一戦を交えたくなったのだ。

「あの頃は、番匠さんも純粋でしたね」

「オレがすっかり汚れちまっているような言い方じゃないか」

番匠は対座する鳴沢の肩を軽くこづく真似《まね》をした。

「こう見えても私はトウボウのことを真剣に心配してるんです。東洋染織って会社はアクリル関係ですよね、だからトウボウが昔みたいにまた間違いを犯すのではないかと心配で……」

そう語る鳴沢の声は、真剣味を帯びていた。いつもの明るい顔に翳《かげ》りを漂わせる。番匠から今夜の会合場所を聞くと、鳴沢は「貸し一つですよ」と大声を上げながら、部屋を出ていった。「ナルさん、実はそうなんだよ。事態はもう君の懸念《けねん》を超えている。東洋染織はトウボウの時限爆弾なんだ。すでにカウントダウンは始まりつつあるんだよ」とその背に叫び返したかった。

ソファから執務デスクに戻った。頰杖《ほおづえ》をつきぼんやりと鳴沢の話をしばし反芻《はんすう》する。

鳴沢が告げた「昔」とは昭和五〇年代前半に巨額の合繊不良在庫が発覚した件を指している。

昭和四八年度における合繊の業績絶頂期前後から、アクリル、ナイロン、ポリエステルの各合繊部門が「キャッチボール」や「三角取引」「宇宙遊泳」などの変則的な取引を競うように行ないはじめた。それらの頻繁な繰り返しは、在庫簿価を異常に膨れ上がらせると同時に、膨大な在庫をつくってしまう。結果、社は瀕死《ひんし》の状況に陥ってしまった。

「キャッチボール」は、翌期返品を前提に商品を商社に引き取ってもらうという最もプリミティブな詐術《さじゅつ》だ。「三角取引」はまず商社Aに商品を売り、商社Aから商社Bに転売してもらい、翌期以降に商社Bから仕入れ形態で買い取るやり方である。先ほど鳴沢が説明した「宇宙遊泳」は商社間で何度も転売してゆく過程で、製品がまるで宇宙を遊泳しているように見えるために付けられた栄《は》えあるネーミングだ。いずれもメーカーが粉飾によく使う手法である。

着地先を求めて漂うおびただしい反物が頭に浮かぶ。怒りが腹を突き上げ、番匠はおもわずデスクで拳《こぶし》を握りしめた。

何より見過ごせないのは、商品在庫が商社から社へ戻されるまでの間、金利を含んだ商社マージンが、また商社間で転売される場合にはそのたびに同様のマージンが、必ず乗せられてゆく点だ。翌期以降に買い戻されるのを前提に行なわれるので、トウボウから商社に出した時に計上した〈粗利〉と商社間で「宇宙遊泳」している時の〈金利を含んだ商社マージン〉は全《すべ》て買い戻し簿価に算入される。何回も繰り返せば簿価は法外にアップしてゆき、異常な在庫簿価を形成してしまうのだ。

その夜、東銀座の小料理屋で鳴沢を待った。薄暗い路地沿いの人目につきにくい場所にある店だ。カウンターに腰を下ろし、彼の放った自殺という言葉を苦く嚙《か》みしめた。

長谷川真也の訃報が美也子《みやこ》夫人からもたらされたとき、番匠は全身が震えるのを覚えた。入社を勧めてくれた大学の先輩であり、独特の慣習や合繊業界の仕組みなどを隅々まで教えてくれた師でもあった。四十九日が過ぎたのち美也子から分厚い郵便物が送られてきた。一冊の古びたファイルに添えられた手紙には彼の遺書の一部が綴《つづ》られていた。ファイルにはセピア色に変色している資料も含まれていた。

「このファイルを啓介に渡してほしい」と言い遺《のこ》したという。夫の自殺は進行していた肺ガンによるものだろう、それしか思い当たらない、と美也子は末尾に書き添えていた。筆跡は少し乱れて終わっていた。便箋《びんせん》の所々に涙の跡のような滲《にじ》みがあり、胸がかきむしられる思いがした。

指定の七時に少し遅れて鳴沢は姿を見せた。

「ナルさん、迷った？」

店に入ってきた鳴沢に番匠は手を挙げた。手書きの地図を渡しておいたが、この店を探し当てるのに少し手間取った様子だ。肌寒い夜なのに、汗ばむ顔をハンカチで拭《ぬぐ》いながら眉《まゆ》をへの字に曲げている。

「なかなか分かりにくい場所にありますね。番匠さんはよく使われるんですか」

しもた屋風の質素なつくりだが、板長の腕前は一流だ。個人的に愛用してきた良心的な小料理屋である。一〇人ほど座れる白木造りのカウンターに個室が二つ。今日は個室を取っておいた。席を立ち、鳴沢と奥の部屋に移る。

「まずはビールでいいかい？」

運ばれてきたおしぼりをすすめ、瓶ビールを頼んだ。

「番匠さん、山元元帥《げんすい》を覚えていますよね？」

つくづく仕事熱心な男だ。腰を下ろすや否《いな》や、懐《なつ》かしい名前を口にした。

「オイオイ、さっそく仕事？　野暮はなしだよ」

「そうか、飲むときに会社の話はしない人でしたね」

「そうだよ。酒と食事は楽しむのがモットーだから」

「分かりました」

あっさり引き退《さが》ってくれたようだ。

では今夜は仕事抜きでいきますか。グラスのふちをカチッと合わせ乾杯した。鳴沢は相当いけるクチである。料理をあまり口に運ばず、ビール瓶を立て続けに空にしていった。番匠が学生時代にヨーロッパを旅したときロンドンで同性愛者に迫られ一目散に逃げた話や、鳴沢の海外駐在時代の失敗談などに花が咲いた。

日本酒に替え盃《さかずき》を重ねたところで、鳴沢はまたぞろ話を持ち出した。

「番匠さん、トウボウはあの頃みたいにならないでしょうね」

山元元帥の話に逆戻りか、と苦笑いする。立場が違えども、この仕事熱心さが好きだった。様々な立場の人間と交わり、靴底を擦り減らして粘っこく真実を追い求める。性根のすわったジャーナリスト魂に敬意を払っていた。

山元義和《よしかず》はもともと羊毛事業に籍を置いていたが、アクリル事業の開始と同時にそのボスの座に就き、その後も居座り続けた人物であった。大阪北新地のクラブから出勤するなど武勇伝にも事欠かない、親分気質《かたぎ》の事業本部長で「元帥」の異名をとっていた。

「えらく元帥にご執心だね」

番匠は茶化しながら盃を一気に呷《あお》った。「立山」はバランスのいい、爽《さわ》やかな辛口だ。

「山元元帥はトウボウを辞めてから、丹波篠山《ささやま》でエステル系クズ加工の生産工場を抱えて事業を立ち上げたでしょう。当初は順調な滑り出しだったようですが、しばらくして行き詰まって倒産。その後に亡くなった。さぞかし心残りだったに違いないと……」

「よく知っているね。遊びも仕事も豪快な人だったと元側近から聞いているけど、私も直接は知らないんだ」

「昭和五三年頃でしたっけ？　あれが発覚したのは」

鳴沢が大阪の街を精力的に駆けまわっていた昭和五三年、糸偏の商社筋からトウボウがアクリルでとんでもない架空取引をしているとの情報をキャッチしたという。

「今度は焼酎《しょうちゅう》にする？　ウィスキー？」

話題を変えようとしたが、今夜の鳴沢はしぶとかった。「芋焼酎でいいです」と答えながら話を逸《そ》らさない。

「膨れ上がった在庫簿価が発覚したのは昭和五三年だったけど、『宇宙遊泳』はもっと前からやってたんでしょう？」

顔を火照《ほて》らせながらも鋭く切り込んでくる。確かに鳴沢は繊維に詳しいし、昔からトウボウの合繊問題に執心している。記者として特別に気になるポイントでもあるのだろうか。

「うん、在庫簿価がひとりでに膨れ上がることはないからね」

法的にはもう時効になっているが、できれば触れられたくないのが本音である。

それは、まさにトウボウ崩壊の端緒を開く大事件だった。

合繊部門は昭和四九年度▲五七億円の赤字から始まり、昭和五二年度の▲二七五億円を頂点として、一六年間巨大な赤字を計上し続けた。昭和五〇年代前半には表面上の赤字よりもむしろ異常に膨れ上がった不良在庫を懸念した総合商社から厳しい与信枠を設定され、破綻《はたん》危機の風説も流された。

とりわけ山元事業本部長が率いるアクリル部門の在庫内容はひどかった。トウボウ史上最悪の凄《すさ》まじい粉飾を行っていたのだ。

「山元元帥はたしかにひどかったけれど、もっとひどいのは西峰一斉ですよ。違いますか、番匠さん」

いつのまにか鳴沢の目から酔いが去っている。

「必要な構造改革を先送りしてきたことが、負債を膨らませてきたんでしょう！ 労使は運命共同体という西峰さんの経営思想がトウボウを鵺《ぬえ》のような不可解な企業体質にしてしまったんじゃありませんか？　西峰さんに比べたら兵頭社長なんて人物は小粒で可《か》愛《わい》いものですよ」

「おっと、そこまでにしておこう」

軽く手を挙げ、核心に迫ってきた鳴沢にブレーキをかけようとしたが、勢いは止まらなかった。

「トウボウをここまでダメにした張本人は西峰さんじゃないですか。少なくともＯＢ連中はそう思っていますよ。特に合繊の古株や大阪本部にいた管理部門のＯＢは黙して語らないだけでそう感じていますよ」

黙って聞くしかない。西峰に向けられた鳴沢の切っ先は鋭く尖《とが》っていた。

「ＯＢや世間の多くがそう感じているという事実にこそ、重い意味があるんじゃないですか」

焼酎のロックを飲み干した鳴沢に、分かりきったことだという顔を向け、立場上外部の人間に腹を割れない悔しさを噛みしめた。

「それにしても、『宇宙遊泳』の後が今ひとつ判然としなかったんだよなぁ……」

ぽつりと疑問を口にした。気付けば店には、二人しか残っていなかった。小さな店だから、縄簾《なわすだれ》で仕切った個室からはカウンターの様子も窺《うかが》える。

商社筋から仕込んだ情報を梃子《てこ》に、当時のトウボウの粉飾実態を探ってみたという。

しかしメインバンクの強固な壁に阻まれて決定的な事実を把握出来なかったらしい。

そもそも企業の粉飾は、外からは見えづらい。いわんや実態の洗い出しなど簡単にできるものではない。もし露見するとすれば、「倒産」か「内部告発」のどちらかの切っ掛けしかなかろう。その意味でも、企業と密接に関わりを持つ監査法人のあり方に大きな疑問が湧《わ》いてくる。

鳴沢はたたみ掛けてくる。

「西峰さんは当時よくオイルショックのせいにしていましたよね。それも関係してたかもしれないけど、実際には合繊の粉飾からきた影響をまともに受けたからじゃなかったんですか？」

昭和五〇年度の一株当たり三円の配当を最後に、五一年度から五七年度までトウボウは無配を続けた。西峰一斉は、オイルショック後に襲った不況のせいだ、とメディアを通じて盛んにアナウンスした。しかし鳴沢はこれを額面通りに受け取っていなかった。昭和五一年度から五七年度の間、「宇宙遊泳」などによる粉飾の影響を正面から受けとめざるを得なかったのではないか、と推測していた。

確かに昭和四八年の第一次オイルショック後の不況で繊維大手は軒並み打撃を受けた。しかし同業他社の立ち直りはそれなりに早かった。他社はリストラにひたすら取り組んだ。それに反して西峰は「労使運命共同体論」を掲げ、賃金を凍結することで人員に手をつけなかった。温情策が裏目に出て回復の足を引っ張ったが、トウボウが同業他社と根本的に異なるのは合繊巨額在庫によるダメージを受けた点である。それがこの企業グループをいよいよ追いつめた、という事実は世間にあまり知られていない。

ここでは、鳴沢をやんわりと突き放さざるを得なかった。推察するところ、彼は合繊粉飾の構造をほぼ見透かしてはいる。しかしその後のストーリーはぼやけて見えるのかもしれない。

「先祖伝来の田畑屋敷」をグループ内外に売却し続けて得た特別利益のやり繰りだけで、『宇宙遊泳』によって生じた窮地から逃げおおせることができたのか？　鳴沢はそう怪しんでいる。トウボウの信用不安説はそれほど根強かったのだ。

合繊の巨額粉飾までは概《おおむ》ね目の前の男の推測通りだ。しかしながらその後のストーリーは最高機密の深いベールに包まれてきた。特に山手監査法人が果たした役割について知る者は少ない。

「経理にはあまり詳しくないので番匠さんに教えてほしいんですが、『逆さ合併』ってどんなものですか？」

謙虚な口振りで発せられた質問に、驚かされた。鳴沢は大学で会計学を専攻し、公認会計士を目指したこともある勉強家だ。経理に疎《うと》い人間では決してない。「逆さ合併」こそ、トウボウが不良資産の解消に長年使ってきた手法だったのだ。

「いや、長年経済記者をやっていると『逆さ合併』という言葉を時々耳にすることがあるんで、前から気になっていたんですよ」

背に冷たい汗が走った。

「教えて下さいよ、番匠さん」

芋焼酎の水割りを口元に運び、意識的に間をかせいだ。

「別に構わないけど、酒席にはそぐわない話になるよ」

「無粋は承知の上です」

鳴沢は酒で潤《うる》んだ目を輝かせた。

「一般的に『逆さ合併』ってのはね、規模の小さな会社を存続企業とし、規模の大きな会社を消滅企業として、小が大を呑《の》み込む合併を指すんだけれど、赤字会社を存続会社として黒字会社を消滅会社として、赤に黒を呑み込ませる合併を指す場合もある」

「赤が黒を呑み込む、ですか……」

鳴沢は二、三度首を大きく振った。

「どこにメリットがあるんですか」

「通常は税金対策だね」

「税金対策？」

「突然どうしたの？」

「そう」

　この手の話が大好きな記者だ。身を乗り出してくる。

「分かりやすく言うと？」

「黒字会社が赤字会社を吸収合併することは現会社法下では原則禁じられている。ここでいう赤字会社とは債務超過または不良資産を抱えた実質債務超過の会社を指すんだけどね。つまり財産的な裏付けがない『負の会社』は被合併会社として吸収合併できないわけだ」

「そうか、黒が赤を吸収合併できないから、赤に黒を吸収合併させるのか」

「ご名答。その場合、合併法人である赤字会社の繰越欠損金と被合併法人である黒字会社の利益とが相殺《そうさい》され、合併後の会社は税金逃れ、つまり課税回避のメリットを享受《きょうじゅ》することができるわけだよ」

「だから、税金対策なのか！」

　納得したような顔付きをした。ガラガラと戸が開く音がした。遅くまで残業でもしていたのか、男性客二人が、腹ぺこで目まいがするよ、などと愚痴りながら入ってきた。生ビール二つ急いでたのみます、という大きな声が個室まで響いた。鳴沢は新規の客を気にしてか、急に声をひそめ、

「でも、そんな上手《うま》い話がまかり通るのですか」

と上目使いで睨《にら》み、白眼を大きく迫り上がらせる。

「すべてまかり通るというわけにはいかないね。黒字会社の課税回避を目的とした『逆さ合併』である、と税務当局に認定されれば課税トラブルにつながる。もし企業側が税務当局と争う場合には国税不服審判所、時には裁判所にその審判を委《ゆだ》ねなければならなくなる」

「『逆さ合併』における課税回避は必ずしも担保されていない、というわけですか」

その通りとばかりこくりと頷《うなず》き、「だから、そう認定されないように知恵を働かさねばならない」と付け加えた。

「三〇年ほど前の合繊粉飾処理に『逆さ合併』の手法を使いました？」

やはり何らかの手掛かりを摑《つか》んでいるのか。

「私が若い頃なのでね、知らないとしか言いようがないよ」

当たり障《さわ》りなくかわして様子を窺うしかなかった。鳴沢の目は少年のように輝きを増す。

「そうですか、その時代の資料は残っていないのですか？　もはや時効になってる案件だから、語って頂いても問題にはならないと思いますけどね……」

書斎にしまい込んである古びたファイルがちらついた。長谷川の遺族から受け取ったファイルだ。

「どうして三〇年前の事件にこだわるの？」

「経済記者として腑《ふ》に落ちないからです」

「なるほどね。でも、一〇年以上も昔の資料は本部を大阪から東京へ移した時点でどう処理したのかは、分からんね」

商業帳簿の保管期限は法律で一〇年と定められている。これ以上追いかけても無駄だよ、と諭すつもりでさり気なく言ってみた。

「合併する時に土地の評価益を計上するのは可能ですか？」

質問は的を射ている。いちばん触れられたくない問題だ。

「まあ、計上できるよ。合併する際に被合併会社の資産の受入価額を時価で計上できるからね。現法ではもちろん簿価のままでも受け入れできるけど……」

心なしか自分の声が沈んでゆくように聞こえた。

「じゃ、時価と簿価の差額を合併評価益*で埋められますね！」

鳴沢の声はそれと反比例して力強さを増している。

「その通り。なかなかのものだね、ナルさん。感心したよ」

じわじわと間合いを詰められてゆくような気分だった。

「へへへ、これでも会計学をかじっていましたからね」

どうやら資産売却以外に、合併による評価益によって何らかの財務対策を講じたと睨んでいるらしい。それでトウボウは難局を乗り越えてきたのではないか、と疑念を抱いているようだ。いったいそんな情報をどこから仕入れた？

鳴沢の目は獲物を追いつめる狩人《かりうど》の光を放っている。

「昭和五〇年代前半に露見した合織不良在庫は本体の外側で始末したんじゃないですか？　闇《やみ》から闇へと」

確かな情報を手に入れている。記者はとうとう核心に踏み込んできた。

「さあ、どうなんだろう？　昔のことだからね」としらばくれて見せたが、またもや古びたファイルが浮かんできた。それは合織巨額粉飾を隠蔽《いんぺい》するためのウルトラC級の手引書だった。ファイルには、目前の苦境から西峰一斉を脱出させるために数年間次々繰り広げられた知られざる秘話が収められている。監査法人をも巻き込んだ汚れたスキームだ。

歴史的に所有していた膨大な土地等の含み益を財源にして、「分社」と「逆さ合併」を巧みに組み合わせ、高度な会計技法を駆使しながら、一千億円単位におよぶ合織不良

＊**合併評価益と合併差益の関係**＝合併時に、被合併会社から引き継いだ純資産価額が合併により増加した資本金額（合併交付金を含む）を超える場合、合併差益が生ずる。合併差益は①減資益からなる部分、②資本積立金からなる部分、③利益積立金からなる部分、④資産の評価益からなる部分で通常構成されるが、法人税が課税されるのは、④についてのみである。

在庫を処理していた。

本体から独立した繊維の完全子会社が実質破綻し、すでに多額の不良在庫を抱えているとする（本体籍の合繊不良在庫を本体から分離させた完全子会社に抱かせる場合もある）。当然これらのケースの子会社は実質債務超過状態だ。ここで、これらを「赤字子会社」と称する。

①本体から事後設立方式*により簿価譲渡して含み益のある土地等を持った完全子会社を設立する。これを「黒字子会社」と称する。

②赤字子会社を存続法人（合併法人）、黒字子会社を消滅法人（被合併法人）として、「赤」が「黒」を呑み込む「逆さ合併」を行なう。

③この合併時に赤字子会社は黒字子会社の土地等を時価で合併受入できるので、合併後の会社は土地等の時価と簿価との差額を「合併評価益」として計上する。

④存続法人である赤字子会社の抱えた不良在庫を、前述の合併評価益を財源にして相殺償却する。

これだけの仕組みである。あとは「見え見えの逆さ合併」との指摘を受けないように「合併を行なう経済的合理性」というロジックを用意するだけだ。ただし一時的に大きな効果が享受できる代わりに、後世に重い負の遺産を残す。

一千億円単位の不良資産額をこの世から消し去るためには、逆さ合併時に土地等の固定資産を時価まで評価上げして多額の評価益をひねり出さなければならない。合併後、評価対象となった土地、建物、機械はもともとの簿価を評価益額分だけ膨張させる。これこそが、いつまでたってもトウボウの業績が回復しない根源となったのである。

第三者に固定資産を売却しない限り、外部から資金が入ってくるわけではないので、グループの借入金はいっこうに減らないし、金利負担は軽減しない。そればかりか減価償却資産である建物、機械などは評価上げした翌年から減価償却費が急増するため著しく損益負担が大きくなる。財政を圧迫する問題を先送りしてゆくだけである。

合併評価益で貸借対照表上の不良資産を消しても、内々に土地等の固定資産の増額に振り替えたに過ぎない。いっこうに変わらぬ重い金利負担と急増する減価償却費。加え

＊**事後設立**＝事後設立とは営業用として予定していた財産を会社設立後、一定の要件下で会社が譲り受ける契約を結ぶことである。まず事後設立法人（ここでは親会社＝A）が金銭を出資して被事後設立法人（ここでは一〇〇%子会社＝B）を設立し、株主となる。そののち、事後設立法人（A）の資産を被事後設立法人（B）に売却して事後設立法人（A）はその対価としての金銭を受け取る。商法上は資産等の売買取引価額を通常時価と予定するものの、法人税法上では、一定の要件を満たせばその資産等の譲渡益を課税上繰延べ（圧縮記帳）でき、簿価で譲渡したのと同じ効果が得られる。

て本来の事業の出血がとまらない状況が続けば、会社は持ちこたえられない。その結果、それらの多額赤字をカバーするため新たな粉飾を始めなければならないという悪循環に陥る。

それこそが、昭和六〇年代から平成一桁《けた》の時代に繰り広げられた粉飾劇第二幕の原因だったのだ。羊毛部門、ファッション・アパレル部門を筆頭に、合繊、フーズも加わり、さらにハウジングの不良資産を抱かされたトウボウ不動産までが行った数々の粉飾不祥事である。『トウボウ粉飾連鎖史』の頁《ページ》が閉じられる日はいったいいつ来るのか——。

「どうかしたんですか、考え込んじゃって!」

声をかけられ、我を取り戻した。

「いや、別に。昔はよかったなあ、と懐《なつ》かしがっていただけだよ」

苦笑いを浮かべ、その場を取り繕った。

「関係会社間の合併による評価益などで、合繊不良在庫を表面上消し去ったのだと私は考えています。しかしいったいどんな風に始末をしたのかが、今ひとつ分からないのです」

「そりゃ、オレだって分からないよ」

冷たく突き放すしかなかった。この辣腕《らつわん》記者は西峰の悪業《あくごう》の尻尾《しっぽ》をつかみかけている。

のらりくらりと逃げ続ける番匠に鳴沢は不満気に唇を突き出し、いつのまにか芋焼酎《いもじょうちゅう》をウィスキーに変え、ロックを呷《あお》り出す。そりゃ、そうだろう、ナルさん、いくら確かな筋から情報を得たとしてもそこまではなかなか届くわけがないよ。彼の干したタンブラーをぼんやり眺めつつ、在庫後始末の対策に使われた会社群の幾つかを醒《さ》めた頭に思い浮かべた。

合繊巨額粉飾の後片付けはじつに巧妙になされた。おびただしい不良在庫が人目につかない子会社群で密《ひそ》かに処理され、関連資料も余人の目に触れぬよう処分された。しかし闇に葬《ほうむ》ったと思われていた真実は、セピア色の資料として生命力を宿し続けていたのだ。番匠は長谷川のファイルを頭で繰った。静止させたのは詳細な説明を施した「合織変遷史《へんせんし》」のページだ。

トウボウは「宇宙遊泳」による合織巨額不良在庫をもみ消すため、まず「ミヤコジマ興発」*【昭和五三年一一月設立　資本金三億五千万円】、「アワジ産業」【五四年九月設立

＊**減価償却資産**＝土地と異なり、建物・構築物・機械装置などの固定資産は年数の経過とともにその価値を減じていく。減価償却資産については、購入した金額をその購入年度に必要経費として一括計上することはできない（少額減価償却資産を除く）。その資産の使用可能期間の全期間（実務的には税務上一定の法定耐用年数が定められている）にわたって分割費用化していく必要があり、これを減価償却という。

＊**ミヤコジマ興発**＝76～77ページ図表「トウボウの合織変遷史」参照。

資本金三億五千万円】ら百パーセント子会社を順次、設立登記した。資本金を五億円までにおさえたのは当該会社が商法特例法による会計士監査を受けないためである。

これらは事後設立方式により法が定める一定要件の下、設立後すぐに本体から土地等が簿価譲渡された受け皿会社であり、含み益をたっぷり抱える完全子会社だ。いずれもトウボウと縁のあるローカル・エリアの地名をとってその社名とした。

二つの子会社を設立する以前の昭和五〇年七月には、繊維事業の抜本的強化をはかるためと称し、全繊維の販売部門を本体から分離、トウボウ繊維販売株式会社【資本金三〇億円】を設立している。営業機能を充実強化し、消費者志向に徹した商品企画と販売活動に専念するというお題目の下に発足させたのだ。

すでに「宇宙遊泳」などの操作が日常化しつつあり、根本問題の解決をなおざりにしたため、繊維販売の分社化は惨憺《さんたん》たる結果に終わった。その処理対策のため五四年三月にトウボウ繊維販売を「ウメダ興発」に社名変更せざるを得なくなる。社名を変えた理由は、トウボウ繊維販売を前述のミヤコジマ興発と「逆さ合併」しようとする魂胆によるものだ。前もって繊維の臭《にお》いを社名から消しておく必要があった。

ただし、「逆さ合併」を同年四月に問題なく行なうためには、三月の社名変更前にかならずトウボウ繊維販売の中味を構成する販売部門のすべてをどこかの「受け皿会社」へ移管しておかねばならない。

≪逆さ合併フロー例示≫

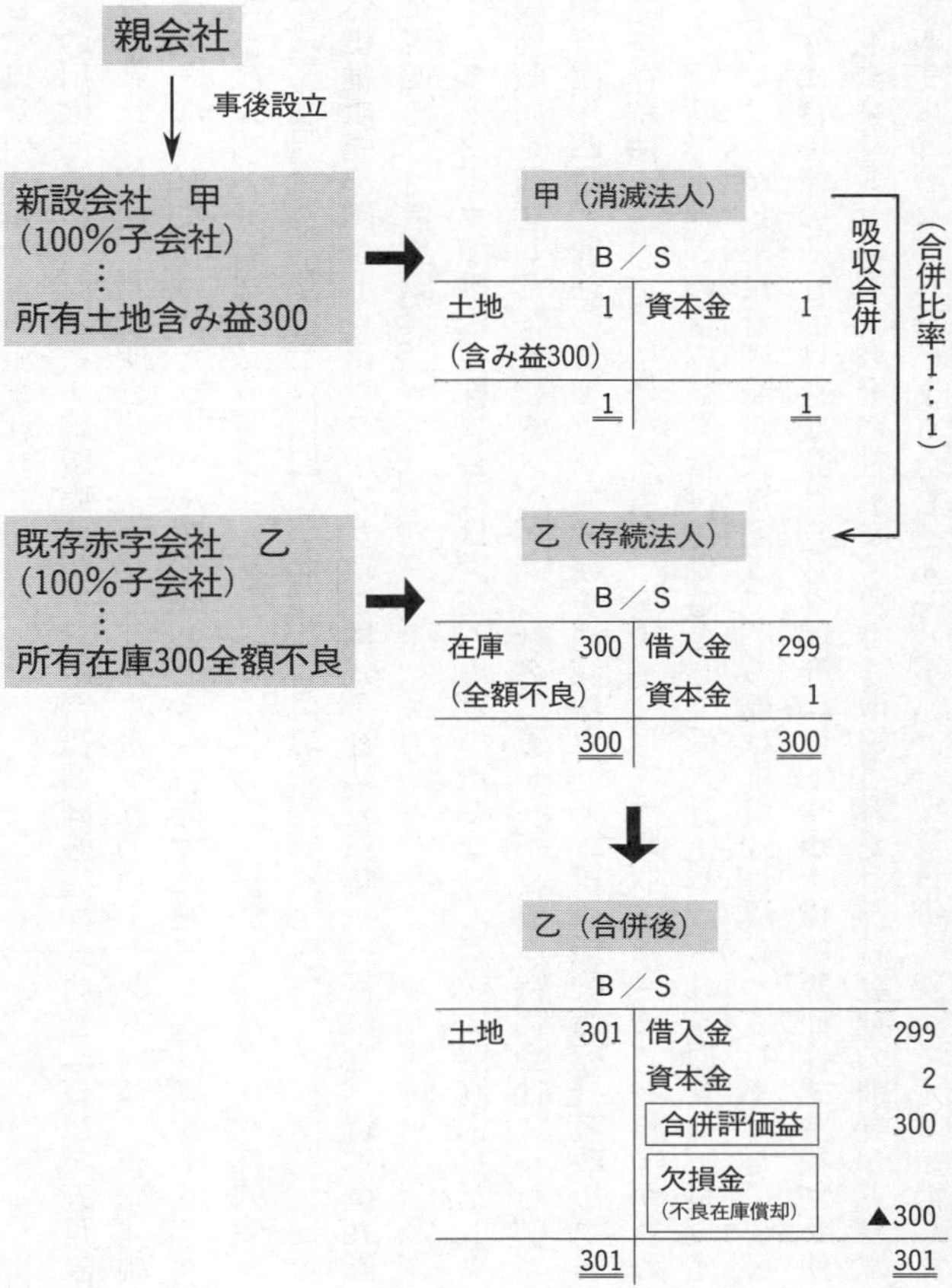
親会社
事後設立
新設会社　甲
(100%子会社)
…
所有土地含み益300
甲（消滅法人）
B／S
土地　1　資本金　1
(含み益300)
1　1
吸収合併
(合併比率1：1)
既存赤字会社　乙
(100%子会社)
…
所有在庫300全額不良
乙（存続法人）
B／S
在庫　300　借入金　299
(全額不良)　資本金　1
300　300
乙（合併後）
B／S
土地　301　借入金　299
資本金　2
合併評価益　300
欠損金
(不良在庫償却)　▲300
301　301

そこで以下のスキームが組まれた。
①合織の川上部隊に当たる糸・綿販売部門を日本合織共同販売株式会社【五三年五月設立、資本金三〇億円。曙化成《あけぼのかせい》五〇パーセント、トウボウ五〇パーセント出資＝販売体制の強化の一環として作られたライバル曙化成との合弁会社】に五三年六月移管する。
②川中部隊に当たる合織テキスタイル販売部門をトウボウ合織テキスタイル株式会社【五三年一二月設立、資本金九億円】に五四年二月営業譲渡。
③天然繊維販売部門をトウボウファブリック株式会社【五三年一二月設立、資本金九億円】に五四年二月営業譲渡。
かくしてトウボウ繊維販売株式会社は実質もぬけの殻となった。次に空洞化したトウボウ繊維販売を前述したようにウメダ興発と社名変更し、不良資産特化会社にした。

昭和五四年四月、前述のミヤコジマ興発を消滅法人、トウボウ繊維販売社名改めウメダ興発を存続法人として、「ウメダ」が「ミヤコジマ」を吸収する「逆さ合併」が行われた。合併時に土地等の含み益を合併評価益として受入計上し、それを原資に不良資産を処理した。しかし不良資産額が大き過ぎて、一部は未償却に終わってしまった。

ちなみに合併後の新社名は存続会社ウメダ興発【旧トウボウ繊維販売株式会社】を使わず、消滅会社ミヤコジマ興発の社名にすぐさま改訂された。存続会社の前身がトウボウ繊維販売に即つながらないようにしたかったのか、「逆さ合併」のイメージを消したかったのか、この案件に関わらなかった番匠には定かではない。

次なるステップとして、新生ミヤコジマ興発を存在法人（合併法人）とし、含み益を抱えさせ本体から昭和五四年九月に分離させた前述のアワジ産業を消滅法人（被合併法人）として、同年一二月に再度「逆さ合併」を行った。ミヤコジマ興発は合併時にアワジ産業の持つ土地等を時価で受け入れ、その含み益を合併評価益で計上し、それによって不良在庫の残骸《ざんがい》を始末。ミヤコジマ興発なる会社はその使命を終えたため翌五五年二月に解散、清算結了の登記をすませた。

つまりミヤコジマ興発なる法人がこの世に存在していなかったかのようにその法人格を抹殺してしまったのだ。法人格が消え去れば税務調査を受けないですむ。税務問題はもちろん、不良資産の償却事実も闇に葬ることができる。結果、不良資産の存在は世間に露見しないまま一件落着、という次第だ。

ミヤコジマ興発はほんの端役《はやく》にすぎない。変遷史が示すように、巨額不良資産子会社（ないし実質債務超過子会社）が膨大な含み益を持った黒字子会社を呑み込み、「逆さ合併」のたびごとに多額の合併評価益を吐き出させて合繊巨額不良資産の痕跡《こんせき》をこの世から大方きれいに消し去ってしまったのである。

「一種の芸術に近いですな」

賞賛なのか皮肉なのか、五井銀行幹部がかつて発した言葉が番匠の耳に残っている。

トウボウのその後の運命を決めた「合繊巨額不良在庫及びもみ消し」事件の片棒を担《かつ》がされたのが、当時の山手監査法人だ。その中心人物が代表社員の会計士伊岡谷之助《いおかたにのすけ》である。実に太っ腹で懐《ふところ》が深いパートナーだった。戦前からの名門企業ゆえ膨大な含み益資産が無限にあると勘違いしたのであろう。伊岡はトウボウの非常識な要請をことごとく丸呑《まるの》みしていった。

鳴沢の眠そうな声に我に返った。

「そろそろ帰りましょうか？　少し飲み過ぎたようです」

頭が回転するのに一瞬の間を要した。

「おお、そうだね。ナルさんの厳しい追及にはほとほと参りました。お開きにしましょう」

腹を空《す》かして飛び込んできた男性客も知らぬ間に姿を消していて、店には番匠と鳴沢だけしか残っていなかった。

さすがに酔いが回ったのか、鳴沢はゆらゆらと立ち上がった。今日も不完全燃焼、消化不良状態、などとぶつぶつ呟《つぶや》きながら、立ったままコップのお冷《ひや》を美味《うま》そうに一気に飲み干す。

主人に呼んでもらったタクシーに鳴沢を乗せた。

トウボウ本体の外で、一般人の目に触れにくい百パーセント子会社を作り、上場企業の膨大な不良資産の大半を密かに処理した。あまつさえ、それらの行為に監査法人がお墨付きを与えてしまった。一連の共同犯罪は、我が国の産業史上に残る一つの汚点だろう。

銀座のイルミネーションの中を酔いざましに少し歩いた。三〇年前に巨額粉飾で切り抜けようとしたアクリル事業に今また、この会社は追いつめられている。恐るべき因縁に身の毛のよだつ思いがした。

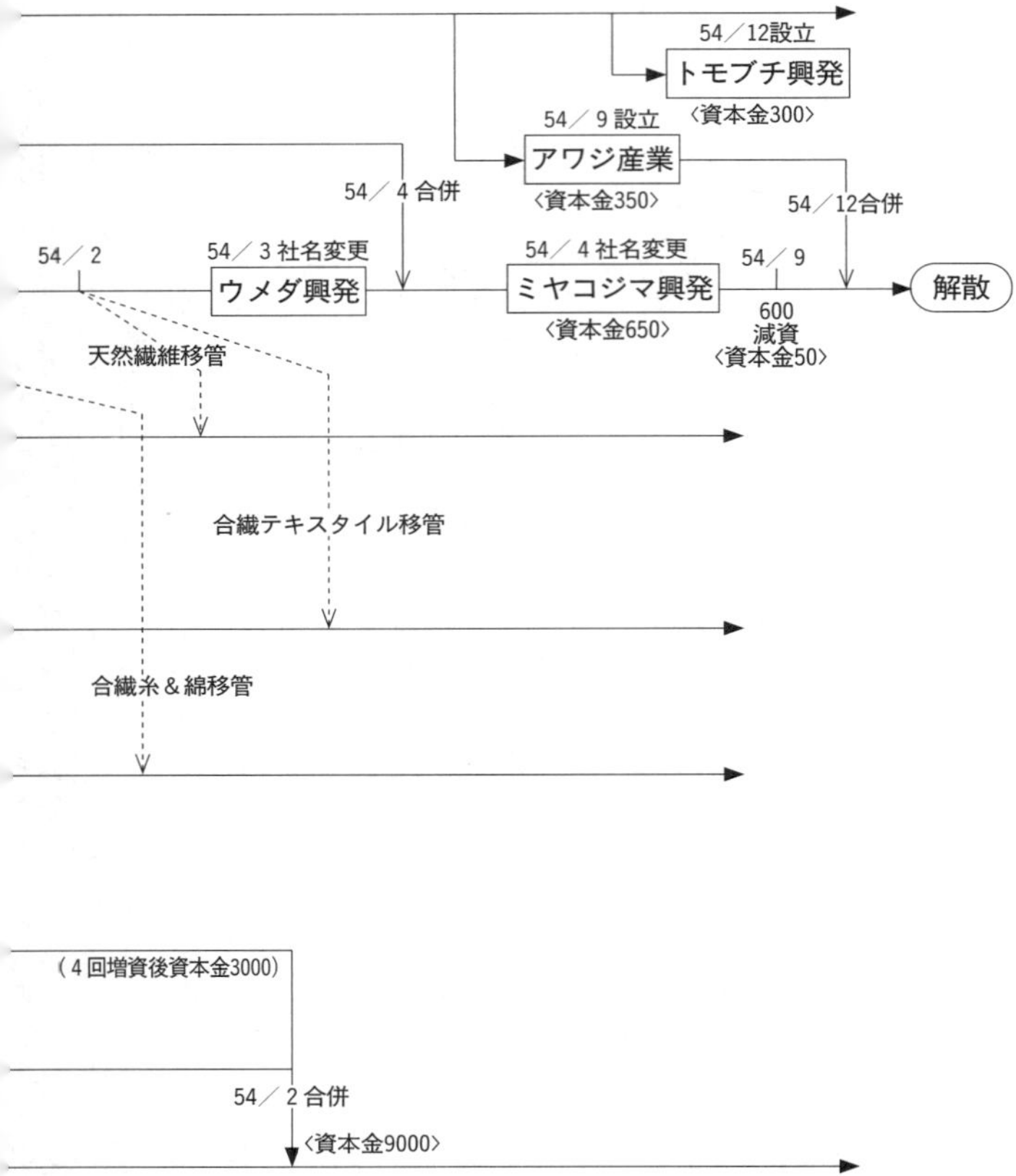
54／12設立
トモブチ興発
〈資本金300〉
54／9 設立
アワジ産業
〈資本金350〉
54／4 合併
54／12合併
54／2
54／3 社名変更
ウメダ興発
54／4 社名変更
ミヤコジマ興発
〈資本金650〉
54／9
600
減資
〈資本金50〉
解散
天然繊維移管
合織テキスタイル移管
合織糸＆綿移管
（4回増資後資本金3000）
54／2 合併
〈資本金9000〉

トウボウの合織変遷史（単位：百万円）

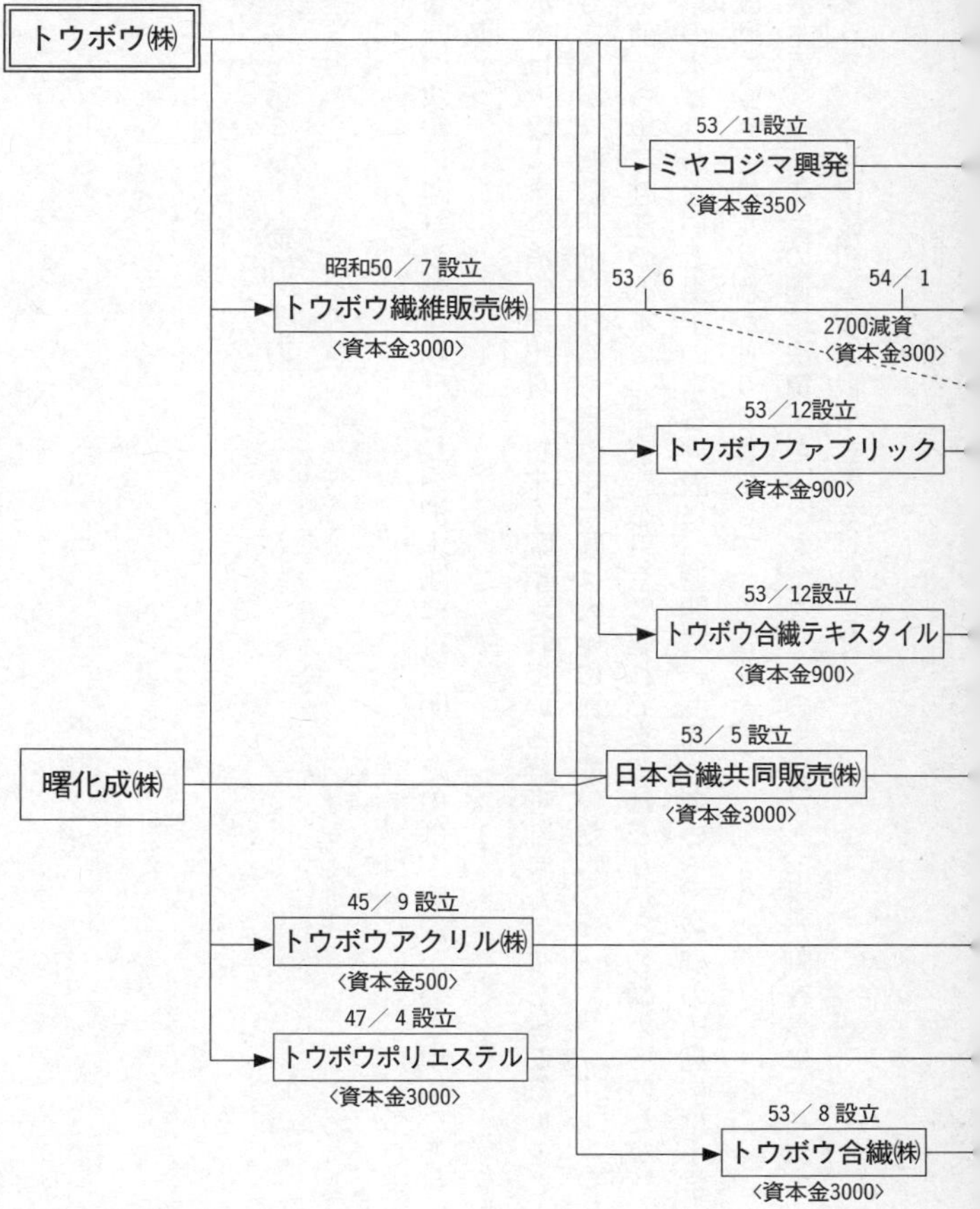
トウボウ㈱
53／11設立
ミヤコジマ興発
〈資本金350〉
昭和50／7 設立
トウボウ繊維販売㈱
〈資本金3000〉
53／6
54／1
2700減資
〈資本金300〉
53／12設立
トウボウファブリック
〈資本金900〉
53／12設立
トウボウ合織テキスタイル
〈資本金900〉
曙化成㈱
53／5 設立
日本合織共同販売㈱
〈資本金3000〉
45／9 設立
トウボウアクリル㈱
〈資本金500〉
47／4 設立
トウボウポリエステル
〈資本金3000〉
53／8 設立
トウボウ合織㈱
〈資本金3000〉

第3章　粉飾圧力

番匠が決算に臨む姿勢を経理部長の沢木剛に打ち明けたのは、鳴沢が姿を現すひと月ほど前だった。

沢木は大阪大学経済学部出身、将来を嘱望されている経理部長だ。少し線が細いところもあるが、頭脳明晰《めいせき》、性格も実直で番匠は大いに買っていた。

以前から単身赴任の沢木に「ご家族を東京に連れて来てはどうか」と勧めていたが、東京の水は合わないと妻子のいる大阪に二週間に一度帰っている。故郷の広島には小学校教師を勤め上げた父親が独りで暮らしていると聞く。

「沢木君、一三年度の連結決算、たいへんだな。このままだと、また副社長にやられてしまうぞ。今回は最初から作戦を立てて対処したい」

本社二四階にある財経会議室は十数人規模の会議が行える広さだが、この日は番匠と沢木のふたりだけである。

「桜木さんとの打合せにおいては、しばらくのあいだ沢木のレベルで徹底抗戦してくれないか。脅したりすかしたりしてくるだろうが、どうにか耐え抜いてほしい。連結債務超過解消直後の決算だから、債務超過解消のためなら何をやってもいい、と言われた昨年度決算とは違う」

「すでに副社長はとんでもない要求をしてきています」

番匠は、銀行の貸し剝《は》がし対策以外に、平成一二年八月まではブラジルの案件、同年九月から一三年三月までは東洋染織の実態調査などで奔走していたので、沢木は桜木に頭越しの決算指導を受けていた。

「連結債務超過解消までは我慢を重ねてきたが、もう限界だよ」

兵頭・桜木との対決姿勢をはっきり示しておきたかった。両トップの強引な指導を妨げるには沢木との連携プレーが不可欠となるからだ。

「新会計基準に対処するため、これまで副社長から連結外しなど直々に決算指導を受けてきましたが、金属疲労状態と言いますか、私もそろそろ墜落寸前です」

「桜木さんはきわめて頭の回転が早いし、悪知恵にかけても天下一品だ。分かっているとは思うが、しばしば一本釣りをしてくる。そして自分の手を汚さずにその人間に事を運ばせる。こちらも腹をくくって備えておく必要がある」

職務分掌上、桜木副社長は企画本部長兼社長補佐の地位にある。しかし事実上の社長代行者であり本部スタッフの全権限を一手に収めている。事業統括であれ財務経理であれ、その所管本部長を無視して、部長に直接指示を与えるのが副社長の常套《じょうとう》手段だ。

「分かりました。今回もまたいつもの調子でやられてしまうのか、と正直心配だったのですが……」

これまで桜木に振り回されてきた沢木は顔を幾分紅潮させている。

「出番が回ってくれば、私なりのやり方で徹底抗戦してゆくよ。お互い意思疎通《そつう》だけは絶やさぬようにしたいが、共闘しているのを桜木さんに悟られるとまずい。間違いなく首を狙《ねら》われる。お互い注意してもし過ぎることはない。会社を守るために身を張るべき時期だよ。粉飾にメリットなど一つもない」

「おっしゃる通りです。何とか頑張ります。……それにしても、桜木さんの要求はあまりにも無茶なことばかりで呆然《ぼうぜん》としますよ」。沢木は顔を歪《ゆが》めた。

その頃、住倉五井銀行本店では坂上成久常務が配下の融資八部・根本幸夫部長や若い上席部長代理を招集し、緊急ミーティングを開いていた。

「麻生会長もたいへん心配なさっている。どうなんだ、トウボウの状況は？」

行内ではトウボウに関する諸問題は「五井案件」とか「麻生案件」などと称されている。

「常に資金繰りのため逼迫《ひっぱく》しています。今月も一五日と月末が危険で、仮に一五日が乗り越えられたとしても月末に五〇億から六〇億ほど資金ショートする可能性が高く、当行の融資が要るでしょう。事業統括室に日繰り表で日別管理させているのが実情です」

小柄で細身なわりにドスの利《き》いた太い声を発する根本が、まず喫緊の資金状況を報告した。住倉五井銀行は「損益」と「資金」を一体管理させるため、平成一〇年下期からトウボウの事業統括室に従前の損益だけではなく資金もあわせて管理させていた。

トウボウは伝統的に損益管理*だけを優先し、資金管理はなおざりにしてきた。昭和五〇年代に発覚した合繊巨額粉飾事件を反省材料として、メインバンク五井の指導でそれまでの短期利益計画の管理所管を、西峰社長色の強い企画室から財務経理本部新設の管理部に移管したのだ。

＊**損益管理**＝ここでは損益計算書中心の管理方法を指している。企業が商品を売って獲得する売上高から製品原価、販売費及び一般管理費（いわゆる営業費）を差し引いた後の「営業利益」、さらにそこから借入金の金利など営業外収支を加減して算定した「経常利益」に重点を置く管理手法である。損益にとらわれすぎる管理方法においては資金管理がなおざりとされがちで、企業の財政状態を示す貸借対照表の悪化を招く。

当時のトウボウは、合繊不祥事で生じた経営危機に対応するため、五井銀行から派遣された役員クラス二名を迎え入れた。一人はトウボウの代表取締役会長として、もう一人は財務経理副本部長としてである。秋山社長時代に桜木を五井銀行から会社再建のため受け入れたのは、西峰時代のときとあわせて経営史上二度目ということになる。

全社の短期利益計画とその損益の進捗《しんちょく》管理は長いあいだ、管理部またはのちに名称変更された事業統括室の下で運営されてきた。事業部門に粉飾させるためにはこの部門の実質的な働きが欠かせない。経理部は法的な後処理を任されているだけだ。いっぽう、資金の管理所管だけは伝統的に財務部に属しており、損益管理と資金管理はスプリットしていた。

通常粉飾がはびこると資金と損益が第三者に説明できないほど大きく乖離《かいり》し出す。トウボウも例外ではない。誰にも説明がつかないほど乖離が広がり、慢性化していった。無理に利益を捻出《ねんしゅつ》しようとするあまり、在庫を作り過ぎたり、返品ぶくみの「押込み販売」で売上債権を肥大化させたりする行為が運転資金を雪だるま式に膨らませてゆく。計上される利益の大きさに比べて資金の捻出額が少なく、それどころか資金ショートさえ起こしてしまうという珍現象がしばしば見られた。膨大な借入金と多額の非稼動《かどう》資産をつくり上げる損益至上主義は現在に始まったことではなく、大昔からの体質だった。

東証一部の大企業が日繰り表で日別資金の管理をすること自体、経営の異常事態を物語っている。資金流出がどうにも止まらないこのグループの杜撰（ずさん）さに、銀行は苛立ち（いらだ）を隠せなかった。日本を代表する老舗《しにせ》企業はここまで傷《いた》み切っているのだ。

「どうして、いつもいつも資金が足りないんだ？」

坂上は頬の肉を引きつらせた。

「何といっても、東洋染織への毎月におよぶ多額の資金支援が大きいです」

若い上席部長代理がよく通る声でそれに答えた。

平成一〇年当時、連結債務超過にあったトウボウは、同年一月に取締役会で当時窮地に陥っていた東洋染織の支援決定を行なった。東洋染織を破綻《はたん》させれば、そのあおりを食らってトウボウ自体も倒産しかねなかったからである。

この危機を回避するため、メインバンクは同社に「平成一〇年度から一二年度のトウボウ中期再建三ヵ年計画」を急遽《きゅうきょ》作成させた。債務超過解消計画の確かさを内外に表明させ、信用をつなぎとめる目的だ。そこに再建の主役として登場したのが桜木英智であった。

再建計画が策定されたとはいえ、準メインバンクの日本産業銀行など主要金融機関は、

＊**売上債権** 得意先との間で生じた営業上の売掛金、未収入金、受取手形のこと。商品の売上があった場合、すぐに現金で回収せずに売掛金などとして後日決済するケースが多い。これは企業間の信用取引に基づいている。

東洋染織支援体制をとった社に対し、先行きへの不安感をいっせいに露《あら》わにした。むろんメインバンクである旧五井銀行も手をこまねいていたわけではない。

五井銀行は懸念《けねん》を少しでも払拭《ふっしょく》させるため、経営首脳たちに手分けして主要金融機関へ説明に回るよう指示した。さらに融資継続と支援維持お願いの全国行脚《あんぎゃ》も命じた。もはやトウボウは銀行管理会社と化していたが、さりとて自行だけで金融支援体制をとる体力を五井は持ち合わせていない。

「あの時に東洋染織が整理できていれば、こんなに苦労はしないですんだのだが……。しかし帝食の破綻やゼネコンふじやま、五井建設の経営危機やらでとてもトウボウまで手が回せずにいたからな。だからこそ桜木を送り込んだのに……」

坂上は桜木の顔を思い浮かべながら愚痴った。

「桜木さんは、毛布の商いの拡大ばかりに気を取られていて正直、困っています」

根本は薄い唇をかすかに震わせた。桜木の不手際《ふてぎわ》に腹を据え兼ねているらしい。

「あそこの資金流出をまだ抑え切れていないのか」

坂上もいまいましそうに歯ぎしりする。

「ええ。その上厳格な損益区分管理と資金区分管理がされていないので、事業実態と資金流出の原因が捕捉《ほそく》しづらく、事業の的確なコントロールがむずかしい状況になっています」

実務に通暁した辻井優《つじいまさる》上席部長代理が現況を簡潔に説明した。旧五井銀行出身の辻井はまだ三〇代半ばだが、トウボウグループをすみずみまで知り尽くしている男だ。

「それはどういう意味だ？」

「東洋染織は不良資産を山ほど抱えている会社ですから、運営している毛布事業を、過年度不良資産の抱えた旧勘定と過去のお荷物のない新勘定とに区分して、採算を見るべきです。損益も資金もその区分ごとに分け、しかも原料を供給しているトウボウアクリル部門との連結でトータルに管理をしないと、毛布の事業採算性について合理的な是非を判断するのは困難です。すみやかに管理手法を改定する必要があります。いわずもがなですが、事業収支と財務収支*との明確な資金の区分管理も必要条件です。商社金融*が双方に入り乱れていますので、アクリル事業との連結資金管理においては明確な仕分けを要します」

「なるほど……しかしそんな洒落《しゃれ》たことが出来る人材はあそこにいるのか？」

*__事業収支・財務収支__＝ここでいう事業収支は会社が本来の事業活動で稼ぐ収入とその事業活動を支えるために使う支出との収支関係を指す。金融機関などから資金を借りたり返済したりして発生する財務収支と区分管理されなければ、事業本来からもたらされたプラスまたはマイナスの成果の実態分析ができなくなってしまう。　*__商社金融__　商社が商品の支払サイト（代金支払猶予《ゆうよ》期間）を通じて得意先の資金繰りを支援したり、実質的な融資を行なうこと。

辻井は黙り込んでしまった。桜木は東洋染織再建に失敗したばかりか、重篤《じゅうとく》な窮地に追いやった。見かけばかりを繕う彼の性格から、同社の実態はこれまで不明同然なのだ。荒療治が不可欠だ。だが、その力仕事は桜木の思惑と必ずや衝突するに違いない。

「君らに心当たりはないのか？」

再度促すと、根本が口を開いた。

「やれるとしたら、番匠さんだけでしょうね。彼の手法はいささか厳しいけれど、信頼に価《あたい》します」

「分かった。覚えておく。とにかく資金ショートは絶対に許されないぞ。化粧品での回収をいっそう促進させてくれ。それとトウボウには化粧品、薬品の売掛金をファクタリング＊させてでも月末資金の穴埋めを自力でさせるようにしてくれ」

「承知しました」

根本が即答すると、辻井も大きく頷《うなず》いた。

「ところで根本君、トウボウの決算はどうなる？」

一三年度決算状況については坂上もある程度承知していたが、素知らぬ顔で根本部長に確認を求めた。

「桜木さんは計画よりは下振れするものの心配は無用とおっしゃっています。しかし決して楽観視できない状況ですね。そもそも平成一二年度の連結債務超過の解消が無理を重ねた結果ですから、本年度にそのツケがきています。繊維部門を筆頭に化粧品その他、全部門がかなり無理をしています」

「東洋染織に対する引当金はどう考えたらいい？」

「それについてはトウボウ経理部からしっかりとした確認をとっていません」

「そうか、よく聞いておいてくれ。監査法人次第ということだろうが、裏もしっかりとっておいてくれよ。いずれにしても片時も目を離さずウオッチングしておいてほしい。あそこが債務超過再転落にでもなったら、うちの一大事だ」

業績の悪い三月期決算法人の経理担当者が憂鬱《ゆううつ》になり始めるのはたいてい二月に入ってからだ。

平成一四年二月五日。ここトウボウにおいては、桜木副社長が一三年度連結決算見込の聞きとりのため、経理部長沢木、経理課長酒井、事業統括部長岡崎の三人を自室に呼び入れている。

＊**ファクタリング**＝企業が売掛債権をファクタリング会社（売掛債権買取を生業とする会社）に割引売却または手数料を支払って譲渡することで早期に資金化を図り、手形割引と同様の資金効果を得る方法。ファクタリング会社側は企業になり代わって売掛債権の回収を行なうことになる。

桜木は先ほど、一三年度下期だけで連結当期利益が▲六〇億強の赤字となるという説明を受けた。上期末の連結純資産が一二億円だったので、二桁《けた》（四八億）の連結債務超過への再転落を意味する。

連結債務超過二四九億円に陥ったのは平成八年三月期だ。平成一〇年三月期の秋山から兵頭への社長引継ぎの際の連結債務超過額は二三三億円だった。それから平成一三年三月期に連結債務超過を解消するまで五年の長きを要した。

やっとの思いで危機を脱したのに、無神経この上ない三人の部下から、またしても再転落の見込みが報告されたのだ。桜木は目の前に並ぶ男たちの無能さに苛立っていた。

「お前たちは、お上《かみ》に会社更生法でも申請するつもりなのか！」

雷を落とした。実態がどうあるにせよ、幹部は手段を選ばず、トウボウを守る義務がある。桜木はそう考えていた。

「そんなつもりはございません」

リーダー格の沢木経理部長が恐る恐る答えた。経理課長、事業統括部長の二人は桜木の剣幕にただ頭を垂れている。

「それになんだ、沢木君、東洋染織に対する貸倒引当金を七五億も計上して、こんなものは半分の三五億にしろ」

貸倒引当は、その計上金額の分だけトウボウの利益を悪化させる。それは東洋染織の業績再建を手掛けてきた桜木の自尊心をも大いに傷つけるのだ。

「副社長、その金額では昨年積んだ計上金額と同じで、CPAが納得しません」

沢木が反論した。CPAとは公認会計士の略称である。

「納得するもしないも財源がなければどうしようもないだろう。それでもお前は経理部長か！」

一喝した。眼鏡のフレームを摘《つま》んだ桜木の指が怒りで震える。

「ですが、その計上金額では交渉のテーブルにもつけません」

「妥結しなくてもよい。会計士には三五億を主張し続けろ。事務ベースでは相手にならないと思わせ、私のもとへ来させるように仕向けろ。私の方から説得する」

「はい……分かりました」

桜木の剣幕の前に沢木は平伏した。

「いいか、年間計画によれば、連結ベースでの一三年度計画の経常利益*は二七〇億円、それを対外的には二五〇億円と公表している。そして当期利益*は、年間計画も対外発表も八〇億円としている。したがってまず、当期利益として八〇億円の黒字を絶対確保、

*連結純資産＝連結貸借対照表上の資産と負債の差額としての資本。主に株主から拠出された金額と会社が設立されてから現在までの利益のうち社内に留保された分の累積金額から成る。

その次に経常利益二五〇億円を達成しなければならん。こともあろうに、二桁億の当期赤字を提出するとは、ふざけるのもたいがいにしろ。当期利益は会社の生命線だぞ」

赤字を極端に嫌う桜木の怒りはおさまらない。

「薬品、産業資材、不動産は下振れするかもしれないが、合繊・繊維・フーズはやらせる。化粧品・トイレタリーが目標を達成するのは言うにおよばずだ」

事業計画の達成が最優先。これが桜木の揺るぎない信条である。桜木の舌鋒《ぜっぽう》はさらに鋭さを増した。

「事業損益は事業統括室に任せ、経理部は益出しに必要なテクニックと会計士との交渉だけを考えればいい。現今の金融不安の中、当期計画を達成しなければトウボウはもたん。会計士も連結債務超過までは協力すると言った以上、今期倒産に追い込むのは約束違反だ」

口を噤《つぐ》んだまま聞いている沢木らに無茶を主張していることは承知していたが、銀行をバックにした自分の発言であればＣＰＡも最終的に呑《の》み込まざるを得ないだろうと読んでいる。

「兵頭社長体制になってから事業はぐんぐん改善している。新体制における不良資産は化粧品の売上債権だけで、他の不良資産はすべて過去のものだ。その繰延べを会計士に認めさせ、計画を達成するだけでいい。会計士とは、喧嘩《けんか》を辞さぬくらいのハードネゴをしろ！」

またもや叱咤《しった》した。

自室で、沢木から詳細な報告を受けた。

「桜木さんからこっぴどく叱《しか》られました」

番匠と桜木の部屋は様子眺めなどできないほど広いフロアの両端に置かれている。それでも副社長の目が気になるのか、沢木は落ち着かない素振りを見せる。

番匠は冷かし半分に慰めた。

「あの御仁の言いそうなことだ。ご苦労だったね、沢木君。でも、そのわりにはケロリとしてるじゃないか、いい心臓だ。間もなくオレにお鉢が回ってくるだろうよ」

「桜木副社長は七五億の引当計上は認めない、とおっしゃっています。会計士にはどのように対応しますか」

「七五億でも少ないのに、それを下回っては話にならない。もともと監査については桜

＊**経常利益、当期利益**＝売上高から本業にかかるコスト、営業経費を差し引いた利益が営業利益。それに財務活動で生じる金利、その他本業以外に行なっている活動からの損益を加減して算出したものが経常利益。経常利益から臨時的・例外的な取引より発生する特別損益を加減して算定したものが税引前利益で、それから法人税等の税金関係を控除した税引後の最終利益が当期利益（当期純利益）である。

木さんに決定権などない。山手監査法人の専権事項だから、ＣＰＡに相談するしかないよ。いくら桜木さんが偉いといっても、会社の意思決定と監査は別物だからな。近いうちに実情を打ち明け、津田先生からクギをさしてもらおう」

トウボウの法定監査を担《にな》ってきたのは大手四大監査法人の一角を占める山手監査法人だ。二千人余りの会計士・会計士補を抱え、八百数十社の上場企業をはじめ国内の大手企業を中心に約五千社強の顧客を抱える国内最大手の組織である。業種によって監査第一部から第四部及び金融部（監査対象は金融機関）の五部門に担当が分けられており、各部ごとにそれぞれ監査部長を擁している。

津田信彦《のぶひこ》、見月《みつき》修、松下利洋《としひろ》の三人はいずれも山手監査法人の代表社員だ。彼らは監査第三部に所属し、会計士や会計士補などを含め二〇人規模でトウボウ監査チームを編成していた。

津田会計士は監査第三部監査部長の下でトウボウ監査チームのリーダーを務めている。同時に金融部監査部長をも兼務し、「東京審議会」の議長という要職にも就いていた。彼が金融部の監査部長を務めながらも監査第三部の監査部長の下でトウボウの監査を行なっていること自体、変則的な印象は否《いな》めない。

同監査法人ではクライアント企業に法定監査を行なう上で、所属する公認会計士の監査意見について妥当か否かを審議する場が設けられている。津田が議長を務める東京審議会では、東京地区に属するクライアントの財務諸表等*に関して表明される監査意見について審議する。ただし企業の継続性などの重要事案では、「本部審議会」にて話し合われることになっている。

無限責任を負った社員の信任投票によって選ばれる理事長の下には、車の両輪としてもう一つ重要な組織体がある。リスク管理や業務管理をつかさどる「業務管理本部」だ。業務管理本部長には理事クラスを配置し、本部長みずから三〇社ほどリストアップされた問題会社の代表関与社員に対して個別面接を行なっていると聞く。トウボウ問題に限っていえば、業務管理本部長の最大の関心事は万一の倒産時に監査意見に問題がなかったかという一点に尽きるだろう。

監査法人**＝主務大臣の認可を得て五人以上の公認会計士によって設立され、協同して組織的に財務諸表の監査その他の会計業務を営むことを目的として、無限責任を負った代表社員と社員から構成されるパートナー組織をいう。監査業務の徹底、監査人の独立性確保などの観点から協同組織体による監査が切に要望されたことから設立された。わが国の監査法人は個人会計事務所の集合体的な色彩が強く、未《いま》だ徒弟制度的な空気を随所に色濃く残している。資本市場の番人と呼ばれる公認会計士の人数も一万六千人強で、英国の約八分の一、米国の約二〇分の一である。財務諸表**＝企業の財政状態や経営成績を表した計算書類で株主等の利害関係者に対して報告するための資料。現法下では貸借対照表、損益計算書、株主資本等変動計算書、キャッシュ・フロー計算書で構成される。

番匠は冷静に、そう分析していた。

番匠の要請を受けた津田会計士は、一八日、桜木副社長とトウボウ本社二四階役員応接室で面会した。

企業再生のプロを自任する桜木は、「新経営陣は平成一〇年から三年かけて連結債務超過を解消しましたが、これは形作りをしただけであります。現在の金融環境に鑑《かんが》みるにトウボウの状況はたいへん厳しい。当社が生きながらえているのは、一〇年度から一二年度がほぼ計画通りの実績を挙げているからです。今期も当然計画を達成しなければ信用をとうてい維持できません。わが社にはそれしか道は残されていないわけです」と熱弁をふるい、「今期、経常利益は二七〇億、当期利益は八〇億の計画です。各部門は全部頑張ると言っています。東洋染織の引当計上は三五億でぜひお願いしたい」と厚顔無恥な主張を一方的に押し付けてきた。

ホノルルマラソンに毎年参加している津田は、痩《や》せた顔を強張らせた。どんな険しい局面でも穏やかな姿勢を崩さないつもりでいたが、さすがにこの身勝手な台詞《せりふ》には反発した。

「桜木副社長、東洋染織については、もう当監査事務所ではどうにもケアできないですよ。すでに三桁億の債務超過になっていますので、最低、七五億は必要です。たとえ七五億引き当てたとしても、昨年引き当てた三五億と合わせて債務超過額の半分にしかなりません。議論の余地はないと考えます。売上計上の不正処理を認める余地もありません。当上半期の化粧品の売上は実にひどかった。無理な売上は即、資金で現れます。一三年上期のキャッシュ・フローはかなり悪化していますが、本当に大丈夫なのですか」

「津田先生、下期には改善します。化粧品の滞留した売上債権は近いうちに全部処理しますからご安心下さい」

何の根拠もなかろうに平然と言ってのけた。挨拶《あいさつ》や雑談を除くと、おおむねこれだけのやり取りで終わった。番匠から事前に頼まれた「不適正意見*」も辞さず、というきつい言葉を発するチャンスはなかった。

津田、桜木の双方から会話の内容を聞いて番匠は失望を隠せず、沢木にぼやいた。

「もうちょっと過激にやってほしかったな。現場に居合わせなかったので何とも言えないな」

*不適正意見＝会計士による監査報告書に記載される監査意見の種類には、①無限定適正意見、②限定付適正意見、③不適正意見、④意見差控がある。不適正意見とは財務諸表に重大な問題点があり、それが企業の財政状態や経営成績を適正に表示していると認めがたいとする監査意見をいう。差控とは自己の意見を形成するに足る合理的な基礎を得ることができなかったことにより意見を表明しないこと（監査意見不表明）。

いが、どうやら期待したようなインパクトは与えてくれなかったようだね」

そもそも会計士という制度は中世イタリアに誕生した。イギリスで成長し、一九世紀から二〇世紀にかけて英米独で顕著な発展を遂げた。日本では昭和二三年に公認会計士法がようやく制定され、欧米のパートナーシップを意識した監査法人が設けられるようになったのは昭和四一年の公認会計士法の改正後からであった。わが国の大手監査法人はいずれも中小事務所の合併により規模を拡大してきた歴史を有する。よって組織的な業務運営を標榜《ひょうぼう》しながらも、実質的には有力会計士を中心とした縦割り運営がなされているケースが多い。「なれ合い監査」という悪の温床を育《はぐ》くんできた所以《ゆえん》である。

やはり、日本の監査法人は立ち遅れている。企業のトップに立ち向かう気概がない。

番匠は溜息《ためいき》をついた。

一週間経《た》った。

今日は早めに社を出るとタクシーを拾った。暮色が分刻みに深まってゆく海岸通りを眺めながら、車を銀座方面に走らせた。界隈《かいわい》に入ると、色とりどりの電飾が輝きはじめる。おなじみの渋滞のため、目的地の数寄屋《すきや》通りからかなり手前の、四丁目交差点で降りた。約束の六時まで少し時間がある。今日は給料日で、いつもより街は混み合っている。番匠とすれ違うOLたちからもどこかうきうきした様子が窺《うかが》える。

みゆき通りに入り、数寄屋通りに向かった。すずらん通り、西五番街、並木通り、ソニー通り、外堀通りと横切ってゆく。夜を迎えつつある繁華街はさまざまな顔を見せる。手をつないでショーウィンドウを覗《のぞ》き込む若いカップル。これから飲み会に繰り出すのか、大口をあけ笑いころげる同僚たち。キョロキョロしながらネオンの下を徘徊《はいかい》する中年男。これから出勤と一目で分かる、着飾ったすまし顔の女性たち。いつもながら銀座はきらめいていた。

やがて、狭い校庭をフェンスのツタで目隠しした泰明《たいめい》小学校の校舎が目に入ってきた。近衛文麿《このえふみまろ》、島崎藤村《とうそん》など多くの著名な卒業生が輩出した小学校である。三階建ての鉄筋コンクリートの校舎は、正面に広がる歓楽の巷《ちまた》を不機嫌に睨《にら》みつけているようにも見える。この建造物を仰ぎ見て、おもわず襟を正す殊勝な飲助もいるという。

みゆき通り沿いにはアーチを有する塀が設けられており、その門扉《もんぴ》は「フランス門」と呼ばれる瀟洒《しょうしゃ》なデザインで形づくられている。この佇《たたず》まいをいつまでも保ってほしいものだ。番匠は心中で独りごつと、小学校を右前方に見ながら左に折れ、数寄屋通り沿いの古いビルの地下に降りていった。

地下一階に馴染《なじ》みのワイン・バーがある。ここで沢木と待ち合わせをしている。月が変わってしまうと酌《く》み交わす暇もなくなる。一度共に訪れてはいるが、昼過ぎに山手へ打ち合わせに行かせる前に店の電話番号と地図を手渡し、帰社せずに直行するよう言い含めておいた。

アンティークな鉄製のドアを押して入った。

「いらっしゃいませ。沢木さんはもう先に来ていらっしゃるわよ」

レジ付近に立っていた女性が親しみやすい笑顔を向けた。掌《てのひら》を天井に向け店の奥のほうを指す。『ヴィーノ』のママ、佐知子《さちこ》である。店内にはカウンターと一〇席ほどのテーブルが設《しつら》えてある。カウンターの奥には厨房《ちゅうぼう》があり、甥《おい》っ子が調理人として働いていると聞く。女子大生のアルバイトも一人雇っているが、今日は姿が見えない。沢木は奥のテーブルから軽く会釈《えしゃく》を送ってきた。「今日はご苦労様」と労《ねぎら》いの言葉をかけ、対面に腰を下ろす。「一番乗りだな」と笑顔を向けると、沢木も顔をほころばせた。

「お言葉に甘え、適当に切り上げてきました」

夜遅くまで仕事をするのが常態の彼にすれば、夕刻から飲む機会などめったになかろう。佐知子がおしぼりを差し出した。ハイネックの白のセーターに、ベルトつきのベージュのタイトスカートというシンプルな身なりが、こざっぱりしたボブヘアとよく合っている。三〇代後半らしいが、水商売の匂《にお》いをまったくさせない女性だ。かつては外資系金融機関に勤めていたのだが、父親が亡《な》くなったため継いだ店なのである。番匠は先代からの馴染み客だ。

「本日は、ご来店いただきありがとうございます」

佐知子は一礼をしたあと、「どうぞ」とドリンク・メニューを手渡した。

「いきなりワインでいいか?」

おしぼりで手を拭《ふ》きながら訊《き》くと、沢木は頬を緩めて頷《うなず》いた。一見食が細そうにみえる痩身《そうしん》だが、アルコールにはめっぽう目がないのである。

傍らに立っている佐知子に、

「そういうことなので、あとはサッチャンに任せます。適当に見繕って」

右手で拝むような仕草をしてメニューを返した。番匠の好みはよく知っている。

「じゃ、いつものように選ばせて頂きます」

佐知子がそう応《こた》えたとき入口から騒がしい音が聞こえてきた。大勢の客がなだれ込んできたのだ。そのうちの一人が「電話した田中ですが」と大声を張り上げた。男五人、女四人のグループ客らしい。

「いらっしゃいませ! ただいま参ります」

ソプラノ歌手のような高い声を上げると、佐知子は笑顔で会釈して立ち去っていった。

団体客にちらっと目をやりながら沢木に訊いた。

「どうだった、山手の本音は?」

「あきれ返っていましたね。桜木さんは無茶難題ばかりを並べ立てるって」

「それなら、断固たる意思表示をしてもらいたいもんだね。で、東洋染織のほうは?」

同社に対するCPAの意志を探ってもらったのである。他を犠牲にする覚悟で東洋染織問題をトップ・プライオリティとして位置づけているのか。破綻《はたん》させないで、トウボウを正常化させるためには重要な論点になる。

「引当の計上は譲れないって怒っていましたが、フーズの不良在庫や化粧品の不正売上も何とかしてくれ、と言うだけですね」

「東洋染織の引当計上を他の問題と同じ程度の重さに計られたんじゃ話にならないな」

東洋染織からはいずれ撤収しなければならないが、ワイズに処理できるかは、清算に至るまでの決算で同社の引当をいかに最優先に計上してゆくのか、という一点にかかっている。会社が生きながらえるにはそれより道はないと踏んでいた。だが、兵頭・桜木が目先の決算を第一優先してくるのは必定で、会計士が腰を据え引当要請を声高に主張してくれないと実現は難しい。

番匠はぼそっとつぶやいた。

「合繊在庫の経験が全く活《い》かされてない」

渋面をつくったところに、佐知子が白ワインを持ってきた。シャブリの辛口である。テイスティングすると、果実の芳香が口に広がり、ミントが舌を甘く刺激した。いらっしゃいませ、と白い歯を見せながらいつのまにか顔馴染みのアルバイトの女子大生がワゴンにオードブルをのせて運んできた。さよりのカネロニ仕立て、黒鯛《くろだい》と帆立貝のカルパッチョ、ブルーチーズのカナッペがテーブルに手際《てぎわ》よく並べられる。

こりゃ美味《うま》そうだと指を鳴らすと、あとの料理も私が見繕いますからね、と言い添えて佐知子は姿を消した。いつものように軽口を叩《たた》かないのは空気を読んだからだろう。

とりあえず乾杯だ。ワイングラスを持ち上げ軽くふちを合わせた。

「桜木さんは倉庫に積まれた在庫の山なんか見たこともないでしょうね」

いっきにグラスを干した沢木がカルパッチョを口に運びながら言った。番匠は小さく頷き、

「在庫実査や棚卸の現場で汗をかいた人間なら粉飾を強要したりしないだろうな。天井まで積み上げられた在庫を目の前にすれば、誰でも粉飾行為の虚《むな》しさを肌で感じるよ」

と答えると、好物のブルーチーズのカナッペを摘《つま》んだ。噛《か》むと癖のある発酵臭が鼻をつく。

「羊毛のすさまじい在庫を思い出すよ」

ワインをグッと含んだ。辛口だが酸味が適度で飲みやすい。喉《のど》に流し込むと胃が熱くなり、鬱積《うっせき》した気分が燃え上がるような錯覚に陥った。

四〇歳を挟む五年間、番匠は天然繊維事業本部の綿・絹テキスタイル部門に所属していた。同事業本部の羊毛部門が粉飾に奔走していた時期とほぼ重なる。一時の手編み毛糸ブームにかこつけて、羊毛部門の責任者たる常務取締役・鴨下《かもした》春明が繰り返し行なった粉飾の結果が、倉庫からはみ出さんばかりの不良在庫をもたらした。

鴨下は「粉飾大魔王」と陰口を叩かれた役員であった。堂々たる体軀《たいく》で廊下の中央をのしのしと歩く姿はその仇名《あだな》にふさわしい雰囲気を漂わせていた。剣呑《けんのん》な御仁にもかかわらず、社は天然繊維全体の責任者に昇進させたのだった。

やがて鴨下は番匠に数字の操作を強要してきた。番匠は頑としてはねのけた。しかし、相手は綿・絹テキスタイルに所属する営業部長たちを「昇進」という美味《おい》しい餌《えさ》で釣り上げた猛者《もさ》である。一部の営業部長がその意向を汲《く》み、キャッチボールを前提とした架空取引で臆面《おくめん》もなく帳面上の利益を計上してしまう。事業本部長承認下で行なわれる不正売上を防ぐ有効な策はなかった。

番匠は正月休みに入る前日の平成二年一二月二八日に営業部長の一人、吉沢史郎《よしざわ》をこっそり大阪から淡路島に連れ出した。在庫の現状を見せるためである。人のいい吉沢に粉飾の先鞭《せんべん》をつけさせようと、鴨下が狙《ねら》いをつけていたのを察知したのだ。当時洲本《すもと》工場はすでに綿製品から電子部品生産に衣替えしていたが、所管倉庫に入りきれなくなった羊毛の不良在庫は洲本の空いているスペースに放り込まれていたのだ。

綿関係の機械設備はすでに撤去されており、羊毛は広い工場内の端から端まで敷き詰められ、しかも天井の高さにまで及んでいた。凄《すさ》まじい光景に、傍らの吉沢はおもわず唾《つば》を呑《の》み込んだ。

吉沢さん、これが鴨下さんのやったことの実態です。高邁《こうまい》な理想を口で叫んだところで、真実は誤魔化せない。その目によく焼き付けておいて下さい。

吉沢部長の肩に手をかけ体を小さくゆすった。吉沢はしばらく言葉を失っていた。番匠はそんな思い出を沢木に語った。

「一万円札をここに積み上げればどれだけの量になるか想像してみて下さい。オレは工場に大魔王を呼びつけて、罵《ののし》ってやりたかったね」

番匠はボトルを沢木に突き出し、彼のグラスに注いだあと自らのグラスにもワインを満たした。ワイングラスを空中で遊ばせた沢木に問われた。

「ひどい話ですね……それでそのあと常務はどうされたんですか？」

そう聞いたあと、立て続けに両眼をしばたたかせた。番匠は微笑《ほほえ》んで返した。

「翌春に天然繊維事業本部を放り出され、情報システム事業部に異動するまで六ヵ月間気楽に遊ばせていただいたよ。勉強時間がとれたから、お陰さまで税理士試験に合格してね、世の中何が幸《さいわ》いするか分からないものだ」

いっこうに粉飾を止《や》めない会社の有り様に不安を強めていった。国家資格でも取得しておかねば、この先たいへんだ。そんな焦燥感に駆られたのを憶《おぼ》えている。

シャブリを空にし、赤ワインのボトルを注文するときには、若い男女や中年のサラリーマンたちで店は埋まっていた。

レジカウンターでは佐知子が店内の満員盛況ぶりに顔をほころばせている。こちらと視線が合うと目礼して品のいい笑顔を投げてきた。いつの間にか先代のオヤジそっくりの風格が身についてきたようだ。

三月一日午後三時、沢木、酒井、岡崎の三名で連結決算見込みの桜木への再報告が始まった。番匠から安易な迎合は禁物だと事前に釘《くぎ》をさされ、前回と同じ数字で答申する手筈《てはず》になっていた。

予想通り、沢木たちは怒鳴りとばされた。

「各部門のやり方について交渉するように指示したはずだ。君は会計士と茶飲み話でもして来たのか！」

桜木の眼鏡の奥の両眼は怒りを帯び、乾いた厚い唇が神経質に歪《ゆが》んでいる。

「お言葉を返すようですが……会計士は売上計上について……厳しく監査すると申しております。もし決算で修正されますとたいへんなことになります」

決算監査でCPAと向き合って四苦八苦するのは経理なんだぞ。沢木は心の中で叫んだ。絹の座布団《ざぶとん》に胡座《あぐら》をかき、一方的に叱《しか》り飛ばすこの男が無性に恨めしかった。

「ではお前たちに聞くが、前年度や当上期に無理な売上はなかったのか？　化粧品の売上債権も処理しながら、当期で全部きれいにしろとは何事だ。この会社は昔から数字を作ってきたじゃないか。カッコつけるのもいい加減にしろ」

顔を紅潮させた桜木は、うつむいたまま黙っている沢木から目を逸《そ》らし、事業統括部長の岡崎に矛先を転じる。

「岡崎君、事業部門の業績悪化は誰に聞いたんだ」

「実務担当者でございます」

「そりゃ、駄目だ。本部長は私に同意しているぞ。実務担当者が事業を運営しているわけじゃない。事業の責任者はあくまでも事業本部長だ。そいつがやると言っているんじゃないか」

まったく気の利《き》かない連中だといわんばかりの様子で続けた。温厚な岡崎が何か言おうとしたが口ごもってしまった。副社長の勢いに圧倒されているようだ。

「来週月曜日、各部門の本部長、各社社長並びにそれらに所属する統括室長にヒヤリングを行なう。沢木と岡崎は同席しろ。当下期の当期利益が▲六〇億を超える赤字とは聞いていられん。お前たちは愚直に数字を集計するだけしか出来んのか」

三人の報告者は揃《そろ》って被告席に座る咎人《とがにん》のように頭を垂れるしかなかった。

静寂の後、少し気持が落ち着いたらしい桜木は、「まあ今日はせっかく時間を取ったのだから、イメージでもいいから業績を上振れさせる工夫を説明してみろ」と沢木を促した。

「これ以上ご説明できることはございません」

沢木は無愛想に小声で応えた。

「では、何だ。お手上げですとバンザイするために私に時間を取らせたのか」

返す言葉は見つからなかった。

「礼儀をわきまえろ！　指示も守らんでこんな情けない資料を二度も見せやがって。何様のつもりなんだ！」

桜木は提出資料を投げ返し、憤然と席を立った。


三月に入り、山手監査法人に一通の投書が舞い込んだ。親展で山手監査法人代表殿となっていたため、その封筒は事務的に理事長に届けられた。

謹啓
陽春の候、益々《ますます》ご清栄の御事と存じます。

突然の書簡発状の段、失礼申し上げます。

私はトウボウ株式会社の元社員であり、同社のささやかな株主でもあります。本日はトウボウOBとして、「トウボウを愛するゆえのお願い」として拙文を差し出す次第であります。

さて、私が貴監査法人に対してお願い申し上げたいのは、これまでトウボウの決算書類においては違法な操作が歴史的に幾度か繰り返されておるという件です。今回、貴監査法人に徹底監査願いたく、以下の問題点についてお伝え致します。

記

①　化粧品、トイレタリー、フーズなど各部門の実需を伴わない「過大な期末空売り強行」での架空利益計上操作による債務超過隠蔽《いんぺい》が存在すること。

②　各事業部門が有する不良在庫を良品として計上するよう、トウボウ事業部門側よりも、むしろ貴法人が示唆《しさ》・誘導されているとの噂《うわさ》あり。万一事実であるならば、貴法人の認識が甘すぎ、かつ監査法人として重大な過《あやま》ちを犯していることになります。

貴法人の監査法人としての権威失墜を避けるためにも十分注意されるべきであり、前記二点の件を早急に再検証され、訂正されるよう切望致します。

なお、末筆ながら本書簡が単なる噂や中傷に基づくものでないことをご認識頂きたくお願い申し上げます。

謹言

武蔵野市吉祥寺北町3―△―×

田中英雄

山手監査法人代表殿

周辺を睥睨《へいげい》するニュー霞《かすみ》ヶ関《せき》ビル三五階の理事長室に津田信彦《のぶひこ》は呼びつけられた。山下亨《とおる》理事長に手招きされるままソファに腰を下ろす。山下は大きな鼻の下の唇をへの字に結び、執務デスクからおもむろに立ち上がると、応接セットに席を移した。

「津田先生、いったい、どういう意味かね、これは」

手渡された封筒を恐る恐る開けて、投書に目を通すと息をのんだ。

「事実ではないと私は信じているが、こんな投書がうちに来るのはいかにもまずいよ」

古狸《ふるだぬき》の理事長は怪文書の内容にはかかわりたくない、といわんばかりに目を背けた。そのまま高い天井を見上げている。そ知らぬふりが得策と決め込んでいるのだ。

「ご不快な思いをさせて申し訳ありません。事実関係をすぐに確認し、対処いたします」

津田は、それだけを述べると口を閉じた。監査法人での不祥事は今に始まったわけじゃないと半畳を入れたくなったが、無駄口により自ら墓穴を掘りかねないと抑えた。

理事長が視線を津田の顔に移し替えた。

「巷間《こうかん》、トウボウについては何かとかまびすしい。とにかく早急に善後策を講じる必要があるね」

一見穏やかな物言いだが、針で突かれたような痛みが胃に走った。

これまで幾度も不適切な監査を指弾されてきたため、山手監査法人はリスク管理については業界一センシティブである。津田は苦り切った表情で理事長室を辞すると、トウボウ株式会社の関与社員である見月修《おさむ》、松下利洋会計士らに招集をかけ、緊急ミーティングを開いた。

「監査法人が積極的に示唆、誘導しているという件《くだり》はデタラメですが、トウボウの抱える不良在庫というか非稼動《かどう》在庫には手を打たねばなりませんね」

村夫子然《そんぷうし》とした松下会計士がずり落ちそうな眼鏡の縁を右手中指で押し上げながら、議論の口火を切った。平成三年からトウボウの監査を担当している。

「それより絶対に認められないのは①だ。期末空売りなんて話にならない！　こちらの事実確認をまず最初に行うべきだろう」

トウボウの監査経験がいちばん長い見月会計士が声を荒らげた。真面目《まじめ》さと潔癖感が先立つようなタイプだ。津田よりも四、五歳若いが、昭和四八年以来一貫してトウボウを担当している。

津田は昭和四八年から昭和五〇年にかけてトウボウの監査を経験したが、その後しばらく離れていた。定年を迎えた伊岡谷之助と交代するかたちで平成四年からトウボウ担当のチームリーダーを務めている。山手監査法人設立時からの古参会計士であり、すでに還暦を迎えていた。

「どちらも大切な問題だが、喫緊の課題は期末空売りを止めさせることだ。まずこちらの事実確認から取り掛かろう」

日焼けした額に汗をにじませる。両者の意見を聞きながらも、優先順位をはっきりとつけた。

「トウボウの首脳と直接会い、投書の内容を伝え、当該事実が存在しないというならばその旨《むね》を書面で提出させるべきだと思います」

若い頃には上司の伊岡谷之助と監査のあり方で干戈《かんか》を交えたことのあった見月だが、歳月を重ねるにつれ薄れてきた持ち味を甦《よみがえ》らせたのか、久しぶりに強硬意見を披露した。

「見月先生の言われる通りです。当該事実のないことの挙証責任*はトウボウにあるのですから、書面を取るべきです」

見月と今ひとつソリが合わない松下も同調する。

「では、さっそく番匠常務に投書の件を伝え、常務経由で経営首脳に会談を申し入れるとしよう。とりあえず桜木副社長に会って抗議するのが適当だと思うが、いかがですか？」

津田の意見に見月と松下も深刻な表情を崩さずに頷《うなず》いた。

「グループ全体がおかしくなっているのではないかな。一三年度上期の売上計上も不適正だった。屋台骨であるはずの化粧品なんぞは特にひどかった」

津田は穏やかな口調を保ちながらも口をつくぼやきを抑えることはできず、ほころびが目立ち始めた化粧品事業につい苦言を呈してしまった。

「化粧品売上はすでに一二年度下期からかなり悪化しています。滞留債権*の実態は完全な空売りですよ」

化粧品部門の監査を担当している松下が、本音を吐露した。

「連結債務超過を解消するまでは協力せざるを得ない事情もあったが、今後、理由のない売上は取り消してもらわなければいけません。売上の是正を徹底的に行いましょう」

見月も、我慢も限界と言わんばかりの様子だ。だが、利益を大きく計上できるのは化粧品部門だけとも知っている。いつも決算ではぎりぎりの譲歩を強いられてきたのだ。

「一二年度に東洋染織に対する三五億円の引当を計上したことについて、監査第三部長から、『同社は危険であり業種、環境からして簡単に回復するとは思えない。三五億の引当ではその場しのぎの感がぬぐえないし、金額的には意味を持たない。連結もしてお

＊**挙証責任**＝自分の主張についての証拠を示す責任。　＊**滞留債権**＝本来の回収時期が到来しているにもかかわらず回収できない債権をいう。滞留債権が発生すると、損益的には一見利益が出ていても、資金が回収できないため会社の資金繰りは悪化する。企業会計上は回収の可能性に応じた貸倒引当金の設定が求められる。

らず会計士としてどう捉《とら》えているのか理解できない』との厳しい指摘を受けています」

松下の声は上ずっていた。監査第三部長に呼ばれ、直接そう伝えられたのだ。

今度は津田が顔をしかめた。

「不良資産については東洋染織もひどいが、フーズも大口なので頭が痛い」

「そう、フーズの在庫は実に困った問題だ」。見月もオウム返しのように告げた。

二人はともに、会計処理について長年トウボウフーズ株式会社を指導してきた。その手前、何よりもフーズの不良在庫等の非稼動資産を気にかけている。

「フーズと化粧品、ともに非稼動在庫が限界にきていますが、さらにひどいのは大昔の合織BG在庫が未《いま》だ一五億円分も残っていることです」

松下が指す合織「BG」とは不良性を臭《にお》わせるブラック&グレイの略称であり、大昔に積み上げられ箸《はし》にも棒にもかからない生地などの不良在庫を指している。商社のマージンや金利で簿価アップした在庫だ。トウボウ社内で二〇年以上前に命名された隠語である。繊維部門との関わり合いが強かった松下は繊維の不良資産に思いを馳《は》せると、居ても立ってもいられなくなるらしい。

チームとはいえ、フーズは津田と見月が、繊維は松下が特に気にかけている。それぞれ各部門を指導してきた経緯から、力点の置き方が異なるのである。「責任の重さ」と「胸の痛み具合」は各人各様だ。

見月は自嘲《じちょう》気味に付け加えた。

「フランスのレオール社との提携関係はとっくに切れているというのにレオールムッシュの在庫はまだ六億円分残っていますよ」

「トウボウ・レオール、トウボウ・レオールムッシュを本体に吸収合併して以降、ファッション、特にレオール部門の大粉飾には手を焼いてきました」

松下の愚痴も加速してゆく。

「レオールだけでも桁《けた》外れの不良金額を償却してきたが、それでもまだ連結外のファッション子会社勘定で不良を一〇〇億円ほど残している」と津田がぼやきながら、「トウボウ・レオール株式会社の本体への吸収合併はいつ頃だった？」と見月に顔を向けた。

「昭和五七年です。それを契機にレオール事業部門は狂ったように粉飾まっしぐら。およそ上場会社のやり口ではなかった」

見月が汗ばむ指を、取り出したハンカチで拭《ぬぐ》いながらしらけた声で呟《つぶや》いた。

津田は渋い表情ではあるが、毅然《きぜん》と決意を披露した。

「古い在庫については今期中に決着をつけるべきだろう。大昔からの非稼動在庫はかなり消し込んできたけれど、これ以上幽霊のような不良在庫を放っておくわけにはいかない。今期は償却を強く社に迫ってゆこう。また新たな形で非稼動が作られていくとキリがなくなる。イタチごっこになる前に期末の不適切な売上は絶対に是正しよう。ここは譲歩してはならん。徹底的に監査してほしい。特に化粧品部門の売上は要注意だ。いいね、松下さん」

リーダーの力強い表明に呼応して、松下は深く首肯した。危機感は共有できたが、連結債務超過になったとき肝心のメインバンクは手を差しのべてくれるのか。津田の胸に不安がどっと押し寄せた。

自席に戻るや否《いな》や、顔をこわばらせたアシスタントの女性が、たった今変な電話がありました、と周りに気づかれぬよう耳打ちしてきた。

「どんな内容？」

「トウボウの社長が化粧品部門に粉飾決算の指示をしている、監査法人は何している、早く止めさせろ、というんです……」

「名前を名乗ったのか？」

「ええ、山田さんとおっしゃいました」

「声は？」

「男性で、六〇前後でしょうか」

会議室でもう少し詳しく話を聞かせてくれ、と津田はささやいた。投書といい怪電話といい、あの会社には魔物でも棲《す》んでいるのか。得体の知れない化物にねっとりと巻きつかれたような気味の悪さを覚えた。

桜木英智は社長室に足を運んだ。どんな些細《ささい》なことでも兵頭には素早い報告を入れるのを常としてきた。面映ゆく感じられるほどの忠誠こそを権力者が好み、最重視することは誰よりも知っている。

社長室の窓は東京湾に向かって大きくとられていて、重厚な執務デスクとその正面に掛けられた東山魁夷《かいい》の淡い筆使いの絵が、穏やかな雰囲気を演出している。

秘書の倉橋凜子がコーヒーを手にしてうやうやしく社長室に入って来た。凜子が応接テーブルにコーヒーを差し出そうとした瞬間、下向き加減のその頬に長い黒髪が落ちた。艶《なまめ》かしい横顔に、桜木は視線を投げかけた。

一礼して退室する彼女の姿を名残り惜しく見送りながら、先日の再報告が前回からまったく改善されていない件につき要領よく報告した。兵頭は愛用のマイルドセブンを手にじっと考え込んでいる。

桜木は続ける。

「経営をなめているとしか言いようがない。前回あれだけ厳しく言い渡したのに、同様の報告を上げてくるとはどういう了見なのでしょう？　窮地のトウボウを連結債務超過から救った経営の苦労を全く理解していない。和製カルロス・ゴーンとの評価も出はじめた兵頭社長が財界活動の足掛かりをお作りになろうという矢先に、当期赤字でかつ連結債務超過という決算案をいけしゃあしゃあと二度も出してきやがって！」

　連結債務超過から救った真の功労者は私自身だ、とさりげなくアピールしながらも、兵頭を持ち上げるのは忘れなかった。

「桜木副社長、やつらがそこまで踏ん張るのは、後ろに番匠がついているからかもしれんよ」

　そうかもしれませんねと桜木は応《こた》えた。熱いコーヒーをすすりながら、眼球をめまぐるしく動かす。しばらく口を噤《つぐ》んだ。兵頭の発言を待ったのだ。

　兵頭は胸をそらして自画自賛を始めた。

「前任の秋山さんは優柔不断で何事も一人で決められなかった。だから全《すべ》てが後手後手にまわった。しかし兵頭新体制になってからは全てが様変わりした。桜木さんも、以前と違って各事業に元気が出てきたと思うでしょう？」

「ええ、大きく変わりましたとも！　事業部門にはパワーがみなぎっています」

　桜木は如才なく相槌《あいづち》を打つ。活気があろうとなかろうと計画を達成しさえすればどうでもいい話だ。ただ兵頭に接するときには、理屈っぽい説明は極力避け、元気とかパワーなどといった言葉を多用して、話を単純化するように心がけている。

「事業に元気が出てくればおのずと売上に勢いがつく。それに伴って決算も飛躍的に改善される。企業とはそうしたものだ」

兵頭は顎《あご》をしゃくるように突き出しつつ、「それにしても全社的な視野に立ってものが見られない困った連中だ。番匠にはワシの方から立場をわきまえるよう、それとなく説いておく。桜木さんも彼をしっかり指導してほしい」と番匠以下の朴念仁ぶりに不快感を露《あら》わにした。

「少々作戦を変える必要があるかもしれませんね、社長」

「作戦？」

「連結債務超過を解消した直後の重要な決算年度ですよ。それが赤字では前年度に苦労した意味がなくなる。前年度の債務超過解消が虚偽であるとか、無理に作ったものだとさえ言われかねません。だから絶対に赤字にしてはだめだ。不退転の覚悟が必要だと申しております」

兵頭の反応を窺《うかが》うためにその表情を凝視した。

「その通りだ、連結債務超過へ再転落なんて不埒《ふらち》な真似《まね》は断じてならん」

「まあ、社長、タオルは絞れば絞るほど水が出る、と言うではないですか」

「あなたもなかなか言いますね」

「何をおっしゃいますか。私はただただ兵頭社長に財界の雄になって頂きたいという一念より申し上げているのですよ」

兵頭は桜木のへつらいに目を細め、だらしなく口元を緩めている。この男は社長といってもこちらの掌《てのひら》に乗った飾り物に過ぎない、トウボウの実権を握るのはこのオレだ。

やがて財界の階段を駆けのぼり出身行の連中を見返してやる。桜木は決意を新たにした。

常務室で番匠が業績現況を沢木から聞いていた時に電話が鳴った。話を中断し受話器を取ると財務部の女子社員からだった。

「あのー、常務に、山手監査法人の松下様からお電話が入っております」

何か起きたのか。会計士から直接電話を受ける機会はめったにない。

「松下です、ごぶさたしております」

「どうかされましたか、松下先生」

「本日、空いていらっしゃる時間はございませんか」

「急ぎの御用であれば、これからでもかまいませんが」

「そうですか。それでは、一時間後に津田とそちらに参ります」

嫌な予感がする。こちらよりも山手監査法人で会談を持つ方がベターだろうと咄嗟《とっさ》に判断した。

「いや、わざわざお越し頂くのは恐縮です。経理部長を伴いまして、私の方からお伺いします」

すぐに社用車を手配し、沢木と共に霞ヶ関に急いだ。少し渋滞していたが、一時間後には津田、見月、松下の三人と三〇階の会議室で向き合うことが出来た。

「実はですね、本日、当事務所に投書と怪電話がありまして」

津田会計士は眉根《まゆね》を寄せ暗い表情を浮かべている。

「ほう、どんな内容ですか？」

またかと思った。秋山社長時代にも社長とその側近を誹謗《ひぼう》中傷する読むにたえない怪文書が取引銀行や従業員宅など、あちらこちらに執拗《しつよう》にばらまかれた。

西峰名誉会長の股肱《ここう》の臣であったはずの秋山だが、社長就任後まもなく火花を散らすことが増え、次第に西峰離れを始めた。その頃から社長批判の怪文書が社内に飛び交うようになり、秋山追い落としを西峰が仕掛けているという噂《うわさ》が社内を駆け巡った。権力闘争に長《た》けた取り巻きが行なっているのではないかという臆測が流れた。真相は明らかにならなかったが、誰もが背後に西峰がいると確信していた。怪文書の内容は憎悪《ぞうお》に満ちた偏執的なものだった。

「これが投書です。怪電話については、化粧品部門に兵頭社長から粉飾まがいの指示が出されている、という告発でした」

津田の話によると、電話を受け取ったのは女性アシスタントで、自らをトウボウＯＢと称し、兵頭による化粧品部門の粉飾指示を見過ごすのか、金融庁や銀行にはすでにこの件を伝えた、と凄《すご》んだらしい。

番匠はその場で投書に目を通しつつ、「当を得た内容だな。この書き振り、言い回しは秋山批判のときの文書とは明らかに違う。兵頭のあからさまな粉飾指示についても、化粧品なら大いにあり得る話だ」と心中で呟いた。

「これまでにもこの種の怪文書、怪電話は何度か受けましたが、今度は無視できません。いちど桜木副社長に会わせて頂きたい」

「承知しました。そうして頂いた方がよろしいかと思います。すぐにセッティングしましょう。それから津田先生、先日はわざわざ桜木と面談して頂きましてありがとうございました。桜木はああいう人間ですから、次回お会い下さる時はもう少し強い表現を使って頂く方がよろしいか、と思います。少々過激であっても〝不適正意見〟という言葉を出して頂いた方が効果的かと……」

番匠は自分の思いを津田に伝えてから、会議室の電話を借りた。桜木に用向きを手短に説明し、その場で津田会計士と桜木副社長との会談を三月四日午後一時三〇分から、と設定した。

温和な津田もさすがに声を荒らげた。

「一三年度上期の監査を再検証した結果、当初の監査は失敗であったと言わざるを得ません。当下期も事業部門に当たったところでは業績が二〇〇億ほど計画より下振れをするとわれわれは予想しています。このまま進めれば、数字合わせの決算になってしまう可能性が高いんじゃありませんか？　事業部門、関係会社の各現場では会計士に修正してもらえればいい、という雰囲気ですよ」

三月四日、二度目の会談の空気は当初から張りつめていた。

「各事業部・各社の対応では適正意見の監査を放棄せざるを得ません。つまり不適正意見を表明することになるわけで、これは見月、松下も同じ意見です」

「先生、業績下振れの件には、見方がいろいろあります。いちがいにそう断定するのは……」

桜木は不快感を露わにしている。

「急いで東証にファイリングすべきではありませんか」

「銀行への根回し等の複雑な問題もあり、すぐに回答できません。実態調査をさせ、事業部門には三月中に経理と打合せをさせるようにします」

語り口に抑制を利《き》かせてはいたが、しかめっ面《つら》をした桜木の指は神経質そうに応接室のテーブルをたたいている。

上場会社は、決算の見込みが対外発表した業績計画より予《あらかじ》め定められた一定割合を越えて上振れないし下振れする場合、業績予想の修正を東京証券取引所に届け出て情報開示する義務を負っている。この届け出を称してファイリングと呼ぶ。

「ところで桜木さん、例の怪文書には目を通して頂けたとは思いますが、そのほかにも兵頭社長から粉飾まがいの指示が社内に堂々と出されていると告発する電話がうちに掛かってきましたよ」

「そんな下らん指示を社長がするわけありませんよ。どこの会社にも、ひがみ根性の奴《やつ》はいますし、ありもしないことを平気で噂する輩《やから》はいます。怪文書の住所を調べてみましたが、差出人の田中英雄なる人物は存在しなかった。いちいちそんな怪しい連中の相手をしていたら仕事になりませんよ。偽りの内部告発なんてどの組織でもよく起きることじゃないですか。バカバカしい」。桜木は開き直りとも思えるような態度を示した。

「それより先生、一三年三月期と同レベルの処理までは何とか認めて頂けないですか」

「絶対に許されません。桜木さん、認められないからこそ、こうして話をしているのではありませんか！」

どういう神経をしてるんだ、図々《ずうずう》しいにもほどがある、と叫び出したい衝動を抑えつつ、津田は桜木の申し入れを一刀のもとに切り捨てた。

三月一一日、今月も「月度業績報告会」の日を迎えた。事業統括室を事務局として、役員小会議室にメンバーが集められる。毎月度の業績が各事業部門、各関係会社から報告されるのだ。兵頭と桜木が対計画比でその進捗度《しんちょくど》をチェックし、未達であればその原因を問い質《ただ》し、挽回策《ばんかい》を発表させる。

建前はそうであったが、この会議こそ毎月の粉飾を推進させる原動力であった。兵頭、桜木両首脳が現実からかけはなれた苛酷《かこく》なノルマを振りかざし部下を責めまくる。これが常態化している。

会議の冒頭、事業統括室の岡崎部長から一三年度の連結着地見込みが報告された。この数字を実現するにはかなりの粉飾が必要となるのは、出席者の誰もが承知していた。次いで各事業部門からの報告が始まる。人事権という伝家の宝刀を手にした兵頭、桜木両首脳の不興をかわぬよう、各事業部門長は具体的な挽回策を何ら持たずに期末ぎりぎりまで達成できない数字を精一杯膨らませる。

「不安要素はまだ残っていますが、計画に向け、一丸となって頑張ります！」

威勢のいい決まり文句だけを並べ立てる、無意味で虚《むな》しい茶番劇である。

三月度業績報告会には、趣向がこらされていた。事業部門からの報告を締め括《くく》る際に、一三年度連結着地見込みに対しての大幅な下振れ懸念《けねん》を沢木から報告する予定になっている。そのために沢木は岡崎と事前の打ち合わせを行っていた。

「それでは、経理の沢木部長から報告を頂きます」

司会進行役の岡崎が重々しく告げる。沢木は隅の席から楕円《だえん》テーブル中央に腕組みして座る兵頭社長の真正面に腰を移した。

「冒頭ご報告がありました事業統括室の連結着地見込みに、『業績悪化懸念』と『会計士からの取消し懸念』を勘案した一三年度の着地見込みをご報告致します。それでは、お手許《てもと》の資料をご覧下さい」

手際《てぎわ》良く配布された報告資料には、二月上旬並びに三月初めに桜木副社長に報告したものより二〇億弱の赤字が追加されていた。兵頭は小さなうめき声を発した。

「……というわけで、一三年度下期は当期利益▲七九億の赤字。上期当期利益一八億円を合算すると、一三年度の年間連結当期利益は▲六一億の赤字。一四年三月末は表にありますように連結債務超過となります」

沢木がひと通り資料の説明をし終えると桜木が、「事業本部長たちの言っている数字と違うじゃないか。ちゃんと数字を詰めてから報告しろ」と怒声を浴びせ、報告者を睨《にら》みつけた。

「報告とちぐはぐな紙切れを見せるな。バカ者が！」

唇を震わせながら兵頭が爆《は》ぜた。このため報告資料について議論が深められないまま、会議は頓挫《とんざ》してしまった。

桜木は常に素早く行動する。翌日さっそく、番匠、沢木を自室に呼び寄せた。高圧的な態度は影をひそめ、口調も穏やかなものに変わっていた。

「あれでは話にならないぞ。営業利益を確保すべく、各事業部門を回って指導しなさい。それから先日、沢木君に頼んでおいた化粧品の期末売上対策の二〇億はどうなってる？」

この件に関しては番匠から、放りっぱなしにしておくように、と指示を受けていた。

「会計士が難色を示しています」

沢木は執拗な攻めに抵抗するため監査を楯にとった。しかし桜木は聞く耳を持たなかった。それどころか鉄面皮にも追加指示を繰り出してくる。

「会計士と十分打合せをして、リークのないよう注意してくれ。それだけでは化粧品の売上がまだ不足しているので、さらに二〇億から三〇億の追加売上を検討してくれ」

あいた口がふさがらない。

「いくら何でも無茶な話ですよ」

途方もない要請に番匠が口をはさむ。しかし、桜木は平然と言ってのけた。

「化粧品と打合せもしないで、どうして無茶なんだ。常務である君がそういう姿勢だから、みな腰が引けてるんじゃないのか。役員ならもっと会社のことを真剣に考えろ。わが社が潰《つぶ》れてもいいのか！」

眉を逆立てて威圧してくる。分厚い唇を山のように尖《とが》らせ、最後に発破をかけた。

「番匠君、各事業部門、グループ各社を回ってしっかり指導してくれ。いいか、頼むぞ！」

桜木はその夜、兵頭の呼びかけで秘書たちの慰労という名目の会食に参加した。高輪《たかなわ》プリンスホテルに出来たばかりの『茶屋』の座敷で秘書室メンバー五名と兵頭を囲んだ。座の中心に鎮座する兵頭は満足げな笑みをたたえている。ビールをおいしそうに飲み干したあと、好物の芋焼酎《いもじょうちゅう》を片手に懐石料理に箸をつけている。糖尿病の気があるので大食は控えているが、大好きなアルコールはつい手が出てしまうようだ。

桜木はお気に入りの倉橋凜子の正面に座り、雑談に花を咲かせていた。凜子は持ち前の会話術で桜木を上機嫌にさせてくれる。盃《さかずき》を重ねると自然舌も滑らかになる。

「社長、昨日の月度業績報告会。まるでなっていないの一言に尽きる」

桜木は根っから酒が好きなうえに、少々の量では酩酊《めいてい》しない上戸《じょうご》である。

「その通りだ。奴らの気持がワシには理解できん」

「苦労して債務超過を解消したのもつかのま、再転落なんて冗談にもなりません」

難題をクリアした手際のよさで銀行筋から高い評価を博しただけになおさらである。

「そう、なんとしてもやり抜かねばならん。月末までまだ日数もあるのでポジティブに考えてゆけば必ず達成できる。な、そうだろ、桜木さん」

酒豪といわれる兵頭だが最近は年齢のせいかすぐに酔いが回ってしまうようだ。呂律《ろれつ》が幾分怪しい。

「副社長、作戦にぬかりはないだろうね？」

兵頭がとろんとした目で問いかける。

「ええ、番匠にうまくやらせますよ……。いざとなればあいつに責任をとらせますから」

当期赤字、連結債務超過再転落は経営責任に直結するだけに手段を選り好みしている余裕などない。宴の途中に手洗いに立った凜子の蠱惑《こわく》的な肢体に視線を注ぎながら、桜木は次の一手をどう打つべきか思案を練った。

ようやく得た賞讃《しょうさん》が水泡に帰してしまう。やはりここは沢木を徹底的に追い詰めつつ、番匠にお膳立《ぜんだ》てさせよう。気の弱い沢木を恫喝《どうかつ》し、番匠の責任において粉飾を行わせる。あいつは信じがたいことに、社長に俺の更迭《こうてつ》を進言しやがった。今回の決算でもやたらと足を引っ張りやがる。絶対に許しはしない。経理部門の最高責任者でしかも役員だから、いざという時にお上に差し出すには好都合だ。

茶屋の大きな窓から見える庭はライティングされ、一幅の日本画のようだ。幾分赤ら顔の兵頭が上機嫌な声で、みんな遠慮なくどんどんやってくれ、と日頃の働きを労《ねぎら》う声を上げる。桜木はそのタイミングを見逃さなかった。立ち上がると、「それでは皆さん、兵頭社長の益々《ますます》のご健康とわれらがトウボウの発展を祈念して」と盃を高々とかざして乾杯を促した。

　翌朝、副社長室にまた呼びつけられた。

「おお、来たか、どうぞこちらへ掛けてくれたまえ」

　この笑みを含んだ顔が曲者《くせもの》だ。番匠は気を引き締めた。桜木は気持ちの悪いほど愛想よく応接ソファをすすめてくる。こういったときの副社長の胸の裡《うち》には、必ず狡猾《こうかつ》な打算が隠されている。

「なあ、番匠君、沢木君たちはまだまだ尻《しり》が青い。わが社が今置かれている状況について真の意味で理解していない。二四階の本部スタッフを導いてゆけるのはやはり君しかいない。トウボウの若手社員を指導していくのは君のような人物であるべきだ。企業は最後には番匠君のような人材を必要とするんだ。だから今回も各事業部門を回り、ぜひトウボウ史に残る指導をしてくれたまえ」

　ふだんは決して見せない最高の笑顔を振りまき、「君」を連発して自分の目的に奉仕させようとする。空虚な褒め言葉を聞き流しながら、昨晩遅く凜子がかけてきた電話を思い出していた。

「もしもし、倉橋です」

「おお、倉橋君か、どうした？」

ひと風呂《ふろ》浴びて、リビングのソファで缶ビールを飲んでいるところだった。

「たいへんですよ、ジョーム！」

凛子はからかうような口調で肩書を口にする。

「エロオヤジがジョームをおとしいれようと策を練っていますよ」

「なんだ、そりゃ」

凛子は桜木の発言をその様子とともに伝えてくれた。

「分かった。ありがとう、倉橋君」

「気をつけて下さいね、ジョーム」

「ああ、気をつける。きみには借りが一つできたね」

「そうですよ。ロオジエで結構ですからご馳走《ちそう》して下さいね」

桜木はまた何か企んでいる。どう闘うべきか。腹立たしさを呑《の》み込み、番匠は思案に沈んだ。

トウボウは、東京に化粧品、トイレタリー、薬品、ファッション、フーズなど非繊維部門を揃《そろ》え、大阪に天然繊維、合繊を中心とした繊維部門を構えている。桜木副社長の命により、番匠と沢木は在京・在阪の各主要部門を回るはめになった。

端《はな》から桜木の意向など無視しようと決めている。事前に本社会議室で沢木と膝《ひざ》を付き合わせ、意思統一を図るためのミーティングをした。

「いまさら事業部門に不正を説いて回ってみたところで無意味だよ。今回は事業部門の実態状況をつかむのに専念しよう」

沢木はまばたきもせずに頷《うなず》いた。

「粉飾は愚行の極みだよ。税金を取られるだけで、メリットなど何一つない」

「まったく同感です。ところでその実態のつかみ方ですが、まずは各事業部門から当期業績見込みを、実態ベースと決算対策に区分して提出してもらいましょうか」

「ああ。その上で各事業部門にヒヤリングをしよう。事業統括室が作成した着地見込みには、すでに実態のない数字がのせられていて、わけが分からなくなっているからね」

「もう少し事業統括室が抵抗してくれたら、こんなひどい状況に追い込まれないですんだのに。連中は社長、副社長の操り人形ですよ」

「そのために、忠実な手下をあそこに配したんだ。社長は伊達《だて》や粋狂でチェーン店に商品を押し込んできてはいない。数字には強くないが、どうすれば求める数字を計上できるかのツボは心得ている」

兵頭は逸話に事欠かない人物だ。若き営業マン時代には、某化粧品チェーン店に商品を押し込むだけ押し込んだ。あまりの重さで床が崩れ落ちたという。それでも兵頭は、代金をしっかりと回収してくる。それほどの凄腕《すごうで》であったと聞く。多分に誇張された話かもしれないが、兵頭が小売店から信頼を寄せられていた証左として今も社内に伝わっている。

もともと化粧品業界では押込み販売が盛んだ。兵頭のやり方も年を追う毎《ごと》に拍車がかかっていった。猛烈な販売攻勢の後には必ず食い散らかされた在庫の処理という問題が残る。粗利率の高い業種なので、もとより利益は大きい。だからこそ、兵頭は経費削減よりも人一倍売上にこだわるのであろう。

番匠と沢木は在京各部門を訪れ、続けて在阪部門とくに合繊部隊に力点を置いて実態をヒヤリングした。事前に聞いていたより合繊の実状はずっと厳しかった。

大阪駅にほど近いトウボウ大阪支店の応接室で二人は座り込み、呆然《ぼうぜん》としていた。窓から見える空はどんより曇っている。

番匠は頭をかきむしった。

「在京、在阪、いずれの部門も相当悪いな。古くからの不良資産を抱えすぎて身動きがとれない。桜木さんは架空の技術指導料まで計上させている。特に合織は手詰まり状態だね。東洋染織の処理の目処《めど》も立たないし……どうにも手の打ちようがない」

事業に費やした膨大な資金量を鑑《かんが》みると、破綻《はたん》の引き金となるのはやはり合織に違いない。不吉な予感がよぎる。表面上の決算では、平成八年三月期に連結債務超過二四九億円とあるが、不良資産を含めた実態は「連結債務超過二千億円」であった。

「合繊は二、三〇年前からの在庫も持ってます。事業部門独自で不良資産を処理するケースがまずないですからね」

「兵頭さんと桜木さんだけが悪いなんて、とても指弾できないな。粉飾を強要すること自体はまことにけしからんが、見方を変えれば、負の遺産を受け継いだ被害者とも言える」

「二千億円にのぼる実損は、三〇年前から今日まで先送りしてきた結果で、兵頭社長や桜木副社長がつくった不良資産は過去のものから比べるとさほど大きくないですよ。不良資産の時系列表を見れば一目瞭然《りょうぜん》です」

「正確に表現すると少し違う」

沢木はきょとんとした目を向けた。

「え、どこが？」

「七〇年代後半に発覚した合繊巨額不良在庫の相当部分は、主に固定資産をかさ上げすることで昭和の御世《みよ》に闇《やみ》へ消された。八〇年代後半からは羊毛部門、ファッション部門のレオールが粉飾の新たな担《にな》い手となった。合繊での粉飾決算も性懲《しょうこ》りなく続けられ、フーズでも一時期を除いてほぼ常態化した。これらの累積額が君のいう二千億円にほぼ相当する、といった方が的確だと思う。過去の忌《い》まわしい問題にもいずれ真正面から向き合い決着をはからねばならんが、当期決算についてはすぐにでも結論を出さねばならない」

二千億円の負の遺産には目をつむりながら、上からの粉飾指示とは闘わねばならない。この矛盾をどのように打破すればよいのか、即座に答えは見出《みいだ》せない。本音を言えば、トウボウを辞そうと真剣に考えた夜もあった。今でも気持ちが時折揺れる。

どうしたらこの難問を解決できるのだろう……。考えながら嘆息がもれた。

「なぜ、うちの経営者たちは粉飾がこんなに好きなんですかね？　何の得にもならないのに」

理解できないという風に沢木は首を振った。

「粉飾が好きなわけではないと思う。身勝手な自己保身に加えて、倒産でもしないかぎりバレやしないという甘えがそうさせるのだろうね」

「失政のツケを先送りするだけです。経営者の不正行為の最たるものだと思います」

「いや、最も不埒《ふらち》なのは粉飾で利益を出したことにして、多額の役員退職慰労金を手に安逸をむさぼっているOBたちだよ」

そう告げると、西峰一斉の学者めいた風貌《ふうぼう》が番匠の脳裏をかすめた。

「なるほど。そういう意味では、うちは刑事と民事、両面から危険に晒《さら》された会社だと言えますね。ただし、昔の粉飾については時効が成立してるのではないですか？」

「法律上はそうかもしれない。しかし経営責任には時効なんかありゃしないよ。絶対に許してはならない」

番匠は眉《まゆ》をつり上げ、唇を嚙《か》みしめた、鷹揚《おうよう》な笑みを浮かべるカリスマ経営者の姿を再度思い浮かべた。

「まあ、それはそれとしてだ、来週の三月二〇日までには両首脳に決算見込み案を報告しなければならん。タイムリミットだ」

話が横道に逸《そ》れたので、現実的なテーマに戻した。

「番匠さんはどうされるおつもりですか」

沢木は仰ぐように番匠に視線を注いできた。

「腹は最初から決まってる。初志貫徹だよ。当期赤字の連結債務超過案で行こう。当期に発生した連結赤字を黒字になど、とても直せない。譲歩はしないよ」

膨大な不良資産の具体的償却案がないままの不正会計など愚の骨頂だ。

「本当にそれで提出するつもりなんですね？」

「ああ。過去の非稼動資産償却*をどうするかは会計士や主力銀行とも相談していかねばならないが、当期利益については譲れない。両首脳との紛糾は覚悟の上だ。……安易な妥協をする気はない」

企業において、専門知識を振り回すだけの経理マンは存在価値がなきに等しい、というのが番匠の信念なのである。

「ただし、同じ報告を三度繰り返すのではあまりにも芸がない。実態数字を突きつけると同時に、われわれ経理の実質対策案を盛り込んで出そう」

「どんな対策ですか?」

「合法的な対策だよ。具体的には賞与支給をゼロにした利益計上、税効果会計*適用による利益計上、連結外の会社に対する土地・株式譲渡益の計上、時限立法で認められている土地等評価益の計上など、CPAも適法と認めざるを得ない対策を講じた上での数字を盛り込もう。それでも大幅赤字には変わりないと思うけど仕方ない。われわれに出来るのはそこまでだ」

賞与をゼロにするのは忍びないが、何よりもキャッシュの流出が止められる。その他

＊非稼動資産償却＝ここでは不良資産を償却して損失を計上することを指す。＊**税効果会計**＝法人税等を財務会計の目的に照らして、適切に期間配分するための会計処理。財務会計上の費用・収益の認識時点と税務所得計算上の損金・益金の認識時点には差異があり、財務会計上、当期純利益を算出する過程で差し引かれる法人税等の金額は、必ずしも当該決算期に係わる適切な金額を示さない。税効果会計はこのような問題を解決するために導入された会計処理である。具体的には、将来の法人税等の支払を減少させる要因が当期以前に発生している場合には、繰延税金資産が計上され、逆に将来の法人税等の支払を増加させる要因が当期以前に発生しているケースでは繰延税金負債が計上されることになる。

は収支に無関係な振替え上の仕訳にすぎないのでＣＰＡから可否の判断を仰ぐしかない。

沢木は口を真一文字に結び、手応《てごた》えのある表情を見せた。

「メインバンクからあれだけ総労務費の削減、経費の圧縮につき忠告されてきたにもかかわらず、彼らは真摯《しんし》に耳を傾けようとしなかった。これまで痛みを伴うリストラ策に取り組んできたとはとうてい言えない。それどころかこの時代に売上拡大一本やりの戦略のまま突っ走ろうとしている。なぜ、われわれ経理だけが一手にそのヘドロ処理を負わなければならんのだ。ふざけるんじゃない！」

支出と収入のバランスを一向に気にかけぬ兵頭の前時代的な拡大志向と、自分の戦略に従えば誤りがないとする桜木の独善的な会社運営に、頭髪が逆立つほどの怒りを覚える。

ことに天然繊維、合繊における売上拡大主義は暴挙以外の何物でもない。デフレ下においては、気まぐれなマーケットを頼りにする他力本願型ではなく、自力で行える労務費の削減や経費圧縮で、確実に利益とキャッシュ・フローを確保する戦略を採るべきだ。社内の軋轢《あつれき》は避けられないが、確実な計算が成り立つ。

空はいつの間にか黒い雲に覆《おお》われていた。

たった今、羽田から車で自宅に戻ってきた。シャワーを浴びたが、そのまま眠る気にはなれなかった。あのファイルが自分を招いているように感じる。産元《さんもと》商社の集積する北陸に近い大阪は、繊維の本場である。そこで仕事していると、つい長谷川真也の顔を浮かべてしまう。番匠はリビングのソファに腰を下ろし、古く変色したファイルをめくり始めた。

先輩のメッセージがここにあるはずだ。

収められた資料には酸化してボロボロになっている記事もある。紙の傷《いた》みは長谷川の手許《てもと》で長く眠っていたことを示している。

ふと、細かく数字が羅列された表に目を止めた。『合繊四部門事業開始以降の売上・経常利益推移』というタイトルが紙片上部を飾っている。経常利益欄の縦列を追うと、数字の頭にほとんど▲がついていた。番匠は「オールド・ジャパンを代表する企業の実態がこの有様か」と思わず長い溜息《ためいき》を吐《つ》いた。

紙片にはおびただしい赤字が列記されていた。昭和三五年度下期にスタートを切ったナイロンをはじめとして、ポリエステル、アクリル、エステル各事業が開始以来計上してきた業績が時系列順に並べられている。

昭和三五年度下期から平成六年度上期に至るまで、三四年間の売上高と経常利益が半期ごとに記録されていた。平成六年上期までなのは資料を作成した者が退職した時期と関係があるのだろう。末尾には合繊各事業の発足期から平成六年上期までの売上高と経常利益の累計額が几帳面《きちょうめん》な文字で要約されていた。

　合繊事業の累計売上高は三兆五二一億円、累計経常利益は▲一二一一億円の赤字。アクリルの数字が突出している。それはトウボウの闇の歴史の一端を伝えるものだった。

　次ページにはA3用紙二枚を糊《のり》でつなぎ合わせた資料があった。セピア色に変じた紙には複雑怪奇な合繊事業の変遷史《へんせんし》が綴《つづ》られている。不良在庫の山をもみ消すおぞましい足跡——まさにトウボウの恥部だ。

　長谷川の妻は夫が死んだのは肺の末期ガンによるものだろう、と言っていた。本当にそれだけが理由なのか？

　トウボウは合繊の巨額粉飾を起点として、その後も構造的な損失を計上していった。平成八年三月期には連結債務超過二四九億（実相額二千億）円を記載した有価証券報告書を提出した。メインバンクからリストラを強要され大量の退職者を出したのが、平成七年秋。長谷川も「合繊問題は私にも責任がある」といって社を潔《いさぎよ》く辞した。長谷川はその後の状況に重い責任を感じ、退職後も悩み苦しんでいたのだろう。

　粉飾を止めさせろ。そしてトウボウを建て直せ。長谷川真也が古びたこのファイルからそう呼びかけているように思えてならない。

　トウボウは長い歴史を重ねるなかで社会的信用を積み上げてきた。やがて、名門企業にありがちな鼻持ちならぬ傲慢《ごうまん》さが、垢《あか》のように身についてしまったのだろう。独りよ

合繊四部門	累計期間	売上高累計額	経常利益累計額
ナイロン	S35／下〜H6／上	9,872億円	▲　283億円
ポリエステル	S43／下〜H6／上	11,985	▲　279
アクリル	S47／上〜H6／上	6,186	▲　485
エステル	S41／下〜H6／上	2,478	▲　164
合　計	―	30,521億円	▲ 1,211億円

がりな驕《おご》りが粉飾を放置させ、老いに伴う怠慢はそれにメスを入れるのを拒ませた。トウボウは日本国ある限り安泰だという過信がさらに粉飾を加速させていた。

歴代経営者は誇るべき光を受け継いできた。同時に、恥ずべき影も引き受けざるを得なかった。光明と暗部をともに背負うこと、これがいつしか経営を担う者の宿命となっていた。

番匠はブランデーを乱暴に呷《あお》り、額を擦《こす》り付けんばかりに窓ガラスに近寄った。眼下に青白く浮かび上がる街に目を落とす。

「合繊に始まり合繊で終わるというのか……。たとえ潰《つぶ》れるとしても、ここで投げ出して逃げるわけにはいかん。絶対に」

無責任に生きるなら、明日にでも辞表を出せばいい。声をかけてくれている会社もいくつかはある。だが、長谷川の死を無駄にしないためにも、この場で戦わねばならなかった。「絶対」という言葉を発したのは、揺れ迷う心と訣別《けつべつ》する気合を、自分自身に与えたかったからだ。

伝統こそが人間性を鈍磨させてしまうのかもしれない。老舗《しにせ》企業の中で不正に立ち向かう難しさを、あらためて思い知らされた一日であった。

霧雨が夜の街を包んでいる。そのうちに、糸を引くような雨足に変わった。雨が街を静かに濡《ぬ》らし始めたせいで、イルミネーションが宝石のような輝きを放った。

第4章　恫《どう》喝《かつ》

二四階会議室の空気は張り詰めている。沢木は武者ぶるいした。平成一四年三月一九日九時三〇分、これから財務経理室による決算見込み最終案の報告が予定されているのだ。

「常務、議事録はとっておいた方がいいですよね」

喉《のど》がからからだ。

「その方がいいね」

顎《あご》に手をやりながら、番匠は生返事を返す。今日のネゴシエーションはどうすれば上《う》手《ま》くいくだろうかと思案しているようだ。

報告者は番匠を筆頭に、沢木、酒井経理課長、川田事業統括室長、岡崎事業統括部長

の五人である。沢木は番匠の隣席に就く。そっと胸ポケットに手をやった。議事録作成のため、ＩＣレコーダーをしのばせているのだ。

桜木副社長が入室してきた。報告者の顔を舐《な》めるようにゆっくり見渡す。

まず桜木に報告してから、兵頭につなげるというのが今日の手はずである。桜木の着席を見計らい、沢木はひそかに録音スイッチを入れた。

番匠がまず口火を切った。

「ただいまから、一三年度決算見込みのご報告を致します。ご指示を受け、在京・在阪の主要事業部門、関係各社を回って参りました。率直に申し上げます。先日の月度業績報告会の数字よりも実情はさらに悪化しております。それでは、沢木経理部長より改善対策をも加味した数字で、ご報告致します」

発言に不安を覚えたようで、桜木は目を皿にして机の上に置かれた資料の数字を追い始めている。

「沢木君、お願いします」

「はい、では一三年度連結決算見込みのご報告をさせて頂きます」

勝負の日である。身をぶるっとさせたあと空咳《からせき》を一、二回飛ばした。

今日あたりに決算着地数字、特に当期利益額を固めないと身動きがとりづらくなる。

もとより報告の中味は、両首脳の意を汲《く》んだものではない。どの時点で桜木が鬼の形相に変化するのか、沢木の指先は震えている。

「え、えー、三月一一日の月度業績報告会では年間ベースで連結当期利益▲六一億円と報告いたしました。しかし先日来、主要各部門にヒヤリングを行った結果、会計士に取り消されるであろう会計処理を三七億円含んだ上での数字であることが判明しました。したがいまして、当期は年間九八億の赤字となります。

そこでそのカバー策として、すでに予算計上されている支給月数二ヵ月弱の夏期賞与支給をゼロとし、さらに連結外の会社に株式、土地売却を行なう等々の諸対策による特別利益の計上策を打ちますと、併せて五五億の利益改善が図れます。実行後は、連結ベースで年間の当期利益は▲四三億円、連結純資本は前年度末八億円でありましたから、当期末は▲三五億円の連結債務超過となります。

ただし、まだ不安要素が残ります。トイレタリー部門の販促費が過去からのものを含めて二〇億円も繰延べされており、業界でもその不払いが話題になっていると聞いております。加えて化粧品の期末対策売上二〇億にも会計士が難色を示しており、予断を許しません」

さっと桜木に目をやる。頬がピクピクと動いていた。怒髪天を衝《つ》く寸前だ。

「……どういうことだ、いったいこれは？」

桜木は苦い薬を呑《の》まされた子供のごとく顔を歪《ゆが》めている。

「君らは会社を潰《つぶ》すつもりなのか！　番匠君、君は彼をちゃんと指導したのか？」

怒りを故意に抑えているためか、桜木の声は震えを帯びていた。

「副社長、これ以上、もうどうにもなりません。事態は想像以上に悪化していました」

番匠の毅《き》然《ぜん》とした声に、一歩も引くつもりがない覚悟を読み取った。

「そんな悠長なこと、言ってる場合じゃないだろう。化粧品については、もっとやれと言ってんだぞ。俺は、赤字や連結債務超過などは認めない」

会議室が静まりかえった。桜木からは敵意のこもった視線が報告者に送られてくる。

「君らを回らせるとかえっておかしくなるなあ」。声も上ずってきた。「賞与ゼロなんて、よく言えたもんだ、それは経営が決める問題だ」

「経営」とは自分と兵頭の二人だけを指している。これ以上議論は続けられそうにない。桜木の口からこの言葉が発せられるときは、もはや建設的で理性ある打合せの続行が望めないことを意味している。長い沈黙が横たわり、桜木は痺《しび》れを切らした。

「さっぱりわけが分からない報告だ。こんな報告を社長にはできるものか。お前らが勝手にしろ！」

捨て台詞《ぜりふ》を吐き、桜木は部屋から退出してしまった。沢木が腕時計を見ると、報告から退席までわずか一〇分しか経《た》っていなかった。

一時間後、番匠が先ほどのメンバーと別室で打合せをしていると、秘書から連絡を受けた。社長がお呼びだという。ただちに兵頭に注進したのであろう。化粧品出身者である事業統括室の室長、部長の二人からは、何とか番匠常務の方で捌《さば》いて欲しい、と手を合わされた。

経理の沢木、酒井の二人だけを従えることにした。先導していた女性秘書が社長室をノックしてドアを開き、「番匠常務がいらっしゃいました」とうやうやしく告げると、いきなり大きな怒声が響いた。

「番匠だけでいい、雑魚《ざこ》どもは要らん！」

兵頭が仁王立ちになり、こちらを睨《にら》みつけている。その老身からは妖気《ようき》めいたものが立ちのぼっていた。秘書は飛び退《すさ》り、沢木と酒井も後ずさりする。ここぞという場面の凄《すご》みである。桜木のようなひ弱なインテリにはない、叩《たた》き上げだけが持つ迫力を備えている。番匠は沢木を伴い、社長室に足を踏み入れた。

「失礼します」

沢木と共にきびきびと一礼し、怒りの主が座につくのにあわせてソファに腰をかけた。

「いま、会社は大きな岐路に立ってるんだぞ。番匠、お前の言う通りやったら、債務超過となって会社がパンクするやないか。お前らはトウボウをどうしたいんや！」

黒光りした額に血管が浮き出ている。これほどまで怒りを露《あら》わにした兵頭の姿は初めて見た。こちらの抵抗がよほどショックだったのか、それとも演技なのか。

「各本部長はみな数字を出すと言っている。なぜ協力しない？」

番匠は応酬した。今日でカタをつける覚悟だ。

「社長、これ以上は出来ません。いくら社長や本部長ができると言ったとしても、実態はもっと悪いのです。実務上不可能なのですから、仕方ないではありませんか！」

「決算期日までまだ日にちがある。トイレタリーなんかはまだまだいける」

「無理ですよ。会計士にも目を付けられています」

「何を言っとるか、貴様！　債務超過になったらトウボウは潰れるぞ」

「債務超過になっても、トウボウに化粧品部門がある限り、即倒産にはなりません。メインバンクと事前によく相談をして抜本的な構造対策を打ち出せば、銀行はもちろん、マーケットも簡単に当社を見放さないでしょう」

「だが、経営責任はどうなる？　連結債務超過になったら、経営責任を必ず問われるぞ。絶対に呑むわけにはいかん。賞与をゼロになどしたら、面子《メンツ》は丸つぶれだ。組合から思い切り突き上げられる。せめて一ヵ月強はなければならん」

兵頭はトーンを少し落とした。粉飾の責任についてはひとかけらもとるつもりがない上に、いけしゃあしゃあと罪の上塗りを強要する。これが名門企業の総帥《そうすい》と言えるのか。

番匠は引き下がらなかった。

「経営責任については、私はその任にないので、判断できません。しかし会計士はもう我慢の限界にきています」

「会計士ぐらい、どうにかならんのか」

「ええ、困難な状況です」

「それをどうにかするのがお前の仕事だろう。説得しろ。その代わり、来期はワシがビシッと陣頭指揮する」

「前回もそうおっしゃいましたね」

「うるさい、ゴジャゴジャ言わずに債務超過にならん決算案を持ってこい」

堂々めぐりだ。要するに兵頭は社長としての責任を問われることだけを回避したいのだ。失望はさらに深まる。帰り際《ぎわ》に兵頭は番匠の背中に鋭く矢を放った。

「赤字、連結債務超過はダメだぞ、いいな、番匠！」

兵頭はしたたかであった、というよりも社長の座を守り抜く尋常ならざる執念があったという方が正鵠《せいこく》を射ているかもしれない。すかさず手を打ってきたのだ。

午後三時過ぎ、倉橋凜子から「社長が番匠常務をお呼びです」との連絡を受けた。社長室では、兵頭と化粧品事業本部長の木田副社長の両人が待ち受けていた。木田守男はその地位を得るために兵頭に忠誠を誓った男である。桜木を除けば、誰よりも兵頭に信頼されていた。

全社営業会議を指揮する「営業本部長」は平成一〇年四月社長就任時、兵頭が新設したポストで、自らその席に就いている。

桜木は本来参謀役ではあったが、平成一二年六月からは全社の「営業本部長代行」も兼ねていた。木田も、稼ぎ頭の化粧品本部長として兵頭の手厚い保護の下、一三年六月桜木に続き「営業本部長代行」として事業本部長の筆頭格の地位を手に入れていた。これらの人事は兵頭が売上拡大を最重要視している証左だ。

兵頭は手招きして、自分の左斜め前のソファに座るよう促した。軽く礼をして腰を下ろした番匠は、兵頭の右斜め前に座す木田副社長と向かい合わせのかたちになった。木田は禿《は》げ上がった頭部に手をやりつつニコニコと白い歯を見せる。その狡猾《こうかつ》そうな笑顔とは対照的な苦虫を嚙《か》みつぶしたような顔が右手より迫ってくる。

「化粧品に期末の追加売上二〇億円を検討させている。しかしその売上が会計士に否認されては元も子もない。だからお前に来てもらったのだ。ここにいる木田副社長と打ち合わせて上手く収めてほしい」

「はたして会計士が納得しますかね？」

番匠は顔を斜めに背けて呟《つぶや》いた。兵頭は事前に打合せ済みであろう木田の顔をチラッと見て、すかさずたたみかけてきた。

「それを説得するのがお前の役割じゃないか」

数時間前にこの部屋で激しくぶつかり合ったばかりだが、間髪を容《い》れず次の手を打ってくるとは、いかにも兵頭らしい。彼は部下を厳しく叱責《しっせき》し、その日のうちにフォローするという技を使う。一緒に飲む、ゴルフに行くなど慰労を怠らず、後日にまでしこりを残さない。あまつさえ、徹底的に酒を酌《く》み交わしながら自分のファンにしてしまう。このあたりの人心収攬《しゅうらん》術は並の叩き上げとは一味も二味も違う。

木田を登場させたのは、兵頭が隅々まで知り尽くしている化粧品に期末利益対策を行なわせよう、という魂胆からだろう。化粧品部門の人間は死ぬまで忠義を尽すと思い込んでいるのだ。粉飾に手を染めたい事業本部長など存在するわけがない。さりとて偉大なるボスの命に背くわけにもいかないだろう。断れば、たちまちその座を失うに違いないからである。

「とにかく、経理と化粧品とで上手く打ち合わせてくれ、頼むぞ」

兵頭の一言で勝負がついた。

番匠は財務経理本部に戻り、沢木を呼び寄せた。

「沢木君、御大が自ら陣頭指揮を始めたよ。どうあっても連結債務超過にはさせないぞ、という強いメッセージだ」

先ほどの会談について説明した。

「そのあたりの対応の早さはさすがですね」

「要するに化粧品の木田部隊と打合せた上で、会計士にも根回しをしろ、という指示だ」

兵頭の並々ならぬ権力への執念を肌で感じた。「とりあえず化粧品本部の出方を見てから対応を考えよう」と告げ、打合せを明朝行なうと決めた。

翌朝、番匠が沢木を伴い階下の木田本部長室を訪れると、事業統括室の室長と部長の両人が待ち構えていた。事前に化粧品側から連絡を受けていたようだ。

化粧品本部側の出席者は木田本部長を含めて本部長代行、副本部長兼統括室長、統括部長の四人である。彼らはすでに用意していた対策案を番匠たちに提示した。セールス出身だけあって、副本部長兼統括室長の四谷《よつや》明はソフトな営業スマイルを絶やさず、滑らかに説明し始めた。

「当期末にチェーン店へ商品をこれ以上送るのには限度があります。そこで内部で打合せをした結果、海外戦略の一環として、商社あるいは商事部門の強化を図ろうとするロジスティック会社に化粧品を販売しようと考えました。今後化粧品の海外展開に力を入れようとしている社を選定いたしました」

「ほう。具体的な相手先があるのですか」

副本部長が真面目な顔で受けた。

「四、五社あります。中には新興の株式市場に上場している会社もございます。もちろん、もともと当社の取引先ばかりですが」

四谷は数社の名を挙げ、今回のスキームにつき、もっともらしく説明を始めた。しかしもともと不純な動機からスタートしている話である。彼の口ぶりからは、やむを得ず実施せざるを得ない、という苦渋がにじみ出ている。しょせん兵頭に強いられた上でこしらえた作文だ。番匠は彼らにこう告げた。

「あくまで資金の決済がなされる大前提があった上での話でしょう。仮にそれが充《み》たされたとしても、期末間近の唐突な取引なので山手監査法人の承諾がないと決算に組み込むのは困難だと思います。努力はしてみますが、そこのところはどうかご了承頂きたい」

冷めたコーヒーを流し込むと、苦い味が口腔《こうこう》の粘膜を刺激した。沢木を促し、その場からそそくさと立ち去った。エレベーター内で沢木がしかめっ面《つら》をして訊ねてきた。

「会計士はオーケーを出しますかね」

「難しいだろうな。慌《あわ》ただしくて申し訳ないけど明日二一日は春分の日で休みだから、本日中に山手に今の話をつないでくれないか。私の方は昼過ぎから夕方まで社長主催の営業会議があるんだ。決算月は、いつも兵頭さんと桜木さんから厳しい着地数字の指示が各部門長へ出される。それに調子を合わせる事業部門もある。通常月なら欠席するんだが、今月は両首脳がどんなノルマを課すのかを見届けないわけにはいかないのでね」

「沢木さん、だいたいね、うちが期末売上対策二〇億円についての相談を受けること自体おかしいよ。そう思わない？」

ニュー霞《かすみ》ケ関《せき》ビル三〇階の小会議室で三人の男が向かい合っている。津田と見月に、これまでの経緯と化粧品商社売り対策についてひと通り説明をした沢木は、その直後、見月会計士から痛烈な皮肉をぶつけられた。

「いや、見月先生、おっしゃる通りです」

沢木は頭を掻《か》いた。彼らとは古くからの付き合いで、遠慮のない間柄でもあった。山手監査法人の担当会計士たちはトウボウの暗闇《くらやみ》まで熟知している。とっくに破綻《はたん》していてもおかしくない企業をよくここまで持ち堪《こた》えさせてくれたものだ、と感嘆、いや感動すらしている。いまさら包み隠すことなど何もない。

見月は厳しい表情で続けた。

「うちのスタッフたちはね、われわれが不正に荷担しているのではないかと、疑心暗鬼になっている。そんな折に、こんな杜撰《ずさん》なスキームをすんなり認めるわけにはいきませんよ」

「そう、その通り。今は目立つような真似《まね》はしない方がいい」

怪電話、怪文書を気にしているらしい津田からも諭された。

「先生方の言われる通りだと思うのですが、何ぶん上からのプレッシャーが強く、われわれも弱り果てています」

結局、実質的な議論は後日に持ち越されることになった。

ホテルニューオータニにある『九兵衛《きゅうべえ》』の座敷カウンターに、番匠と凜子が並んで座る姿があった。小人数しか入れない狭い部屋だが値段は飛びきり高い。他の客は老夫婦らしき、綿帽子をかぶったような白髪同士の一組だけだ。掘炬燵《ほりごたつ》式になった座席なので足に負担がかからず座りごこちも悪くない。番匠が接待でたまに利用する店だ。

番匠は凜子のグラスにビールを注ぎながら礼を述べた。

「凜子ちゃん、どうもありがとう。お陰で助かった」

先日の電話への感謝のしるしだ。二人の前にはヒラメ、クエ、スズキといった白身魚とひとつまみの生山葵《わさび》がのせられている。

「ジョームのお役に立てて光栄ですわ」

凜子は小さく微笑《ほほえ》むと目礼した。注がれたビールを白い喉《のど》を見せながら、しなやかな手つきで半分ほど空け、グラスをカウンターテーブルの上に戻した。

「ご所望はロオジエでのフランス料理だったけど、鮨《すし》にさせてもらったよ。ここなら人目につかないと思ってね」

「わたし、お鮨が大好きだから、大満足。でも女と一緒にいるところ見られちゃまずいんですか？　わたしはいっこうに構いませんけど」

残りのビールを空にして、長いストレートヘアを払うような仕草をすると大きな黒い瞳《ひとみ》で睨みつける。笑った時に見せる片エクボがなんとも魅力的だ。大人の雰囲気とかわいらしさのアンバランスが世の男どもを魅了するのだろう。番匠がグラスを呷《あお》ると、タイミングを逃さずビールを注いでくれた。グラスがほどよく泡で盛り上がり、琥珀色《こはくいろ》の気泡がグラスの底から立ち上ってくる。

「女とメシを食っているだけで、ピーチク、パーチク騒ぐ奴《やつ》らがいるからな」

君の縁談にも差し支えるぞ、と笑みを含み、クエの一切れを摘《つま》んだ。白身の濃厚な甘みが舌に伝わる。岩場に潜む深海魚と聞く。九州ではアラとして知られており、九州場所で力士たちが最も楽しみにしているのは、アラの刺身と鍋《なべ》だという。

「だからなんですね」と凛子はもっともらしい顔をすると、「ジョームが隠れ家を幾つも持っていらっしゃるのは」と口に手をやってしのび笑いをした。

「不良中年の秘密を暴《あば》かないでくれよ」

肩をゆすって笑った。凛子の飲みっ振りもなかなかのものだ。あっという間に三本目のビールを空にした。食欲も旺盛だ。番匠がクエを食べ終わるときには、目の前の白身魚をすっかり平らげてしまっていた。「あとはお酒でいいね？」と確かめると、微笑んで頷《うなず》いたので、冷酒二合と大トロ、赤貝、アワビを注文した。酒は久保田を選んだ。

「不良中年に質問！」

凜子は小さく片手を挙げた。

「何？」

「どんなタイプの女性がお好みですか？」

不敵な笑みを浮かべる。目の前の板前はトロの塊を木箱から取り出し、まるで睨みつけるように神経を集中して肉塊に薄刃を入れている。その包丁捌《さば》きの美しさに年季を感じる。冷酒が運ばれてきたあと、たっぷりと脂《あぶら》ののった大トロが二人前差し出された。

「君こそ恋人は？」

「ボーイフレンドなら二、三人はいます」

凜子の捌き方も年季が入っていて、はぐらかすのがなかなか堂に入っている。

「ボーイフレンドとは上手く答えたものだな」

苦笑いしながら、盆の上に置かれた大ぶりのガラス製猪口《ちょこ》を彼女に手渡した。透き通った液体を注いで杯を満たすと、凜子が素通しの銚子《ちょうし》を番匠の手から奪い、こちらに注ぎ返してきた。猪口のふちをあて合うと硬質のきれいな音がした。

赤貝とアワビが目の前に置かれる。

「ところで、桜木さんは秘書の目にはどんな風に映っているの？」

番匠は赤貝を箸で口に入れ、まじめな顔つきで凜子を見やった。サビをのせた赤貝の舌触りは絶妙で辛口の酒によく合う。

彼女はひと口お酒を含んだあと、にべもなく答えた。

「女の子たちは生理的に嫌がっていますね。視線が嫌らしいって。ジョームこそどう思っていらっしゃるんですか？」

「桜木さんにはまことに申し訳ないが、最悪の人物ってところだな」

「銀行にも評判がよくないって聞いているのですが……」

その通りだと大声で言ってやりたかったが、食事の席でもあるのでこれ以上の陰口は控えた。

桜木がトウボウの派遣役員の候補にあがったとき、旧五井銀行の一部では強い反対が起きたと聞いていた。だが、幹部の一人が、『毒には毒をもって制する必要がある』と声高にのたもうたという。どうやらその一声が人事の帰趨《きすう》を決めたらしい。むろんトウボウにおける毒とは西峰一斉を指す。

蓋《ふた》を開けてみれば、西峰は経営首脳陣から定期的な報告を受けるだけの隠遁者《いんとんしゃ》さながらの暮しを送っていて、毒素はすでに抜かれていたのだ。それを知った旧五井幹部は、毒のないトウボウは桜木が撒《ま》き散らす猛毒にすっかりやられた、と後に述懐したそうだ。想像するたび顔が引きつるような無責任極まりない話である。

「……少し握ってもらおうかな。君はどうする？」

「じゃ、私はコハダを」

コハダ二人分握ってください、と頼むと番匠は猪口に残った冷酒を飲み干した。出されたひと口サイズのコハダを、凜子はいかにも美味《おい》しそうに味わっている。番匠の口内にも上品な酸味が広がった。

何貫かの握りを食べ終えたところで、バーで一杯引っかけてから帰るか、といって、サインをする仕草で右手を空中に踊らせると、係りが急ぎ足でやってきた。クレジットカードで精算中、傍らの凜子からそっと告げられた。

「ジョーム、先ほどのわたしの質問にまだ答えて下さってませんでしたね」

照れ隠しに髪に手をやり、「今度、フランス料理をご馳走《ちそう》する際に告白するよ」と追撃をかわすと、彼女は次のバーで拝聴したいところですが、フレンチをご一緒したいのでそのときまで楽しみに取って置きます、とささやいて満面の笑みを返してきた。

「沢木君、現在、各事業部門は目標に向かって奮闘しているが、下振れ懸念《けねん》も視野に入れなければならんかもしれん。そこでだ、頑張ってくれている君のためにも決算経常利益の着地点を少し下げ、一六〇億円までのレベルに落としてあげたい。それなら何とかこなせるだろう。君には何かと苦労をかけているからね」

三月二二日、沢木は桜木から呼びつけられ、いきなり理解に苦しむ筋書きを投げられた。

「ただしだ、販売費及び一般管理費の中味をよく調べ、特別損失へ振り替えられる理屈をつけ、四〇億から五〇億ほどを特損に持っていってくれ。そうしたら二〇〇億円台の経常利益を確保できるだろう」

なぜそんな計算が成り立つのか。一六〇億円自体どこから出てくるのか。唖然《あぜん》とした。しかしここは黙ってただ聞き流すしかない。用事は終わりかと腰を浮かせようとした時だ。

「ところでこの間頼んでおいた、化粧品部門の二〇から三〇億の追加売上はどうしたのかね？　早く報告を上げてくれ」

追加売上二〇億円さえも会計士の反対にあっているのに、その上さらなる追加売上とはいったいどういう神経をしているのか、沢木はまた言葉を失った。

「事業部門はやる気になっているが、経理が止めているという報告が営業会議で出ているぞ、沢木」

「そ、そんなことを誰が」

「経理部門だけが上の意向を無視して勝手な行動をとっている。私の言う通りに事業部門を指導しないと痛い目にあうぞ」

恫喝《どうかつ》まがいの指示だ。桜木は怒気で顔を染め上げ、目で抑えつけるように睨《にら》む。眼鏡の奥の目許《めもと》は険しさが増している。沢木の胸に小波《さざなみ》が立つ。

沢木は副社長室を出るとただちに番匠の部屋に向った。

最後の脅し文句が耳許で響いていた。仔細《しさい》を報告するとともに、

「兵頭さんと桜木さんとは連携プレーをしているのでしょうか？　まず兵頭さんに最初二〇億の化粧品追加売上を会計士に交渉しろと命じられた。それが進行形にもかかわらず、桜木さんからさらなる追加要請です。これって、ちょっとおかしいですよね」

と首を二、三度ひねった。

「私も同様なことを考えていた。兵頭社長のいう二〇億の追加売上だけで当期利益が黒字になるとはとても思えない。桜木副社長はもう一歩先を読んでいるのかもしれん」

「もうたまりませんよ」

沢木は弱音を上げたあと黙り込んでしまった。

しばらく思案に沈んでいた番匠が沈黙を埋めるように、言葉を押し出した。

「もう少し耐えてくれ。夕方五時に住倉五井銀行から呼び出しを受けている。決算状況についてだそうだ。彼らにも何とかしてくれ、と文句を言ってくるよ」

番匠は住倉五井銀行融資八部の根本幸夫部長に助けを求めた。

「先日私の方から連結当期利益が▲四三億円の赤字、その結果▲三五億円の連結債務超過に再転落する決算案を副社長の桜木に、続いて社長の兵頭に報告致しました。結果は決裂です。副社長の事前報告を受けた社長からカミナリを落とされた上、のっぴきならぬ追加要請も出されました。正直言って困り果てています。その後も兵頭・桜木間の連携プレーが行われ、われわれ経理は追いつめられております。再三お願いしておりますが、何とか桜木副社長を御行でご処置願えませんか。二人の間を分断しなければ、弊社に最悪の危機を招きかねません」

粉飾という言葉を出さなくても、すでに根本部長は承知している。根本はどう答えたらいいものかとためらう様子だったが、おもむろに口を開いた。

「お気持ちはお察しします。しかしトウボウさんが連結債務超過になると、いっせいに貸し剝《は》がしが起こることは必至でしょうね。当行一行ではとても支え切れないことになります。ウチもいつ潰《つぶ》れるか分からない銀行ですから」

「ご冗談を、天下の住倉五井が潰れるわけないでしょう」

「いえいえ、常務ならご承知でしょうが、われわれは金融庁に戦々兢《きょう》々《きょう》としていますよ。政府は竹城金融担当大臣の下、ハードランディング路線を推し進めています。どんな事態が起きても不思議ではありません。それから桜木副社長の件はこれまでも繰り返し申し上げてきましたが、現在は当行の人間ではありません。やっぱりそちらで処置を考えられるべきです。その代わり、御社の決定に当行が異議をはさむことは絶対ありませんので……」

「兵頭が桜木を手放すわけがないから、こうして伺っているのです。桜木氏の辞任を弊社の誰が決められるというのですか」

いつものように、平行線のまま会談は終わった。憤懣《ふんまん》やる方ないが、番匠はこうなることも視野に入れ、別の手立てを頭に描いていた。

住倉五井銀行本店を出ると、夕暮れの日比谷通りでタクシーを拾った。新八重洲《やえす》ビルまで行ってくださいと運転手に告げる。今朝、大阪出張中の副会長伊志井徹に「今晩ぜひともお会いしたい、大切な話があります」と携帯電話で約束を取りつけていた。

伊志井から指定された新八重洲ビルの地階には、座敷を備えた料理屋がある。番匠はこの会談に最後の望みを繋《つな》いでいた。兵頭と桜木が陰に陽に連《つる》み合っている限り、改善の道は見出《みいだ》せない。メインバンクは端《はな》から逃げ腰である。座敷で想《おも》いをめぐらしていると、副会長が悠然と姿を見せた。人事労務行政のプロでもあるが、メディアや広告代理店など多彩な方面にも顔が利《き》く。ずんぐりむっくりした体つきだが、社内切ってのインテリとして通っている。

「いやいや、お待たせしたね、番匠君」

「いえ、こちらこそ申し訳ありません。お疲れのところをお呼び立てして」

「とんでもない。……君の深刻そうな声を聞いて、人目につかない場所を選んだ。そういう用事なんだろう？」

「ええ、そんなところです」

床柱を背に伊志井はどしりとあぐらをかいた。眼鏡を胸に差したハンカチーフで拭《ふ》きながら、番匠の表情を観察している。笑顔の印象的な仲居がおしぼりとお茶を運んできた。伊志井はお茶に口をつけると、仲居にビールを頼んだ。

「君もいろいろ苦労しているようだな」

伊志井は人事総務広報特別担当という肩書を持つ。西峰一斉の門下生と言われて久しいが、必ずしもそうとは思えないところがある。トウボウには珍しい、頑固に筋を通すタイプであった。トウボウの諸悪の根源はまさに人労体制、なかんずく労務と組合の癒着にある、と考えている幹部の一人で、番匠と同じ意見の持主だった。諸悪を根源から断ち切ろうと行動しているかどうかは疑問だが、番匠は彼の正直さに信頼を置き、意見を聴いたり情報を交換したりする機会を年に数回持っていた。

繊維から黎明《れいめい》期の化粧品部門に異動後、マーケティングの伊志井、営業の兵頭と並び称されるほど業界では存在感を放っていたと聞く。昭和三三年トウボウ本体に入社した伊志井は、兵頭と違ってエリートコースを歩んできた。彼をライバルと感じたことはなかったらしいが、兵頭の方は社長になるまで強いライバル心を持ち続けていたという。

伊志井の温厚な人柄もあってか、二人の仲は未《いま》だに悪くなく、兵頭社長にずけずけものを言える立場にいるのはこの副会長だけであった。もし社長が他人の意見に耳を傾けるとしたらこの人物をおいて他にいないだろう、と番匠は踏んでいる。

仲居がビールを卓に置き席を去ったタイミングを見計らい、話を切り出した。

「ご存知のように、現在、わが社はたいへん危険な状況にあります。確かに平成一三年三月期に連結債務超過を解消しましたが、これは問題会社を連結から外したり、化粧品等で無理な売上を作ったりした上でのことです。一歩足を踏み外せば奈落《ならく》の底という事態に変わりはありません。二頭体制による強引な指導は今期も続いています。東洋染織に対しての常識外れの援助もトウボウを間違いなく破綻《はたん》に導きます」

さらに話を続けようとしたが、伊志井が割って入った。

「怪文書等の件もあるから気をつけなければなぁ。怪文書、告発電話の犯人の絞り込みはあと一歩のところまできている」

伊志井のこめかみが一瞬動いた。

山手監査法人に送りつけられた怪文書にひどく神経を尖《とが》らせているようだ。伊志井はその件について続けたかったようだが、二人の仲居が最初の料理を運んできたところで、差し出し人探しが今日の主題ではない、とばかりに話を切り替えた。

「ズバリ申し上げます。兵頭社長と桜木副社長を分断できませんか？　お一人ずつでもたいへんな力をお持ちですが、あの二人がタッグを組みますと、歯が立ちません。根本を正さなければ、怪文書の解決には何ら繋がりませんよ、伊志井副会長。お力添えを賜れないでしょうか！」

伊志井の表情が暗くなった。そして胸中を吐露した。

「苦労をかけてすまん。……二人は双子のような関係だよ。兵頭社長は桜木君以外にはすでに耳を貸さなくなっている。そのほかの連中に対しては、てめえらバカかといった調子だからね。私も苦労してるんだよ」

伊志井自身は桜木より格上だが、兵頭は現在会長を兼任している。だから桜木は兵頭さえ抑えておけば、後の役員は無視してもかまわないと割り切っている風だ。

「実は、私なりに努力を試みたことがあります。今年の一月一八日、大阪で開かれた日本産業銀行主催のパーティに社長とともに招かれたのですがパーティ終了後、社長行き付けの北新地の小料理屋で、桜木さんの更迭《こうてつ》について私見を申し上げました」

「そんなこと、よくできたね」

伊志井は好物のマグロの刺身を口に運びながら目を丸くしている。

「正直に申し上げると、勇気がいりました。社内で桜木さんを批判することすら、誰しも怖《おそ》れていますからね。ましてや更迭を口にするのはタブーですので。隣で聞いていた大川秘書部長も腰を抜かしていました」

日本産業銀行は戦後復興期、そして高度成長期に基幹産業を長く支えてきた。当時、時代の変転に対応するため二つの都市銀行と統合し、メガバンク「いなほ銀行」として新たるスタートを切ろうとしていた。そのため取引先を東京と大阪に分け、従来大阪支店を窓口にしていた企業をヒルトンホテル大阪に招いたのだ。日本産業銀行としての最後の挨拶《あいさつ》と同時に、今後さらに密接な関係を築こうという狙《ねら》いである。パーティに出席するため、兵頭と番匠、それに兵頭お付きの秘書部長の三人が大阪入りしたのだった。

「大川君もその場にいたのか、そりゃ驚いただろうな。番匠君、あまり無茶をするなよ」

伊志井はそう言っただけで別段咎《とが》めだてしなかった。それどころか細い銀縁眼鏡の両眼を和ませ、番匠のグラスにビールをついでくれた。次々と膳《ぜん》が運ばれてくる。

「それで兵頭さんの反応はどうだった？」

「烈火のごとく怒り出すだろうと踏んでいたのですが、その日は日本産業銀行の頭取と親交をさらに深められたせいか、とても上機嫌で話を最後まで聞いて下さいました。むしろ拍子抜けしたくらいです」

「そうか、相手が番匠君だったから、社長も怒れなかったんだな。ほかの役員だったらただでは済まなかっただろう」

「その話が桜木さんに伝わったのでしょうね、それで今回の決算も苦労しています」

副会長は同情するように無言で頷《うなず》くだけだった。

伊志井はトウボウの表舞台から裏事情にまで通じた生き字引のような存在で、西峰はじめ歴代の社長、役員についても知悉《ちしつ》していると聞く。取締役になって十数年のキャリアを積む最古参の役員だ。これまで反西峰派には不興を買うことはあったが、金銭面の身綺麗《みぎれい》さからその人柄を慕う社員も多い。

「お二人の様子を注意深く見ていますと、その結びつきが以前にもまして強固になったと感じざるを得ません。私なりに力は尽くしたつもりでしたが、むしろ逆効果でした」

「そりゃ無理だよ。経営会議を開く前に、必ず桜木君は兵頭さんのところに出向いている。経営会議案件は桜木の事前了解がなければ付議できないからね」

伊志井はそう言って厚い唇を歪《ゆが》めた。

経営会議は毎週水曜日午前九時三〇分から開催されている。重要案件が必ず付議され、ここで承認されなければ取締役会で審議されない仕組みになっている。議長は兵頭、議長代行として桜木、そのほか残り経営スタッフ役員と有力事業部門責任者の九人の委員で構成される。

いつしか料理も終わりかけていた。伊志井は無造作にのどぐろの煮付けに箸《はし》をのばしつつ、「私もかつて、ある人事のことで頭にきた経験があるよ。やっとのことで兵頭さんを説得したと思っていたが、翌日にはひっくり返っている。桜木の差し金だったんだ。

それぐらいあの二人は一心同体なのだよ。情けないけど、私自身も最終的には兵頭さんに逆らうわけにはいかない」と愚痴った。

伊志井の声が次第に遠ざかってゆく。最後の望みが絶たれたことを番匠は悟った。

三日後、番匠は沢木とともに山手監査法人のオフィスを訪れた。

「先日来、沢木から再三、先生方にご相談している化粧品の商社売り二〇億円についてですが、兵頭からすれば商社売りであろうと、チェーン店への押込み販売であろうと、二〇億の売上さえ計上出来ればいい、というのが本音だと思います」

番匠は嫌々ながらも口を開かざるを得なかった。商社売り二〇億円問題に関する最終局面を迎えている。期末まで数日しか残されていない。これから行われる会議はさしずめ粉飾相談会の類《たぐい》だろうか。

「化粧品統括室から、売上が二〇億なら連結ベースで八割の一六億円の粗利を計上可能だと聞いています。現場レベルは、『商品を小額の単位で数多くのチェーン店に押し込めば、返品等の管理が実務上困難になる。そういう状況はできる限り回避したい』と申しております。商社売上ならそんな心配はない、というのが化粧品幹部の言い分です。身勝手な話でまことに申し訳ないのですが」

会計士たちは揃《そろ》ってむっつりと黙り込んでいる。不機嫌な様子だが、番匠は話を継いだ。

「当期の決算着地数字をどうするのか、という大問題を解決しないまま、細かい話をしても仕方ないのですが、これに関しては時間が残されていないのも事実です。もしも化粧品の商社売りをやるのであれば、明日か明後日が実務上のリミットであると物流責任者は申しております」

津田は喉仏《のどぼとけ》を尖らせて、訊《き》いた。

「兵頭社長はどう考えておられるのですか？」

番匠は正直に答えた。

「赤字は駄目だ、の一点張りです。さらに化粧品の売上を前年度よりも増収になるようにしたいと譲らず、経理部も弱っているのです。兵頭独自の拘《こだわ》りがあるようで、現場レベルでも困っているようです」

津田は再び黙りこくった。

「商社売りの決済は履行されるのですか？」

化粧品の監査で苦渋の経験をもつ松下が切り込んできた。

「ええ、化粧品サイドは必ず決済できると言っています」

沢木が受けた。

「返品は翌期になされるのではないですか？」

横から見月会計士が沢木に質《ただ》した。眼鏡の奥の両眼を疑い深く光らせている。無理もない。社の歴史に最もくわしいCPAなのだ。

「いや、化粧品側は何とか……売り切ると言っています」

沢木の歯切れは悪い。

「売り切れなかったらどうします？」

「化粧品国際部の売上ルートに乗せてでも返品させないようにしたい、というのが化粧品サイドの言い分です。でもそんなことが本当にできるのか、われわれには実のところ分かりません」

沢木は自信のない表情を見せた。

化粧品本部は海外関係会社をも含めた国際部を有している。国際部は毎年数十億円の化粧品の売上を計上していた。監査への対策上、国際部ルートを活用してでも返品させない、というのが化粧品本部の主張だ。裏を返せばそれほど化粧品側も兵頭の攻勢に参っているのだろう。

番匠は化粧品部門が本当に国際部ルートを使うのか怪しんでいた。その場しのぎの提案は事業部門の得意技の一つだ。

「いずれにしましても、社長の意を託された番匠常務からの正式のオファーですので、これから検討させて頂きます。……それにしても、番匠さんもたいへんですね」

津田会計士は埒《らち》が明きそうにない議論を引取り、番匠に同情してくれた。

番匠は物憂《ものう》く頷いて告げた。

「実にやっかいな会社です。だから、誰も経理の責任者など担当したがりません」

匙《さじ》を投げ出したいのが本音だった。唯一《ゆいいつ》付加価値の高い化粧品事業ですら、タコが自らの足を食うような凄絶《せいぜつ》な事態に直面している。昭和五〇年代に入ったあたりから、トウボウ社員は繊維と化粧品の間で右往左往してきた。繊維の赤字を化粧品の黒字で穴埋めし、繊維工場の閉鎖に伴う従業員を黒字部門に再配置化してゆくという構図だ。その化粧品部門さえいまや崖《がけ》っ縁《ぷち》に立たされているのだ。番匠は会議室の机の下で拳《こぶし》を強く握りしめていた。


社長業は普段楽しいものだが、決算時はいつも気が滅入《めい》る。苦々しい表情で秘書のいれた紅茶を口に運びながら、兵頭は広い窓から穏やかな大海原に目をやった。レインボーブリッジの向こう側から一隻《せき》の外国客船が海を押し分け、東京湾にゆったりと入港してきた。

しゃにむにつかんだ社長の座も色褪《いろあ》せて見える。繊維から化粧品に異動してきたばかりの幹部社員に叩《たた》き上げの身を侮辱された悔しさ、その後歯を食いしばって這《は》い上がった管理職時代の苦労などを思い返した。若き日々の努力を無には出来ない。赤字ぐらいで弱音を吐いてどうする。弱気になっている自分を奮い立たせた。

そうだ、トウボウの総帥《そうすい》という地位に満足してはならないのだ。歴代経営者の中でも際立《きわだ》った存在となり、経団連の然《しか》るべき要職に就き、未来永劫《えいごう》影響力を保ち続けなければならない。

デスクの電話を取り上げ、多川浩三《こうぞう》合繊事業本部長につなぐよう指示した。

「もしもし、ワシだ」

「はい！」

「多川くん、今期の合繊部門の決算は予定通りいけるだろうな」

ブラフをかけた。いつも業績が対計画比でいちばん大きく下振れするのが繊維、特に合繊だ。だから合繊事業の決算が最も気にかかる。

「はい……それがまだ見えない部分もあり、あとひとふんばりしなければなりません」

多川浩三はドミニクフランスのネクタイを愛用し、イタリア製のダブルの背広を着こなす苦みばしったダンディだ。合繊一筋で鍛えられた柔軟でタフな折衝能力を身につけている。

「君んところは、売り先が商社相手だからどうにでもなるだろう。いや、何とかしてもらわなければ困るぞ」

「上期は九億円の赤字でしたので、下期は一〇億円を計上し、何とか通年プラスにしていきたいと考えております」

「は？　もっと出せんのか」

「社長、下期の実態は▲五億から▲一〇億円の赤字、いや、場合によるともっと下振れするかもしれません。現状ではこれで精一杯なのです、どうぞ、ご理解下さい」

「繊維はどれだけ全社に迷惑をかけていると思うんだ。化粧品だけが気を吐いているのだぞ。本当に分かってるのか！」

兵頭は声を荒らげた。頬の肉を一、二度ひきつらせ、血色の悪い下唇をなめる。

「ご心配をかけ、申し訳ございません。ですが社長、トウボウ合繊は早くから重点的に付加価値商品の小ロット化に絞り込み、業界でも珍しくニッチ差別化戦略が進んでいると羨望《せんぼう》の眼差《まなざ》しで見られているんですよ。同業他社の内実はもっと悪いのです。うちはたいへん健闘していると業界では言われています」

多川は頭脳明晰《めいせき》な男だ。ニッチ・差別化・戦略などというマーケティング用語を駆使して、周囲を煙に巻くのも上手《うま》い。

「とにかくだ、ゼロやわずかなプラスでは話にならん。期末まで日にちも残っているので利益が出る商品を売って売って売りまくり、計画数値を死守してくれ。今期は正念場だぞ。いいな、多川君、頼むぞ。……まあ、今期は改選期でもあるしな」

繊維業界のことをいまひとつ理解出来ない兵頭は同事業の面倒な議論を好まない。ただ利益を出せとしか言えなかった。だが、最後に人事というワサビをピリッと効かせるのは忘れない。

「承知致しました。頑張ります」

とりあえず威勢のいい返事は返ってきた。受話器を下ろすと、兵頭はまた憂鬱《ゆううつ》になった。合繊部門に無理な利益を計上させれば、番匠が多川とひと悶着《もんちゃく》を起こすに違いない。兵頭は歯ぎしりをした。合繊が黒字になるとはとうてい考えられない、として番匠から期末売上を大きく取り消されたと上半期決算の折に多川から報告を受けていたからである。

桜木に罵声《ばせい》を浴びせかけられた。呼応するかのように、荒れた東京湾から強い春風が副社長室の窓を叩く。

「化粧品のさらなる追加売上はいったいどうなっているのか。あれだけ指示したのにお前はなぜ実行せんのだ」

沢木はあまりの勢いにたじろいだ。これまで経営首脳の恫喝《どうかつ》に屈しないでやってきたという想《おも》いだけが、かろうじて己を支えた。

「さらなる追加売上なんて、とても無理です」

「どうしてだ。会社が崩壊してもいいのか」

桜木は堰《せき》を切ったようにまくし立てた。火に油を注いでしまったようだ。窓の外は雨模様になり、やがて風も強まってきた。

「今期の決算の責任は番匠とお前にある。賞与では全従業員に迷惑をかけると思うが、ひとえにお前たちのせいだ。どうやって責任をとるつもりなのか、言ってみろ！」

桜木の話にはもはや論理も筋もない。

「お前たちを、もう経理に置くわけにはいかない」

黙って時が過ぎるのを待つ他なかった。さすがに言い過ぎたと思ったのか、桜木は若干冷静さを取り戻して訊いてきた。

「ところで、沢木君、ファイリングについては、どう考えているんだ？」

「当期利益が赤字、連結債務超過に陥る場合は三月中にファイリングをしなければなりません」

そう答えたのが、また逆鱗《げきりん》に触れた。こんどは完全にキレたようだ。

「当期は絶対黒字でなければ会社が潰《つぶ》れると言っているじゃないか。この大馬鹿者《おおばかもの》が！」

桜木が大声を張り上げたとき、海風が部屋のガラス窓に雨粒を激しく打ちつけた。

この日、番匠は融資引揚げ対策で各行を駆けずり回り、一日中社を留守にしていた。

三月二十七日夜一一時、リビングルームの電話が鳴った。自宅マンションで熱いシャワーをあびたあと、番匠がパジャマ姿でソファにもたれ、テレビのリモコンを押したときだった。

テレビ画面ではニュース番組が始まろうとしていた。

「もしもし、沢木です。夜分遅く申し訳ありません」

沈んだ声だった。

「かまわないよ。どうした?」

テーブルの上には、ふくらんだ風船玉のような丸いグラスが置かれていた。グラスは黄金《こがね》色の液体で輝いている。

「少し前に兵頭社長から携帯に連絡がありまして……」

言いづらそうなのが、電話越しにも分かった。

「どんな用件だ?」

「今日の桜木副社長への報告を聞いた、お前らは債務超過にして会社を潰すのか、と怒鳴られました」

沢木は絞るような声で桜木とのやり取りを手短かに説明した。

「番匠と結託して会社を潰すつもりか。桜木副社長の話は番匠から聞いたが、その話と会社を債務超過にするのは別の話ではないか、と言われました」

「社長にあるまじき暴言だな」

「番匠さん、兵頭さんが言ったのはどういう意味ですか」

「きっと、今年の一月、大阪で私が桜木更迭を迫った話を指しているのだと思う」

「えっ！　社長に更迭を進言されたのですか？」

電話の向こうで驚く沢木の様子が分かった。

「そうだよ」

「よくぞおっしゃいましたね、誰も口にできなかったのに……」

「我慢ならなかったのでね」

「なるほど、話がようやく見えました。よくぞまあ社長におっしゃって下さいました、番匠さん、改めて見直しました」

沢木の声に力が戻った。

「ハハハ、見直すのが遅いよ。兵頭さんは他に何か言っていなかったか？」

「番匠常務は会社を潰し、一万四千人の従業員を路頭に迷わせるのか、と桜木さんと同じような文句を言われました」

「黒字を計上するため、攻めやすい君に修羅のごとくプレッシャーをかけてきたのだろう。連携プレーでこちら側を追い込む算段が組まれているね。覚悟して進めてきたけど、いよいよ腹を決めねばならんな。他には？」

「はい。賞与支給は半額とし、二〇億の連結純資産を計上しろ、と言われました。だいたいそんなところです」

「それができれば誰も苦労はしないよ。分かった、続きは明日の朝だ。疲れただろう。今日はもう遅いから、早く休みなさい」

「ええ、くたくたです……今度こそ会社を辞めたくなりました」

「その台詞《せりふ》はオレに言わせてくれよ。沢木が辞める必要はまったくない」

電話が切れると、手元にあったブランデーを一気に呷《あお》った。芳醇な香りのレミーマルタンが、怒りのやり場を持たぬ男の臓腑《ぞうふ》に染《し》みわたってゆく。

リビングルームのテレビに目をやると、デフレ不況下で一向に進展しない金融機関の不良債権問題を指弾する白髪頭のニュースキャスターの顔が大きく映し出されていた。

二八日の取締役会終了後、番匠から指示を受けた。近年会計士監査が厳格化してきたことにつき、近いうち経営会議の場で説明してもらいたい、というのだ。「ピアーレビュー制」の導入化をメンバーにアピールせよとの指示である。

ピアーレビュー制とは、会計士監査に別の監査法人の会計士が厳正な評価を加え、監査の信頼性を高めようとする制度だ。監査の厳格化時代が間近に迫っていると訴えて粉飾を牽制《けんせい》するのが狙《ねら》いだと沢木はただちに理解した。

打合せ通り、四月初旬の経営会議で主要案件の審議が終わった後、その他の報告事項として説明を開始した。

配布資料に目をやった兵頭と桜木は憮然《ぶぜん》とした表情を露骨につくった。経営会議委員の面々は深刻そうな顔を装《よそお》っていたが、その目はどこか白けている。

説明し始めてまもなく、アクシデントが起こった。突然、声が出なくなったのだ。咳《せき》払《ばら》いを繰り返したものの、伝わるには程遠いかすれ声しか出せない。報告資料を摑《つか》んでいた両手の指も小刻みに震えており、顔には脂汗《あぶらあせ》がじっとり流れてゆく。

沢木の変調を察したメンバーに動揺が走った。兵頭はすぐに水を与えるよう指示した。身体《からだ》が椅子《いす》からずり落ちてゆく。会場の大混乱を尻目《しりめ》に、沢木の意識は遠のいていった。遠くからサイレンがかすかに聞える。誰かが救急車を呼んでくれたのか……。

病院のベッドに横たわる沢木は思ったよりも元気そうだった。生気を取り戻した様子を見て番匠は安堵《あんど》した。

「とにかく、しっかり診てもらってくれ。……すまん。君に負担をかけ過ぎたようだ。申し訳ない。この通りだ」

明らかにストレスに起因する症状だ。深々と頭を下げる番匠に、身体を起こした沢木は右手を振った。かすれ声で返す。

「とんでもない、常務の方がプレッシャーは大きいはずでしょう。気にならないで下さい」

「沢木君、抵抗はこのあたりで止《や》めよう。もう限界だ。身体を壊してまで続ける意味はないよ。撤退だ。後はCPAに任せよう」

目頭に熱いものを覚えた。経営首脳陣の執拗《しつよう》さに負けた無念さからか、それとも部下が病院に搬送されるまで頑張らせてしまった自責の念からか、この上ない虚無感に見舞われた。沢木もうつむいたまま黙っていた。

企業は良くも悪くも頭次第。

使い古された格言が心のなかで虚《むな》しく響いた。その言葉の真意を番匠たちは身をもって知ったのだ。

渦巻いていた闘志も脱力感とともに失せてしまった。この事件を境に、番匠は機械人形のように動きはじめた。四月上旬からは今期決算に対する両首脳の意向を忠実に山手監査法人の会計士に伝え、また会計士の反論を兵頭・桜木に伝え返すメッセンジャーボーイに徹した。

春の陽射しがニュー霞《かすみ》ヶ関《せき》ビルの会議室の窓際《まどぎわ》にもあたたかな日溜《ひだ》まりをつくっている。それとは対照的に、参集した津田、見月、松下の三会計士、及び番匠、それに体調を取り戻した沢木の五人の表情はそろってこわばっていた。四月も中旬に入ると、沢木と会計士の打合せ回数は必然的に増す。経営首脳が望む黒字額は現実と余りにも隔たりがあって、いつも小田原評定のように虚しく終る。

「兵頭社長は当期の決算を是が非でも黒字で、とこだわっておられるのですね」

津田会計士が顔を覗《のぞ》き込むようにして番匠に確認を求めた。

「その通りです。私も沢木もそれなりに抗戦してきたつもりですが、兵頭はまったく聞き入れてくれません。もうわれわれのレベルでは説得の道を見出《みいだ》すのは不可能です」

「当期利益の黒字をいくらと考えておられるのですか」

「二桁《けた》億と申しております」

もともと大風呂敷《おおぶろしき》を広げるのが大好きな兵頭は、この期《ご》に及んでもまだ身の丈に合わない利益をほしがっている。

「二桁億？……」

三人の会計士は顔を見合わせた。

「非常識もはなはだしい、と私も思っています」

番匠は会計士に同調したが、見月会計士は欧米人のようなオーバーな仕草で両手を広げてクレームをつけてきた。

「連結債務超過を解消するまでは、ずいぶん御社に協力してきました。平成一二年度でそれを果たされたのだから、今度は私どもに協力して頂かないと……番匠さん。今回こそきちんとした会計処理をして頂きたいんですよ」

「おっしゃる通りです。しかし、今の状況ではわれわれ経理にもう打つ手はないんです」

番匠も語気を強めた。

「当期利益が二桁億とは一〇億円台を指しているのですか」

津田は眉間《みけん》に皺《しわ》を寄せ確認を求める。

「ええ。兵頭の意味するところはそうだと認識しています。兵頭の頭は連結債務超過への再転落という言葉を受け入れられないようです。この議論を何度行っても入口にさえ到達できない状態です。その上で、当期黒字にこだわっています。どうあっても赤字は困ると考えているようです」

耳を傾けていた見月が提案口調で発言した。

「赤字が困るなら、当期利益ゼロではどうですか」

連結債務超過すれすれの会社には際どい牽制球だ。

「それも一案だと思います。私が申し上げるのは無責任に聞こえるでしょうが、二桁利益など、厚顔無恥もいいところ、バカも休み休み言え、というのが正直な意見です」

いたずらに時間だけが過ぎ去ってゆく。最終的に会計士三人でもういちど論議するという決定を津田が下した。いずれにしても残された時間は少なく、関係者たちは崖《がけ》っぷちまで追い込まれていた。

翌日、会計士サイドとの最後の詰めをどうするかで沢木と話し合いを持った。沢木はこのところ頻繁に会計士と接触し、打合せを重ねてくれているが、兵頭案を端《はな》から無視しては事態が打開できないのも確かだ。

「両者の主張をもういちど整理しよう。二桁億の当期利益についてCPAは断固反対してるし、われわれ経理も認めるわけにはいかない」

「兵頭社長は連結債務超過だけ免がれればそれでいい、とは思っていませんよ」

沢木は憂鬱《ゆううつ》な面持ちで番匠に視線を向けてきた。

「その通りだ。彼らから見れば連結債務超過でないことは当然で、黒字決算でなければならないというのが妥協できない線だろう。『前年度末の連結純資産が八億円なので当期を▲八億まで認めるか』などとシミュレーションしても無意味で、兵頭さんは連結純資産が減ることについては絶対認めなかった。やはり当期利益をゼロか限りなくゼロに近づける手段しか遺《のこ》されていないのかもしれん」

両首脳とも、いったん言い出したら決して意見を変えぬ人間である。経営責任まで問われるとあってはなおさら譲歩しないだろう。とはいえ、彼らの望む決算案を会計士にぶつけることは監査法人に無理心中を強いるようなものだ。

「いかにも数字合わせをしたと思われませんか？」

番匠は、沢木の眼をすくい上げるように見ながら言った。

「私は、そう思われて構わない、と考えている。いずれにしてもこのままでは会社は保《も》たないよ」

「私も当期利益はゼロもしくはゼロに近い数字の方がいいと思います。分かりました、資料をすぐに作成します」

沢木は弾むように呼応した。

「本来大赤字なのだから、ゼロでも喜んでもらわなければならん。沢木君、もし不慮の事態が起こった場合、粉飾を命じた上層部も粉飾に手を染めた事業部門も自らに責任はないと口走りながら逃げ出すと覚悟しておいた方がいい。むろん、会計士も同じだ」

結局、連結当期利益を〇・七億円で、当期決算案を答申した。

兵頭は不快感を露《あら》わにした。隣に座す桜木も憮然としている。二人とも限りなくゼロに近い数字に納得がいかないのだろう。

「当期利益がたった七千万円ではなあ。せめて一〇億円台前半の利益が出せないのか」

「社長、〇・七億という数字自体にさえ、会計士は難色を示しています」

番匠は反論する。

「しかし、〇・七億円では数字合わせしたことが見え見えじゃないか。二桁億が無理でもせめて一桁億を計上しなければ格好がつかないぞ」

桜木は手許《てもと》の資料を見据えたまま、さえずるように文句をつけてきた。

兵頭も「そうだ。一桁の億であってもできるだけ一〇億に近い金額がいい。そうしなければ決算の記者発表も格好がつかないだろう」と桜木に乗っかる。社長のおっしゃる通り、と桜木も嵩《かさ》にかかってくる。両人とも自分らの意図と程遠い数字に内心向かっ腹を立てているのだろう。

いつもながらの見事な連携プレーである。まるで一卵性双生児のようだ。

「数億円の数字はとうてい作れません。七千万円の当期利益ですらＣＰＡは難色を示すでしょう」

「そこをクリアするのがお前の仕事だと言ってるだろうが」

その言葉に怒り心頭に発した。番匠は語気鋭く言い放つ。

「でしたら、私ではなく別の人間に交渉を命じられてはいかがですか。化粧品の商社売りも入っているのですよ。連結債務超過を交渉線にしなければ、まとまるわけがありません！」

桜木は眉をぴくりと上げた。その瞬間、「連結債務超過なんて言葉を出すな！」と悲鳴にも似た声を発した。

「前年度末の連結純資産が八億円あるので、それがゼロになるまではいいでしょう、と会計士は言っています」

「連結純資産を減らすなんて許さんぞ。ともかく当期利益を赤字と発表すれば当社は終わりだ。貸し剝《は》がしにあった挙句に潰《つぶ》れてしまう」

兵頭は唇を醜く歪《ゆが》めた。構造改革を進めていく覚悟を持たぬこの二人と議論しても不毛だ。不良資産を全額償却して辞表を叩《たた》きつけてやるか。どんな顔をこの二人は見せるだろうか。そんな意地の悪い想像が頭をよぎった。

四月も半ばを過ぎた。一刻も早く当期利益等諸元に決着をつけなければならない。われわれに与えられた仕事は代表取締役の最終意見を伝えるだけで、それに対して会計士側がノーというのかイエスというのかは、もはやどちらでも構わない。番匠はすでにそう割り切っていた。

最高責任者を除いては誰も望まない。それが粉飾決算の本質なのだ。

「そろそろタイムリミットです。兵頭が絶対譲れないと思われる線は当期黒字です。そちらに焦点を当てたものではいかがですか」

津田会計士はタイミングを測っているかのようにおし黙っていた。

「先生、トウボウの現在の苦境は昭和五〇年代に発覚した『宇宙遊泳』による合繊巨額粉飾に端を発しており、その後四半世紀におよぶ粉飾経理に関係者全員が目をつむってきたからなんですよ」

不謹慎であると感じつつも、痛烈に皮肉った。合繊における暴挙とそれを援護する不《ふ》埒《らち》な監査がなければ、こんな瀬戸際まで追い詰められはしなかった。番匠は会計士たちの表情を注視した。

彼らは目を伏せ、大きな矩形《くけい》の会議机の上で資料を無意味に玩《もてあそ》んでいた。津田、見月の両人ともに番匠の射貫くような視線から目をそらしている。ひんやりとした静寂が流れた。松下会計士が場を繕った。

「合繊ではいろいろあったと聞いていますが、私はその時代に居合わせなかったので存じてはおりません」

自分に責任はない、という態度を露わにした。

「いろいろあった程度ではすまされませんよ」

今の担当会計士に責任の鉾先《ほこさき》を向けたわけではないが、ついつっけんどんな発言となってしまった。

張り詰めた時間に、津田はいたたまれず口を開いた。

「そうですね、確かに時間は残されていない」

その顔は哀《かな》しげに曇っている。見月は困惑と怒りを交錯させた表情を見せている。

彼らも負の遺産を継いだ被害者である。有価証券報告書の適否に関する判定権限を付与された国家資格を有する点を除けば、われわれと同じ境遇と言ってもいいかもしれない。

番匠は連結当期利益〇・七億円、連結純資産八億円という数字を記載した資料を会計士たちに手渡した。そして、重要な提案を投げこんだ。

直接対決だ。

「近日中に、弊社の兵頭、桜木とお会い頂きたいのです。当方がセッティングします。そこで先生方から今回の決算につきクレームを入れて頂きたい。これが個人的な最終提案です。残念ながら、私自身に最終権限はありません。その権限を有するのは代表取締役である兵頭だけです。私に力がないばかりにご迷惑をおかけしますが、納得頂くためには兵頭とお会い下さるしかありません」

最終シグナルを送った。

「承知しました、番匠常務。お会いしましょう。ただ、その会談をもって決着するにしても、決算の実務は進めていかなければなりません。実務推進のため、われわれの間では仮案として連結当期利益を〇・七億円、連結純資産八億円という線を共有しておきましょう」

社に戻ると、社長室では兵頭が待ちかねたように言った。

「番匠君、どうだった？」

兵頭の右斜め前に座る桜木も息をつめて答えを待っている。一瞬間《ま》をおいてから報告を始めた。

「社長のご意向は伝えました。近日中に会計士の先生方とお会い頂くことになりそうです。この面談をもって結論が出ると思います。私の感触ですが、ゼロに近い黒字であれば、認めてくれるかもしれません。しかし当期利益を数億出すのは無理でしょう」

ムッとした表情を見せたものの、兵頭は珍しく怒声を発しなかった。生来の勝負師である。ゴルフであれ、麻雀《マージャン》であれ、ここいちばんの勝負には強かった。このあたりで妥協しないとすべてを失う、と直感したのだろう。しばらく思案した後、「分かった。その線で折り合わざるを得ないかもしれん」と意外にあっさりと矛をおさめた。最後に「ご苦労だった」と付《つ》け加えるのを忘れないのは、いかにも兵頭らしい。桜木は傍らで強ばった表情をして口を閉じたままだ。

会計士側はすでに条件付きにせよ実質的な結論を出している。決算の承認は法律上取締役会の権限であることはいうまでもないが、実態はまず代表取締役たる社長が数字を決め、それに対して監査法人の代表社員である公認会計士がどう意見を述べるか、である。あくまでも代表取締役社長の専権事項だ。大きな権力をにぎっているとはいえ、副社長の桜木の手の及ぶところではない。

来たるべき直接対決でようやく幕を引くことができる。と番匠は小さく溜息《ためいき》をついた。

四月二三日午後〇時三〇分、兵頭、桜木と山手監査法人の三会計士の五者会談がトウボウ本社役員応接室で始まった。番匠、沢木も陪席している。

「いやー、これはこれは、先生方。いつもお世話になっております。またこのたびはたいへんご迷惑をかけ恐縮しております」

兵頭は表情を緩ませ、津田会計士らを迎えた。その横で、桜木もにこやかに一礼する。だが二人の目は一片の笑みも浮かべていなかった。

応接室のドアに最も近いソファ左端に座った沢木は、緊張した面持ちで空咳《からせき》を二、三度した。胸元あたりに手をあてがっている。今回もICレコーダーを忍ばせているのだろう。

通りいっぺんの挨拶《あいさつ》がすみ、秘書たちがお茶を配り終わった頃合いで、見月会計士が切り出した。

「先日、当監査事務所では、ファイリングのため、監査部長、レビューパートナー、*リ

＊レビューパートナー＝担当会計士の監査に対して、同一監査法人内の別部門の会計士が品質監査をする内部牽制《けんせい》制度を指す。

スク管理担当者に、東洋染織、化粧品在庫、ファッション問題の三つに絞り込み事前説明を行ないました。そこで最も問題視されたのは東洋染織で、トウボウの貸倒引当の計上が十分であるかにつき、心配の声が上がりました。東洋染織については、いまのところ私達は監査意見を述べていないし、当事務所としてもまだ意見を出していないことをまずご承知おき頂きたい。

つぎに、こちらに怪文書や怪電話がきている件ですが、一言で申し上げてたいへん迷惑しています。何度も申し上げてきましたが、化粧品の売上をきちんと計上してもらわなければ困ります。売上是正について、今回は徹底的に行なうようにしたい。監査はまだ終了していませんので修正すべき事項は修正します。特に化粧品の問題売上には改めて向き合おうと考えております。御社が赤字になるかどうかはさておき、是々非々の立場で今回は対応することとします。売上をきちんと計上して頂くのは最低限の条件です。

最後に、大昔からキャリーオーバーされてきたフーズの不良資産、特に不良在庫について述べます。連結債務超過脱却や仏国レオール社からのブランド・ライセンス解消等の問題対処のため、優先順位を下げざるを得ませんでしたが、フーズの不良資産については、平成一五年三月期に何らかのスキームを組んで、しかるべき償却を行って頂く約束をしてもらわない限り不適正意見をつけたいと考えています。

重ねて、この三月期決算はまだ決まっていないことをご了承願います。私ばかりがしゃべっていてもいけませんので、このぐらいにいたします」

要領良くまとめると、バトンタッチした。松下会計士はのっけから勢い込んだ大声で語り始めた。抑え切れない怒りが伝わってくる。

「私は化粧品につき監査しましたが、同部門はこの二月に一三〇億円の売上を取り消したものの、三月に入ると改めて三〇〇億円売上を計上しました。四月度に入ってから今日まで九六億円の返品がありました。恐らく四月末までには返品は総額一〇〇億円以上にのぼるのは確実でしょう。期末返品は五〇億円程度だと仮定していますので、これじゃ、事務所に説明がつきません。

なぜ、こんなことを繰り返すのですか！　売上目標が高過ぎるから、巨額の返品が発生するのではないですか。早急に計画を是正して下さい！　〝行って来い〟の売上も七、八億円ありましたが、最終的には取り消させて頂きます。みなさんのために汗を流しているにもかかわらず、怪文書や怪電話が舞いこんでくる。たまらないですよ。

トウボウさんの連結純資産は八億しかない。ちょっとしたトラブルで債務超過になります。そうなると会社は倒れかねない。その時点で、監査が適正であったのか、引当をとるべきではなかったのか、と問われれば、CPAは窮地に立たされます。経営者のご判断で正して頂くしかないと思っています。それで本日、面談を申し入れさせて頂いたのです」

松下はもともと心根が優しく、正義感の強い男である。だから事業部門やスタッフの代弁をもしてくれているのだろう。叫びにも似た声は応接室の壁に跳ね返って悲痛に響いた。

「東洋染織の引当計上をもっと真剣に考えて下さい。明らかに不足してますよ。それからフーズ、あそこの不良在庫は本当にひどい。私が御社の関与社員になるずっと以前から存在していた問題ですよね。大昔の在庫がネズミ被害に遭ったり市中保管場所から臭《にお》いが発生したりして、近隣から投書されやしないかとおちおち眠れない夜もあります。早急に手を打ってもらわねば困ります。

そのほかにレオールはじめファッション部門の服、天然繊維の手編み用毛糸、合繊の在庫や仕切り売り等々、処理すべき案件は山積みです。重要なものから順次解決していって下さい。危機意識を高めて頂かないと本当に困ります」

口角泡を飛ばさんばかりにまくしたてた。聞いていて胸のつかえが下りる気がした。

「いいですか……私から少々申し上げても」

じっと反論のチャンスをうかがっていた桜木が松下から津田に目を移す。視線にじだいに光を込めながら、反撃の姿勢をとった。

「兵頭社長は四年前に就任されましたが、以降さまざまな問題を処理されてきました。特にレオールを始めとするファッション、不動産等の諸問題を手際《てぎわ》よく解決された。負債の処理にはまだ時間がかかると認識しておりますので、弊社の内情を熟知されている山手さんから急な改善命令を受けるのは心外だというのが率直な意見です」

なぜわれわれだけを一方的に責めるのか。不正にずっと目をつむってきた山手監査法人の責任も問われるべきだろう。桜木は思い切り皮肉を利《き》かせたカウンターパンチを放った。

津田と見月の表情に不快感が走ったのを、番匠は見逃さなかった。

「先生方からいろいろ話を伺いましたが、トウボウを存続をさせるためには、優先順位を付けつつ、過年度不良資産を落としていかねばなりません。一挙に処理しようとしますと、そりゃ莫大《ばくだい》な金額になります。その時点ですべてが終わってしまいます」

引き継いだ二千億円の負の遺産を頭に浮かべているに違いない、と桜木の胸の内を推し測った。

「三月期決算を赤字にしないのが会社を存続させるギリギリの線であります。さもなければわが社は空中分解します」

桜木副社長はトウボウが生き残るためには黒字を示すしかないと会計士たちに訴えた。本当に弁が立つ男だ。会計士たちは桜木の変幻自在の構えに対抗できるのか。番匠は気が気でなかった。桜木はいよいよ滑らかに喋《しゃべ》り出した。

「化粧品の滞留債権をこの二月に社長命令で全《すべ》て消しました。兵頭社長はその時、今期限りで今後一切返品は許さないぞ、今度やったら本部長は首だぞ、と一喝された。そりゃ、そうでしょう、社長が手塩にかけてこられた部門だから心配ですわなぁ。ところが組織にはいろんな人間がいる。今期限りとの話を耳にすると、来期以降返品が生じないように今回一気に返品をしてくる者もいる。つまり社長の意向が届き過ぎるので、そんなわけになるのですな」

いかにも急ごしらえな話で、兵頭以外の出席者は辟易《へきえき》している様子だ。

桜木は一転神妙なトーンに変えた。

「当期の議論を少し横に置きまして、平成一四年度は過年度のどの問題を処理していくかを、先生方とぜひ相談して進めていきたいと思っています。ご指摘の売上を実態ベースとし、労務費を一〇〇億円ほど削減し、コスト等も大幅削減します。それをファンドにして諸問題の処理に充《あ》てていきたいと考えています。一四年度からは社長自らが事業部門、各社の特別担当や会長に就任され、本格的に指揮を取られます。不肖私も事業統括特別担当に就任し、事業統括室と共に事業部門に身を投じ、指導してゆきます。どうぞご安心下さい」

一気に語り終えると、怪文書の問題に触れた。

「うち以外の怪文書も山手さんにはたくさん届くんじゃないですか」

会計士たちは一瞬息を呑《の》むように黙りこくった。が、すぐに見月会計士がぶっきら棒に言ってのけた。

「そんなものは来ませんよ、トウボウさんぐらいです」

「そうかな、おかしいなあ、金融庁や官邸なんかには、いつもこんなに山積みになっていますよ」

まるで見てきたように、手で厚みを表現した。怪文書を巡るやり取りがしばらく続いた後、津田会計士が重々しく告げた。

「いずれにせよ、修正すべき重要事項については、やはり修正させてもらいますから、ご承知おき下さい」

穏やかな口ぶりであったが、不退転の狼煙《のろし》をあげた。

「待ったなしのものとはどれとどれなのかを教えて下さいよ」

桜木は眉《まゆ》をひそめながら会計士たちに注文をつけた。

「まずは、売上の是正を最優先して頂かないと話になりません」

見月会計士が憮然《ぶぜん》とし答えた。その直後、これまで沈黙していた兵頭がマイルドセブンを片手に独特なダミ声を発した。

「去年の一二月について実態を化粧品の木田本部長に問い詰めたところ、『実は……』と打ち明けられ、まことに驚きました。そこで本年二月に一気に片付けさせました。三月にアドバンテージ対策と称した拡販キャンペーンをして三〇〇億の売上を上げさせたのですが、そこにおかしな売上が入っていたのですかね」

にわか仕立ての作り話を見月は冷たく突き放しつつ、念を押してきた。

「一四年三月期の決算には厳しく対処せざるを得ません。来期については、売上はもちろん、東洋染織、フーズをどう収めるのかをきっちり示して頂けなければ、適正な監査意見を出さないと既に腹をくくっています。そちらもどうかその認識を持って下さい」

この会談を機に、懸案の問題は解決に向かっていった。席上で会計士が懸念《けねん》表明した化粧品の売上修正を最優先とし、本部経理との間で売上で十数億円、利益で一〇億円を取り消すことで決着を図ることになった。

失われた利益額は、税効果会計適用を含めた合法的な手段でリカバリーされた。むろん会計士の検証を得た上での話である。連結の当期利益〇・七億円、純資産八億円。お尻《しり》の数字を変えぬまま、会計士の適正意見が付され、一三年度決算は幕引きとなった。

第5章　邂《かい》逅《こう》

番匠はトウボウ・ド・ブラジル社に向かっていた。トランジットしたJFK空港でサンパウロ行きのボーイング747―400機に、一人の女性が乗り込んできた。色白の小顔で、ツンとした鼻先と唇、顎《あご》を結ぶビーナスラインは一直線。やや日本人離れした横顔とプロポーションだ。

前からだと黒髪がショートヘアに見え、横や後ろからだとロングヘアに見える、個性的なヘアスタイルをしている。後ろ髪は猫のしっぽに見えなくもない。実に洗練された印象を与える。

「ニューヨークに住む女性は違う」

番匠は胸を躍らせた。

彼女は通路を挟んだ番匠の右側の席に着いた。視線が合うと軽く会釈《えしゃく》してくれたので、番匠も目礼を返した。涼しい目許《めもと》をしている。

今回出張することになったのは、昭和三一年に創業した老舗《しにせ》綿紡績メーカー、トウボウ・ド・ブラジル社の連結によって発生する一三〇億円の見込み損失に手を打て、と桜木副社長より命じられたからである。近年のレアル（ブラジル通貨）安のため、貸借対照表の純資産を円換算したのちトウボウ九七パーセント出資のブラジル社を連結した場合、一三〇億円前後の為替換算差額による損失が連結貸借対照表の純資産上に現れることが判明した。桜木が掲げた一三年三月期における連結債務超過の解消を果すためには、ブラジル社対策が急務だった。

これまで長期間、ブラジル社が持つ三ヵ所の工場への設備投資を怠ってきたため、コスト力は劣勢で、品質も悪い。それゆえ業績も下降一方だ。要はブラジル社を蔑《ないがし》ろにしてきたツケがまわったのである。

「どうだろう、番匠君、しかるべきときに現地へ飛び、骨を折ってきてもらいたい。ハイパーインフレを経験したブラジル社の資産には相当の含み益があるはずだ。これを使って、連結して生じる損失を消去出来ないか方策を立ててほしいんだ」

厄介な仕事を振ってきてくれたものだと内心舌打ちしながらも、桜木のポイントのつかみ方と計算の早さには舌を巻いた。

「つまり、ブラジル社の資産を時価まで評価上げをして再評価準備金の計上をはかり、一三〇億の損失をカバーしろ、とおっしゃっているのですか」

「さすがだ。ただし、ブラジルは訴訟大国だ。ブラジル社の三パーセントの少数株主から訴えられないように完璧《かんぺき》を期するのが絶対条件だ。分かったかね？　社長には私から伝えておくから、よろしく頼む」

人を褒める才に長《た》けているが、必ずその裏には企みを潜ませている。目に笑いはないが、口元だけは別人格のように微笑を湛《たた》えている。兵頭社長に陰険さを感じた覚えはないが、桜木に警戒心を緩めると命取りになる。

「おっしゃることはよく分かりました」

執務机の電話が鳴るとそれを待っていたかのように、じゃよろしく頼むといって、桜木は鎌首《かまくび》のように手をあげ、ソファからさっさと腰を浮かせた。

そんなやり取りを経て、訪伯《ほうはく》が決定した。

ケネディ空港で新しく交替したフライト・アテンダントが機内食の準備にとりかかろうとしている。番匠は食前酒にシャンパン、食事には赤ワインを選んだ。海外出張中でのアルコールはいつも格別においしく感じる。きっと飛行機が地面から浮き上がった瞬間、国内のストレスから解放されるためだろう。初めてのブラジルで気分が昂《たか》ぶっていた。そのうちに深い睡魔に誘われた。食後のブランデーが効いたのだ。

平成一二年二月二六日、本社からブラジル社へ出向して二年目の正岡靖史《やすし》が、グアルーリョス国際空港で迎えてくれた。社用車ボルボで宿泊先のシーザー・パーク・ホテルまで送り届けてくれる。ホテルは目抜き通りのパウリスタ大通りから少し入ったアウグスタ通りに面している。

「とりあえず、ひと休みして下さい。車でお迎えに参ります。サンパウロは治安が悪いので、移動には必ず車をお使い下さい。ピストルを使った強盗が頻繁に起こっているのが現状ですので」

「そんなに危険なの？　でも、サンパウロって街は規格外で面白そうだな」

番匠は目で微笑《ほほえ》んだ。謹厳実直そうな正岡は少し戸惑っているようだ。お洒落《しゃれ》で清潔感のあるメトロポリスも悪くないが、何が起きるか分からないエキサイティングな街の方がむしろ性に合っている。

せっかくの配慮だが、現地法人と出来るだけ早くコンタクトをとりたかった。チェックインをすませると、そのまま社用車に乗り込み、トウボウ・ド・ブラジル社に向かった。同社の資産を使い百数十億円の評価益を出そうとすれば、その含み益を奪われた役員や従業員の反発が予想される。したがって十分な根回しが必要だった。

桜木さんは現地の感情をまったく理解しようとしない。彼の頭には連結債務超過の解消だけしかないんだ。

パウリスタ大通りを走ると、活気に満ちた街路の両サイドには欧米資本を始めとする一流企業の看板を掲げた大きなビルが林立している。ホテルやレストランも数多く並び、行き交う人々で賑《にぎ》わう。ネクタイにワイシャツ姿よりもジーンズにTシャツといったラフな格好の人が多い。一〇分ほど走った交叉点《こうさてん》で右折すると、あとは方向がまったく分からなくなった。一方通行の関係で幾つかの通りを複雑に曲がってゆく。やがて一二階建てのやや古いビルの玄関に車が横づけされ、エレベーターで最上階の社長室まで案内された。

現地法人の石田社長が待ち構えていた。

「やあー、番匠さん、いらっしゃい。よくブラジルに来てくれました」

ゴルフ焼けした長い顔を輝かせ、元気な声を上げた。海外には単身で赴任する者が圧倒的に多く、休日にはゴルフしか楽しみがないとよく耳にする。

今般の訪問の目的は事前に伝えてある。六〇歳になる石田はすでに一〇年の滞伯歴を誇る。黒光りする顔を番匠の前に突き出して、親切にガイダンスをしてくれた。

「ブラジルは南米大陸の約半分を占めておりましてね、国土面積は日本の約二三倍です。近代都市と未開のジャングルを隣り合わせに抱いている不思議な国です。人種構成は白人系五四パーセント、混血三四パーセント、黒人系一〇パーセント、黄色人種二パーセントと言われています。しかし本当のところはよく分からないそうです」

調査そのものが無意味なのかもしれない。この国では古くから先住民と白人、黒人が混血を重ねてきた上、多くの国から移民を受け入れてきた人種のるつぼなのである。

石田の解説がひと通り済んだ頃、小柄な日系人女性がデミタスカップに入れたブラジリアン・カフェを社長室に運んできた。ブラジルでは砂糖をいっぱい入れた甘くて濃いカフェが好まれるそうだ。

彼女が退出するのを見計らって本題を切りだした。

「ところで、石田さん、すでにお知らせしておりますようにトウボウの連結決算上、ブラジル社の資産評価上げを検討する必要に迫られております。まず、一〇〇億円を超える含み益をブラジル社が有しているかという問いについては、いかがでしょうか？」

「含み益は相当あると思いますが……番匠さん、兵頭社長は是が非でもブラジル社の評価益を計上しろと言われているのですか」

「兵頭社長と桜木副社長の指示というか、要請であるのは事実です。ですが、もし含み益が存在しなければ、無理に計上はしません」

「それでもよろしいのですか」

「もちろんです。出来ないものは出来ないと私からはっきり首脳陣に伝えますから。仮に評価益が十分あったとしても、ブラジルの会社法でその計上が合法的に出来るかどうかを吟味しなければなりませんので、簡単には断を下せません」

石田は安堵《あんど》の表情を見せた。ブラジル社代表として資産のかさ上げはやはり悩ましい問題なのであろう。番匠はデミタスカップに口をつけたあと、今後の認識にズレが生じないよう、説明を継いだ。

「まずは、含み益が一〇〇億以上あり、かつ合法的にその評価益を計上することが出来るかを調査させて下さい。その次に、ブラジル社の従業員、ことに日系ブラジル人の感情がそれを許すかどうかを検討したい。石田社長……もしそれらの条件が満たされるならば、本当に心苦しいのですが、本社にご協力願いたいのです」

発生する為替換算差額を収益でカバーするのが企業のあるべき姿である。違法性のある不良在庫と、市場原理で生じる為替換算差額との違いはあっても、これでは三十年前の損失処理と大差ないではないか。身の置き所がない思いだった。


朝霧ゆうなはタラップを駆け降りた。彼女の到着時間を見計らい、グアルーリョス国際空港には友人のクリスが迎えに来ているのだ。到着ゲートでハグし合ったあと、二人は、クリスの愛車ポルシェ・カレラGTでサンパウロ市街に入り、市内中心部《セントロ》から西南部に位置するイジエノポリス地区に向かった。そこは政治家やインテリなどの富裕層が住まいを構え、西隣りのパカエンブー地区とともに屈指の高級住宅街を形づくっている。

両エリアのほぼ中心にはブエノスアイレス公園とヴィラ・ボイン広場が位置する。車を止めた家は門に警備員が立つ大邸宅だった。パウリスタ大通りからはアクセスが難しく、何度か曲がる必要がある。そういった奥まった場所だからこそ環境が守られ、散歩していても安心なのだそうだ。

クリスの両親は明日まで所用でいない。彼女とゆうなはニューヨークでのルームメイトだ。二人は広場にある日本食レストランまで車で出かけた。ここには高級レストランが軒を連ねている。食事のあと彼女の家に戻り夜更《よふ》けまで話に花を咲かせた。中世の城のように天井が高く、部屋も広い。応接室はアンティークな装飾品や銀製の調度品などで飾られている。

翌朝リオ・デ・ジャネイロに向かうため、車で空港まで送ってもらった。

「じゃ、ゆうな、後からパパと一緒に追っかけるからね、リオではカイピリーニャと男に気をつけて！」

クリスはゆうなと当地で合流し、西暦二〇〇〇年とブラジル五〇〇周年を祝ったカーニバルを見物する予定にしている。今年は特別な記念祭だ。ブラジル美人の条件は、ハイヒールなどの助けを借りなくても、キリッと上に向いたヒップだそうだが、クリスはそれに適《かな》うグラマラスなスタイルの持主だ。その上、透き通るようなブルーの瞳《ひとみ》である。

「足下に落としたハンカチを拾おうとしたときに最も美しく見える後ろ姿を持つ女よ、

あなたは」とゆうなもからかったりすることがある。

「オーケー。気をつけるわ、カイピリーニャは呑《の》むかもしれないけど、男性は大丈夫よ！」

ゆうなはけろりとして返した。

砂糖きびから作ったピンガというホワイト・スピリッツをグラスに注ぎライムをつぶし、クラッシュ・アイスを入れるカクテル、カイピリーニャは庶民から大統領までブラジルの人々にこよなく愛されている。口あたりはいいが、アルコール度数が高いのをクリスは心配しているのだ。

飛行機に一時間近く乗ると、マリンブルーの大西洋が途切れ、前方に真っ白な砂浜が見えてくる。手を左右に大きく広げた巨大なキリスト像に抱かれたサンバの町、ゆうなの好奇心に思い切り応《こた》えてくれる都会。そんなリオにゆうなは恋していた。

ガレオン国際空港に降り立ち、仰ぎ見ると抜けるような青空が広がっていた。タクシーに乗り込む。コパカバーナ、イパネマ、レブロンへとつながる道は、美しい城壁のように連なる高級ホテルと広大な白い砂浜の間を貫いている。ゆうなを乗せた車は一直線に風を切っていった。目的地はイパネマ・ビーチに面したリゾートホテルである。

三年前に聖都女子大学の助教授となった朝霧ゆうなは、日本人を父に、スイス人を母に持つハーフで、現在三十四歳である。父の圭吾《けいご》はすでに亡《な》くなっていたが、最期《さいご》まで海外に夢を描いた、冒険心豊かな貿易商だった。

父の方針で日本の小学校を卒業後、ゆうなはチューリッヒのミッションスクールに入学し、ハイスクールまで学んだ。その後は彼女本人の意志で、アメリカの大学を選んだ。一年の終わり頃、父親が脳溢血《のういっけつ》で倒れ、彼女は介護のため迷うことなく大学を中退し、帰国した。そして二年間を介護に捧《ささ》げた。

父の没後は、生家の元麻布《もとあざぶ》の屋敷で母親と一緒に暮らした。父親が遺《のこ》してくれた財産のお陰で生活に不自由はなかった。ゆうなは帰国子女として聖都女子大学に入学し直し、卒業後アメリカに二年留学したあと再び母校に戻った。

アメリカ留学中、将来を約束していたフィアンセがいた。友人の紹介で知り合ったのだが、穀物メジャー、カーギルの社員で、日本人の母とアメリカ人の父の間に生まれたハーフだった。似た境遇なのですぐに意気投合した。歳《とし》はひとまわり離れていたが、気骨があり、冒険心に富むところに強く惹《ひ》かれた。だが、南米出張中に不慮の交通事故で命を落としてしまった。ゆうなは左薬指からリングをはずし、アメリカを離れ日本に帰ってきた。

運動生理学を専攻していたが、究極の身体表現である舞踊に関心を抱き、ダンスの歴史、文化等も含めた研究をライフワークと定めた。幼少時からクラシックバレエやダンスに親しんでいたため、この分野には人並以上に興味を持っていた。ダンサーとしての素質も専門家から評価を得るほどで、学生時代にテレビ局から芸能界入りを勧められたこともあった。

現在はニューヨーク、リンカーン・センターに位置するジュリアードで指導にあたっている。特別講師として招聘《しょうへい》を受けていたのだ。「ザ・ジュリアード・スクール」は、一九〇五年に創設された世界有数の私立芸術大学である。音楽ではヨーヨー・マやスティーブ・ライヒ、演劇ではロビン・ウイリアムズやヴァル・キルマーなど著名な卒業生が多く輩出している。

ゆうなはニューヨークに居を移すと、ラテン舞踊の研究と休暇を兼ね、ハバナやリオに足を延ばす機会が多くなった。

波の音で目が覚めるリオの朝が特別気に入っていた。人気《ひとけ》の少ない早朝に、打ち寄せる小波《さざなみ》の音を耳にしながら裸足《はだし》でリオの白い砂浜を散歩すると、体の芯《しん》までリフレッシュできる。

サンパウロは標高約八〇〇メートルの高台に位置している。空気は乾いているがさすがに真夏の日差しは強い。番匠は流れ出る汗を拭《ぬぐ》いつつ、ブラジルの会社法、税法など経済法規の調査に全力を注いでいた。すでに二週間かかりっきりだ。日本で下調べを行ってきたが、地球の裏側にある国の実情を知るにはおのずと限界があった。

経済法規のチェックと併行して、ブラジル社所有資産の時価の確認も急がねばならない。現地鑑定評価会社数社との面談を重ね、最終的に鑑定評価会社をカマル社とA&L社に絞り込んだ。カマルはブラジル社の主要事業所サンジョセ工場の近隣を開発するプロジェクトに数年前から参画しており、同地方に適正な評価を下すことができる。他方A&Lには同地に工場を持つジョンソン&ジョンソンやコカコーラといった世界的企業の資産鑑定評価に関わった実績がある。

両社とも三ヵ月後に評価結果を出すと約束した。事前の打合せで、カマルの担当者は、「サンジョセ工場の土地はたいへん値打ちがあり、トウボウの希望する時価には容易に達するのではないか」と意見を述べた。A&Lは慎重な態度に終始した。両社ともに三ヵ月後の評価結果を待ってほしい、との主張は譲らなかった。

この二週間、正岡靖史と通訳を務めてくれる日系二世の総務課長・小松俊男《としお》の二人をしたがえ、休む間もなく仕事に励んできた。

今日も朝から会議室でミーティングである。

「ブラジルの経済法規は付け焼刃ながら、それなりにつかめた。しかし、いざ業務をスムーズに実行していくとなると、やはり相当リスクがある。法律と会計の双方に通暁した当地の弁護士を知らないだろうか？」

「私は分かりませんが、小松さん、どうでしょうか？」

正岡が小松に話を振った。

彼の日本語は若干怪しいが、サンパウロについては生き字引のように詳しい。

「一人だけ、知ってます。プリニオ・マラホンという人で、ピート・マーウィックにいた弁護士です」

ピート・マーウィックは著名な国際会計事務所でビッグ8の一つを構成していたが、合併により今はビッグ4の一つ、KPMGに生まれ変わっている。

「それでは、明日にでも会えるかどうかマラホン氏に申し入れてくれますか」

「分りました。すぐにでもアポイントメントをとってみましょう」

翌日、小松に誘われ、厳重なセキュリティ下にある高層ビル最上階のオフィスで、彼と面会した。マラホンはオランダ系ブラジル人。美しく削られた目鼻立ちはインテリジェンスを感じさせる。光沢感のあるカーキ色のネクタイとモスグリーンのサマースーツは都会的に洗練されていた。胸に差し込んだタイと同色のポケットチーフがアクセントをつけている。マラホンは流暢《りゅうちょう》な英語で話し掛けてきた。吸い込まれそうなブルーの瞳だ。

「サンパウロは初めてですか？」

「ええ、素敵な街ですね。こちらではラテン・タイムで過ごそうと日本で決意してきました。ところがこの二週間、この街にステイしていたにもかかわらず、まるで東京で仕事をしているのと何も変わりません。サンパウロは私を仕事に駆り立てるコンクリート・ジャングル、試練を与える大都会という印象です」

「ハハハ。あなたにはなかなかユーモアのセンスがある」

マラホンはさも可笑《おか》しそうに笑った。

「すでに小松からお聞き及びかと思いますが、ブラジルの会社法では資産の再評価を認めているのですか」

「ええ。彼から昨日、事情を聞きました。わが国の会社法では一定の条件下においてそれを認めています。再評価準備金はバランスシートに合法的に計上することができます」

小松が気を利《き》かせ、案件の概要をひと通り伝えてくれていた。さっそく二人でホワイトボードを使い、資産評価上げによる再評価準備金計上に関わる法的手法、税効果会計の適用などにつき検討を加えた。次にそれが適法なものとして認められるための諸要件、懸念《けねん》すべきハードル及び問題点に関するディスカッションを重ね、その都度、具体的数字を記入しながら対応策を練り上げていった。

事務所を辞して外に出た時は、すでに夕刻になっていた。街の一角から『コルコヴァード』が流れている。アストラッド・ジルベルトのビブラートを抑えた囁《ささや》くような歌声だ。長時間議論を重ねたせいか、少し疲れを覚えていたものの、心の緊張は次第にほどけてゆく。車に乗り込むまでの間、しばらく外で人の往来を眺めていた。

執行手続上不明であった点をはっきり認識でき、懸念していた事項についても合法的に解決出来るという確信が得られた。今回の業務に関わるブラジルの会社法と国際税務の法律解釈も腹に落ちた。大きな成果だ。改めてマラホンの能力に敬意を抱いた。残る問題点は日系ブラジル社員の感情問題を無事解決できるかどうかだけに絞られる。

トウボウ・ド・ブラジルの従業員は日系ブラジル人が大半を占めている。彼らのルーツは日本でも、母国はブラジルである。当然ながら、親会社よりブラジル社を大切に考える。本社の看板をかついで土足で踏み込んできただけに、彼らの想《おも》いを蔑《ないがし》ろにするわけにはいかない。

しばらく働きづめだったが、ようやく一つけじめがついた。その安堵《あんど》感《かん》からか、それとも耳にしたボサノヴァに触発されたせいなのか、「来週あたり、リオ・デ・ジャネイロで気分転換してこようか」とふと思いついた。

朝霧ゆうなの宿泊先は、イパネマのビーチフロント中央に位置するシーザー・パーク・イパネマだ。周辺にはショップやレストランも多く、館内ではブラジル料理やバラエティに富んだ国際料理が食べられる。レブロン・ビーチまで徒歩一五分、コパカバーナ・ビーチにも徒歩二、三〇分程度の距離だ。白を基調としたエレガントな客室のすべてからオーシャンビューが満喫できる。

大西洋からそよ風が頬に届く。ビーチパラソルの下でゆうなは『カーニバルの朝』を口ずさんだ。カイピリーニャを片手に潮風に吹かれるとすべての雑事を忘れられる。リオに来るたびに、「黒いオルフェ」で知られるルイス・ボンファのこのメロディがひとりでに口をついてくる。

ボサノヴァを聴いているとよく「サウダージ（SAUDADE）」という歌詞を耳にする。ルームメイトのクリスと、ボサノヴァが流れるニューヨークのカフェで話した晩のことを思い返した。

「このサウダージって言葉、外国語には訳しにくいのよね、ポルトガル語で最も翻訳の難しい言葉よ」。クリスはそう言って、「ブラジル人が使うサウダージはサウダージで、それ以外表現しようがないの」とつけ加えたのだ。

「失われたものへの郷愁」「切なくて恋しい」。そんなニュアンスが入り混じった言葉らしい。「サウダージ」という響きはボサノヴァの軽快なリズムと美しいメロディの中で、もの悲しい切なさを呼び起こす。

夕日が一日のフィナーレを飾るように砂浜を染め上げてゆく。ボサノヴァの父・アントニオ・カルロス・ジョビン作曲の『シェガ・ジ・サウダージ』を口笛で吹く。ゆうなは満ち足りた気持ちで水平線の彼方《かなた》に消えようとしている太陽を見送った。

カーニバルが終わりを告げた直後の三月八日、混雑を嫌い、リオが化粧を落として素顔を取り戻す日を待っていたかのように番匠はガレオン国際空港に降り立った。大西洋に緩やかな弧を描いて広がるコパカバーナにレンタカーを走らせる。ビーチフロントにそびえる、コロニアル調の白亜の館《やかた》コパカバーナ・パレスが目的地だ。

チェックインをすませてから、「アガ・スターン」へ向かった。数日前、サンパウロのショーウィンドウで同社製の腕時計に惹かれたのである。ディープ・ブルーに輝く繊細かつシンプルなデザインに目が釘《くぎ》づけになった。

腕時計の収集は番匠の趣味の一つだ。めったにない訪伯の記念にもなると考え、早速それを求めにアガ・スターン本店を訪れたのである。イパネマ・ビーチに近い本店は、レブロンにもすぐ足が延ばせる最高のロケーションにあった。正面にコバルト・ブルーの大西洋を望み、後背に緑豊かなロドリゴ・デ・フレイタス湖のラグーンを擁する瀟洒《しょうしゃ》な建物だ。近辺にはシーザー・パーク・イパネマや、ラグーン西側にはシェラトン・リオなど数多くの高級ホテルの他に、ジョッキー・クラブ「ガベア競馬場」も控える。宝石の採掘から研磨・販売までを手掛けるブラジル屈指の宝石商アガ・スターンは、本職の宝石以外にも時計、バッグ、カバンなどの高級ブランドを展開している。

「まあステキ！　時計というより、芸術品ね」

宝石が贅沢《ぜいたく》にちりばめられた高級時計に、三人連れの中年肥《ぶと》りしたアメリカ女性が、感嘆の声を上げた。番匠は早々に目的の時計を手に入れた後、主要階に展示されている商品をひと通り眺め、表玄関から外に出た。

背後から「ミスター・バンショー！」と声をかけられた。

サングラスをかけたマラホン弁護士が立っている。彫りの深い顔から笑みがこぼれている。その横にはやはりサングラスをかけた二人の若い女性が立っていた。両者ともスラッと伸びた長い脚に黒いレギンスがよく似合っている。ペディキュアされたピンクの爪先《つまさき》も眩《まばゆ》いばかりだ。

「ハイ、ミスター・マラホン。偶然ですね、ここでお会いするなんて」

「貴方《あなた》こそ、アガ・スターンでお買い物ですか？」

マラホンはサングラスを外しつつ、意外な場所での遭遇に目を丸くしていた。

「ええ、そんなところです」

番匠は女性好みのブランド店の前で目撃されたことに、少しはにかんだ。

「これは私の娘クリスです。こちらのレディは娘の友人、ミス・アサギリ」

マラホンが二人を紹介してくれた。サングラスを外して挨拶《あいさつ》しようとした女性の顔を見て、「アッ」と声を上げてしまった。ＪＦＫから乗り込んできた〝猫のしっぽ〟である。先方も気がついたのか、日本語で話しかけてきた。

「もしかして、JALの機内でお会いしましたよね」

「ええ、たぶん」

たぶんは照れ隠しで、しっかりと憶《おぼ》えていた。どこかでもう一度会いたいと願ったほどの魅力を放っていた女性だ。聡明《そうめい》そうな光を両眼に湛《たた》えた彼女は、口許《くちもと》の微笑を深める。

もう一人の女性が一歩前に踏み出し、挨拶をした。

「クリス・マラホンです」

サングラスを外した目は父親と同じ澄んだブルーである。双眸《そうぼう》に好奇心を宿し、ゆうなに向かって大きな瞳《ひとみ》でウィンクを送る。ラテン系は屈託なく、さばけている。マラホンにディナーに誘われたので快諾した。

彼らといったん別れた番匠は、コパカバーナ・パレスまでビーチ沿いを散歩してみた。フィーヨ・デンタルと呼ばれる大胆な水着をまとったカリオカ（リオっ子）たちが目を見張るばかりのグラマラスな肢体を惜しげもなく男たちに晒《さら》し、見事なヒップラインを競い合っている。色とりどりに咲き誇る花々を囲む若い男たちもいれば、砂浜にサングラスをかけ寝そべる中年の白人男女もいる。少し離れたところでは、ムラートと黒人がビーチバレーに興じている。リオの夏の風物詩だ。

だがこの街でも、ひしめき合った粗末なバラックで暮らしている者もいる。小高い丘の斜面にあるファベーラ（貧民街）の住人たちである。これもブラジルの実情を象徴する一つだろう。

炎天下に腹ばいになり、おしゃべりするカリオカたちの間に、冷えたトロピカルジュースの入ったドラムを紐《ひも》で肩から吊《つ》るした若い物売りたちが割り込み、入れ替わり立ち替わり大声を張り上げて商いに精を出している。

「ミスター・バンショー、私とクリスは明日サンパウロに帰ります。ユウナはリオに残るので、エスコートをお願いできますか？」

マラホンはそう言って琥珀色《こはくいろ》のワインをうまそうに含んだ。

デザートワインの貴腐ワインは番匠にとってかつてない最高の味わいとなった。シーザー・パーク・イパネマのメイン・ディッシュでは、イチジクと野菜類の炒《いた》めものをハーブに混ぜ、チキンのおなかに詰めてローストしたイタリア料理を堪能《たんのう》した。マラホンの洒脱なユーモアとウィットに富んだ会話も食事に彩《いろど》りを添えていたが、日本から最も遠い異国で、女神のような美女たちとひとときを過せたのが何よりも心を弾ませた。

マラホン父娘《おやこ》は三日前にリオにやって来てゆうなと合流した。昨晩まで三人でカーニバルを満喫していたという。彼らは所用があり、どうしても明日中にはリオを離れねばならない。朝霧ゆうなは引き続き数日間滞在する予定だと聞く。

「ご迷惑じゃないですか？」

ゆうなが心配そうに尋ねてくる。

「とんでもありません。私でよければ……」

一瞬胸が躍った。頬をつねる代りにテーブルの下で膝頭《ひざがしら》に爪《つめ》を立ててみた。間違いない。夢ではなかった。

「よかったね、ユウナ！」

クリスが肘《ひじ》でルームメイトをつついた。

翌日、マラホン父娘を空港で見送った後、ピアノ・バーを覗《のぞ》いてみませんか、とゆうなを誘った。ジョビンが「イパネマの娘」のモデル、エロイーザを見かけたと言われるのがカフェ「ガロータ・ジ・イパネマ」。その近くのピアノ・バーで夜毎《よごと》ボサノヴァが演奏されることをホテルで聞いたのだ。

「うれしいわ、いかにもリオらしくて観光客のあまり来ない場所で生のボサノヴァを聞きたいと思ってました」

日が暮れてから、バーに足を向けた。わざわざハンガリーから輸入したという稀少《きしょう》な豚肉、マンガリッツァのサラミに舌鼓《したつづみ》を打ちながら、ワインに酔い本場のボサノヴァを楽しんだ。『インセンサテス』の水辺の如《ごと》き穏やかなメロディに耳を傾け『マシュ・ケ・ナダ』などの心の弾むリズムに全身を包まれ、最高の夜だった。

フェイジョアーダとパンで軽く腹を満たした。ブラジルの国民食であるフェイジョアーダは黒豆、豚肉、キャッサバを用いる。もともとアフリカから連れてきた奴隷《どれい》の食べ物だったらしいが、二人とも豆料理には目がなかった。

バーを出てから、穏やかな波が打ち寄せるイパネマ・ビーチを散策する。ゆうなは番匠がカーニバルを見たことがないと知ると、白い砂浜を踏みしめながら、今年のカーニバルの模様を熱っぽく語ってくれた。サンバパレードはサンボドロモという会場で行なわれる。サンバを愛してやまないサンビスタたちの熱狂で溢《あふ》れ返る、四日間の謝肉祭だ。過激にデザインされた思い思いの仮装で腰を振り、華やかなステップを踏み鳴らし、炸《さく》裂《れつ》するリズムに合わせて、踊り狂う。蓄積されたエネルギーがのたうち回り、そして爆《は》ぜる。毎年死者さえ出るらしい。会場で味わう迫力の素晴らしさは体験者しか分からぬという。

もともとドラムが叩《たた》き出すリズムはアフリカ大陸から連れてこられた奴隷たちの唯一《ゆいいつ》のコミュニケーション手段でした。だから、人々はそのリズムに根源的な興奮を感じ、自然に踊り出してしまうのよ、とゆうなは付け加えた。月光が波打ち際《ぎわ》のゆうなの姿態を照らし、胸の隆起から腰のくびれにかけての陰影が妖《あや》しく映る。

人影はいくつかのグループに分かれ広いビーチに点在している。ギターでボサノヴァを爪弾き、その詩を恋人にささげている若いムラートがいた。その少し先には、ストリングスのかすかな甘い音色の中で互いに頰を寄せ抱擁し合う白人カップルがいる。

長時間浸っていたせいだろう、ボサノヴァの余韻が身体《からだ》から離れない。小さな白い波頭が見える沖合からイパネマの砂浜へ微風が運ばれてくる。それがまとわりつくように心地よく匂《にお》った。

ゆうなが不意に足を砂浜にもつれさせた。あわてた番匠はその身体を支えようと、彼女を抱きかかえた。小さな白い顔が番匠の胸に近づく。これこそリオが与えてくれた縁なのだろう。迷わず番匠はその痩身《そうしん》を抱き寄せ、唇をそっと寄せた。

儀礼的に少し首を振るような仕草を見せたが、番匠に包まれた女はそれを待ち受けていたかのように目を閉じ身を任せた。ゆうなを抱き締めながら、番匠はイパネマの甘いそよ風に酔いしれた。

第6章 衝撃

ホテルオークラ本館一階「アトランティックルーム」は記者たちの熱気に包まれていた。壇上にはダークスーツに身をつつんだ二人の主役が緊張気味に並んでいる。

上手《かみて》からトウボウ株式会社社長・兵頭忠士、クレセント株式会社社長・久世《くぜ》義昭《よしあき》である。ヴィクトリア朝風に設《しつら》えられた部屋の中で、フラッシュのシャワーを浴びた兵頭は、眩《まぶ》しそうな表情を浮かべた。

平成一五年一〇月二三日午後五時、トウボウとクレセントによる「化粧品事業の統合に向けた基本合意について」の共同記者会見が始まった。トウボウが分社化した化粧品事業に対して同社が五一パーセント、ライバル企業のクレセントが四九パーセント共同出資するという告知を受けて、主要テレビ六局をはじめ一般紙、業界紙など四二社が集まった。経営危機の噂《うわさ》の絶えぬトウボウがコア事業をスピンアウト（分離）するのが世の耳目を引いたのだろう。開始二時間前にファックスを受け取ったにもかかわらず、多くの報道関係者がつめかけた。

「兵頭社長、統合の狙《ねら》いは何ですか、どうしてクレセント社と手を組まれたのですか」

両社長からの発表がひと通り済むと、最初の質問は兵頭に向けられた。

「一年ほど前になるでしょうか、ある会合の折に久世さんと話し合ったのがきっかけです。クレセントさんの素晴らしい技術力とノウハウには以前から注目していました。流通形態にも違いがあり、統合効果が出やすいと考えています。一緒になることで間違いなく双方は共により強くなれます。楽しみにしとって下さい」

兵頭はもったいをつけるように言葉を選びながら自信を吐露した。

答え終わるのを待っていたかのようにレンズがいっせいに今日の主役に向けられ、ストロボが次々とたかれた。目を細めた兵頭だが、華やかな雰囲気に酔いしれていたわけではない。外部には虚勢を張ってはいたが、自らの分身ともいうべき化粧品事業を半分手離すという悔しさと、今年六月の株主総会で桜木という片腕を失った後の虚脱感にずっと苛《さいな》まれていたのである。

共同記者会見ののち、午後六時から目と鼻の先にある虎ノ門《とらのもん》パストラルで「平成一五年九月期のトウボウ中間決算業績修正」と「アクリル事業の撤収」に関する単独記者会見に臨む予定になっている。

連結債務超過脱出後の一三年度、一四年度の連結決算はともに兵頭の期待を裏切る結果に終わった。さらに一五年度に突入すると、当中間決算期の段階でいかに悪あがきしても、六〇〇億円以上の連結債務超過再転落を余儀なくされる。東洋染織の受取手形に対する多額の貸倒引当金の計上による影響だ。

五月上旬、兵頭はついに桜木の処遇を見直す必要に迫られた。副会長の伊志井を通じて麦畑龍一郎《りゅういちろう》に確認を求めた。麦畑はトウボウの顧問弁護士だ。桜木の経営責任をしつこく追及してくる番匠を振り切るための措置を取らねばならなかった。

伊志井が持ち帰ったのは極めてシリアスな回答だった。

「即刻、桜木副社長を退任させなければ、重篤《じゅうとく》な事態を招くというのが麦畑先生の見解です」

兵頭は顔色を失った。

「昨年の一二月一八日、番匠君の仲介でニューオータニにて麦畑先生に会われ、桜木氏の辞任勧告を受けたそうではありませんか！　しかもその席で東洋染織問題における桜木さんの重大な過失についても詳《つまび》らかに説明した、と先生に聞きました」

麦畑は、百数十人の弁護士をかかえる大手町パレス法律事務所に所属しているリーダー格だ。

「いや、それは、番匠の……」

動揺のあまり口ごもった。

「平成一四年一二月年末まで、どんなに遅くとも住倉五井に金融庁の検査が入る前に首を切ってほしい、という勧告だったはずです。まだ桜木氏を処置されていないことに対して、心底驚いておられましたよ」

「そ、そうは言っても」

「早く桜木を退任させなければ事態が一層こじれ、あなたも彼の過失につき大きな責任を問われることになる。あなたはかつて、番匠が桜木を追い出すためにことさら大袈裟《おおげさ》に失策を主張しているなんて馬鹿《ばか》げた話をしたが、麦畑先生から聞く限り、とてもそんな次元の問題ではありませんよ」

弁護士の見解を添えた番匠に、桜木の辞任を再三迫られた。しかし兵頭はガンとして聞き入れなかった。

当初は腰の重かった銀行首脳陣だったが、平成一五年春の段階で潮目が大きく変わり始めた。同年五月に入ると住倉五井行内では桜木を辞任させるべし、との流れが一気に加速した。

桜木の退任必要性の法的根拠と銀行首脳陣の強い意向を理由に、兵頭は伊志井から説得され続けた。五月中旬になってようやく折れた。

五月一六日、自らの身の危険を肌で感じた兵頭は、ついに決意した。住倉五井側は桜木の受皿として旧五井銀行傘下《さんか》の有力不動産関連会社の会長職を用意してくれた。

桜木は合わせ鏡のもう一方だ。彼がいない会社は私にとって錨《いかり》を失った方舟《はこぶね》と同じだ。

ワシと桜木ほどの名コンビは業界の何処《どこ》にもいなかった……。


「久世社長はいかがお考えですか」

クレセント社長に向けられた質問で我に返った。

「一年ほど前に兵頭さんと、日本の化粧品業界を強くしたいですね、と雑談したのがきっかけです。トウボウさんの化粧品事業の歴史は長く、かねてより業界の先輩として尊敬しておりました。今般の事業統合で一足す一が三にも四にもなると確信しております」

久世は事前の打合せ通りそつなく捌《さば》いた。事業統合は決して両社長の雑談から誕生したわけではない。自行を護《まも》るため、住倉五井銀行が仕組んだスキームなのだ。

「兵頭社長は統合の方式を具体的にはどのように考えておられるのですか」

また矛先が向いてきた。

「そうですね。まずは製造と販売をそれぞれ分担し合うと決めたのですが、両社の企業風土が異なるため、いきなり統合しますと混乱を招きかねません。三年間は当社主導の下に進めたいが、細かいことや資本関係については追って協議していきますよ。段階的に踏んで参りたく思います」

事業統合方式については曖昧《あいまい》に告げた。両社の企業風土はまさに水と油なのだ。クレセントはコーポレート・ガバナンスを重んじるクリーンな社風を誇る。しかし時には周囲が辟易《へきえき》するほど自社の権利にこだわるため、その分だけ懐《ふところ》の狭さが露呈してしまうという側面もある。

スーツ姿の女性記者が手を挙げた。

「久世社長、新会社を設立した上で事業統合する狙いは何ですか」

今回、両社は二段階で統合を行なう方式を採用した。第一ステップとして、トウボウが平成一六年三月までに化粧品事業を分離して新会社を設立し、そこにクレセントが四九パーセント出資する。平成一九年三月をメドにクレセントが化粧品事業を分離し新会社に統合するのが第二ステップだ。さらに新会社を製造会社と販売会社に分け、クレセントが「製造」、トウボウが「販売」を子会社化する方向で協議、検討してゆく。これが記者に配布したリリースの骨子である。

「事業統合後は、製造会社と販売会社に分け、それぞれの強みに合わせて、製造会社をクレセントの、販売会社をトウボウの連結子会社とするためです。持株会社については現在協議中です」

久世の答弁に、隣りの兵頭はかすかな苦笑いを浮かべた。実際の「基本合意書」（LOI）は、三年後における第二ステップの統合において、「事業統合後、事業会社と販売会社とに分け……」として作成されているのだ。

したがってクレセント側が連結子会社として保有するのは「製造会社」ではなく、あくまで「事業会社」である。いっぽうこちらの手に残るのは単なる販売子会社だ。すでに圧倒的劣勢に立たされているのだ。化粧品事業が稼ぐ利益を一〇〇とすれば、事業会社側には九七から九八パーセント、販売会社側には二から三パーセントというシェア配分がなされる予定になっている。

同事業会社に国内、海外子会社のすべてを帰属させる方向で協議が進められており、クレセント側はこの事業会社を連結子会社にする認識でいる。トウボウにとっては庇《ひさし》を貸して母屋《おもや》を取られる形となり、実態は総帥《そうすい》の兵頭に屈辱を強いるものだった。こちらの面子《メンツ》のため、本日の共同記者会見の場では両社対等であるかのように花を持たせてもらっただけのことなのである。

「三年かけて融合を進め、統合後に一気に事業を拡大する狙いです。年内に正式契約した上で詳しく発表します。一二月までは継続協議事項としており、詳細は未決定であります」

兵頭は鶏のように首を伸ばして記者団を見渡した。連結債務超過逃れのためにやるのではなく、ひたすら化粧品事業拡大のために統合を行なうというイメージを記者どもに植えつけたかった。

兵頭は「連合による強みを活《い》かすことで競争力強化をはかり、国内における化粧品のリーディングカンパニーを目指す」と高らかに謳《うた》い、久世も「両社のそれぞれの強みを活かした事業体としてシナジー効果を発揮し、国際競争力のある高価値化粧品を目指し、世界に打って出る」と歩調を合わせて、会見の幕を下ろした。

同じ頃、虎ノ門パストラルの控室では「平成一五年九月期中間決算の業績修正」、いわゆるファイリング説明を行なうために番匠が待機していた。ホテルオークラの華やかな雰囲気とは対照的に、こちらは静まりかえっている。

番匠はひとり砂を嚙《か》むような思いでいた。

クレセントは洗剤、シャンプー、リンスなどのトイレタリーほか、数多くの商品で国内トップシェアを誇っている。一兆円近い連結売上高規模の企業体であり、日本を代表する日用品メーカーの地位を占める。しかしながら、自社ブランド「ソシアル」などで展開する化粧品事業の売上規模は七百数十億円に留まり、業界四位の中途半端《はんぱ》な存在だ。業界二位のわが社の化粧品事業は喉《のど》から手が出るほど欲しかったのだろう。両社の化粧品事業を合わせた売上高は約三千億円となり、業界トップの椿堂《つばきどう》株式会社を追撃できる体制を取れるからである。

これまでトウボウは日本を代表する名門企業という虚像に胡座《あぐら》をかいてきた。旧態依然たるしがらみをまとわりつかせ、それが企業としての活力を著しく削いできた。この三〇年間、経営危機が幾度も叫ばれ、その度ごとに暗い影を社内に落としてきている。この化粧品事業統合における力関係は最初から歴然としていた。瀕死《ひんし》の老企業が、二〇年以上も増収増益を続ける超優良企業に勝てるわけがない。主力銀行のお家事情からスタートした提携話に、愚かな経営者がまんまと乗せられてしまっただけだ。

莫大《ばくだい》な不良債権を抱える住倉五井銀行にトウボウを無条件で救済する意思は窺《うかが》えなかった。唯一《ゆいいつ》換金価値のある化粧品事業の売却という対価を支払わせることなしに救う気はない。あまつさえ、事業買収のためにクレセント側の必要資金の一部を融資でまかなわせようとの思惑すら見え隠れしている。懐をいためることなく超優良企業との絆《きずな》をさらに深められる。まさに一石二鳥だ。

ふーっと長い嘆息《たんそく》がもれた。あれから一年が経《た》ったのだ。昨秋、社長室で兵頭から発せられた言葉が鮮明によみがえってきた。

平成一四年一一月一八日、番匠は社長室に呼ばれた。

「これから住倉五井銀行の取引企業懇親会で、クレセントの久世社長と化粧品事業のアライアンスの話をしてくる。君も承知しておいてくれ」

アライアンスとは提携とか連合などといった意味を持つが、兵頭が何を念頭に置いてこの言葉を使ったのかが咄嗟《とっさ》に理解できなかった。

「どういうことですか？」

「いや、化粧品事業を部分売却しようと思っているんだ」

「正気ですか！」

一瞬にして頭に血がのぼった。

「もちろんだ」

幾分きまり悪そうな顔を向けたが、兵頭はすぐに胸をそらした。

「トイレタリー事業の売却交渉がハンケルンを相手に進行中なのでしょう？トイレタリーをスピンアウトさせ、ドイツの化学メーカー、ハンケルン社に事業売却するM&Aの話が進んでいた。

「その見極めもしないうちから化粧品事業のM&Aですか。化粧品を売却してしまったら、その後の事業体制が保《も》ちませんよ」

番匠が語気を強めたため、兵頭は言葉を呑《の》み込んだ。予想外の反発だったようだ。

「釈迦《しゃか》に説法かと存じますが、M&Aをなされるときは、まずどの部門を残して今後運営していくのかをお決めになってから実行されるべきではありませんか」

化粧品以外の事業部門はすべて不採算事業もしくは低採算事業である。なおかつ、各事業部は多くの非稼動《かどう》資産を抱え身動きが取れないでいた。

「化粧品の譲渡を考えるよりも、他部門の売却が優先されてしかるべきでしょう。その上で構造改革を視野に入れ、不足財源があればメインバンクに情理を尽くして財源注入を申し入れるのが会社再建の本筋であると思いますが、社長！」

一気に、そうまくし立てた。

「……だから、化粧品を全部売ることは考えておらんよ。例えば二〇パーセントほどの譲渡だ。うちが変わらず主体性を持って化粧品事業をやっていくことに変わりはない」

「M&Aの世界で、マイノリティー出資での企業買収はあり得ませんよ。まず過半数所有、次に百パーセントの完全所有に進むのが常道です。クレセント社は冷徹にビジネスを行う企業だと仄聞《そくぶん》しております。部分所有を求めるなんて到底考えられません」

目の前に座っているこの男は大企業を預かり、その負託に応《こた》えるにふさわしい器なのか。そんな疑念が背筋をぞくりとさせた。

「なーに、ワシがいる限り大丈夫だ。化粧品はワシがいなければダメになる。クレセントの連中には四の五の言わせん。いいか、番匠。化粧品は流通を押さえた者の勝ちなんだ。ワシの力がなければ成立せんじゃないか」

この老人の言うことがまったく理解できない。今は化粧品の営業面の話をしているのではない、資本の論理の冷徹さを議論しているのだ。番匠は小さく舌打ちをした。

「どうしても売却するとおっしゃるならば、私は明日辞表を持って参ります。化粧品を失ったトウボウには魅力の欠片《かけら》も感じませんから」

兵頭を怖い顔でにらみつけた。

「短気を起こすな。心配することはない。話はこれからだし、君もメンバーに入っているから」

「メンバー？」

「アライアンスの検討メンバーだよ」

「そんなことはどうでもいいです。今は、化粧品を売却するという前提を一刻も早く葬《ほうむ》り去るべきなんじゃありませんか」

二の句が継げない。というより、兵頭の頭脳の単純さに憐《あわ》れみさえ覚えはじめる。これまで相手の了解を得ずして席を立つような真似《まね》はしなかったが、さすがに腹にすえかねた。さっさと一礼して社長室を退出した。

住倉五井にそそのかされたに違いない。憤懣《ふんまん》やる方ない気持と情けなさが胸に渦巻いた。火の粉を被《かぶ》らぬためにはなりふり構わないのが今の金融機関である。問題はこちらの再生スキームだ。虎《とら》の子である化粧品の売却からプランニングを開始しては話にならない。主力事業を売ってしまっては、その後の戦略的な絵など描けない。退《ひ》くに退けない段階に突入すれば万事休すだ。

その夜一〇時頃、携帯に電話が入った。番匠はリビングでそれを受けた。

「兵頭だ」

聞き慣れたダミ声が流れた。直々の電話は兵頭一流の気配りであろう。

「さっきまで久世社長と会談しておったのだが、化粧品の全部を買い取りたいというんだよ」

「相手は当然そうおっしゃるでしょうね」

番匠はそれ見たことか、と無愛想に返答した。

「それは出来ない、そんなことをしたらトウボウが保たないと言ってやった」

「一体どうなさるんですか」

「考え直さざるを得まい。百パーセント事業売却ではな。……まあ、トイレタリー事業の売却も進めているから、化粧品売却は考え直そう」

クレセント側は、化粧品事業を百パーセント取ることを最終目標にして部分所有を目指しているはずだ。相手の胸の内が手に取るように分かる。

化粧品を売ってしまえば、トウボウは何の取柄もない企業となる。兵頭はガチガチの化粧品第一主義者である。そんな人物が愛する部門をおいそれと手放すわけがない。番匠はそう考えた。

しかし、消滅したはずの売却話は知らぬところで進められていた。銀行の圧力に抗し切れず、兵頭が東尾勉《つとむ》企画室長を通して先方と折衝を重ねていると伊志井から聞かされたときは、愕然《がくぜん》とした。東尾はかねてから兵頭の夢を実現させるために自分は存在すると言ってはばからないほどの部下だ。その彼が交渉経過を住倉五井銀行の藤堂副頭取に逐一報告しているという。桜木は桜木で出身銀行の不退転の意を悟り、「こんな良い話はない。絶対にこの好機を逃すな」と兵頭をさかんに焚《た》きつけたらしい。

桜木が交渉の前面に出なかったのは、同行出身者だからだ。化粧品事業売却をメインバンクが仕掛け、トウボウ在籍の銀行出身者がそれを推し進めるのでは、自作自演になってしまう。成功すれば他人の財産を勝手に手にかけたとのそしりを受け、失敗すれば同行がリスクを負いかねない。住倉五井としては「トウボウが財政事情のため自ら決意したのだ」という外見をあくまでも装《よそお》う必要があった。

平成一五年三月になっても、番匠が気づかずにいたのは、東洋染織の清算を前提としたアクリル事業からの撤退、さらには合繊事業構造改革策を手がけていたからである。

伊志井によれば、兵頭の意を体した東尾企画室長がクレセントと水面下でいく度も折衝を重ねており、既に退くに退けない状況だという。伊志井の詰問《きつもん》により、余人には絶対に漏らさない、という条件でこれまでの経緯を吐いたらしい。

M&Aに不慣れな東尾がクレセントとの交渉を有利に進めていくには限界があった。

やがて関係専門部署の協力を得るため、秘密厳守の宣誓と署名を条件に、関係スタッフ先には売却について明らかにせざるを得なくなった。

やがて交渉責任者は桜木の推薦で、国際事業本部の徳山常務に交替した。新薬のM&Aに携わった経験を考慮した起用だ。

兵頭を中心に役員間でクレセントと調印すべき基本合意書に盛り込む内容について、白熱した議論が積み重ねられていった。その末に、一〇月二三日に共同記者会見が開かれるに至ったのだ。

そもそも化粧品事業の部分譲渡に不満を感じる役員は多くいた。その代表格は番匠だ。

ホテルオークラでの共同記者会見より五週間前の九月一七日、番匠は、住倉五井銀行の藤堂副頭取から呼び出しを受けた。本店の役員応接室で待機していると、副頭取は直属の部下、塩見広信部長を引き連れて姿を現した。

「いつもお世話になっております」

番匠はソファから腰を上げ、丁重に挨拶《あいさつ》した。

「いえ、こちらこそ……」

腰を下ろす藤堂は不機嫌そのものだ。対照的にその横で塩見が笑顔を向けながらメモを取る用意をした。

「番匠さん、単刀直入に申し上げます。化粧品事業を売却することになぜ反対されるのですか」

番匠は姿勢を正し、相手の目を真正面からとらえて切り出した。

「トウボウで育った人間が化粧品の売却に諸手《もろて》を挙げて賛成するわけがないと思いますが」

一部であれ全部であれ、化粧品事業の譲渡には一貫して反対の姿勢を取っていた。トウボウ再建に対する自らの考えははっきりしている。化粧品事業以外でのM&Aを進め、並行して全社的なリストラを行い、さらにメインバンクからの減資を前提とした増資を呼び込む。課題はこれら三つの対策をどういう割合で組み合わせ、実行するのかという点に尽きる。会社にささやかながらも夢を残すにはこの方法しかないと確信していた。むろん増資を受ければ、現経営者は経営責任を問われよう。

「しかし、トウボウの財政状態を考えたら、そんなことは言ってられないでしょう。番匠常務が御社の中でそれをいちばん知っておられるはずですよ」。藤堂は諭すように、だが、憮然《ぶぜん》とした表情を崩さずに言った。そしてしっかりと嫌味を付け足すのも忘れなかった。「あなたが反対しているものだから、話がいっこうに進まない」

たかが財務経理本部長の反旗ごときに、なぜめくじらを立てるのか、番匠は首を傾《かし》げた。

「役員一人の反対では大局は変わりません。私にそんな力があるわけないでしょう」

「番匠さん、あなたは分かっていない。ご自分が思っている以上に社内で影響力を持っていらっしゃるんです。とにかくあなたに反対されては、前に進まないのです」

以前兵頭に、デッド・エクイティ・スワップ*（DES）による増資を申し出たらどうかと焚きつけたことがあったのを思い出した。社長はここにきて、その話を住倉五井にねじ込んだのかもしれない。そうでなければ、藤堂のあわてぶりが理解できない。

「ではお聞きします。化粧品事業五〇パーセントほどの売却で弊社が本当に助かるとお思いですか？　こんな中途半端な対策で再建に足を踏み出せるわけがないじゃありませんか」

ハンケルン社への事業売却もすでに頓挫《とんざ》していた。トイレタリーが無理な利益出しを重ねた結果、将来の事業利益見込みが買収先の期待通りに上がらず、M&A提示価額がトウボウの望む水準を大きく下回り、化粧品部分売却だけでは再建にとうてい金が足りないと踏んでいた。

「しかし、御社OBの影響力を考えると百パーセントの売却は不可能ではありませんか？　どんな横槍《よこやり》が入るか分からない」

名指しを避けたものの、明らかに名誉会長の西峰一斉のことを指している。OBと口にしたときの苦々しい表情がそれを雄弁に物語っていた。あくまで化粧品事業の売却にこだわる藤堂に、番匠は膝《ひざ》の上で拳《こぶし》を握りしめ、反駁《はんばく》した。

「私はトウボウを愛する者として、虎の子の化粧品を売却することに最初から反対だったし、今もそうです。残存事業は低収益部門ないし不採算部門ですから、少々の企業努力ではわが社は野垂れ死にします。現在提案されている共同出資方式によって株式の半数を所有し、化粧品で儲《もう》けた損益の出資比率分が連結上トウボウに計上されても、主導権の薄いトウボウ側には稼いだ金を引っ張り込めないじゃないですか。であれば、またたく間に資金に行き詰まるでしょう。トウボウグループが無借金の体になれる見込みがつかない限りは、最後の切り札である化粧品事業売却などはテーブルにも載らない話だと思いますよ。——何度も申し上げてきましたが、そもそも桜木さんによる失策がこの不幸を招いたのではありませんか。御行が桜木さんの出した損失分をケアして下さって然《しか》るべきですよ」

痛いところを突かれた藤堂は反発した。

「だから、資金の面倒は今まで何度もみてきたじゃないですか。それがどのくらい大変だったか、あなたがいちばん知っておられるはずですよ」

*デッド・エクイティ・スワップ＝借入金を優先株式に振り替える増資の一形態で、金融支援の手段としてしばしば使われる。これによって銀行借入金が減り、企業の純資産（自己資本）は厚くなる。

「融資については感謝しています。ただ、私は今まで何度も桜木さんの引き取りを御行にお願いいたしました。しかし暖簾《のれん》に腕押しでした。その間、桜木さんがどんなひどい運営を続けられてきたか、ご承知ではありませんか」

桜木の辞任がもっと以前に実行され、東洋染織にせめて一、二年早くメスが入っていれば、化粧品事業売却は防げただろう。

「番匠さん、それを当行の責任だと言われるのか」

「いえ、私は御行の責任だとは一言も申し上げておりません。御行出身者である桜木英智氏の罪の重さについて語らせて頂いているだけです」

息苦しい沈黙が応接室に流れた。主力銀行のイニシアチブにより問題人物を送り込んだにもかかわらず、これまでその責任については一切触れようとしなかった。しかも稼ぎ頭である化粧品を業界四位のクレセントに切り売りさせ、その売却益と売却資金で一時的にしのがせようと策を弄《ろう》したことに、無性に腹が立っていた。

「副頭取、いずれにしてもよく分かりました。無礼な発言をご容赦ください。今日を限りに化粧品事業譲渡について発言を控えます。ご安心下さい。財務経理本部長としてメインバンクさんには逆らえませんのでね。ご指示通り、化粧品売却には一切異は唱えません」

メインバンクには逆らえない。しかし、言うべきことは主張しておきたい。それが番匠の性格だ。気がつくとわきの下にべっとりと汗がにじんでいた。

静寂を切り裂くかのようにドタドタと足音がした。

「社長がお着きになりました。これから会見場に向かわれます」

広報担当の者が告げに来た。共同会見から駆けつけてきた兵頭は驚くほど上機嫌だ。

「ファイリング説明はうまく頼むぞ」

一五年九月期の連結債務超過額、六三五億円という記者発表がこれから予定されているというのに、華やかなライトを全身に浴びてきたせいか、心配事を忘れてしまったかのように高揚している。物事を深く考えぬ兵頭の性格に不吉ささえ覚えた。

一般紙、業界紙合わせて三〇社以上の記者が会場に集まっている。良きにつけ悪《あ》しきにつけ、トウボウは紙面を飾れる派手な会社だとのありがたい評判をメディアからは頂戴している。

会見用にレイアウトされた広い部屋に入場すると、すでに数十人の記者たちが座って待機していた。発表主催者側の細長い机に社長を中央にして両脇《りょうわき》を番匠と徳山で固める。まず兵頭が用意された手元のメモを読み上げながら、業績修正とアクリル事業撤収につき説明を行なった。中間決算の業績修正による債務超過をどのように解消していくのか、今後の自己資本増強策はどうするのか、また合繊等の抜本的対策を今後いかに進めていくのかに関心が集まった。

「六三五億円の連結債務超過はどのように解消されるのですか?」

ど真ん中に陣取る毎朝経済新聞の鳴沢が口火を切った。

兵頭が胸を張って答えた。

「今般設立する化粧品新会社の事業価値は未《ま》だ評価されていませんが、少なくとも四桁《けた》台となるのは間違いないと思います。クレセントさんに新会社の株式四九パーセントを売却しますので、通期では確実に解消できると考えています」

「四桁台のどのあたりですか?」

抱えているのが六三五億円の連結債務超過だけなら化粧品事業を売る必要はなかった、と鳴沢は睨《にら》んでいるのだろう。

「現段階では分かりません。それはこれからの話になります」

番匠は横から嘴《くちばし》をいれ、鳴沢に余計な質問をしてくれるなと笑顔でサインを送った。

見慣れない女性記者が挙手した。色白の細面にかけたメタルフレームがキラリと光る。

「少ない自己資本をどのように改善するのですか」

「増資や金融機関からの支援は考えていません。構造改革により収益力を回復し、自己資本を増やしていきたいと思っています」

社長の左隣に座る徳山常務は当たり障《さわ》りがないように自力本願の方針を強調した。

「合織部門の具体的な改革方針についてはいかがですか」

今度は短髪胡麻塩《ごましお》頭の業界紙記者からの質問である。

アクリルの撤収は合織事業の再編成に直結するので、番匠がマイクを握った。

「本日発表の通り、アクリルからは完全撤退致します。ナイロンについては現在一万トンの生産を六千トンまで引き下げます。利益率が低いため汎用品《はんようひん》を減らし、眼鏡拭《ふ》き用や化粧落とし用、ＩＣ基板のほこり取り用など付加価値の高い商品を伸ばします。ポリエステルは収益率が高く、需要期待もあるので、独自商品開発に一層力を入れていきます」

合織事業は化学工業と類似しており、二十四時間エンドレス操業で規模の利益を追求しなければならない。場合によってはナイロンも完全撤退の道を選び、ポリエステル一本に集中化せざるを得ないだろう。番匠はそう算段していたが、ここでは踏み込む発言を避けた。

一時間ほどの会見が終了した後、番匠のもとに鳴沢が走り寄ってきた。「番匠さん、アクリルの完全撤収、とりあえずおめでとうございます」と声をかけると、笑みを浮かべてその場を立ち去った。

基本合意書締結を受けてまもなく、トウボウには兵頭を委員長とした化粧品事業統合推進委員会が設置され、以下のスケジュール概略が決められた。委員会は取締役全員と化粧品事業本部長を含む主要幹部のメンバーから成る。

①一〇月二三日から一一月二六日までクレセントが化粧品部門のデューデリジェンス*（DD）を行なう。

②一二月三〇日には合弁契約書を締結し、対外発表。そのあと会社分割手続きを開始する。

③翌一六年二月中旬には臨時株主総会開催で特別決議の承認を受け、三月三一日にはクロージング（株式譲渡）する。

DD着手の前日、ニュー霞ヶ関《かすみがせき》ビルでは、沢木経理部長と津田、松下両会計士の三人が真剣な表情で額をつき合わせていた。見月会計士の姿が見えないのは昨年別法人の担当に替わったからである。わが国のCPA業界にもようやくローテーションの機運が高まり始めたのだ。

「化粧品の会計上の対応についてたいへん心配しています。DDの際に問題が生ずると困るので、事前に山手さんとしっかり意思統一をはかっておきたいのです」

DDによって、粉飾が露見してしまう恐れがあるため、沢木は対応策の必要性を訴えた。

津田はしかめっ面《つら》をした。心底困った、という感情がにじみ出ている。

「DDへの回答案は必ず事前に教えて頂けますか？ 結果次第では、修正監査報告などを視野に入れて対処しなければなりません」

心配そうな口振りである。

「基本的に、相手側の監査法人にはわれわれの監査資料を示して説明することになります。はっきり申し上げて、それ以上の資料提供は困ります」

松下の口調もいつになく厳しい。

「売上面が特に気になります」と、買収側が最も気にかけるであろう点を沢木が口にした。それを松下が受ける。

「販社売上の取り消しは返品が予想されるものを会社が自主的に取り消したこととするしかない。でも期初の返品は期末売上の関係からある程度判明してしまう。だから御社がわれわれに説明されたように、本社の知らないところで販社が無理をしたと主張するしかないでしょう」

「分かりました」

「ただし、六月以降の返品は期末売上の返品ではなく通常月の返品としてもらわなければ

＊デューデリジェンス＝M＆Aを行なう検討段階で財政状態や法務リスクの状況などを事前精査すること。

ばなりません」

化粧品現場を監査していた松下会計士はテキパキと答えていくが、その表情は険しい。

「平成一五年上期は問題が生じないように、必ず適正な処理をして下さい。お願いしますよ。私どもは監査日程を早急に組み替え、化粧品の監査に全精力をかけます」

自らを鼓舞するかのように告げた津田の声は精彩を欠いていた。

第7章　紛　糾

委員会の各メンバーから、溜息《ためいき》にも似た失望の声が洩《も》れた。

平成一五年一二月九日、クレセントから、事業全体の評価額三六〇〇億円が提示されたのだ。約五千億円と皮算用していたトウボウには期待外れの額だ。財務体質の差と企業風土の違いから、両者の主張がまったく嚙《か》み合っていないとの情報が事前に伝わってはいたが、それにしても大きな隔たりである。

加えて、連結債務超過という現状から、共同出資設立のためのスピンアウトを法律上問題なく進めてゆけるのか？　化粧品事業のスピンアウト後、もしトウボウが倒産した場合、法的にはどのような事態を招くのか？　こんな心配がクレセント取締役会でささやかれているという。

そんな中、事態の急変が住倉五井銀行から告げられた。

クレセントの久世義昭社長が藤堂副頭取の許《もと》を訪れ、両社の化粧品事業統合そのものを見直したい、という意向を表明したのだという。その情報はすぐに兵頭社長に伝達された。

いくばくかのリスクを負うことは覚悟していても、トウボウを丸抱えして炎に包まれるつもりがないメインバンクなので、クレセントの望む化粧品全部買収案を以《もっ》て協議決裂を避ける説得に出たという。それが久世を引きとめる精一杯の慰留策と考えたのであろう。

翌日の昼、兵頭忠士は住倉五井銀行の麻生会長に急遽《きゅうきょ》呼びつけられた。怒りを何とか抑えているような表情の麻生会長と渋面の藤堂副頭取が待機していた。兵頭が応接室のソファに腰を下ろすや否《いな》や、藤堂がにがにがしく口を開く。

「昨夕もお伝え申し上げましたが、事業統合を白紙に戻し、この話をなかったものとしたい、と久世社長はおっしゃっています。協議が継続できるとすれば全部売却しかない。トウボウさんに化粧品部門を全《すべ》て譲渡される気があるのであれば考え直してもよい、というのがクレセントさんのご意向のようです」

「全部売却……ですか？」

兵頭は張りを失ったダミ声でつぶやいた。

「ええ。全部営業譲渡なら考え直してみてもよい、とのお気持ちを今なら持って頂いています」

逡巡《しゅんじゅん》している場合じゃないぞ、と藤堂からあいくちで脇腹《わきばら》を突つかれている気がした。

「化粧品事業はどうでもいいじゃないですか、本体がそれで救済されるのならば。欲をかいていられる状況ではないでしょう」

普段は柔和な笑みを絶やさぬ麻生も、歯に衣着《きぬ》せぬ言い方で迫ってきた。

「躊躇《ちゅうちょ》している暇はありませんよ。今ここでちゃんとした返事を正式に頂かねば、どういうことになるか……分かりますね、兵頭さん」

兵頭の脇から汗がにじみ出る。化粧品事業アライアンスという名目で軽率にも久世と会談してしまった。あれが誤算の始まりだったのか。もはや引き返せない線まできてしまっている。

否応《いやおう》なしにその場で全部売却する前提で協議継続を応諾させられてしまったのだ。彼らの有無を言わせぬ気迫にひるんだという他ない。兵頭は社用車センチュリーのシートでぶつぶつと悪態をつきながら、本社へ戻っていった。

その日のうちに、番匠は住倉五井銀行本店から呼び出しを受けた。

「おっしゃりたいことは多々あると思うが、ここは大局的な見地に立って頂きたい。クレセントとの折衝にあなたの力を借りたいのです」

藤堂副頭取は交渉役を番匠に振ってきた。これまでの窓口のままでは継続交渉は上手《うま》く進まない、と判断したのだ
「もともと化粧品事業売却にいちばん反対していた私では、余計に事が上手く運ばなくなるのではありませんか」

藤堂と一戦交えたのはつい最近の出来事だ。

「そうおっしゃらずに、是非ともこの案件を取りまとめてほしい。まさに御社の危機なんですよ、番匠常務」

「あまりにも皮肉過ぎますよ」

何というご都合主義か、と番匠は呆《あき》れた。今日の副頭取は舌戦を繰り広げた時とは別人のような雰囲気を放っている。

「その代わりと申し上げるのはなんですが、――当行も苦境にあえいでおりますが――、主力銀行としてトウボウを今後も支援することを約束します」

「主力銀行として」という箇所にことさらアクセントを置いた。藤堂輝久は数々の修羅場をくぐってきた手練のバンカーだ。番匠が最も引き出したい「主力銀行としての支援(=金融支援)」という発言の使い時を心得ている。口惜《くちお》しいが、トウボウはメインバンクの支援なしでは生きのびることができない。

合理主義に基づいて行動するのが銀行だ。利には鋭敏だが、貧乏神からの逃げ足は速い。しかし銀行と事業会社の重要な貸し借りは明治の昔から口約束で成り立ってきたことも事実だ。だからこそ、しかるべき立場の役員の発言はずしりと重い。

「兵頭からは、百パーセントの完全売却でなければクレセントさんは納得されないと聞いていますが、本当にそうなのですか？」

「ええ。折り合いがつかなかった理由はいくつかあります。しかし、クレセント側の熱意がさめてきた根源には、兵頭さんとは一緒にやりたくない、という決定的な事情がありました」

藤堂はこれまでにはない厳しい表情を露《あら》わにした。クレセントが兵頭社長の権力志向の強さ、その独特な個性に辟易《へきえき》しているという話は耳に届いていた。裏金にまつわる怪文書がクレセント社に舞い込んでいるとの噂《うわさ》も流れている。いずれにしても、ここまでメインバンクに言われてしまっては反論のしようもない。溜息の出るのを抑え、

「ここまできてしまったらもう戻れないのでしょうね」

と相手の目を覗《のぞ》き込んだ。最終確認のつもりで訊《たず》ねたのだ。

「その通りです、番匠さん。もう戻れません」

藤堂は小鼻をふくらませ、したり顔で返した。

よく言うぜ、最初から一石二鳥を狙《ねら》った絵を描いたのはどこの誰なんだ、と心中でつ

ぶやいた。しかしそれを呑《の》み込んだ。さもないと、自分がトウボウ破綻《はたん》の引き金に手をかける事態になる。

番匠は深呼吸し、藤堂に軽くうなずいた。

「だとしますと、テーマは残存部門に移ります。思い切ったリストラ策を講じ建て直しを図らないと、何のために主力部門の売却をしたんだ、と世間から笑いものにされます。化粧品事業を全て売却せざるを得ないならば、トウボウを無借金状態に持っていけるかが焦点になりますね」

「だからこそあなたにやって頂きたい」。藤堂はわが意を得たりとばかり大きくうなずいた。

「共同出資会社方式での資金獲得額では、三年もすれば弊社は資金的に行き詰まります。そのうち新会社の約半分の持ち分も売却する羽目に追い込まれ、結果的に乗っ取られてしまう。失礼ながら、住倉五井さんはそれを見越しておられたのではないのですか?」

藤堂は微動だにしなかった。図星のようだ。

週明けの一五日午前九時、取締役の緊急ミーティングが招集された。その場で兵頭社長から化粧品事業全部売却に至ったのはやむを得ない選択であった旨《むね》の説明があった。その経営手腕をかねてより懐疑的に見られていた兵頭は、これを境に見るも無残に求心力を失っていった。

午後には銀行から要請を受け、番匠を中心とする新交渉チームが編成された。東京駅にほど近いヤマトSG証券本社で、住倉五井銀行、ヤマトSG証券、トウボウの三社で極秘に会議を持つことになった。ヤマトSG証券は住倉五井の推挙で当初からトウボウ側のファイナンシャル・アドバイザーに選ばれていた。

「両社の認識のくい違い、見解の相違が今度のディールの中断に至った主因の一つだと認識しています。今後は双方ですでに合意ずみの事項を尊重し、クレセント社が譲れぬ部分はどこなのかに焦点を当てるのが肝要かと考えます」

交渉を見届けてきた住倉五井の塩見広信部長が冒頭に発言した。塩見を通して藤堂副頭取が事の動向を状況判断し、重宗頭取に報告が上げられてゆくのであろう。

「ええ。なにぶん時間に制限があることなので、イシューやリスクに優先順位をつけるべきでしょう」

ヤマトSG証券の鳥居勝哉《かつや》常務執行役員がファイナンシャル・アドバイザーらしく本件成立のために注意を喚起した。

番匠はまず現状を確認したかった。

「主要な論点はどこにありますか？」

「コーポレートブランド、*トイレタリー部門での競業避止義務、*化粧品研究所における知的財産権の切り分け、適正水準を超える在庫や退職給付債務*の引当の問題といったところでしょうか」

鳥居は五項目を挙げた。

「随分たくさんの争点がありますね」

そう答えつつも、コーポレートブランド以外はさほどの問題はない、と達感していた。

「トウボウ〇〇、という商標や商号に、当社は強いこだわりを持ってます。なにぶん、古いだけが取柄の会社ですから。社内を取りまとめるためには大きなイシューです」

この点に関しては理解願いたいと出席者全員の顔を見渡し、そのあと居ずまいを正し頭を下げた。

「営業譲渡には必ず伴う事項でしょう」

どこかで妥協が必要だ、との意味を言外に含ませた塩見の発言だ。

「おっしゃる通りです。事業の全面譲渡ですからね。ただ、恥ずかしながら、いまの当社に残された唯一の財産はコーポレートブランドしかありません。だから当社にはいっそう手離したくないという想《おも》いが強いのです。そのためには買収価額がそれなりに納得できるものでないと話が進まない。住倉五井さんとヤマトさんにはよろしくご指導願います」

代価として手に入る金額が小さければ、トウボウは破綻してしまう。格好をつけてなどいられない。番匠は覚悟していた。

クロージングデートを三月期末までにするか、それとも四月一日以降にするのか。こちらも腹をくっておかなければならない。債務超過のため三月末までに事業売却とクロージングをしないと、東証規則により東証一部から二部に指定換えになってしまう。しかし、トウボウが生き残れるなら、そこにこだわる必要はない、要はトウボウという法人格の存続が第一優先なのである。

クレセントの再提示は素早かった。一週間後の一二月二二日にはクレセント側のファイナンシャル・アドバイザー、シルバーサックス社を通じて四四〇〇億円と一発提示してきた。全部営業譲渡なので、暖簾《のれん》、商標権などの知財権を意識した金額である。

同日は、トウボウとクレセントのそれぞれの交渉チームがヤマトSG証券本社で顔合せをする日でもあった。つまりクレセントはこの日に合わせて提示をしてきたのだ。

＊**コーポレートブランド**＝企業活動全般にわたってその企業を表象する包括ブランドを指す。ブランドとは単なるネームやロゴではなくトラストマーク（信頼の証《あかし》）であり、企業とすべてのステークホルダー（利害関係者）との信頼関係を示す。　＊**競業避止義務**＝所属する会社等と競業関係にある事業を行なう行為をしてはならない、という義務のこと。　＊**退職給付債務**　一定の期間にわたり労働を提供したという事由に基づいて、退職以降に従業員に支給される年金・退職金等の見込み額のうち、認識時点までに発生していると認められる金額を一定の割引計算により測定した会計上の債務。

トウボウ側は番匠率いる財務経理室と企画室を併せた四人、クレセント側は法務部門を統轄《とうかつ》する名取正純《まさずみ》取締役を筆頭に法務、秘書、化粧品の各部門から一名ずつを加える四人であった。

名取は白皙《はくせき》のふくよかな顔に眼鏡をかけ、上背のあるがっちりした体つきをしている。理路整然とした語り口からして、理詰めで押してくるタイプと読んだ。今日はあくまで初顔合せなので、本格的な交渉は年明けからということで挨拶《あいさつ》だけですませた。

トウボウ本社に帰るや、番匠は沢木に指示を出した。

「四四〇〇億円の売却価額で積年溜まった膿《うみ》の償却がどこまでできるか、また計上しなければならん引当がどこまで可能か試算し直してみてくれ。リストラ実施のための損失見込みもあわせて頼む」

トウボウ再生と次代への備えを考えると、五千億円は欲しかった。すでに作成済みの再生中期プランの見直しを一刻も早くはかるよう命じた。

「分かりました。早急に行ないます」

沢木はその日から別室に閉じこもった。

番匠がクレセント側と初顔合せした一二月二二日、張りつめた表情の兵頭は伊志井を伴い、新高輪プリンスホテルの一室で、麦畑龍一郎立ち会いのもと、ユニバース・キャピタル代表取締役佐々木則彦《のりひこ》と会っていた。むろんこの投資ファンドの経営者とは初対面である。

顧問弁護士である麦畑の助言に従い、徳山常務が兵頭を説得して実現した密談で、クレセントへ売却という本線とは別個のシナリオを描くためのものだ。

一〇月二三日締結の基本合意書一六条には「トウボウはクレセントに対して平成一五年一二月一五日または本件合弁契約が締結される日のいずれか早い日までの間独占交渉権を付与する」とある。この独占交渉権が切れたことを奇貨として、ユニバース・キャピタルにM&Aさせるべきだという進言に兵頭は喰いついたのだ。麦畑と佐々木は以前から気脈を通ずる間柄であるという。

「うちであれば、化粧品事業価値を四千億円と算定し、かつトウボウ経営陣が化粧品の経営をそのまま続けるMBO*方式でやれますよ」

佐々木が力をこめ出したのは、兵頭社長に化粧品経営を任せる約束をした時である。相手はこちらの腹を見透かしているようだ。MBOは現経営陣による事業買収であり、他社の傘下《さんか》に入らずに独立性が確保できる優れた方式である、と解説した。ユニバー

＊MBO（Management Buy-out／経営陣買収）＝企業の合併・買収（M&A）の手法の一つで経営陣が所属している企業や事業部門を買収して独立することをいう。

ス・キャピタルはアクティピスト型（敵対的買収）ではなく、友好的な企業買収を行なうバイアウト型*のファンドであると佐々木は能面のような顔にぎこちない笑みを浮かべて語った。

「そんなことが可能なのですか！」

兵頭は身をグッと乗り出した。引き続き化粧品の陣頭指揮がとれ、きわめて魅力的なスキームだ。化粧品事業の実権だけは決して手離したくない。

「だったら、クレセント案よりはずっといいじゃないか、ねえ、伊志井さん？」

兵頭は同意を求めた。

伊志井は小さくうなずきながら麦畑弁護士にたずねた。

「間に合うのですか？」

「押し迫った時間というハンディキャップを押しのけてやりとげられるのは、ユニバース・キャピタルさんしかないでしょう」

麦畑は横から加勢した。口調にひとかたならぬ力みが感じられ、ユニバースに肩入れしている様が傍目《はため》にも窺《うかが》える。

「すでにクレセント社とのスキームでDDは完了しておられる。それを立脚点にすれば時間的制約はどうにかクリアできます。明日にでも当方側に化粧品事業のビジネスプランを説明して頂き、プロジェクションを提案して頂ければ必ず間に合わせます。ご安心下さい」

佐々木は無感情に、M&Aの成功を約束したあと、会社概略とこれまでのM&A実績に関する説明も補足した。同社は独立系のプライベート・エクイティ*（PE）で、平成一〇年に設立され、佐々木則彦と江藤毅《たけし》という二人の共同代表取締役の下、少数の日本人プロフェッショナルで運営されており、食品会社など数件の日本企業に対しM&Aの実績があるとのこと。ユニバースの企業買収ファンドは四〇〇億円と小規模で、トウボウ化粧品のように巨額なM&Aは初めての取組みであるという。

ぜひとも成功させたいと気負う佐々木の姿勢が印象的だった。

「どうかね、MBOの提案は?」

副会長室で番匠は、伊志井にユニバース案への感想を求められた。

＊**バイアウト型**＝積極的な経営参加・経営改善などを通じて企業価値を高め、買収企業の株式公開・転売によってリターンを目指すものの、未公開企業、経営不振会社などの株式を取得する場合は敵対的姿勢をとらない投資ファンドのタイプを指す。　＊**プライベート・エクイティ（PE）**＝未公開企業などに対して収益力を高めた上で上場させたり、転売したりする投資を指す。運営される投資ファンドをPEファンドという。PEにはさまざまな投資形態がある。成長見込みのある未公開会社や不動産に対する投資もあれば、MBOをサポートする形態もある。

「本当に実行できるのであれば良いスキームだと思います。これなら第三者への事業売却と違って『暖簾分け』のイメージを与え、対外的な印象も良いでしょう。商標権*の問題も起こりません。検討してみる価値は十分ありますね。ただし、気懸かりな点は残ります」

トウボウが主導権をとれる案に違いないが、メインバンクの了解を得るのは難しいだろう。しかし打診してみる価値はあると踏んだ。

「どういうところかね？」

リスクヘッジとしての代案の可能性を摘み取らないために、

「現経営陣の自己保身のためと見られかねない点です」

というだけにとどめ、反対の表明を避けた。

「なるほど……」。伊志井は腕組みして視線を足元に落としていたが、すぐに思い直したように面を上げた。「番匠君、クレセントと交渉しながらで申し訳ないが、ユニバースのMBO案も併せて検討してほしい。社長もその案を君に検討させ責任者としてやらせろ、とおっしゃっているので、よろしく頼む」

リスク回避策は企業護持のため必要な戦略であるが、クレセント・スキームの担当責任者が利害の相反するユニバース・スキームをも担《にな》うのは道義的に禁じ手であることぐらい番匠もわきまえている。

「クレセントとの交渉が私の本線ですから、二股《ふたまた》はやめた方がいいでしょう。対外的にもＭＢＯ案の実務を私が仕切らない方が賢明です。この件は徳山常務にお任せになったらいかがでしょうか？　彼はすでに麦畑弁護士の愛弟子《まなでし》たちの指導下にあるのですから。私の方ではその案で中央突破できるかどうか自分なりのスキーム図を作成して、住倉五井銀行に当たってみます」

「徳山君はハンケルン社へのトイレタリー売却を読み間違った。またクレセントとの交渉の不首尾で社長も不安がっている」

「クレセントへの交渉責任者としての指名はメインバンクからなされました。本線と異なるスキームに、私がリーダーとして取り組むことはできませんよ」

「分かった。では実務の仕切りは徳山常務にするが、大きな枠組みでＭＢＯ案も統括してくれ。住倉五井への働きかけも頼むぞ、あそこの承認がなければ身動きがとれないかな」

「最後にはメインバンク次第、ということになるでしょうね」

＊商標権＝商標とは商品名やサービスマークのことで、名称、文字に限らず図形、記号なども含まれる。商品名の例としては、テレビの「ブラビア」、自動車の「レクサス」など。サービスマークとしては、航空会社の「ＡＮＡ」、テレビ局の「ＮＨＫ」などがある。

クレセント・スキームの実現を願っているのが住倉五井なので、ユニバース・スキームを呑《の》み込ませるのは、ラクダを針の穴に通すようなものだ。番匠は天井を見上げて首を軽く振った。

トウボウではその後、「クレセント案」とリスクヘッジ・シナリオとしての「ユニバース案」の二本立ての戦略が推し進められてゆく。

一二月も二五日を過ぎると、雑踏からクリスマスソングが消え去り、正月を迎えるあわただしさに取って代わられる。

今年の仕事に一段落をつけた番匠は、パークハイアット東京『ピークバー』の片隅に腰を下ろしていた。四一階のカウンターからは光の宝石が見下ろせる。六時半という時間のためか、バーには一組の外人客しか座っていなかったが、隣接するラウンジの客席はほぼ埋まっており、入口にも幾人かの姿が見える。

今年も残すところあと僅《わず》かだ。海外から来た宿泊客なのであろうか、先ほどからカクテルを傾けている中年男女はおしゃべりに夢中だ。「オブリガード」という懐《なつ》かしい響きが耳に飛び込んできた。どうやらポルトガル語圏から来日したカップルらしい。朝霧ゆうなとの待ち合わせの際にポルトガル語に出くわすとは何ともうれしい偶然だ。それにしても巡り合いとは不思議なものだ。人は、必然性が何ひとつないのに、出逢《であ》うべくして出逢うのであろうか。イパネマの白い砂浜がゆっくりと甦《よみがえ》ってくる。

もう三年半ほど前のことになるか——。ブラジル出張から帰国した番匠は、その年の八月下旬までトウボウ・ド・ブラジル関係業務で忙殺された。最も神経を使わねばならなかったのは土地等の評価上げとそれについての根回しだった。

結局、A&Lから出された評価額を採用した。カマル社より低かったからである。ブラジル社に含み益が残るほうが好ましいと判断したのだ。評価上げに日系ブラジル従業員からの強い反発がなかったのは、専務取締役財務担当、佐治道弘《みちひろ》の尽力によるところが大きかった。

戦後両親とともにブラジルに渡った佐治は、移民の子として若い頃より苦労してきたという。生計を助けるため栽培した西瓜《すいか》を売り歩き、夜間学校に通ってトウボウ・ド・ブラジルに入社した。生来の頭の回転のよさで専務にまでのぼりつめたが、その人柄と気配り、面倒見のよさから敬慕の念を集め、ブラジル社日系人の取りまとめ役ともなっていた。番匠は当時六四歳のこの人物について、ひそかに注目していた。

ブラジルを発《た》つ数日前、佐治と二人だけで話し合う機会を持った。現在のトウボウが置かれている困難な状況を率直に打ち明け、評価額という条件がクリアされたときには協力をしてほしいと懇請した。

「承知しました。あなたもたいへんですね、トウボウの経営首脳とメインバンクの要請の狭間《はざま》で苦労していらっしゃる。メインも今般の対策について期待しているに違いない」

財務担当だけあって、銀行の本音はお見通しだった。

「本当に申し訳ありません」

番匠は深く頭を下げたが、佐治は事もなげに返した。

「従業員には、協力するように言っておきます。本社が連結債務超過のままでは子会社の方も困りますのでね」

「ありがとうございます。せめてもの償いとして、ブラジル社の高金利の外部借入金をすべてトウボウからの低金利直接融資に切り替えさせて頂きたいと考えております」

改めて頭を下げた。このようなケースでは、相手に一方的な犠牲を払わせるだけでなく、本社にも痛みを伴う形で償わせなければそれなりの納得が得られない。第一、己の良心が痛む。

少し落ち着いたとはいえ、高いインフレ率のせいで、ブラジル社の借入調達には年間一五〜二〇％の金利を要している。しかも同社の業績が悪いことから現地銀行も簡単には借り換えに応じてくれない。この際、一％ほどの低金利融資を実行することで、ブラジル社の負担を軽減してやりたかった。それに伴い本体の借入金は増えるので桜木あたりから異が唱えられるかもしれないが、財務担当役員の責任で貫き通す決意はすでに固めていた。

帰国後、再評価準備金の計上のためサンパウロとやり取りする一方で、山手監査法人の会計士との打ち合わせを重ねた。経営会議への説明報告はすべて一人で当たらざるを得なかった。ブラジルは訴訟が頻繁に起こされる国柄で、本部スタッフたちは尻込《しりご》みしていたのである。それゆえ、山手の会計士やマラホン弁護士と密に連絡をとり、現地の法令遵守《じゅんしゅ》を第一にした対策を講じつつ進行してゆくしかなかった。

ブラジル問題をクリアできる目処《めど》がほぼついた平成一二年七月二九日土曜日の朝、番匠宅の電話が勢いよく鳴り響いた。

「おはようございます。朝霧と申します。覚えていらっしゃる？」

澄んだ、爽《さわ》やかな声であった。

「もちろんです」

相手に悟られないよう心の昂《たか》ぶりを抑えた。

「よかった。もし番号が変わっていたら、どうしようかと思っていました。リオでは本当にお世話になりました」

現地で別れる前に電話番号とメールアドレスを交換していたのだ。

「とんでもない。こちらこそ連絡もせず……失礼しました。あれから四ヵ月ほど経《た》ちましたが、とても懐かしいです」

仕事の隙《すき》を見計らって、ニューヨークに電話をしてみたが、すでにマンションは引き払われていた。

「今もニューヨークですか」

「いえ、つい先頃戻って参りました。東京におります」

おもわず頬がゆるんだ。しばらく、雑談が続いた。

「東京に帰っておられるなら、ぜひ一度お目にかかりたいのですが。よければ食事でもいかがですか?」

一刻も早く彼女に会いたいという本心を露《あら》わにしたくなかったが、番匠は我慢できず誘った。

「何だか、恥ずかしいわ」

余韻を残すような言い方をした。最後にクスッと笑うのが電話越しに聞こえてきた。リオでの逢瀬《おうせ》が胸によぎったのかもしれない。あらためて、こちらから連絡することにした。受話器を戻そうとしたとき、手から滑り落ちた。汗で湿っていたのだ。

「お待たせしました?」

背後から肩を軽く叩かれた。振り向くと、蓮《はす》の花が開くようににっこりと微笑《ほほえ》むゆうながら立っていた。白いハイネックのセーターとタイトスカートに織り目の粗いワインカラーのロングジャケットを合わせ、大きめのベージュのキャリアバッグを提げている。

笑顔を崩さないまま、「どうしたの？　物思いに浸っちゃって」と隣の席に滑り込んだ。

「なにね、懐かしいブラジルを思い返していたんだけど、これからってところで中断されてしまった」

イパネマ・ビーチでの思い出に耽《ふけ》っていたことを打ち明けると、ゆうなは「まあ！」と小さな声を上げ、面映いような笑みを浮かべた。安心と羞恥《しゅうち》が混じり合った感情が伝わってくる。

例年と異なり、クリスマス・イブを一緒に過ごせなかった。今晩はディナーのあとルームサービスのシャンペンで祝杯を上げる約束を交わしている。

「何を飲む？」

番匠が訊《き》くと、彼女は細い指を小さな顎《あご》にあてた。

ゆうなとの交際が始まってからは、元麻布の朝霧邸でクリスマスを迎えることが多かった。母のミカリッツィ・デ・チェッキもたいてい一緒である。一二年のクリスマスに、ゆうなから初めて彼女を紹介をされた。夫であった朝霧圭吾を亡《な》くしてから、母国スイスと東京を行き来する回数が増えたと聞く。ミカリッツィは北イタリア出身の父とスイス国籍の母の間に生まれた三人姉妹の末っ子だ。デ・チェッキ（DE　CECCHI）

という姓はイタリアではもともと領主や貴族の由来を表わす名前らしく、たいへんな名家だそうだ。そんな淑女と東洋人がどうして結婚できたのか。夫の何をも恐れぬ勇気と強い愛情がゴールインに導いたのだと言って、母はいつも娘に幸せそうな笑顔を向ける。

ゆうなが「何がいいかしら？」とこちらを覗《のぞ》き込んできたので、

「マティーニがいけそうだよ」

と返した。サンフランシスコの有名なサパークラブと提携しているだけあって、ここのカクテルには定評がある。舌が肥えたゆうなの期待も裏切らないだろう。

「じゃ、そうする。あなたは？」

カイピリーニャと番匠が告げると、ゆうなは瞳《ひとみ》を人懐っこく輝かせた。指でうしろへかきやった長い髪からエメラルド色のイヤリングを覗かせる。ジュリアードからこちらに戻ってきてセミロングのヘアスタイルに変えていた。三年を超える付き合いになるが、最近では怜悧《れいり》な眼光に艶《つや》やかな潤《うる》みが加わったように思える。番匠はバーテンダーにマティーニをオーダーしたあと、カイピリーニャを口許に運び、勢いよく呑《の》むとブラジルの匂いを味覚で感じた。

「ゾクッとするほどセクシーになったね」

と、からかうように彼女を見やった。

「やだわ」とだけいって、うつむき加減に忍び笑い、彼女は上目使いに軽く睨《にら》み返した。

こちらの意図は見透かされているようだ。

ゆうなはジュリアードとの三年の契約期間を終え、帰国後すぐに聖都女子大学に復職した。最近、母校以外からの依頼が増え、目を見張る忙しさだ。一年前、北海道にある医大からダンスセラピーを取り入れた運動生理学の講座に立ってもらえないかという要請があり、週に一度、札幌にも通っている。

彼女の説明によれば、もともと鬱《うつ》病などの精神疾患や心療内科の治療のためにアメリカで開発されたダンスセラピーだが、近年日本でも積極的に導入され始めており、半年前にも奈良の女子大から似たようなオファーがきたという。ダンスセラピーがなぜ病気に効果があるのか、科学的な解明を進めるための講師兼特別研究員としての招聘《しょうへい》だそうだ。普段から心身の健康に関心を抱いている番匠には興味深い話題ばかりで、気がつけばじっくりと耳を傾けている。

数人から数十人のグループ・ユニットを組ませて、気分や体調に合わせて自由に運動させる。クラシックからラテン、ロックまでさまざまなジャンルの音楽を取り入れているらしい。軽いストレッチから激しいダンスまで自由に選択できるという。ストレスホルモンの分泌量《ぶんぴつりょう》など免疫力《めんえきりょく》を示す値の変化を測定し、どうすれば病気になりにくい体が作れるのかの解明を進めつつ、科学的な分析を伴う健康づくりを提案しているのだそうだ。

黒服に蝶《ちょう》ネクタイをした若いバーテンダーが、ミキシンググラスに氷とドライ・ジン、ドライ・ベルモットを入れると、バー・スプーンをグラスの内側に沿って滑らせるようにステアする。ミキシンググラスにストレーナーをはめ、カクテルグラスにマティーニをさっと注ぎ込んだ。グラスにオリーブ一個を沈めると、そっと彼女の前に置く。流れるような一連の動作だ。洗練された所作を見やりながら、番匠はギムレットを注文した。

ゆうなはパラソルを逆さまに広げたようなグラスを細い指で軽く摘《つま》むと口元まで運び、ひと口含んだ。グラスをカウンターに置き、親指でカクテルグラスの縁についた赤いルージュを拭《ふ》き取る。「美味《おい》しい」とつぶやいたあと、形のいい上唇をピンク色の小さな舌先でなぞる。またもや邪《よこしま》な心を悟られるのではないだろうかと様子を窺《うかが》っていると、小さな顔をそっと寄せてきて、「後で」とささやかれた。

そのあと真面目《まじめ》な表情に戻し、

「化粧品部門の売却はうまく進んでいるの？」

と、声をひそめて訊《たず》ねてきた。

概略だけしか彼女には伝えていない。時おり思案に沈んでいると心配そうな顔を向ける時もあるが、これまで質問を受けたことはなかった。聡明《そうめい》な女性だから、相当の事情を抱えた上でのM&Aなのだろうと推し量っているに違いない。

この難局を乗り越えられれば、ゆうなと暮らそうと考えていたが、とりあえず今日のところははぐらかすしかなかった。バーテンダーが柔らかい手つきでギムレットを目の前に置く。

「本格的な交渉は年が明けてからだけど、どうなるだろう？　M&Aってものは土壇場《どたんば》で引っくり返ることもあるからな」

そうなればトウボウは万事休すだ、と口まで出かかったが腹におさめた。これまでの経緯を洗いざらい話すのは、社の財政状態が安全圏内に入ってからにしたかった。

「難しい事情もあると思うけど、無理しないでね。いざとなれば私が食べさせてあげるから」

ゆうなは屈託ない笑顔を見せた。

「その可能性は大いにあるかも……な」

頭を手櫛《てぐし》でかきながら苦笑を返した。昨今の報道からトウボウの苦境を察し、慰めてくれているのか。或《ある》いはただならぬ気配を感じ取っているのだろうか。語らずとも敏感に察知できるのが女の鋭さかもしれない。

番匠はグラスを二、三度続けさまに呷《あお》って空にした。

「君への邪な想《おも》いはひとまず横に置いて、五日遅れのクリスマスとゆくか！」

人差し指を上に向けた。最上階の『ニューヨーク・グリル』を予約している。

ゆうなは手をお腹《なか》にあて、

「腹が減っては戦はできず、ってわけね」

と言って弾《はじ》けるようにスツールから立ち上がった。


平成一六年一月七日。トウボウにとっては激動の年の幕開けである。

日比谷の住倉五井銀行本店四階会議室で、化粧品事業完全売却に向けての交渉がスタートした。住倉五井の塩見広信を行司役として中央にはさみ、クレセント側の法務統括担当・名取正純以下三名、トウボウ側番匠以下三名が左右に分かれて座った。

「本日はざっくばらんに議論をやり取りして頂き、建設的な意見交換ができれば、と思っております」

冒頭の挨拶《あいさつ》は塩見融資部長が簡潔に行った。

番匠はいきなり最難題のコーポレートブランドに焦点を当てた。

「なんとか本件を成立させたいと願っております。ただ弊社としては、すでにご承知の通り、コーポレートブランドに強い想いを持っています。双方にとり納得のいく解決策を見出《みいだ》したく、皆様にご指導頂ければと思っております」

名取取締役が軽く右手を挙げた。その表情の固さから安易に妥協したくないという意志が窺える。

「当社の立場から申し上げますと、これだけの金額をお支払いしながらなぜ商標権を制約なく取らなかったのかと株主から必ず責められます。つまり御社のブランドにこそ価値を感じているわけです。ですから、商標権については、第三類と第二一類におけるコーポレートブランドを弊社が取得すると、貴社内部できちんとコンセンサスを取って頂きたい。化粧品部分のみの譲渡に限っていることをしっかり認識して頂く他ありません」

商標登録については「ニース協定」により国際的に決められている。名取の示した第三類には化粧品、香料、石鹼《せっけん》類などが含まれ、第二一類には化粧用具、家庭用品などが属している。

化粧品関係の商標の全面的な権利を得るのは当然だと主張しつつも、コーポレートブランドについてはそう簡単には事が運ばないと予測している筈《はず》だ。まずは相手の胸元へ速球を投げこむ手法を選んだのだろう。

予想通り、商標権については最初から正面衝突の様相を呈した。問題はどのあたりで妥協点を見出《みいだ》すかだ。商号とも関わるイシューなので最後まで縺《もつ》れるだろうと覚悟はしている。

この点については、別の意味でもたやすく譲歩しない方が賢明だと考えていた。兵頭率いる化粧品部隊には事業算定価額を下げてしまう不安要因が存在するかもしれない。万一交渉中に発覚した場合、コーポレートブランドという切札なしでとうてい太刀打ちできない。

いずれにしてもこのテーマは実に厄介だ。これまでトウボウは全事業部門において「トウボウ○○」という商標の取り方をしてきた。商品販売を展開する上で、「トウボウ」という、コーポレート・イメージを中心に置いてきたのである。一方クレセントは、「クレセント○○」というコーポレート商標を前面に出さずに商品名戦略で今日を築いてきた企業である。

「社名はどのように考えていますか？」

住倉五井の塩見が名取に尋ねた。

「トウボウ化粧品株式会社を考えています」

トウボウ側の出席者の体が一様にビクッと動いた。クレセントは「クレセント・トウボウ化粧品株式会社」ではなく、「トウボウ化粧品」をそっくり活《い》かす作戦を打ち出してきた。

トウボウ化粧品、トウボウコスメティックという商号については譲るしかない。だが一定の制限を加えなければ、トウボウという商号をぶら下げた関係会社群すべてがクレセントの子会社に映りかねない事態を招く。これから相当な摩擦が起こるに違いない。

口の中が苦くなった。

カウンターパートナーの目をまっすぐに見て訊ねた。

「名取さん、四四〇〇億円という金額算定のロジックを、さしつかえない範囲内でご教示頂けませんか？」

「前回の交渉の折に問題になった退職給付債務を今回は呑《の》みました。流通在庫処理も求めません。知財権にかかる税務メリットは認めるものの、その金額算定については社内でも意見が分かれています。総額ありきの考えは否《いな》めず、明確な積み上げ根拠があるわけではありません」

化粧品部門における退職給付債務の未引当や非稼《か》動《どう》在庫の処理を負担するという説明を信じるならば、実質的に約五千億円の値付けと評価し得なくもない。理屈をこねたとしてもこれ以上のアップには恐らく応じないだろう。四四〇〇億円あれば積年の非稼動資産が一掃できるし、減損会計*にも対応できる。一円たりとも金額をレスさせないで、このまま突き進んでゆくしかないとの判断を心の奥で下した。

一月一三日は、恐ろしく寒かった。数日前、伊志井副会長が唐突な要請をしてきた。

＊**減損会計**＝企業が保有する資産の価値が下落し、その資産の回収可能額が簿価を下回った場合に、その簿価を実勢価格まで引き下げ、損失を計上する手続きをいう。通常は土地や建物などの有形固定資産を対象に適用する。

ＭＢＯスキームを西峰名誉会長に説明してくれ、というのである。会場は兵庫県芦屋《あしや》市にあるトウボウ所有の「芦屋山荘」、西峰お気に入りの豪奢《ごうしゃ》な別荘である。

伊志井と共に新神戸駅に降り立ったときには雪が舞っていた。比較的温暖な地のはずだが、東京よりも冷え込んでいる。伊志井はしばしば訪れているらしいが、番匠が初めて足を踏み入れる施設であった。

大阪支店から手配済みの社用車に乗り込んだ。新神戸から芦屋に向かう車中で伊志井に尋ねた。

「西峰さんはクレセントへの四九パーセント売却をどう考えておられるのですか？」

「記者会見の前、一〇月中旬に電話したのだが、君は私に何を話しているのか分かっているのか、そうお叱《しか》りを受けたよ」

「名誉会長がお怒りになられた理由はよく分ります」

兵頭から打ち明けられた時、番匠の頭にも血がのぼった。

「話は分かったが了解はしていない。二度と君の顔は見たくない、とおっしゃった。『代表訴訟を検討する』とも口にされた。その後どうにか事情を理解してもらい、経営権を残した形での事業統合プランであれば了承するというところまでこぎ着けたよ」

昭和四〇年代、西峰は主力銀行の化粧品事業継続への大反対を押し切って同部門にメスを入れ、みごと再建を果たした。いわば化粧品事業の育ての親であり、兵頭とは比べものにならないほどの愛着を胸に宿している。

「それでこのスキームを名誉会長に説明するのですね」

伊志井は緊張した表情を崩さずに大きくうなずいた。車は人通りのない坂道をかけ上がってゆく。一時間近く走ったであろうか。窓から外に目をやると、門構えの立派な屋敷が建ち並んでいる。

「一月七日、神社祭の後、歴代社長、東友会（OB会）の会長、副会長にクレセントの件を説明した」

初耳だった。神社祭は旧大阪本部跡に建てられたトウボウ神社で毎正月明けに元役員らが列席する行事で、伊志井はその場を借りて化粧品事業一部譲渡の件につき説明したらしい。

「いかがでした？」

「クレセントの名前を出しただけで非難ごうごうだよ。兵頭体制になって六年も経《た》つ、負の遺産を引き継いだとはいえ現役もだらしない、五井銀行はどういうつもりだ、洗剤屋風情《ふぜい》にトウボウの魂を売り渡してたまるか、などとやりこめられた」

「そのような状況下では、とても、クレセントに百パーセント譲渡します、などとはおっしゃれなかったのですね」

「ああ。そんなことを言おうものなら、八つ裂きにされかねなかった。だが、知っての通り、歴代社長はじめOBは西峰さん次第でどうにでも転ぶ」

ようやく伊志井の真意が判明した。OBの社への熱い想いと現実の狭間《はざま》に立たされている彼に心から同情した。踵《きびす》を返してこのまま東京行きの新幹線に駆け込みたいという衝動が幾度もよぎったに違いない。番匠の気分も晴れぬまま、目的地に着いた。吐く息が白い。雪はすでに止《や》んでいたが、外気は凍りついたように冷たかった。

約束の七時三〇分に東灘《ひがしなだ》区の岡本から少し遅れて到着した西峰は、ソファに恰幅《かっぷく》のいい身体《からだ》を沈めた。西峰はこちらにも個人宅を所有している。色白のこめかみには老人斑《はん》が若干浮き出ているが、艶《つや》のあるふさふさとした白髪と未《いま》だ衰えぬ目力《めぢから》は俗世間に踏み留まる者の生臭さを感じさせる。

毛足の長いペルシャ絨毯《じゅうたん》が敷かれた客間にはイタリア製の応接セットが設《しつら》えてある。アンティークなサイドボードの上に優雅な青花磁器が飾られ、正面の壁には西峰が好む東山魁夷《かいい》画伯の風景画が掛けられていた。そこかしこから古き良きトウボウの名残が匂《にお》ってくる。この貴族趣味こそが我が社を破綻《はたん》企業同然に落ちぶれさせてしまったのではないのか。番匠の胸に冷えびえした風が吹き抜けた。

番匠の、資料に基づく説明が終わったのを受け、伊志井が西峰に笑顔を向けて言い添えた。

「というわけで、名誉会長、クレセントへの売却を回避出来る可能性が残されています」

「よくやった」

ＭＢＯのスキーム図に目をやりながら、ぼそりとつぶやいた。トウボウ化粧品部門というフレームの中で新会社（受け皿会社）を資本金五〇〇億円で設立し、借入金三五〇〇億円を導入する構想を西峰は賞賛した。その両眼が老眼鏡の下でほっと緩んだ。平河町に構えていた西峰事務所に呼ばれ、意見を求められた経験が何度かあるが、物事の理解と判断はさすがに速い。トウボウへの想いは八十歳を超えて衰えるどころか、壮絶なまでにつのっているようだ。

「これならクレセントに化粧品を取られないで済むが、実行可能なのか？」

一転して、鋭い視線を投げかけられた。

「メインバンク次第です」

スキーム図の借入金三五〇〇億円の箇所を指差し、そう答えた。西峰は背もたれに体をあずけ、顎《あご》で天井を指すようにして言い放った。

「何年も前から多くの役員を派遣しておきながら、五井の連中は我が社に有効な支援をしてこなかった。こんなことが罷《まか》り通るはずがなかろう。その点、住倉の重宗さんは話の分かる懐《ふところ》の深い人物だ」

西峰は自らを疎《うと》んじてきた旧五井銀行幹部を嫌っている。近年幾度か懇談している住倉銀行出身の重宗頭取を持ち上げると、居ずまいを正して続けた。

「クレセントに化粧品を売却する話を聞いた時は、夜も寝られんくらい心が痛んだ。これで少し安心できる」

管理人の中年女性がタイミングを計るようにして鮨桶《すしおけ》を運び入れた。西峰は表情に安《あん》堵《ど》感《かん》をにじませると、お茶をうまそうにすすった。

西峰と伊志井は鮨に箸《はし》をつけながら、上映されたばかりの「ラスト サムライ」の話に花を咲かせ始めた。西南の役を彷彿《ほうふつ》させる「ラスト サムライ」は、日本を舞台にした武士道を描くハリウッドの野心作で、多数の日本人俳優が起用されたことで話題を呼んだ。

映画通を自任する両人は、あれこそ真の武士道だ、まことに感動の一言に尽きる、など侍たちの壮絶な戦いぶりを夜の山荘で賞賛しあっている。

番匠は鮨を静かにつまみながら、窪《くぼ》んだ眼窩《がんか》から企業を見下ろす重宗倫太郎を頭の片隅に浮かべた。西峰は彼を信用しているらしいが、果たしてわれわれの味方なのだろうか。重宗の姿が「ヴェニスの商人」のシャイロックと一瞬重なった。

一四日、番匠は主力銀行に対してMBO案の可能性を内々に探ってみることにした。

トウボウ四九パーセント、ユニバース・キャピタル五一パーセント出資の資本金五〇〇億円、シンジケート・ローン三五〇〇億円から成る会社を受け皿として、トウボウが化粧品事業を譲渡するのが、ユニバースの提案スキームだ。

住倉五井銀行は矢のように素早く手を打ってきた。番匠が提案したMBOスキームへのカウンターパンチである。住倉五井は、トウボウのファイナンシャル・アドバイザーであるヤマトSG証券とユニバース・キャピタルとの直接対決を組んだ。

一五日、会議はトウボウ本社会議室にて行われた。トウボウ側は番匠、徳山両常務を中心に三名が出席。ヤマトSG証券側はM&A担当の鳥居常務他数名が参戦した。ユニバース側は二名の共同代表取締役とスタッフ数名、それに同社提携先の公認会計士一名が顔を並べた。住倉五井銀行側は塩見部長他二名、そのうち一名は投資銀行部の副部長である。

「本気なのですか」

ヤマトSGの鳥居はユニバースをのっけから挑発した。M&Aのプロフェッショナルとしての自負をむき出しにしている。

「もちろんですよ。MBOをステップ①と②に分け、ステップ①では化粧品新会社である受け皿会社に金融機関から一七〇〇億円を、化粧品販社から五〇〇億円を移管します。ステップ②では金融機関から一三〇〇億円を受け皿会社に持ってきます」

ユニバースの佐々木代表は最重要議題とされる借入金調達に触れた。

ステップ①では、資本金一〇〇億円の受け皿会社にトウボウ本体の銀行借入金一七〇〇億円を継承させ、化粧品地区販社の銀行借入金五〇〇億円を移管する。
ステップ②。受け皿会社に四〇〇億円増資し、資本金五〇〇億円とする。同時に受け皿会社に本体の銀行借入金一三〇〇億円を再度継承させるという段階的な構想である。出資比率をファンドが五一パーセント、トウボウ四九パーセントとすることに変わりはない。

このスキームで、トウボウは譲渡益二九〇〇億円、借入金削減効果三五〇〇億円を得ることになる。ここでは実行が可能か否《いな》かが問われているのだ。

「三千億円の免責的債務引受*について既存行と話合いがつくのですか？」

「それについては八月を目処《めど》にシンジケート・ローンへ切り替える予定です。もちろん、既存行からの理解を得なければなりませんが」

ＭＢＯを阻止したいヤマトＳＧ証券の鳥居と、初の大型案件で世にその名を轟《とどろ》かせたいユニバースの佐々木。二人は紳士的なやり取りを装《よそお》いながらも激しい火花を散らしはじめた。番匠の脇《わき》に座るユニバース側の渡瀬誠一会計士は「いよいよ金融肉食獣同士の戦いが始まりましたよ」と茶化すようにささやいた。なるほど的を射た表現であるが、トウボウはその獲物か、と情けない思いもした。

「そんな離れ業が可能でしょうか」

鳥居は皮肉った。

「当社にはアスキー社のリファイナンスを成功させた実績もあります！」

闘志がかき立てられたのか、佐々木の表情には気負いがありありと表れている。

「額が二桁《けた》異なりますよ」

鳥居は十億単位の実例では実績にならない、とばかりに切り捨てる。

「新会社の収益性を考えると、たとえ調整項目があっても見通しは立ちやすい、と楽観しています」

ユニバース・キャピタルのもう一人の共同代表・江藤毅が割って入った。シルバー・サックス・アンド・カンパニーで日本人初のジェネラル・パートナーを務めた人物である。四十代後半の背丈のある人物で、アメリカの大学を卒業後金融界に身を投じたという。

「三千億円のコミットメント・レター（実行意思表明書）がないとね、承服できるものではないですよ」

＊**免責的債務引受**＝鳥居が主張する免責的債務引受とは、同一性を失わず、借入金三千億円をトウボウ本体（旧債務者）から引受人である化粧品新会社である受け皿会社に移転するもので、旧債務者であるトウボウは債務を免れ、引受人である受け皿会社のみが従来の債務を負担する、という意味である。その成立には債権者である銀行の承認が不可欠なのは言うまでもない。

鳥居はユニバースには調達不可能な金額であると高をくくっている。

「鳥居さん、私は三千億の借入金に耐えられるような案件だと思っています。新会社のキャッシュ・フローの安定度と質は抜群ですからね」

胸を張り自信をにじませた江藤に、鳥居は反発した。

「いずれにしても三月までには三千億円のコミットメント・レターが絶対に必要です。それがないと、このMBOスキームは破綻する危険性が高い」

「理想的には三月末までですが、営業譲渡の枠組みがはっきりしているのでコミットメントは十分可能です」

本件から簡単には手を引かないぞ、とユニバースの江藤代表は強いメッセージを送った。

化粧品販社の既借入金五〇〇億円を除いた三千億円の資金が市場から調達できるのか。議論はそれに尽きる。MBOスキームに乗ってもローンが調達できなければ、社はその時点で事実上倒産する。その場合、メインバンクは救済してはくれないだろう。それぞれが利害の上に立った主張をし合っているだけでユニバース案が実行可能かどうかの確証を得るには不十分な論戦に終わった。

ユニバース・キャピタルの一団が去った後、住倉五井銀行側から先ほどの議論をもう少し深めたい、という申入れがあった。会議室には住倉五井とヤマトSG証券のメンバー全員が残っている。

「番匠常務、忌憚《きたん》なく申し上げますと、日本における今のM&A市場はまだまだ小さく資金の拠出元が極めて限られております。国内の拠出元である金融機関も当行を含め、たった八行しかありません。何百億単位の資金なら調達できる可能性もあります。しかし三千億円なんてべらぼうな金額は常識的に考えて調達できません」

いかにも律儀《りちぎ》そうな投資銀行部・福中敬治副部長は議論の余地がないという身振りを交えながら、MBO案の実効性をきっぱり打ち消した。

「八行しかないのですか？」

あらためて国内におけるM&A市場の未成熟さに目を丸くした。

「ええ」

その道の専門家である副部長は首を勢いよく縦に振った。シンジケート・ローンに住倉五井が参加してくれれば、ユニバース・スキームの実現の見込みもあるかもしれない。しかしクレセント・スキームがある限り、そううまく望めない。

ヤマトSG証券の鳥居も同調する。

「それぞれのファンドがどれぐらいの資金を持ち合わせているか、われわれは承知しています。残念ながらユニバースの規模は知れたものです」

「ユニバース・キャピタルは八方手を尽くしても三千億円を集められないというわけで

すか?」

「その可能性は極めて高い。国内からの調達でこれだけのカネを集めることは現時点では無理です」

番匠の問いかけに、投資銀行副部長が断言した。

「われわれと違って彼はこの道のスペシャリストです。その見立てにまず間違いはないと考えて頂いてよろしいかと存じます」

塩見部長が言葉を添える。

打合せを終えたあと、番匠は副会長室に出向き、伊志井に報告した。

「どうしてもMBO案でゆきたいなら、西峰名誉会長から重宗頭取に依頼して頂く他に手立てはないと思います」

「簡単には運ばないということか……」

気落ちしたのか、伊志井の言葉は尻切《しりき》れとんぼになる。

「ええ。西峰さんが重宗頭取と取り交わしたという約束にすがるしかないでしょう」

「やはりお願いするしかないか……」

伊志井は椅子《いす》に深く腰を下ろし、腕組みしたまま、黙りこくった。しばらくして、

「分かった」とだけ答えた。

ユニバース・キャピタルも手をこまねいてはいなかった。

麦畑弁護士から、ユニバース側の動向を伝える情報が徳山常務経由でもたらされた。必ず資金を調達できると伝えたかったのであろう。

一月一五日の会談終了後、佐々木、江藤の二名は麦畑弁護士を伴い、「おおぞら銀行」を訪れた。同行経由で日本企業再建機構から三千億から四千億円の融資を受ける目処がつくというのだ。麦畑が所属している大手町パレス法律事務所が再建機構に人材を供出している関係でツテがあったのである。

日本企業再建機構はこれまで小規模の破綻企業しか扱ってこれなかったため、同機構の吉備《きび》社長は大きな案件を喉《のど》から手が出るほど欲しがっていた。したがって、ユニバース要請案に多大な関心を寄せ、銀行経由の融資に前向きな検討を約束していたとの話であった。一〇兆円規模の予算を扱う機構からすれば、たかが三、四パーセントで済む金額だ。

おおぞら銀行側でも、執行役員の営業統括を中心に臨戦体制を組むという。数年前に破綻した長期系金融機関を母体に発足し直した同銀行は、紆余《うよ》曲折を経て、現在は海外の投資ファンドに運営されている。外資らしく本件をおいしいディールだと見積ったのであろう。

一月一九日午後五時三〇分、高輪プリンスホテルの料亭『清水』に西峰一斉が姿を見せた。三〇分前から待機していた兵頭、伊志井と番匠は襟を正して迎えた。明日の夕刻、西峰は重宗頭取と会談する。伊志井が藤堂副頭取を通じて、その会談をセットしたのだ。

伊志井から一応の説明を受けた後、西峰は兵頭を睨み付けるようにして言った。

「最初からクレセントへ完全売却するには無理があったんだ。水と油の両社だ。上手《うま》くゆくわけがなかろう」

「ええ、本当に……」

兵頭は身動きもとれないほど弱りはて、戦闘意欲を失っている。目の前にある懐石料理にも手をつけていない。その顔はどす黒く精彩を欠いている。

もともと健啖家《けんたんか》の西峰だが、「最近食を控えるよう心がけている」と仲居が運んできた料理にあまり箸をつけなかった。

「私も糖尿の気がありますので」

兵頭は恐しい教師の前に引っぱり出された生徒のように、殊勝な態度を示している。

番匠は改めて西峰の大物ぶりに感心した。西峰の陰口を叩《たた》くOBや役員は多い。しかし彼の前に立つと等しく「カリスマ経営者の威光」に打たれ、直立不動となってしまう。

それは新興宗教の信者が抱く教祖への畏怖《いふ》の念と似ている。

「名誉会長、明日の会談の件は、なにとぞよろしくお願い致します」

伊志井が深々と頭を下げた。兵頭と番匠も一礼した。

「分かった。重宗さんとは以前、このあたりの件について具体的に話し合ったことがあるので、率直に意見を述べてみる。言うべきことを主張するだけだよ」

西峰の話しぶりのところどころから自信が垣間見《かいまみ》える。しばらく雑談した後、意を決したかのように口を真一文字に結んだ西峰は、そのまま『清水』を後にした。

翌日午後四時三〇分、大手町の旧住倉銀行東京本部で西峰と重宗の会談が始まった。兵頭、伊志井、番匠の三人は、至近にあるパレスホテル八階の839号室で待機している。

「頭取、私は以前あなたに化粧品を梃子《てこ》にした資本投下についてお願いしました。あなたは三千億ほどで済むならば乗れない相談ではない、とおっしゃった。その話はどうなったのですか？」

西峰は憮然《ぶぜん》とした表情で重宗に質《ただ》した。

「じつは予想以上に繊維の打撃が大きいことが分かりました。御社の非稼動《かどう》資産は五千億にものぼります。これでは手がつけられない。だから以前の構想が進められなくなってしまったのです。クレセントに化粧品事業を売却すれば負債は三、四百億円まで減らせます。さすれば、トウボウさんは生き残れると確信した次第でございます」

なぜ五千億という根拠のない数字を発したのかは分からないが、重宗はためらいもなく、そう答えた。

「化粧品事業だけを切り離し、新会社として投資ファンドから金を集めることはできんのですか?」

「残念ながら残り時間が少なく、大きな動きはとれません。後々のことを考えると一月末がギリギリの期限です」

端《はな》から西峰の話を聞き入れる気配がない。

「化粧品を百パーセント売却してしまったら、わが社はどう生きてゆけばいいのですか!」

梯子《はしご》を外されたという悔しさが西峰のプライドを傷つけた。

「必ず面倒は見ます。メインバンクとしてお約束致しますよ、名誉会長」

「大勢の人間をただ差し向けるだけで、メインバンクとしての義務を何ひとつ果してこなかった。貴行は分かっていない。化粧品事業をクレセントに渡しても、絶対上手くいきませんよ、残された社の運営も早々にゆきづまってしまうでしょう」

西峰は語気を強めた。

「なぜあなたは早々に退《ひ》かれたのですか? あなたがもっと長く携わっておられれば、トウボウさんもこうはなっていなかったでしょう。それが残念でなりません。ダーティなイメージのつきまとう兵頭氏がいまだ社長の座にあるのも解《げ》せません。兵頭氏はその任にあらず、と前々から申し上げてきたつもりですがね」

つまるところ、兵頭を育て社長の座に据えた西峰こそが責任を負うべきだ、とほのめかされたのである。重宗が兵頭に不適格の烙印《らくいん》を押したのはかなり前のことで、直《じか》にその意見をぶつけられた経緯もある。

どうして早く身を退いたのか。一見、西峰を持ち上げているかのような言葉は、非稼動資産五千億という言及と重ね合わせると実に嫌みたっぷりな表現である。決して貴方《あなた》に無関係な数字ではない筈《はず》なのに、早く身を退かれたのは経営責任回避の極みであると、当てこすられたような気がした。トウボウの裏面史をわきまえた人間ならではの、もってまわった言い回しだ。

結局この会談で成果は何ひとつ得られず、西峰は肩を落とし、パレスホテルに足を向けた。

けわしい表情で西峰が入ってきた。ソファにドカッと腰を下ろす。瞼《まぶた》がはれぼったく、疲れが窺《うかが》える。テーブルのお茶に口をつけると、彼は会談について語り出した。兵頭と伊志井はうつむいたまま黙っている。時を刻むごとに、二人の頭が床に向かって下降してゆく。それは絶望の淵《ふち》にたたずむトウボウをまさに象徴していた。

最後に西峰はぼそりと呟《つぶや》いた。

「まだあきらめることはない。民事再生法にかけたら、化粧品は残る」

番匠は驚いた。よもや民事再生という言葉が「伝説の経営者」の口から出ようとは思ってもみなかった。

西峰は部屋から退出する際、不意に振り返って番匠を見すえた。

「ラストサムライだよ、番匠君」

その囁《ささや》きに目を見開いた。創業一二〇年を誇る名門企業の看板事業が洗剤屋ごときに呑《の》み込まれる場面を目にするくらいなら、武士道を貫き討ち死にせよ、と命じているのだ。長きに亘《わた》る歴史の中で、経営者たちは知らず知らずのうちに、「会社は私のものだ」という錯覚に囚《とら》われてしまったのではないか。歪《ゆが》んだ伝統こそ個人の価値観を麻痺《まひ》させるのだと番匠は悟った。そうでなければ、民事再生法やラストサムライなどといった言葉は発せられないはずである。

会社は一度潰《つぶ》れてしまえば終わりだ。破綻《はたん》してしまえば、社員の失業という忌《い》むべき事態が惹起《じゃっき》され、ブランドは毀損《きそん》される。上場廃止となり、法人格を喪失する場合もあるだろう。失うものは測り知れない。企業を破綻させるのと化粧品事業を完全売却して生きた状態で再生を図るのでは、意味合いがまったく異なる。

西峰が立ち去った後、兵頭、伊志井の両人は呆然《ぼうぜん》とした顔つきを、たちまち怒りの形相に変えた。破綻すれば企業規模からいって会社更生法が適用されるだろうと、弁護士から二人は告げられていたのだ。

「会社更生法なんぞにかけたらおしまいだ！　どうしてオレたちが罪を背負わなければならんのだ。冗談じゃない。西峰さんは自分が時効になっていると分かっているから、気楽なことを平気で言う。てめえがやってきたことを忘れたとは言わせんぞ！」

兵頭が大声で吠《ほ》えた。だが、すぐに部屋は静寂に包まれた。


人目を避けるかのようにホテルから二台の社用車が滑り出した。一緒に乗り込んだ番匠に伊志井はつぶやくように語りかけた。

「西峰さんと労組が結びついたら、これまた大変な事態になるな」

「まさか。昔であればともかく、もはや労組は西峰さんと結びつかないでしょう」

伊志井は首を振りながら応《こた》えた。

「いや、組合の信頼厚い人事本部長経験者や組合と懇《ねんご》ろなOBを使ってやればできるかもしれんよ。あの人自身が直接手を下さないのは分かってる……」

西峰の手法を知り尽くしている男ならではの言葉の重みであった。

二人を乗せた黒塗りのセンチュリーは、果てしなく暗い末路に向かっていくように都会の夜を走り抜けてゆく。

化粧品事業を売り渡すという蛮行と、トウボウの歴史を途絶えさせる愚行、いったいどちらが正しい選択なのか？　そもそもトウボウという企業は誰のものなのか？
そんな声がヘッドライトの先の深い闇《やみ》から聞こえてくるような気がした。

第8章　崩　壊

交渉責任者を外されたことに怒りが鎮まらぬ徳山常務らは、周辺に「多彩な金融機関から資金を調達出来る目処《めど》が立ったからユニバース案で上手《うま》くいく」と盛んに喧伝《けんでん》した。事業完全売却に消極的な立場の役員からすれば、これほど魅力的なプランはなかろう。ユニバース案こそが有益だとする噂《うわさ》が流布《るふ》しはじめ、クレセントを嫌う化粧品出身社員や金融に疎《うと》い役員の一部には、歯を食いしばってユニバース案を進めたい、などと根性論を唱え出す者もいた。「クレセント・スキームがボツになれば、住倉五井はユニバース案の支持に回るのは必定だ」と番匠にわざわざアドバイスしてくる輩《やから》もいた。明らかにクレセント案への妨害行為である。

そんな中、伊志井副会長の執務デスクの電話が鳴った。日本企業再建機構の吉備社長からだ。通り一遍の挨拶のあと、吉備は穏やかな声で説明した。

「日本企業再建機構は再生企業に対する金融機関からの融資金を買い取るという従来の手法から一歩踏み出し、窮地にある企業に資金を貸し出すスキームも視野に入れております」

麦畑弁護士から機構の融資話を聞かされていた伊志井は、おもわず期待に声を弾ませる。

「直接的か間接的かの議論を別にすれば、機構からの数千億の融資金はユニバース側に確実に届くわけになりますね」

「ええ、結果的にはそうなりますが、このケースでは、御社は必ずメインバンクの承認を取りつけて頂かないといけません」

「住倉五井の承諾を――ですか」

「はい」

ライバル社へ事業売却せよと主張するメインバンクがその競合相手にすんなり資金供与の承認をするわけがない。いったいこれまでの話は何だったのか？　機構からの融資話はトウボウを攪乱《かくらん》させる策略だったのではないか。顔から血の気が引いた。伊志井は身じろぎもせず下唇をぎゅっと噛《か》んだ。

トウボウ首脳陣は混沌《こんとん》とした社内状況に危機感を募らせ、二つのスキームのどちらを選択するか、取締役会で正式に決着させようとした。兵頭が胃癌《いがん》の疑いで一月二四日から検査入院しているため、その間の業務は取締役会規則に基づき伊志井副会長が代行している。ひっきりなしに部下を病室に呼び寄せ、報告を求める兵頭の姿を見て、難局をおさめられぬための偽装入院ではないか、という口さがない幹部もいた。

一月二七日の取締役会にて、クレセント案とユニバース案のいずれのスキームを採択するかの決議が行なわれる。ちなみに一五年六月開催の第八十六期定時株主総会で、取締役は前年度より二人減じて八名になっていた。昨年導入した執行役員制度による執行役員も一名減じて二四名体制とされている。伊志井は、臨時取締役会に当たって予《あらかじ》め各取締役を一人一人自室に呼び、「住倉五井銀行の支援を得られるのはクレセント案だけだ」と告げ、「三千億円の借入金調達にメインの協力が得られないことがはっきりした以上、ユニバース案を選択するのは破綻《はたん》につながる」と取締役たちに諭した。無用な混乱を避けるためだ。

審議に先立ち伊志井議長から、クレセント案を選択した場合に限り、住倉五井銀行がデッド・エクイティ・スワップ（DES）五〇〇億円を実行してくれるとの報告があり、本日欠席の兵頭は自分に一任した旨《むね》の言が添えられた。

DES五〇〇億円こそ、藤堂副頭取がメインバンクの証《あかし》として約束してくれた金融支援に他ならない。クレセント案を選べばDES五〇〇億を加え、四九〇〇億円の資金効果をもたらすことになる。

取締役の一人、旧五井銀行の副頭取を務めた影浦秀隆《ひでたか》が挙手し、発言した。

「トウボウが生き延びるにはクレセント案を選択するしかありません」

平成一二年六月トウボウに名誉顧問として天下り、その二年後の六月総会で取締役に選任された。現在は副社長、財務経理特別担当を務めている。桜木副社長健在の折には、兵頭から一定の距離を置かれていた影浦だが、彼が去ったあとは銀行との唯一《ゆいいつ》の橋渡し役としての役割を背負う。現役時代にはトウボウ担当の最高責任者として桜木をトウボウに送り込んだ張本人であったが、ここでは現実を見据えた元バンカーとして見識を披露した。

これに対して徳山常務は、「住倉五井銀行からDES五〇〇億円について当社宛《あて》の確約書を取り付けること。それから当社が新会社の無議決権優先株式を二〇パーセント取得すること。この二つを条件に、クレセント案を選択したいと考えます」とクレセントがとても呑《の》めぬ提案をした。買収金額を四四〇〇億円とはずんだのは、事業の完全譲渡ゆえである。たとえ議決権がなかろうが、トウボウに株式を保有させるわけがない。株式を要求するならば提示額が四四〇〇億円から大きく下げられてしまうのは必至だ。

「私も徳山さんと同意見です。この二つが満たされるならばクレセント案を採択します」

総務・広報本部長の広島常務は徳山と平仄《ひょうそく》を合わせていた。両者は頻繁に打合せを重ね、クレセント案を葬《ほうむ》ろうとしている、との情報を伊志井は耳にしていた。

「私はクレセント案を選択すべきと考えます。ただし労働組合や上部組織のニッセン労盟が反対しており、ハードルは高いと思います」

組合対策の窓口である三好人事本部長の意見だが、彼には事前説得が功を奏したようである。

「個人の想《おも》いからいえばユニバース案を支持したい。しかし同案は主力銀行の賛同がなければ成立しません。当社の破綻を回避するためにはクレセント案を選択するしかないと考えます」

番匠は会社倒産を避けることを第一義にして決めるべきだ、との持論を示した。

「私はクレセント案でもユニバース案でもありません。日本企業再建機構を活用し自力再生する道を選択したい」

生産技術本部長の迫田《さこた》常務は議長からの提案内容を無視して、訳知り顔で本筋から逸《そ》れた私見を述べたが、議論の対象外で黙殺された。

「メインバンクの支援が得られるのはクレセント案しかない以上、その案を選択せざるを得ないと思います」

伊志井は一取締役として意見を表明した。出席取締役七名全員の意思が確認できたところで、議長としてこう締めくくった。

「以上、出席取締役にそれぞれ意見を表明して頂きました。本日の結果を集約します。四対三でクレセント案が決議承認されました」

午後五時二五分、伊志井は太い首を動かして異議を唱えた三人に視線をやり、閉会を宣した。徳山と広島は表情を歪めながら、顔を見交わしていた。


臨時取締役会の閉会後、前代未聞《みもん》の事態が生じた。臨時取締役会の一部始終が新聞社に詳細にリークされたのだ。その模様は翌日の日刊経済新聞朝刊に大きく掲載された。住倉五井銀行が犯人を特定するのには大した時間を要しなかった。マスコミに広く根深く情報網を張りめぐらせている旧住倉ルートなら犯人を探し当てることぐらい朝飯前だ。

塩見部長から番匠に電話が入った。

「リークしたのは徳山、広島両常務に間違いありません」

番匠は、「そうですか。ご連絡ありがとうございます」とだけ答えて受話器を戻した。頭の中でトウボウという四文字がパンと弾《はじ》けた。コーポレートガバナンスが木っ端微塵《みじん》に崩れ去った瞬間だった。守秘義務を真っ先に遵守《じゅんしゅ》しなければならぬ立場の企画本部長が、メディアを制御すべき役職の総務・広報本部長と組んでマル秘情報を故意に漏洩《ろうえい》するとは——。番匠は固く目をつむった。

伊志井は大阪市都島区に所在するトウボウ労働組合会館に現れた。これまで何度か、労組の役員と折衝を重ねてきている。

トウボウ労組は管理職以外の全従業員が加入するユニオンショップ制をとり、従業員一万四千人中一万一千人が属している。会社側が労組に経営上の重要事項を事前に説明し、理解を得ながら進めていくという不文律がこれまで重んじられ、首脳が労組の意向を無視することはタブーとされてきた。西峰が労組を巧妙に手中に収めるため築き上げてきた関係であるともいえる。

「調印できなければクレセント社との話は流れ、会社更生法が適用されます。さすれば過去の負がすべてさらけ出される。労組もごうごうたる非難を受け、従業員は阿鼻叫喚の地獄に陥る。本当に、その覚悟があなた方にはあるのですか？」

伊志井は労働組合会館の一室で珍しく声を荒らげた。

「倒産してもそれを受け入れるぐらいの覚悟はとっくにできとります」

トウボウ労組の梶本《かじもと》静三中央執行委員長はむっとふて腐れた。傍では斜に構えた小島勝書記長が脹《ふく》れっ面《つら》を見せている。

「倒産すれば組合員全員が困窮し、家族ともども生活できなくなる。それに対して委員長と書記長は責任を取れるんですか！」

なおも食い下がる伊志井に、委員長の梶本が反発した。

「化粧品事業の百パーセント営業譲渡というアホな経営方針に検討を加える価値はありません。とうてい承服できんのです。化粧品はわが社の基幹事業やで！」

従業員から毎月徴収している組合費は、上場会社の中でも群を抜いて高額である。それは、現地法人の視察などと称して海外旅行に出かける労働貴族の優雅な暮らしを維持する原資ともなっている。これまで繊維部門は縮小を重ねてきただけに、今や化粧品部門の人員はトウボウの七割ほどを占めていて、労組の大収入源だ。繊維生産の場に長く身を置いていた労組委員長は、組合費の大口徴収先を失ってしまう売却には耳を貸そうともしない。

「化粧品事業のお陰で、どれだけ他部門が助かっていると思っているのですか！」

化粧品出身の書記長の方は最初から喧嘩腰《けんかごし》でツバを飛ばしてきそうな剣幕だった。伊志井は「そこまで決意されているのには、何か背景があるのですか？」とやんわり反論する。虚を衝《つ》かれたかのように二人は口ごもった。

「ＯＢなどから調子のいいことを言われているのかもしれませんが、彼らは残念ながら無責任な評論家そのものであって、それに乗ってはいけません。これは二役であるご両人が背負うべき話であって後ろ楯《だて》をあてにするのはとんでもない間違いですよ」

目の前の男たちが突っ張っているのはOBらと連携を取っているからだ、と睨んでいる。

「伊志井さんは、化粧品売却が従業員にどれだけ精神的打撃を与えてしまうか、分かってへんみたいやな」。委員長は薄ら笑いをして、顔をぷいと背けた。

「これまで化粧品は大きな収益を上げながらも、労働条件などにおいては厳しい状況に置かれてきた。臥薪嘗胆《がしんしょうたん》の日々だった。積年の努力と我慢を続けてきた化粧品事業の従業員の想いを無視するとは許されざる所業だ！」

書記長は時代がかった言葉に酔うかのように語勢を強めた。

最後まで議論は嚙《か》み合わず、無益な言い争いに終始した。伊志井には虚《むな》しく空回りしているだけに映った。

「いずれにしても、最後の最後、万策尽きるまで、トウボウが倒産しないように協議させて下さい。お願いします」

はるかに年下である二人に深々と頭を下げた。その姿は、労組対策の最高責任者としていっこうに打開策の見出《みいだ》せぬ伊志井の焦燥感を物語っていた。

事態はさらに異様な展開を見せた。二月八日付の全国紙朝刊一面に投資ファンド、ユニバース・キャピタルがトウボウ経営陣にMBOによる化粧品事業買収を働きかけているとの記事が掲載されたのだ。

すでに死案と化したスキームがなぜかもっともらしく取り上げられていた。明らかに社内からのリークであり、クレセント・スキームへの妨害工作に違いない。

ユニバース・キャピタルは国内、欧米の大手金融機関からシンジケート・ローンを集める準備をすでに整えており、資本金五〇〇億円を合わせた四千億円の金額で化粧品事業を買収する計画だという報道だった。

完全営業譲渡の発表が迫っていることに焦《あせ》りを覚えた徳山、広島の両常務取締役がまたしてもマスコミへリークしたものだとの情報が伊志井に届けられた。一連のリークは、社内の対立に拍車をかけたばかりでない。社長秘書室にはいわゆるM資金融資話をはじめ、外部からうさん臭い与太話がひっきりなしに持ち込まれた。それは甘い腐肉の臭《にお》いにハイエナが集まってくる様にも似ていた。

徳山と広島はユニバース・スキームを復活させるため、マスコミを利用して既成事実化を図り、中央突破をはかろうとしたのかもしれない。それともクレセントだけには化粧品を売りたくない、という怨嗟《えんさ》の声に応えようとした行動なのか。いずれにしても二度目の漏洩はユニバース・スキームがまだ生きているという誤解を無用に与えたのみならず、トウボウが死に体であることを世間にさらけ出した。

「まったく困ったものですね」

悪意に満ちたリーク。失われたガバナビリティー。そんなトウボウの現状を今朝の朝刊で再確認した藤堂副頭取は、苦り切った表情を露骨に浮かべた。

「まことに申し訳ありません」

伊志井は深く頭を下げた。

「ところでその後、労組の方はどうですか？」

伊志井が住倉五井銀行を訪ねたのは、深刻な現状について報告するためだった。

「労組は百パーセントの営業譲渡は承服できない、との一点張りで話を前に進められません」

「借入金がそれで大幅に削減できるじゃないですか」

「確かに過大な負債をなくすには有効かもしれないが、化粧品を失えば残存部門は生きていけない、と強い反発を受けているのです」

「やってもいないのに、どうして生き残れないと言い切れるのですか」

藤堂は化粧品を失うことを即座に社の存廃論につなげる発想に不快感を示した。

「トウボウはこの四半世紀、化粧品にぶら下がってきたといっても過言ではありません。その知名度、信用度、また収益力のいずれをとっても、当社を支える基幹事業です。『化粧品を失えば、金額には換算できない莫大《ばくだい》なマイナスが生じる。トウボウそのものの存在意義がなくなる』と主張して譲りません。借入金がゼロになってもそれだけでは認めがたい、ということなのでしょう」

伊志井は疲れを滲《にじ》ませた声でそう伝えた。

「クレセント以外への売却ならいいのですか？」

「かねてよりクレセントを嫌ってはいますが、たとえ相手先がどこであっても百パーセント営業譲渡することに拒絶反応があるのでしょう」

「組合は何を考えているのですか？」

「クレセントに労働組合が存在しないことにも危機感を抱いているようです。さらなる選択肢が見つかるのではないかと考えている節もあります。民事再生という言葉に惹《ひ》かれているようにも思えます」

労組の背後にOBが控えているに違いないという見込みについては触れなかった。

「ところで、ニッセン労盟の香坂会長は曙化成《あけぼのかせい》の出身で経営にも理解ある人物とお見受けします。その香坂さんがトウボウ問題で対策委員会設置も視野に入れているのはなぜですか？」

昨日の夕刻、香坂会長から「本日トウボウ労組より支援要請があり、状況によっては対策委員会の設置に入る」という趣旨の電話連絡を受けていた。このところ、トウボウ労組は頻繁に上部団体のニッセン労盟と連絡をとっていると報告が上ってきている。

「トウボウ労組から要請があったこと。百パーセント営業譲渡はあまりにも影響が大きいこと。そのあたりから判断されたのではないですか。化粧品事業の人員は一万人もいますからね、組合員の減少を重要視されているのでしょう」

「一万人分の財源を失うという意味ですか」

「端的に言えば、そうでしょうね。明後日、香坂会長と面談する予定になっていますので、弊社がなぜ化粧品の売却までに至ったのか、私なりに詳しく説明したい」

二月一〇日、九段下のニッセン労盟本部三階で伊志井は香坂との会談に臨んだ。

「香坂会長、このたびはたいへんご心配をおかけしまして申し訳ありません」

平身低頭して詫《わ》びた。

「いえいえ、伊志井さんもおつらい立場にあると拝察します。私は昔からトウボウを愛してやまない、トウボウファンの一人です。だから今回の件はとても他人事《ひとごと》とは思えません」

仕立ての良い濃紺スーツに身を包んだ香坂は紳士的な物腰で伊志井を迎え入れた。

香坂の出身母体・曙化成は、もともと化学肥料グループの一員にすぎなかったが、戦後大発展を遂げ、化学、合繊、住材、建材、医薬品を主たる事業とし、近年年商一兆円を超える企業に大躍進。昭和五三年には、合繊の糸・綿の共販を目的にトウボウと合弁会社を設立したという歴史を有する。

「当社は経営多角化によって後々発で参入したアクリルに長らく呻吟《しんぎん》してきました。そのアクリルから撤退をはかるには抜本的対策が不可欠で、そのため止むなく大幅な連結債務超過が生じます。

ドイツのハンケルン社にトイレタリー事業の売却を試みましたが不首尾に終わり、化粧品事業のアライアンスに取り組むことになりました。クレセントさんとの共同出資会社五一対四九でのスキームを労組はしぶしぶ了承してくれましたが、文化、企業風土の違いはいかんともしがたく、加えて買収金額面でも、三六〇〇億円の約半分では弊社の歴史的な歪《ゆが》みを是正することができないという結論に達しました。

連結子会社として先方が支配する生産会社に化粧品連結利益の九七パーセントが計上される仕組みに対しての反発も起き、結局、この話は流産致しました」

一企業の労組の委員長とは異なり、上部団体のニッセン労盟会長といえば業界の大立者である。この人物を説得できないかぎり事態の収拾は図れない。脇《わき》から汗がにじみ出てきた。一方、香坂は落ち着き払った表情で耳を傾けている。伊志井は続けた。

「百パーセント営業譲渡であれば協議は継続できるという、クレセントさんからの申入れがあり、当社としてはどうしても拒絶出来ない状況に追い込まれてしまいました。百パーセント譲渡なら借入金を大幅に削減できるし、多額の非稼動《かどう》資産の償却も可能となります。経営陣の苦渋の選択として、このディールを進めざるを得なくなったという次第であります」

「経緯はよく分かりました。しかし伊志井さん、百パーセント譲渡した後に御社はどうやって生きていくのですか?」。香坂は渋いバリトンで問いかけた。「正直に申し上げて、心配でなりません。これまで数社の破綻《はたん》上場会社に関わってきましたが、トウボウさんの場合はあまりにも社会的影響が大きい」

「確かに大きいと思います」

頼りない苦笑を返すしかない。

「トウボウ労組は争議に切り替えてきています。もし単組の合意を得ないで御社が調印したなら、上部団体として見過ごすわけには参りません。対策委員会を設置し、キャンペーンを張らざるを得なくなります。とにかく伊志井さん、化粧品を売却するか否《いな》かにかかわらず、労組と意見の一致を見て下さい。どうにか合意を取りつけるようにお願いしたいのです。でないと、覚悟をしてもらわなければなりません」

クレセントへの売却を断念せよ、と言い渡されているも同然だった。

香坂は伊志井にきわめて重い宣告をした。

二月一〇日付でトウボウ労働組合中央執行委員長から兵頭社長に対して申入れがあった。労組に十分な相談も説明もなく、化粧品事業の百パーセント営業譲渡を行うのは、とうてい承服しかねるとの内容である。「どうしてもこの経営方針を貫くならば、直ちに闘争体制を構築し、徹底抗戦する」との声明も出された。これを上部団体のニッセン労盟が受理したわけである。

戦後、日本政府はマッカーサー指令に基づいて労働組合の結成を推進した。トウボウ労組は一九四六年の日本繊維労盟（後のニッセン労盟）設立時からの有力メンバーだ。わが国の労働組合は一般に企業内組合が主流で労使のなれあい体質が顕著だが、ニッセン労盟は企業内組合に強いリーダーシップを発揮してきた。

トウボウ労組の強さの一つは、産業別組織組合と固くつながっている点にある。このあたりの事情を知悉《ちしつ》する伊志井にとって、香坂からのメッセージは一縷《いちる》の望みを砕くインパクトがあった。

香坂会長と会談したその足で、伊志井は住倉五井銀行の藤堂副頭取を訪ねた。

「三月三〇日開催予定の臨時株主総会で、私を含めたトウボウの副社長以上の退任表明を致します。四月からは新しいメンバーにトウボウを運営してもらうつもりです」

伊志井はニッセン労盟との会談内容を報告したあとに、自らを含めた進退について触れた。彼らしいさばさばとした身の処し方である。

「伊志井さん、ここのところ毎日、トウボウの化粧品事業に関する報道が続いています。このままでは持ちこたえられません。明日にでも調印に持ってゆけないものでしょうか」

破滅の道をわざわざ選ぶ労組の理不尽さに義憤を覚えたのか、藤堂の白皙《はくせき》が赤みを帯びる。伊志井は答えに窮した。

「そもそも兵頭社長ご自身は退任を明言されていないではないですか！」

藤堂は権力にしがみつく兵頭を指弾した。昨秋頃から、兵頭は労組との対話の道をとざされている。権威の失墜どころか、この窮地を招いたA級戦犯として蛇蝎《だかつ》のごとく嫌われている始末だ。

「私には全く理解できません。会社が破綻しようというのに、会社は労組におもねり、その労組はただ反対を唱えるだけ。まったくもって訳が分からない」

藤堂が嘆くのも当然である。

「経営方針に嘴《くちばし》を入れる労組」は、一般常識からはとても理解できないだろう。労組が力をつけたのは昭和初期大恐慌《だいきょうこう》下での東紡大争議にさかのぼる。戦後、従来対立関係にあった労使に対して持論の労使協調路線を唱え、関係修復を図ったのが西峰一斉であった。その後、上辺《うわべ》では心を配りながらも、自らに都合よく労組を懐柔《かいじゅう》するという戦略で、最高権力者としての地位を磐石《ばんじゃく》にした。自分の意に従い、忠誠を誓う者だけを組合トップに就けるその手腕は水際立っていた。

いずれにせよ、この奇妙な関係を知らない者はトウボウでは生きづらい。

諸悪の根源は、西峰のカリスマ的威光と補完関係にある労組の存在だと断じるOBや社員が多いのを知ってはいたが、社の危機の折に労組が行く手に立ちはだかってくるとは夢想だにしなかった。

トウボウとクレセントの両担当チームは連日連夜、大手町にある法律事務所の会議室で交渉を続けていた。本日中に合意に達し、翌々日の一三日には臨時取締役会の審議で承認を取ってしまいたい、と番匠は考えていた。砂時計の砂はほとんど落ちかけている。たびたび中座して伊志井に連絡を入れた。携帯電話から重苦しい声が漏れてくる。

「いや、すでに百パーセント譲渡案包囲網は完璧《かんぺき》にでき上がっているようだ。番匠君、こりゃ、ダメだなあ……」

伊志井はうめくように、しかし確信めいた口ぶりで呟《つぶや》いた。四面楚歌《しめんそか》に陥っているらしい。こちらはこちらで、商号、商標権についての決着をつけられないでいる。両社共に納得するような解決策など存在しないのだ。四四〇〇億円の化粧品事業価額は無形資産価値を含めて算定したものであるとクレセント側は主張し、一歩も譲らない。

資金は喉《のど》から手が出るほど欲しい。すでに住倉五井から五〇〇億円のＤＥＳが担保されているので、合わせて四九〇〇億円が入る。これだけあれば破綻を回避できるし、次代に向かっての準備もできる。だからと言って、相手の望むままに諸権利を譲るわけにはいかない。ここ数週間睡眠もわずかしかとれておらず、体も重く感じる。しかし緊張が睡魔を近寄らせないのであろう。頭はやけに冴《さ》えている。

双方の弁護士が激しくやりあう場面が増えてきた。時折り怒号も乱れ飛ぶ。メンバー全員が疲労困憊《こんぱい》していた。両陣営とも苛立《いらだ》っている。

番匠は腹を決めた。相手方の交渉責任者・名取正純に二人で話し合いたいと密《ひそ》かに申し入れ、使われていない会議室に誘った。

「名取さん、今夜中にどうしても決着をつけたい」

椅子《いす》に腰を下ろすと番匠は言い放った。

「望むところです」

眼鏡越しに頷《うなず》く彼の眼球は充血し、肌もかさついている。こちらも疲れているようだ。

「耳障《みみざわ》りな噂《うわさ》が飛び交い、ご気分を害されていると思いますが、この場でお詫びします。一つだけお断りしておきたいことがあります。どうか怒らないで聞いて頂きたい。実は今回の事業売却の件で、労働組合と揉《も》めております」

「それは初めて聞く話ですよ！」

名取は語気を荒らげた。苛立つのも無理はないと思いつつも、あえて無視するかのように続けた。

「営業譲渡契約の締結条件に、労働争議を起こした場合、多額の損害賠償請求が生じるという条項があります。だから、あなたに黙っておくわけにもいかない」

「だいたいあなたたちは何ですか、いまさら労組の問題なんぞを持ち出して。そんな得体の知れない事態が起きているならば、ユニバースでもどこにでも勝手に売却されたらいいでしょう」

ユニバース・キャピタルによるMBO案がマスコミにリークされ、ただでさえ不快感を大きく募らせている。その上、この土壇場《どたんば》で労組とごたついているなどと耳にすれば怒るのは当然だ。しかしこの場は何としても収拾を図らねばならない。

「まあ、そうおっしゃらずに……。だからこそ、謝まっているではありませんか。私どもの不手際につき、心から謝罪致します。社からの然《しか》るべきお詫びは改めて正式にさせて頂きます。お互い苦労してここまでたどり着いたのですから、クレセントさんと組みたいと思っています。できれば今夜中に合意に至りたい。……何としても決着をつけましょうよ、名取さん」

怒りをぶつけてきた名取だが、番匠の熱意にうたれたのか、それとも落着への打算が働いたのか、頬を僅《わず》かにゆるませた。

「その通りです。こちらも今夜中に何とか合意したい」

立場は違えど、先方は化粧品事業を、こちらは四四〇〇億円を、それぞれ必要としている。最後には小異を捨てて大同につくという方針で互いに決着を見た。

この話合いを起点に両者は一気に合意に向かった。番匠はトウボウの顧問弁護士に今夜中の決着を強く要請した。伊志井が呟いた包囲網なるものについては気がかりだったが、そんなものに構ってなぞいられない。時間は残されていないのだ。

大詰めの交渉は一進一退を繰り返したが、建設的合意という了解の下では問題は万事解決されていった。一二日の未明に、契約合意に関する実質的フレームワークが終わった。番匠はクレセントの交渉チームと固い握手を交わし、伊志井に現在の状況を確認するため、いまだ熱気さめやらぬ法律事務所から一人抜け出した。

一二日早朝、番匠は一時間ほど仮眠をとってから本社に出勤し、副会長室に直行した。

「伊志井さん、いかがですか？」

深刻さを通り越し、諦《あきら》め切ったような表情をしている。番匠は血の気が退《ひ》いた顔色の伊志井を気遣った。

「労組は化粧品事業の売却を断固阻止すると繰り返している。背後のニッセン労盟も同じ考えだ。……番匠君、もう無理だよ、諦めよう」

「ちょっと待って下さい。最終的には諦めるにしても、その前に組合幹部と取締役全員とが真正面から向き合わなければならないのではありませんか」

「私が交渉してきて駄目なら、誰がやったって駄目だよ！」

伊志井はトウボウOBの動きを警戒しつつも、組合に的を絞って折衝を重ねてきた。一昨日ニッセン労盟のトップである香坂とも密かに会談している。経営と労組の意見に一致を見ない限り、ニッセン労盟として全組織を挙げて戦い抜く決意は変わらない。香坂はそう言い切ったという。現在のトウボウにおいて、労組に対応できる人間は伊志井以外には見当たらない。その伊志井がついに音を上げたのだ。

「これから藤堂副頭取に会って、無理だったと伝えてくる」

伊志井は椅子から腰を重そうに持ち上げ、背広をはおって出て行った。番匠は副会長室に立て掛けてあるスピンドルマークの社旗をしばらくぼんやり眺めた。化粧品事業の譲渡は経営の専権事項であるべきだ。労組が反対したからといってこの重大な結論を放棄しようとすること自体が不可思議だ。この会社はおよそ企業の体《てい》をなしていない。部屋に残された番匠は、心に大きな空洞が広がってゆくのを感じた。

事態は立ち止まるのを許さなかった。

住倉五井銀行の動きは迅速で、番匠は同日夕刻、藤堂に呼び出された。

「労組の説得は本当に無理なのですか？」

藤堂は事の次第を承知していながらも、敢《あ》えて最後の確認をしてきた。

「私は労組の担当者ではありませんので、詳細には存じていない部分もあります。ただ副会長の伊志井は完全に諦めているようです。彼はその道のプロですから」

「そうですか。分かりました。残念ですが……。そうなれば、日本企業再建機構のシナリオしか打つ手がありませんね」

「えっ！」

番匠は言葉を失った。クレセント・スキームが潰《つぶ》されたときのシナリオを用意していたような口ぶりだった。

「二、三日中に練り上げるしかないでしょう。番匠常務、今日は絶対、御社で結論を出さないようにして下さい。御社からは情報がすぐに洩《も》れるから、くれぐれも気をつけて下さい」

情報漏洩《ろうえい》が繰り返されてきたことを藤堂は皮肉り、釘《くぎ》を刺した。

藤堂が手短に説明した新たなスキームの骨子は、以下の通りだ。まずトウボウの百パーセント子会社を設立し、それを受け皿会社としてすべての化粧品事業を営業譲渡する。ここまでは通常の手法だ。しかしこの先が異色であった。化粧品全事業を譲り受けた新会社が日本企業再建機構によって買収されることで、トウボウ本体に計上されたその売却益と売却資金で、残ったトウボウ本体を間接的に救済するのだ。したがってトウボウ本体に再建機構の手は入らない。ユニバース案における日本企業再建機構の資金を間接的に使うスキームとは似て非なる策だ。

このアイディアを聞きながら、「住倉五井と再建機構が綿密に打ち合わせた上での出来レースだ」と確信した。藤堂副頭取はニッセン労盟の香坂会長の談話を伊志井から聞いた後、本格的にもう一つ別のシナリオを描きはじめたのかもしれない。

一六年三月三〇日に、化粧品事業完全売却に関しての臨時株主総会が開催される予定だ。一刻も早く方針を打ち出さなければ座して死を待つに等しい。連結債務超過解消の目処《めど》が立たなければ、トウボウ・グループへの貸し金一八〇〇億円余りは破綻懸念《けねん》先として分類され、住倉五井銀行の信用不安をも招きかねない。

本社に戻った番匠は臨時取締役会の席に直行した。ここで化粧品事業に関する最終決断が行われることになっている。労組の反対が主因であるため、伊志井議長は三好人事本部長からその報告と審議の提案をさせた。兵頭は胃の腹腔鏡《ふくくうきょうか》下手術を行い、術後安静のため欠席している。

「一月二七日開催の臨時取締役会にて、ユニバース案を見送り、クレセントへの化粧品事業譲渡を決めました。しかし労働組合の理解、同意は得られておらず現況打開の方途が見出《みいだ》せません。最終契約に調印したとしても、クロージング（株式譲渡）に至ることができず、最悪の事態も想定されます。よってこの場にて本件の可否を問いたいので、よろしくお願い致します」

クレセントとの営業譲渡契約書には、トウボウが労働争議によって契約破棄を起こしたときは千億円単位にのぼる損害賠償を求められるという条項がある。三好が報告した「最悪の事態」とはそれを指している。

まず番匠が手をあげ発言を求めた。

「クレセントへの営業譲渡の断念だけが決議される議案となっていますが、代案なしで機関決定すれば即倒産の可能性もあります。取締役の善管注意義務*の責任をも問われかねないので、本日は結論を出すべきでなく、まず代案を検討した上で決議を図るべきかと思います」

まず倒産回避の必要性を訴えた。

「いや、まずは断念するという件を決議すべきです。クレセントへの営業譲渡を進めるときに私が提案した二条件を満たしていない。また株主の同意を得られにくい点からクレセント案を進めることは妥当ではない。したがって、この時点でクレセントへの営業譲渡断念を決定すべきです」

共同出資会社案の交渉決裂以後、クレセントと住倉五井に敵意を抱く徳山は、何が何でもクレセントへの営業譲渡案を潰そう、と躍起になっている。倒産を招きかねない事態にもかかわらず、冷静な判断ができなくなっているのだ。

「最も重要なのは、会社を倒産させてはならないということに尽きる。対策代案なしには当社は倒産してしまいますよ」

影浦副社長が背筋を伸ばし、周囲を睥睨《へいげい》しながらメインバンクの元副頭取としての威

＊善管注意義務＝行為者の職業や社会的地位に応じて通常期待される、善良なる管理者としての注意義務を指す。

厳を見せた。

「だったら、ユニバース案で中央突破を図ればよいではありませんか」

徳山は幽霊案を再度持ち出し、あくまでも意地を通そうとする。

「そうです！　こうなったらユニバース案をとるしかない」

徳山に与《くみ》する広島常務が煽《あお》る。

「クレセントへの営業譲渡案を断念する時点で、実効性のある代案が用意されていなければ、金融機関からの返済圧力に抗し切れず、結果的に法的な整理に入らざるを得ない。営業譲渡をしないと決めるなら、具体的に現状にどう対応するのかを定める必要性がある」

影浦はそんなことは常識ではないかという表情で諭したが、すっかり冷静さを失っている徳山と広島には通じなかった。マスコミに機密情報を漏洩し、社を混乱に陥《おとしい》れた両者には、もはや何を言っても無駄なようだ。

いたたまれず、オブザーバーの梅崎常任監査役が苦言を呈した。

「クレセント案を断念すれば資金が途絶え、整理の段階に突入してしまうのではないですか？　それは何としても回避しなければなりません」

現実を見据える役どころにふさわしい意見であった。しかし徳山はそれを掻《か》き消すように、

「ユニバース案しかありません。ユニバースからは早く決めてくれないと万事間に合わないと言ってきています。話をどんどん進めていかないと、上手《うま》くいくプランも挫折《ざせつ》してしまいます。今日中に結論を出すべきです！」

　興奮を帯びた声で決議を迫った。

「そんなことをしたら、わが社は倒産しますよ」

　徳山はなぜ焦《あせ》っているのか、と番匠は訝《いぶか》しがった。住倉五井銀行の協力なしでは資金は調達できない。それは明白だ。にもかかわらず、徳山はまだユニバースと連絡をとり合い、ＭＢＯ案に益々《ますます》固執している。

「あきらめたはずのスキームにそれほどまでにこだわられるのには特別な理由でもあるのですか？」

　番匠は徳山に質《ただ》した。

「そんなもの、あるわけがない！」

　徳山の怒声は会議室に響き渡った。尋常でない様子に番匠は不審感を抱いた。実は先日メインバンクから、徳山とユニバース・キャピタルの間には生臭い関係でもあるのかとの問い合わせを受けていたのだ。

「だったら、明日以降、冷静な判断の下で結論を出せば済む話ではないですか！」。番匠は徳山を諫《いさ》めた。「議長、本日この場でクレセント・スキームを断念するだけの決議ならやめて頂きたい。愚行の極みです。当社は倒産の憂《う》き目を見ます。すみやかに代案を策定しますので、それまで決議の猶予《ゆうよ》をお願いします」

番匠は促すように議長に目をやった。しかし伊志井は空《うつ》ろな表情を浮かべるだけだ。目の焦点さえ定まっていない。

「議長、それでよろしいでしょうか」と再度声をかけると、伊志井ははっと正気を取り戻し身構えた。そして頭を二、三度小さく振って、宣言した。

「では、ここで二〇分ほど休憩をとりたく思います。各自頭を冷やし、午後八時三〇分から審議を再開します」

どうなることかと思ったが、さすがに伊志井は老獪《ろうかい》に対処した。休憩時間に番匠から藤堂との会談の模様を聴き取ったあとに議長判断を下そうというのだ。

再開後、伊志井は無用な混乱を避けるために、明日一三日の臨時取締役会にて徳山から再度ユニバース案を、週明け一六日（月）に番匠からクレセント案の代案を提示させ、同日の取締役会で最終採決を取ると告げた。

翌日徳山は、化粧品事業をユニバースの出資を得て、分離・独立させるスキームを臨時取締役会に再提出した。内容としては以前とほぼ同一だ。「当該ファンドに東京マーケットの八行の一部と欧米金融機関など一六行が関心を寄せている」と力説したところで資金調達に難があるのは見え見えだ。まともに机上で検討を加えるべき代物《しろもの》ではない。

二月一四日、マスコミの目を避け、番匠はヤマトSG証券本店に出向いた。日本企業再建機構との打ち合わせである。仲介役の住倉五井銀行戦略専門チームから、初めて同機構の幹部を紹介された。

トウボウ側からは番匠、影浦ら五名が出席、住倉五井銀行からは戦略専門部門より構成されたメンバー、日本企業再建機構からは主要幹部で構成された特別チームが出席した。

三社会議は出席者の自己紹介から始められた。住倉五井銀行側から今後の手順説明が披露されたあと、再建機構側からは化粧品事業売却に関するこれまでの経緯につき質問を受けた。日本企業再建機構の、頭髪の薄い、額をてかてかと輝かせた大幹部がリップサービスのつもりか、しかし自信たっぷりに言い切った。

「われわれ公的機関が評価すれば、まちがいなくクレセントさんよりも高い金額になるでしょう」

三社合同会議終了後、住倉五井全行挙げての指導の下、土日の二日間で仕上げの作業にかかった。一六日、化粧品事業の営業譲渡契約締結を白紙に戻し、日本企業再建機構に支援要請を行うと対外発表するためだ。

引っ掛かることが一つあった。再建機構が化粧品事業にデュー・デリジェンス（事前監査）をかけるのは当然としても、トウボウ本体は資産査定されずに済むのか、という疑問だ。病巣《びょうそう》はトウボウ本体にこそあるのだ。本体資産が査定されれば、巨額の不良資産が白日のもとにさらされてしまう。

住倉五井銀行執行役員であり、戦略専門チームのリーダー、安川通彦《みちひこ》に不安をぶつけた。「再建機構とトウボウ本体には決して手をつけないとすでに合意している」という答えが返ってきた。

安川からの回答は、番匠が初めて再建機構を訪れたときの吉備社長の発言とも符合した。

平成一六年一月、同機構との本格的接触のない頃、兵頭社長から、徳山、三好、番匠の三常務揃って再建機構の吉備社長に面会し、彼らの考え方を聞いてくるように、との指示を受けた。吉備社長から再建機構活用のメリットを聞かされ、判断に迷っているので、同機構の支援活用も今後視野に入れるべきかの見極めをしたいという。兵頭はあけすけに、こう口にした。

「企業を再生するために設立された機関なので、過去の問題や経営者の過去の責任を問うような後ろ向きなことは一切しない、と吉備さんは言うんだよ」

要するに彼の発言の確実な裏付けが欲しかったのである。

丸の内の再建機構の事務所では吉備を含め最高幹部の三人が待ち構えていた。

「主力銀行の反対があってはお手伝いできません。メインバンクの了解は必須《ひっす》条件です」

機構の設立目的や経緯をくどくどしく説明したあと、吉備社長は柔らかい物腰ながら、きっぱりと念を押した。最後に番匠は兵頭が最も気にかけていた点について確認を求めた。

「もし弊社が再建機構のご支援を受ける場合、非稼動資産など過去の問題により経営責任を問うような事態は起こり得るのですか？」

「いや、一切ありません。われわれの目的は先ほど申し上げたように企業再生ですから、そんな真似《まね》は致しません」

兵頭から聞いたのと同様の答えが返ってきた。「トウボウ本体には決して手をつけない」という安川の返答はこの時の会話を想起させるものだ。

一六日早朝、手術を無事終えた兵頭が病院から出社した。午後四時三〇分に、日本企業再建機構に支援を求める発表が予定されている。存在感を示したかったのだろう。兵頭らしいパフォーマンスだ。

午前九時、臨時経営会議の席で、クレセントとの化粧品事業の営業譲渡契約締結を白紙に戻し、住倉五井銀行の指導下で日本企業再建機構へ支援を要請するとの提案が番匠からなされ、正式に了承された。一〇時三〇分から兵頭議長の下、臨時取締役会が開催された。ここ最近はもつれにもつれた取締役会だったが、今回は紛糾することなく全員一致で決定した。

これを受けて同日午後、兵頭と伊志井の両首脳がクレセントの久世社長を訪問した。兵頭から、労働組合の反対などがあったため化粧品事業の営業譲渡契約締結は白紙撤回させてほしい旨《むね》が告げられる。ドタバタ劇にようやく幕が下りた。

支援要請公表日から一週間後に、再建機構がクレセントの提示した四四〇〇億円よりも低い三八〇〇億円あたりと評価している、と内々に伝えてきた。状況が変わったので、まだこの価格でも少し高いぐらいだ、という。あのときの幹部が吐いた台詞《せりふ》はトウボウを逃さないための方便だったのか。人を食った話である。

しばらくして「事業算定価額を抑えろ」という財務省の意向を忖度《そんたく》したためだとの情報が耳に届いた。どう考えても、化粧品事業を売却するときのイグジット（出口）を意識した値づけであるとしか思えない。その後も再建機構は自らの都合により、対応を猫の目のように変えてくる。臆面《おくめん》もなく無定見さを発揮するその体質に辟易《へきえき》した。首尾一貫した意見を述べられないのは、主務官庁などの意向に振り回されているせいなのだろうか。

再建機構は官の衣《ころも》をまとった民間人の集合体だった。イグジットを迎えた後の再就職先ばかりを意識した彼らの対応ぶりには正直いってうんざりした。メディアから伝わってくるイメージと実際の姿にはギャップがあり過ぎる。その場しのぎの言を弄《ろう》するあざとい集団にしか映らなかった。

記者発表から四三日後の平成一六年三月三〇日、兵頭以下トウボウ全取締役は辞任。化粧品百貨店事業室長の姉島隆《たかし》を新社長として七人の取締役が選任された。

第9章　事情聴取

梅雨が明ける。都心にあるこのホテルでも蟬《せみ》たちが競い合うように鳴き始めた。

伊志井と番匠はトウボウの役員を辞任してから、四ヵ月ぶりに対面していた。未《いま》だ進むべき道を決めかねている二人だ。

「姉島って奴《やつ》は本当に情けない男だよ。自己保身の固まりみたいな奴だ」

高輪プリンスホテル「さくらタワー」一階にあるカフェ・ラウンジの一角で語る伊志井の声には気迫がこもっていた。低く抑えられてはいたが、数人の客しかいない物静かなラウンジではかえってよく耳に響く。

番匠が怪訝《けげん》な顔で聞き返す。

「何があったんですか？」

姉島は昭和四九年入社組で、番匠とは同期だ。慶応大学在学中はラグビー部に属していたが、大学二年で選手生活をあきらめマネジャーに転向する。大柄で人が良さそうに見えるが、体育会らしからぬ変わり身の早さを生来身につけている。化粧品セールスで長い期間を過ごした。別段不満なく会社員生活を送っているように見えたが、内心、わが身が亜流にあることに焦《あせ》りを募らせていたと聞く。

それが青天の霹靂《へきれき》の社長指名である。

新社長に突如指名された姉島は、感涙にむせび、「ありがとうございます」と兵頭の差し出す右手を力をこめて何度も両手で握り返し、感謝の念を体いっぱいに表わしたという。

伊志井がむっとした表情で言い放った。

「過去との訣別《けつべつ》なしにトウボウの再生はあり得ないともっともらしい口を利《き》きながら、その裏で西峰名誉会長のもとへ馳《は》せ参じていたそうだよ」

「まさか！」

「そのまさか、だよ。私も耳を疑った。姉島は西峰さんの前で頭を垂れ、『経営浄化調査委員会なるものを設置致しましたが、責任問題を平成一〇年より以前には絶対に波及させませんのでご安心下さい。名誉会長には決してご迷惑をお掛けいたしません』と誠に奇っ怪な釈明をしたそうだ」

「本当ですか？」

「事実だよ。何が過去との訣別だ。陰ではさんざん『西峰こそ諸悪の根源だ』と非難しながら、二枚舌の極みだ。それから、トウボウの再生を必ずやりとげます、と胸を張って誓ったらしい」

「なぜ、そんな話をご存知なのですか？」

「株主総会前に西峰さんから直《じか》に聞いたんだ」

一六年三月に辞任してから六月の株主総会開催の前日まで、伊志井は何度か西峰一斉と接触したという。総会を境に西峰は連絡を一方的に断ち、我が身を騒動から離した。いかにも名誉会長らしい老獪《ろうかい》な身の処し方だ。

「歴史を遡《さかのぼ》れば、兵頭、桜木両氏だけの問題だったとは決して言えませんからね。企業経営の責任に時効はないでしょう」

「どのみち浄化調査委の設置は姉島が再建機構に脅されてやったんだろうが……」

伊志井は口許《くちもと》を苦々しく歪《ゆが》める。憤《いきどお》る気持は手に取れるようだった。

「姉島は見かけと違って気が小さい男ですから、当然自己保身に走るでしょう」

「ノミの心臓か」

「ええ。再建機構の言うことを聞かねば更迭《こうてつ》される。しかしながら、西峰さんは依然として恐ろしい。だから、すべての負債を前経営者に押しつけ、まずは世間に精一杯の正義漢ぶりを示す。その上で老権力者のご機嫌を損ねないように振る舞う。姉島なりの戦略でしょう」

「あいつは浄化委を設置した後、こう弁解しおった。単に形式だけです。一年後には世間も忘れていますよ。だからこそ大学ラグビー部の先輩である弁護士を委員長にわざわざ選んだのです。まったく、調子のいい逃げ口上を吐きおって……」

委員会設置の発表直後、兵頭とその真意を質《ただ》したときに返ってきた答えだそうだ。

「しかし、いったん対外的に発表してしまったら、取り返しがつきません」

「その通りだ。マスコミはそんなに甘くはないぞ、と忠告したのだが姉島は後に『あいつらはどのみち手錠がかかる運命だ』と周辺に吐き捨てたらしい」

伊志井は両手に手錠がかけられる仕草をした。

「なるほど。変わり身の早さ丸出しってところですか」

「不快極まるとはこのことだ」

「いずれにせよ、姉島がご機嫌とりに伺ったということは、新経営陣にとって都合のよい真実しか明るみに出さないという意味ですね」

浄化調査委に加わった弁護士の派手な押し出し。再建機構の得意とする世論受けするパフォーマンス。これらが華やかに演じられてゆくだろう。トウボウは彼らの絶好の舞台として使われ、新経営陣は駒《こま》の一つとして利用され尽くすだけだろう。番匠はそう予測した。

平成一六年三月三〇日、全取締役が予定通り、辞任した。明治の殖産興業以来、日本経済のシンボルの一つとして隆盛を誇ってきたトウボウの一二〇年の歴史がこの日、ひとつの終わりを迎えた。

日本企業再建機構の意を汲《く》んだ住倉五井銀行からは、兵頭と伊志井に対し、四〇代ぐらいの人間から新社長を選んで欲しい、と要請があった。しかし、トウボウ本社の舵《かじ》取りは若い者には難しい、と二人は主張したという。五〇代前半も含めた六人の候補者の中から化粧品百貨店事業室長を務めていた姉島隆が最終的にセレクトされた。

彼が選ばれた理由は特段ない。若い頃労務を少しかじった経験がある点を考慮しつつ消去法で残されただけだ。化粧品出身者なら兵頭の腹の虫も収まる、労務を経験しているから伊志井も目がつむれる、といったタナボタ式の就任だった。

就任してから二ヵ月も経《た》たぬ四月一九日、姉島は経営浄化調査委員会を発足させると発表した。委員長には外部有識者として元東京地検特捜部検事の菅原《すがわら》盛一弁護士を招いた。再建機構からの紹介を拒み、トウボウ取締役会にも一切諮《はか》らず、ラグビー部の先輩である菅原に私的に頼み込んだと言われている。姉島の間の抜けた「英断」に、トウボウOBや旧経営者は、驚きを禁じえなかった。最も驚いたのは西峰一斉ではなかっただろうか。

ビジネスマンはもとより正義の味方ではない。後先も考えずに安っぽい正義感を暴走させれば、時には取返しがつかない結果を招いてしまう。ビジネスの現実と法のバランスをどうとるか、その舵取りこそが難しいのだ。それをしくじると、どんな企業も歴史を上手く紡いでゆくことができないだろう。

それから数ヵ月後、伊志井は怒りに侮蔑《ぶべつ》の念を加えながら、裏事情を番匠に打ち明けたのである。

「でも、一度浄化調査委を発足させてしまったら、どう綺麗事《きれいごと》を並べ立てても法人そのものとして追い詰められてゆきますよ。メディアはしばらくは提灯《ちょうちん》記事で囃《はや》し立ててくれるでしょうが、やがて姉島の思惑に反して社の生命力が萎《しお》れてゆくのは避けられんでしょう。トウボウは今度こそ終焉《しゅうえん》を迎えるかもしれませんね」

三〇年前から粉飾決算に手を染めてきた企業がお咎《とが》めなしに生き残ってゆけるとは考えにくい。合わせ鏡の関係にある山手監査法人も然《しか》りだろう。

昭和五〇年代に株主を欺《あざむ》いて巨額不良在庫を極秘に始末した行状と、それをサポートした会計士の監査報告、以後四半世紀に及んだ不正経理、美しい数字の犠牲として生まれた不良資産など、三〇年にわたり無責任に連鎖がなされてきた上での現状なのだ。

番匠は小さい声で断じた。

「間違いなく司直の手が入るでしょう」

その言葉に伊志井は敏感に反応した。

「最も汚れているのは合繊かフーズか？」

「合繊の粉飾はとてつもないレベルで行われてきましたが、大部分の案件は時効を迎えています。今回はやはり東洋染織がらみのケースが筆頭に挙げられるでしょうね。フーズも振り返るに堪えぬ歴史を歩んでおり、その不良資産も半端《はんぱ》ではありません」

「その他には？」

「レオールを中心とするファッション部門と羊毛部門の粉飾額もケタ外れだし、トウボウ不動産、トウボウ興産の含み損も巨大です」

「償却はなされていないのか？」

「会計士の強い要請により、レオール&ファッションはここ数年大きな犠牲を払いながら、多額の不良資産を償却してきました。トウボウ不動産は物件の見切り売却で損失を計上し、羊毛の不良在庫は平成八年九月の天然繊維部門分社の際に営業譲渡益等で一部消去しましたが、いずれも負の遺産が多すぎて償却は追いついていません。兵頭、桜木両首脳の粉飾要請により新たに生み出された各事業部門の不良金額もバカになりません」

「気が滅入《めい》る話ばかりだな」

「調査委は新経営陣を守るために動くでしょうが、検察は甘くはありませんからね。事実関係を解明するには、三〇年前まで時系列的に遡らざるを得ないでしょう。歴代経営者の所業が白日の下に晒《さら》されるのは避けられません」

こんなかたちでトウボウが滅んでゆくなら、東洋染織における桜木の責任問題をソフトランディングさせようなどと考える必要もなかった。日本企業再建機構に頼るのではなく、会社更生法を申請すべきだった。番匠は舌打ちをした。会社更生法を選択すれば、それこそ壮絶な犠牲を覚悟しなければならない。しかし破産法の適用に移らない限り、ブランドは地に墜《お》ちても化粧品事業を失わないで済む可能性が残されていた。だからこそ、最後の最後までその選択について、自分は迷い、苦悩したのだ。

経営浄化調査委員会は一〇月二八日、「平成一三年度、一四年度について、連結ベースで一〇〇〜三〇〇億円の粉飾」と発表した。翌一七年四月には、さらなる調査の結果、一〇年度から一四年度の五期分で二一五〇億円にのぼる粉飾を行っていたと伝えた。メディアには、正義漢を演じ続ける姉島ら新経営陣の姿が頻繁に登場した。しかし肝心な事実の究明がなおざりにされていた。正義を楯に真実を隠蔽《いんぺい》したのである。

番匠は苛立《いらだ》ちを隠せなかった。二一五〇億円——これはトウボウが歴史的に抱えてきた不良資産または問題会社の財政状態を一気に損失として表面化させた金額を指している。報告では、歴代経営者の過失には一切触れず、不良資産等の実損を財務諸表に計上しなかった者の責任ばかりをクローズアップさせている。姉島が西峰名誉顧問のもとに馳せ参じて述べたお追従《ついしょう》と見事に平仄《ひょうそく》が合っている。

「粉飾の結果、不良資産を膨らませた者」と「すでに作られた不良資産を隠していた者」とを区別せず、一六年三月に辞任した前経営陣が全《すべ》ての実行犯であるかのように伝えられた。

巨額粉飾を為《な》し、甘い汁を味わった者は誰か。誰が後世に不良在庫、不良債権を押し付けたのか。

事情を知る者にとっては自明である。

一六年一〇月発表の粉飾金額一〇〇億から三〇〇億円についても、半年もかけたわりにはお粗末な数字だ。事業統括室がかってろくな調査をしないで桜木に報告した数字を、浄化委がそのまま借用して発表したものだろう。会計上の数字は厄介で、門外漢の弁護士の手には余る。トウボウの粉飾の歴史は長く、その実態は奥深い。会計士との癒着も根深く、かつ複雑に入り組んでいる。一〇〇億から三〇〇億円は個々の裏付けが取れない数字ではないか。

数字の調査の杜撰《ずさん》さとは裏腹に、経営浄化調査委員会と新経営陣との派手なパフォーマンスは時宜にかなっていた。おのずと人々の関心は企業再生よりも刑事告発の方向に向かっていった。

調査委が二一五〇億円にのぼる粉飾を公《おおやけ》にしてまもなく、鳴沢明彦からの手紙を受け取った。

前略
御無沙汰《ごぶさた》しています。突然のお便りで失礼します。私は一五年一〇月の御社の記者会見の後まもなく新聞社を去りました。現在、ある先輩の紹介により経済誌の副編集長として汗をかいております。

先般の退職は、取材方針をめぐり上司と真正面から衝突し、記者としての信念を貫き通すのが困難と判断したことに端を発しています。

さて、トウボウ粉飾に関する報道を見聞きするにつけ、番匠さんの悔しさはいかばかりか、とわが身を切られるような思いがしています。居ても立ってもおれず、元新聞記者としての想《おも》いを一筆したためた次第です。

経営浄化調査委員会の調査結果には、いささか腑《ふ》に落ちない点があります。時が経つにしたがい、この報告書が本当に客観的で公正なものであったのかという疑念が払拭《ふっしょく》できません。

外部からの弁護士などを招いたやり方で、一見客観性は担保されているようには見えます。しかしこれは後の批判を避けるためによく使われる常套《じょうとう》手段です。記者会見の場に日本企業再建機構や現経営陣が同席していたことでも明らかのように、そもそもこの調査は前経営陣の断罪を意図して始められています。

現幹部の一人が社内でのオフレコ発言として「誰かに責任をとってもらわなければ、新スタートを切ったようには見えない。現経営陣のためには、世間受けする派手なパフォーマンスが必要なのだ」と話していたのも摑《つか》んでいます。

旧役員から聞きとりを行っていない点も理不尽で、公正な調査とは認めがたい。長年続けられてきた粉飾行為の特定の数年間だけを切り取って公表し、背景を押しやったまま前経営陣だけの責任を追及している現状には大いなる不審を感じます。

浄化調査委からは、粉飾があまりにも巧妙だったため、監査に限界があったのかもしれない、という発言まで飛び出す始末です。政治的な意図を帯びた発言であると断じざるを得ません。

いずれにしましても、「日本企業再建機構の庇護《ひご》下、隠された真実まで迫らず、詰腹を誰かに切らせようとしている」という印象を拭《ぬぐ》い去れません。歪んだ「会社の正義」を振りかざしているだけで「社会的正義」とはほど遠いと感じます。

過去に犯した罪からは何人《なんぴと》たりとも逃れることは出来ません。前経営陣に責任を押し付けただけでお茶を濁した現経営陣と日本企業再建機構のやり方には不信感を覚えています。

今後も私は雑誌記者の立場で、この問題をウオッチし続けるつもりです。

天候の変わりやすい折柄《おりから》、何卒《なにとぞ》ご自愛下さい。

草々

平成一七年四月三〇日

鳴沢明彦

番匠啓介様

鳴沢の生き方が眩《まぶ》しかった。

オレも早く辞めていれば、こういう羽目にはならなかっただろう。番匠は唇を噛《か》みしめるしかなかった。

彼の指摘通り、粉飾を開始した当時から現在に至るまでの責任者に相応の調査を行なうのが公平な筋道だ。このままでは粉飾の背景が闇《やみ》に溶けていってしまう。

鳴沢の手紙を反芻《はんすう》しながら、真実の解明という言葉について、自問自答を繰り返した。歴史的事実はしばしば時の権力者によって都合よく折り曲げられ、塗り替えられる。ある弁護士は番匠にこう語った。

「大切なのは〝真実が何であるか〟ではなく〝証明できる事実は何か〟です」

だからと言って、真実を埋もれさせたままでよいのか。時効になったからといって封印してしまってよいのか。地の底で明らかにされる時を待っているかもしれない。真実は根が残っている限り、少しの隙間《すきま》を見つけ必ず地面の外に姿を現そうと窺《うかが》っているものだ。だからこそ鳴沢は職を変えても、この事件を追うのはやめないのだ。

五月の日比谷公園は眩しいほどの緑で染め上げられている。番匠はズボンのポケットに手をつっこみ、前かがみで歩道を急いでいた。初夏を感じさせる風も、今の自分には生ぬるい空気の流れに思えるだけで、爽《さわ》やかという感覚には程遠い。

平成一七年五月一三日午後一時三〇分、東京地方検察庁特別捜査部へ出頭せよと告げられた。取締役を辞任してからすでに一年二ヵ月ほど経っていた。

経営浄化調査委員会のあざといスタンドプレーと、戦術的なリークを受けた新聞・雑誌の記事に、この一年間ひたすら忍耐を重ねてきた。このように特殊な環境の真っ只中に立たされ続けていると、検察の事情聴取を待ち焦《こ》がれるという奇妙な心理状態に追い込まれてゆく。

ある新聞記事の中に「桜木元副社長と経理担当の元常務が粉飾を主導した」という一文を見つけた。元常務とは明らかに番匠を指している。兵頭・桜木コンビの要請に終始対抗してきたという自負がある。その記事のニュースソースにさっぱり見当がつかず、孤立感を深めていくばかりであった。このような不祥事が起きるたびに、埒《らち》もない話を訳知り顔で語る輩《やから》が必ず現れるものだが、「誰かにはめられているのか」と訝《いぶか》るほどその記事は誤解と偏見に満ちていた。

コーポレートガバナンス上、役員は一枚岩でなくてはならない。番匠は他者の前では反桜木色を表出するのを避けてきた。忌憚《きたん》のない意見を述べたのは、兵頭、伊志井、それに住倉五井の幹部にだけだ。浄化調査委が客観的に観察すれば、桜木と番匠とが水と油の関係にあったと容易に分かるはずだ。調査委への不信感がこの上なく広がるとともに、怒りがふつふつと腹の底から煮えたぎってくる。

前年一一月頃から、証券取引等監視委員会が調査に着手しはじめたが、手元に届けられた情報から判断すると、お粗末極まりない。浄化調査委にさえ及ばない組織なのか。

ゴールデンウィーク明けにようやく検察庁が動き出すと、番匠の背骨を緊張感が貫いた。同時にどのような嫌疑がかけられているのかを、一刻も早く確認したい衝動にかられた。

東京地方検察庁に属する特別捜査部は中央合同庁舎第六号館A棟の九階と一〇階にまたがって存在する。政治家等による汚職を始め、法律や経済についての高度な知識を必要とする犯罪や脱税事件等を専門に扱う部門であり、「日本最強の捜査機関」と呼ばれる。いわゆる刑事凶悪犯は相手にしない。政治家や経済界の中枢《ちゅうすう》にいる人物が対象だ。

番匠は、そこに今日初めて向っているのだ。

新緑の日比谷公園を通り抜け、祝田《いわいだ》通りを横切る。弁護士合同会館、東京家庭裁判所、東京簡易裁判所、公正取引委員会を通り過ぎ、厳重に警備された検察庁の入口に到着した。公道からの入口は鉄柵《てっさく》で遮断されており、わずかに開いた通路を警備員三名で固めている。

隣りには双子みたいに左右対称形の法務省ビルが寄り添うように並ぶ。番匠は国家権力の牙城《がじょう》を見上げると丹田《たんでん》に力を込めた。敬慕していた亡《な》き祖父から教わった危機対処法だった。

「こちらは検察庁ですが、どちらに行かれますか」

そう声をかけられた。オウム事件以降、警備は一層厳重になったという。

「東京地検特捜部の林原検事のところです」

事前に聞いていた担当検事の名前を告げる。番匠は敬礼する警備職員の前を通り、合同庁舎に入った。所持品検査のための金属探知機を通過した後、受付の面会票に、住所、氏名、担当検事名を記入する。職員に「上階から降りてきますので、ソファに座ってお待ち下さい」と告げられた。

腰を下ろし脚を組み、爪先《つまさき》を小刻みに動かしながら数分待っていると、白髪交じりの小柄な男性が近づいてきた。

「番匠さんですか」

頷《うなず》くとエレベーターまで先導され、九階のボタンが押された。エレベーター内のプレートには、地下一階から二〇階までの部署案内が記されている。一切無駄口を利《き》かない無表情なこの男は、検察官をアシストする検察事務官に違いない。

一五階までは東京地検、一六階から一八階までは東京高検、一九階、二〇階は最高検のフロアだと判《わか》った。日本は地裁と高裁が事実審、最高裁は法律審というシステムを採用している。最高検では原則事実調べを行なわないので、地検や高検ほどスタッフが要らないのだろう。

エレベーターが九階に着いた。特捜部の廊下は薄暗く、静まり返っている。窓がほとんどなく、蛍光灯が天井に一定間隔で点灯しているだけだ。オフィスビルとはかなり異質な構造だと感じた。事情聴取者に心理的圧迫を加えるため、敢《あ》えてこのような造りにしたのだろうか。次第に気が滅入《めい》ってきた。

特別捜査部検察官室九三七号室の前で事務官は立ち止まり、金属製の厚みのあるドアを慎重に二度ノックした。「コン、コン」という鈍い音が「さあ、これから取調べを始めるぞ」という合図のように胸に響いた。

部屋に入ると、目元の涼しげな男性に迎え入れられる。起立した男の背広の襟につけられた「秋霜烈日《しゅうそうれつじつ》」のバッジが緊張感をさらに高めた。

「検事の林原です。どうぞ、お座り下さい」

三〇代後半、細面で頭髪をきれいに刈り上げた、折り目正しく見える人物だ。こちらを見下ろすように検事は背筋を伸ばした。

「番匠です。よろしくお願いします。このたびは、ご迷惑をおかけしております」

軽く一礼すると、大きな机の前の椅子《いす》に腰を下ろした。

四〇平米ほどだろうか。大きな窓がとってあり、ブラインドで外光を遮っているものの、廊下とは対照的に部屋は明るかった。番匠の席の左横には、先ほどの事務官の執務机がある。デスクトップ型のパソコンが障壁の役目を果たし、キーボードに打込む手許《てもと》の様子が見えづらい。

「来庁して頂いた理由は分かっておられますね」

「ええ、承知しています」

「昨年一〇月にトウボウ経営浄化調査委員会が公表しましたが、旧経営陣に対し、平成一三年度と一四年度の連結決算に関する証券取引法上の有価証券報告書虚偽記載の疑いがかかっております。その件で来て頂きました」。検事はいったん間を置くと、「あなたに不利になると思われることは黙秘して頂いても結構ですが、できれば、事実を正直にしゃべって下さい」と一気に告げた。サスペンスドラマでよく目にする光景だが、現実感が湧《わ》かない。

「まず最初にお聞きしたいのですが……粉飾決算を行っていましたか？」

「ええ。その通りです。間違いありません」

番匠は明確に答えた。

「潔《いさぎよ》いですね。粉飾をしましたかと聞くと、たいがい役員のみなさんは、いえ知りません、やっていません、とお答えになる。どうしてでしょうかね」

検事は目元を意味ありげにゆるめた。

「それについては分かりかねますが、粉飾決算については事実ですから、認めざるを得ません」

「会社は何年前からそんなことをやってきたのですか？」

「私が入社したのは一九七四年、つまり昭和四九年の四月一日で、退社したのは二〇〇四年三月三〇日になります。ちょうど三〇年間勤めたことになりますが、新入社員の頃から程度の差はあっても、絶えず粉飾行為について見聞きしてきた覚えがあります」

「三〇年前から今日まで経営陣は一貫して粉飾に手を染めてきた、というのですか」

「そうです」

「いちばんそれが甚だしかった部門はどこですか？」

「合繊とフーズがひどかったですね」

すでに承知済みだとばかりに頷《うなず》く。これまで無言で傍観していた事務官がパソコンを操作する仕草を見せはじめた。やり取りを入力し始めたのだろう。

番匠は自ら切り出した。

「粉飾はこの三〇年間継続的に行なわれてきたと言っても過言ではありません。これまでよく会社が倒れなかったものだ、というのはトウボウの社員の誰しもが抱いてきた実感でしょう。もっとも、ほとんどが既に時効を迎えた案件ですが」

「たとえ時効になっていても、背景事情としてそれを知らなければならないと考えています。然《しか》るべき方たちにもこちらに来てもらわなければならない」

断固たる口調から、歴代経営者とりわけ西峰一斉にまで事情聴取の手はのびるだろうと予測した。

まずは身上調査から始まった。そして、社内に存在する派閥、そこにうごめく人間模様、会社がこの状況に至った事情についても詳《つまび》らかな説明を求められた。六、七時間が費やされたであろうか、すでに窓外は薄暗い。

「ところで、あなたがお持ちの資料を全部出して頂けませんか？」

だしぬけに検事が告げたのは終了間際《まぎわ》のことだ。こちらの怪訝《けげん》な表情を見てとると、

「資料を持っていることは元部下の酒井氏から聞きました」と検事は白い歯をこぼした。お喋《しゃべ》りな奴《やつ》だ。眼鏡をかけた書生面《づら》を思い浮かべながら苦笑した。

「トウボウの粉飾が最悪の形で終わってしまったのは慙愧《ざんき》にたえませんが、どうせなら

少しでも捜査に協力させて頂き、意義ある結果を導いて頂ければと思っています。過去の粉飾に関する証拠書類を含め、私が保存する全資料をお預けするのにはやぶさかではありません。一切合切、提出させて頂きます」

自宅書斎に保管してある古びたファイルとセピア色の資料が目に浮かび上がる。

「では、明日午後一時三〇分にその書類と在職時代の手帳を持ってきて下さい。一人で持てないくらいの量でしたら、こちらから人員を派遣しますので」

「結構です。自分で持ってこれますから」

「では、今日はここまでにしましょう。高田さん、番匠さんをお見送りして下さい」

事務官は高田という名前らしい。番匠は林原検事に一礼した後、高田事務官に付き添われて検察官室を出た。エレベーターで一階まで降り、屋外に足を踏みだす。来た道を逆になぞってゆく。疲れたという感覚よりも、ターゲットにされている恐怖のほうが勝っている。どんな形で捜査は進められるのか。この先、俺はどうなるのだろうか。気がつくと、いつの間にか公園を通り抜けていた。背後の日比谷の森は不気味に静まり返っている。

翌朝八時にゆうなに電話を入れ、検察に呼ばれたと伝えた。クレセントへのM&Aが不首尾に終わった件も含め、彼女には心配をかけ通しだ。どんな事態になっても私がついているから、といつも励ましてくれる。気丈を装《よそお》ってはくれるが、声のトーンから今回は内心穏かでないのを察した。

求められた資料を海外旅行に使う大きなキャリーバッグ二つに詰め、タクシーで霞《かすみ》ヶ関《せき》に向かった。土曜日の午後なので、霞ヶ関までの道はがら空《す》きだ。検察庁付近の歩道橋で止めてもらうと、車内から携帯電話をかけた。

「もしもし、番匠です。今、そちらの前の歩道橋近くにいます。ご要請の資料を運んできましたが、どうすればいいですか」

林原検事は番匠がタクシーで来たのを確かめると、マスコミにはくれぐれも注意をしてほしいと告げ、事務官を差し向ける手配をした。車内から外の様子を窺う。不審な動きがないのを確かめてから、トランクを開けるように頼んだ。一連のやり取りに耳をそばだてていたらしいドライバーは、特殊な官庁へ客を送ったためか、ひどく緊張した面持ちで後部に向かう。

「お客さん、映画みたいですね」

「これからいじめられるんで、脚がガクガク震えるよ」

番匠は運転手に苦笑した。トランクから二つの大きなキャリーバッグが取り出された。チップを含めた札を渡す。

「どうもありがとう。面倒をかけました。続編がどうなるか、楽しみにしておいて下さい。運転手さん」

「いやー、こんなにチップをもらっちゃって。ありがとうございます。事情はよく分からないけれど、お客さん、とにかく頑張って下さいね」

たわいもない話をしているところに、事務官の高田が姿を現した。

「この二つですね」

事務官は持参したキャリーバッグに乾いた視線を落とした。人影がほとんど見られない。タクシーが去った後、それぞれ一個ずつを合同庁舎の中へ引いてゆき、九階の検察官室まで運び入れた。

昨日と同じように、林原検事は番匠を折り目正しく迎え入れた。

「資料はかなりあるんですね」

目に笑みを浮かべている。その量に手ごたえを感じた様子だ。

「ええ、相当昔の物もありますので」

部屋の左奥半分は検察官、事務官の執務机で占められているが、右手前側には応接セットが設《しつら》えられている。

三人で資料ファイルを取り出し、ひとまず応接セットのテーブルとソファに置いた。書類が小山のように積み重ねられてゆく。まずは昭和五〇年代からの資料と比較的最近の資料に分けるように要請された。無表情が常らしい高田事務官もセピア色の古びたファイルには興味深げな表情を示した。

全社不良資産時系列明細表。創業時からの合繊部門別業績時系列表と合併・分離を繰り返してきた合繊事業の対策裏面史。トウボウフーズグループの過年度粉飾関係資料。羊毛事業部門の不良在庫経緯資料。レオール&ファッション事業部門の粉飾対策資料。トウボウ不動産に係わる所有資産の含み損及びハウジング処理対策資料。東洋染織株式会社に関する調査ファイル一式。M&A関係ファイル一式。日本企業再建機構との交渉記録及び関係ファイル一式。さらに諸会議・打合せ議事録その他のメモをあわせた証拠資料が手際よく振り分けられてゆく。古い資料については、本部が大阪から東京に移転したときに整理しておいたものだ。

嵐《あらし》の前の静けさというべきか、共同作業は一時的にせよ、検察官室に和らいだ雰囲気をもたらした。

「この資料を読み込めば、昭和五〇年代からのトウボウの全《すべ》てが分かりますね」

検事は目を輝かせている。

「近年の決算関係資料についてはすべて会社内にセンターファイルされてある筈《はず》なので、ここにはありません」

「分かりました。では、椅子にお掛け下さい」。一呼吸おいて、「番匠さん、ただ今から、平成一四年度の連結決算についてお伺いしてゆきます。よろしいですね」

林原の表情がガラリと変わった。険しい形相に目をやりながら、困ったぞ、と番匠は心中でゆっくりつぶやいた。

平成一四年度の決算については、不思議なほど記憶が飛んでしまっているのである。その理由は判然としないが、当時の状況について聞かれても、望む答えは返せないだろう。その前年度の決算についてでは、沢木経理部長が残したメモや議事録などにより記憶が呼び起こされ、頭の中で整理もできているのだが。

「では、平成一四年度の決算をどのような形で進めたのか、その決算過程から聞かせて下さい」

言葉遣いこそ丁寧だが、獲物を狙《ねら》うライオンのように目配りに攻撃性を感じさせる。

「それが、一三年度決算は比較的よく憶《おぼ》えているのですが、一四年度決算については不思議なほど記憶がないのです」

「番匠さん、はっきり申し上げるが、これまでの調べでは、一四年度つまり一四年四月一日から一五年三月三一日までの決算についての経過が、一三年度ほど詳細に判明していない」

検事の語気は強くなった。

平成一四年度連結決算においては売上高五一八二億円、当期純利益は五億円、純資産額に相当する貸借対照表上の「資本合計」欄は五億円、との有価証券報告書を財務省関東財務局長宛《あて》に提出している。だが、そこに至る経過の記された資料が会社にないではないか。検事はそう言って眉を吊《つ》り上げている。

番匠は反論する。

「そんな筈ないでしょう。経過を含めた決算関係資料はかならず社内に保管されています。元部下もそのような資料を持ち合わせている筈です」

林原は二重《ふたえ》の眼で番匠を真正面から睨《にら》みつけた。

「一三年度については兵頭社長・桜木副社長の両首脳陣と本部経理室との激しいやりとり、あなたの抵抗の足跡を印したメモや議事録があるが、一四年度についてはそのような書類がまったくない。議事録もなければメモや資料も出てこない。沢木氏も、一三年度決算はよく憶えているが一四年度決算についてはあまり記憶がない、と証言している。一四年度下期に、桜木副社長が一歩後退したという証言もある。ひょっとして、あなたが桜木さんの代わりに指導的役割を果たしたのではないか。沢木氏も、番匠さんが社長室に一人で上がってゆくのをよく見かけたと言っている」

桜木の辞任が決定したのは平成一五年五月中旬だった。その間際まで兵頭は抵抗を見せた。しかし伊志井副会長の粘り強い説得、住倉五井銀行の圧力等により、限界を察知したのか、不承不承、折れた。その数ヵ月前から、兵頭はこの事態を回避せんがため、桜木を経営から一歩退《ひ》かせる形をとっていた。検事はそのような状況を指しているのだろう。退任直前まで兵頭と桜木が一心同体だったことは言うまでもない。

「メモランダムに使っていた社員手帳は、一三年度までメモが書きとめやすい分厚い仕様になっていました。しかし一四年度からは使用しづらい薄手の製品に変更されたせいで、社員手帳にメモをほとんど書き取っていないのです」

実際、一四年度からは、あれほど愛用していた社員手帳を持ち歩かなくなった。別の手帳は使わなかったので、問題とされる決算の経緯についての記録はどこにも存在しないことになる。検事が黙って聞いているので、間を置かず言葉を継いだ。

「そもそも、一三年度の決算打合せのメモは、沢木が身の危険を感じて作成したものです。辞める時に彼から手渡されてメモの存在を初めて知ったんです。考えてもみて下さい。経営トップの発言をあのような生々しい口語体で記録するなんて珍しいことです。そういう意味で、めったにお目にかかれない代物《しろもの》ですし、この年度だけのために作成されたものだとしか言いようがない」

「そのような一面はあるかもしれないが、一四年度の決算過程を示す資料はあまりにも少な過ぎる」

林原は苛立《いらだ》っていた。眉根《まゆね》を寄せるその表情から、同年度の裏付けに窮しているのが窺《うかが》える。検事は肩で大きく息を吸った。そのあと想定外の言葉が口から吐き出された。

「沢木氏は一四年度の決算過程の資料を棄《す》てた、と言っている」

「棄てた？」

どう解釈すればいいのか咄嗟《とっさ》に判断がつかなかったが、すぐにパソコンが頭に浮かんだ。

「でも、たとえ棄てたとしても、彼愛用のパソコンには記録が残っているので、心配しなくてもいいじゃないですか」

「それがですね、沢木さんのパソコンは壊れてしまったのです」

「はあ？……いったいどういうことですか」

狐《きつね》につままれたような話である。

「故意に壊したのではなく、壊れたらしいのです。証券取引等監視委員会も、調査の結果、そのように判断している」

「そんなバカな。今どきパソコンが壊れるなんてことがあるんですか」

「しかし、そんなバカなことが、実際起こってしまったのですよ」

メモリーまで不具合になってしまったというのか。にわかに信じ難いハプニングだ。もしかして、林原検事は番匠が破損を指示したと疑っているのではないか？　それがあり得ないことは沢木の事情聴取からすぐに判明しよう。一、二分ほど沈黙が流れたあと、検事は核心に触れてきた。

「ところで、当時よくお一人で社長室に出向かれていたそうですが、どのような話をされていたのですか」

黒い一対《いっつい》の眼がぎらぎら迫ってくる。番匠は数秒目を逸《そ》らして宙にあそばせた。ブラインドの隙間から、初夏の陽射しが差し込み、林原の肩口の一部を照らしている。どうやっても記憶は取り戻せなかった。検事に向き直り、正直に告げた。

「先ほどから申し上げているように一四年度については手帳にも記録がなく、思い出せません」

口の中がからからに渇いている。

「では、これに見覚えがありませんか？」と言いながら、「兵頭社長への報告に使用された資料です」と検事は補足した。

林原が番匠に示した一枚の資料は「一四年度連結決算見込み（平成一五年二月二〇日現在）」と題されていた。損益計算書様式で「連結当期利益一八億円」「連結純資産一九億円」なる数字が記されている。どこの部署が作ったかは一目瞭然《りょうぜん》だ。

「事業統括室が作成した書類ですね」

「ええ。社長報告の折には事業統括の主要メンバーに加え、あなたも同席しています。この資料にあるのは実態と異なる数字ですよね？」

「おっしゃる通りです。当期利益の段階で二桁《けた》億円の黒字が出るわけがない」

事業統括室は短期利益計画と進捗《しんちょく》管理を所管する主計部門だが、そのメンバーは兵頭配下の化粧品出身者でほぼ固められていた。陰の粉飾推進室だったと言えなくもない。

「現時点では、これ以外の報告資料が見つかっていません」

兵頭に決算案として提出されたこの資料を手がかりに攻めるストーリーを描いたのか。迷惑千万な展開だ。

「それは、一五年二月二〇日付の資料は事業統括室が勝手に作ったもので、財務経理室は無関係ですよ」

「それじゃ、財務経理室は当時どんな決算見込みを上げたのですか？」

林原は左拳《こぶし》を口に当て軽く咳払《せきばら》いをした。薬指のマリッジリングがキラッと光る。

「先ほどから申し上げているように、仔細《しさい》は憶えていません」

「では、他の資料が見つからない以上、これでいくしかない」

くせ球を放り投げてきた。

「そんな無茶な。いくら資料がないからといって他部門が作成した書類の責任をかぶされたのではたまりませんよ」

「しかし証拠資料がないなら、これを元に話すしかない。それが嫌ならあなたに思い出してもらう他ない」

検事は知の克《か》った細面の眉を幾分吊り上げ、そんな嫌味を言い放った。

「誠に申し訳ありませんが、全く憶えていないのですよ」

「番匠さん、あなたは憶えていないのではなく、思い出したくないのだ！」

一喝された。被疑者を一気に追い詰めようとする緊張感がその頬に走った。表情には自信が窺える。あれだけ抵抗してきたにもかかわらず、新聞がことさら悪意に満ちた報道をしているのは、財務経理本部長という職責に加え、平成一四年度決算の不透明感に由来していたのだ。初めて事情がのみ込めた。事業統括室の資料でやりこめられるのは筋違いも甚だしい。冗談ではない。しかしそれを打ち消す材料を持ちあわせていない。なぜ記憶がないのか、なぜ思い出せないのか。自問自答を繰り返すうち、額から汗がにじんできた。

林原検事はがらっと声音《こわね》を変えて叫んだ。

「番匠さん、あなたは嘘《うそ》をついている！」

鬼の形相ですっくと立ち上がり、指を突きつける。語気鋭く言い放った言葉がずしっと腹に響く。

番匠が迎えた最初の危機であった。

特捜部はこの事案に一つの仮説を立てているはずだ。財務経理本部長という立場。連結当期利益一八億円の黒字見込みという報告に同席している事実。桜木副社長が一四年度下期に一歩後退していた情勢。頻繁に社長室を訪れていたという証言。状況証拠は固められている。

平成一四年度決算についての主犯だと目されているのかと小さく舌打ちした。

「事業統括室が作成した数字の資料から、積極的な嫌疑をかけられているとすれば、到底納得できません。それに、いくら攻められようとも、思い出せないものは思い出せない。常人であれば、一年前だってよく憶えていないのが普通でしょう」

「私のほうは、あなたが思い出されるまで、いつまでもしつこくお付き合い致しますので」

検事は自信ありげに片頬で笑った。シナリオは仕上がっているらしい。番匠の背筋が瞬時に凍る。

「一三年度決算に関する記憶だって決して十分ではない。でも印象に残ることがいくつかあったので、ある程度思い出せるのです。しかし、正直に申し上げて、一四年度の印象は残っていません。嘘をついていると言われると心外だし、私には答えようがないんです」

「帰宅されてからでも構いません。じっくり記憶を手繰り、是非とも思い出して頂きたい」

膠着《こうちゃく》状態のまま夜八時に至ったので、次回を三日後に設定して、お開きとなった。

自宅に戻り、検察に関係書類を提出する前にコピーしておいた手帳のスケジュール欄に記された内容を食い入るように見つめた。しかし、思い出すためのヒントは見当たらない。記憶を取り戻す糸口すらつかめなかった。

ひどく疲れていた。物事が思い出せないほど辛《つら》いことはない。ましで重大な疑惑がかけられているとすれば――。もどかしさと同時に身震いが襲ってきた。

チャイムが鳴った。インターホンの液晶画面に若い女性が映し出される。

「こんばんは」

天女の声が聞こえたような気がした。朝霧ゆうなが心配してかけつけてくれたのだ。オートロックを解除すると、しばらくして彼女は番匠の部屋に入ってきた。リビングに突っ立ったままの番匠に近づき、頬を寄せて、

「大丈夫？」

と一言だけ訊《たず》ねた。

番匠はゆうなの柔かい体を引き寄せ、白いうなじに唇を這《は》わせながら、強く抱きしめた。

第10章 休息

事情聴取の合間を見計らい、ゆうなが自宅に閉じこもりがちな番匠を散歩に誘い出してくれた。マンションにほど近い芝公園での散策も久しぶりだ。リオ・デ・ジャネイロで出会ってから五年の歳月が過ぎていた。社の危局を乗り越えてから一緒に暮らそうと思っていたのだが、現在は番匠自身が窮地に陥っている。

徳川家の菩提寺《ぼだいじ》である増上寺に、戦後日本の躍進の象徴である東京タワーが寄り添う姿は新旧対比の趣きがあり、この上ない景観を提供している。もみじ谷でせせらぎの音に耳を傾け、メタセコイアとクスノキの大木の下を歩けば、真夏でも涼を味わえる。

広い芝生の上に出た。三三三メートルの塔が天空に突き出している。

ゆうなは両手を広げて大きく背伸びしたあと、こちらに顔を向けた。親指を上に立てると「Keisuke, you can do it!」と快活に叫んで白い歯を見せる。

嬉《うれ》しかったが、今は無言で微笑《ほほえ》み返すしかない。ベンチに腰を下ろした。自慢の愛犬と散歩に来ている数人の女性たちの姿がある。朗らかに日常会話を交わすその光景が眩《まぶ》しかった。どん底にいる時は自分以外の人間が等しく幸せそうに見える。

私生活では離婚調停中の身である。学生時代に金沢の素封家の一人娘と恋愛し、入社してから所帯を持ったのだが、結婚に悔いを抱《いだ》くには大した時間を要しなかった。生活を共にして初めて気が付いたのは、価値観の相違の大きさだった。妻ががらっと変化したのは息子が生まれてからだった。跡継ぎとしての使命を声高に言いつのるようになったのだ。年月を重ねるにつれ、さらに家を優先させるようになり、加えて親戚《しんせき》筋の意向も持ち出すようになった。もともと妻の両親は番匠に養子縁組を希望していたが、それに躊躇《ちゅうちょ》していた番匠と娘との間に一粒種ができると、了解も得ずして息子を養子縁組してしまうという出来事もあった。個人主義を重んずる環境で育った番匠とは考え方が違いすぎた。息苦しい会話ばかりが続き、家庭のバランスは次第に狂っていった。

母親が病に倒れ料理もままならぬとの理由で妻は金沢に帰りきりで、いつの間にかそれが常態になってしまった。

なぜ、こんなにちぐはぐな関係になってしまったのか。理解も納得もできぬまま歳月だけが徒《いたずら》に過ぎ去ってしまった。一人息子が大学生に成長した現在、これ以上形式だけの夫婦を演じ続けてゆくのは無意味である。今回の騒動が起きてからも、彼女からの連絡が梨《なし》の礫《つぶて》であることが何よりも冷え切った関係を象徴している。

「そろそろ、行きましょうか」

ぼやっとしていたため、頭の切り替えに少々時間を要した。

「大丈夫？」

心配そうに顔を覗《のぞ》き込んできた。事件のことで沈んでいると勘違いしたらしい。むろん、ゆうなにはこちらの事情についてすでに伝えてある。

「ごめん、考え事をしていた」

ゆうなはプライベートだけでなく、事件についても立ち入った質問を発しなかった。彼女なりの心づかいなのだろう。妙な慰めはかえって相手を不快にさせるだけだとわきまえているのだ。誰よりも心配してくれているのは彼女だと分かってはいるが、全てを打ち明けたところで事態が変わるわけではない。

腰をかけたまま、上半身を揉《も》みほぐすように軽くストレッチしたあと、ぼそっとつぶやいた。

「西麻布でメシでも食うか」

憂鬱《ゆううつ》を吹き飛ばしたかった。このままでは、まず自分自身に負けてしまう。

「じゃ今日は、私がおごってあげる」

と言って、晴れやかな笑顔を見せてくれた。

日比谷通りに出てタクシーを拾った。麻布十番から暗闇坂《くらやみざか》経由で外苑《がいえん》西通りに入り、数分走ってもらい、たそがれどきの西麻布交差点で車を降りる。ネオンが輝きを増しはじめている。表通りから一本入った道沿いの古びた木製ドアを押した。一枚扉の上部に貼《は》られている小さな矩形《くけい》の木片に店名の「Abend」、ほとんど摩《す》り切れていて判読できない。かつてよく通っていた小ぶりのスイス料理屋だ。早い時刻なのでまだ客はいなかった。

フレンチやイタリアンと違い際立《きわだ》った特色はないが、チーズだけは格別である。エメンタールやグリュイエールという硬質チーズを使った料理がこの店の売りだ。番匠はまずラクリマ・クリスティの赤をオーダーして、あてにラクレットとロシュティを注文した。テイスティングしたあと、風船玉のようなデザインのグラスをかざし合い、喉《のど》にゆっくり落とした。新鮮でフルーティな味がする。

「ゲーテが感動したワインね」

ラクリマ・クリスティはイタリア語で「キリストの涙」という意味だ。ゆうなが南イタリアに旅行したときの夕食時に必ず傍に置いていたワインだという。一九世紀にカンパニア州ナポリを訪れたゲーテが、このワインの味に感激し、なぜキリストはドイツで涙を流してくれなかったのかと嘆いたというエピソードもあるほどだ。脂肪分の多いチーズの切り口を直火《じかび》で温め、溶けたところをそぎ落とし、ふかしたジャガイモにからめた、ラクレットによく合う。

スタッフを呼び、メイン・ディッシュとして店一番の売り物、チーズフォンデュを頼んだ。ホール係の男性がカケロンと呼ばれる鍋《なべ》を温めはじめる。白ワインにレモン、ニンニクを加えて熱し、そこにエメンタール・チーズを削りながらふんだんに入れて溶かしてゆく。ゆうなは「たまらないわね、この匂《にお》い！」といって頬をゆるめた。木の実に似た匂いが漂ってくる。チーズの王様が放つ豊潤な香りだ。

久しぶりに憂世《うきよ》の辛さを忘れた。美味《おい》しいワインを傾け、かけがえのないひと時を味わう。

コーヒーを飲んだあと、伝票を手に取ろうとすると、

「約束よ」

といわれ、彼女にピック・アップされてしまった。

店を出ると、すっかり暗くなっていた。肩を並べ、西麻布の閑静な住宅地を歩く。街灯はところどころなので道は薄暗い。

「ごちそうさま。お返しに一軒寄ってゆこう」

番匠は行きつけのバーに彼女を誘った。

ゆうなが腕をからみつかせ体を擦《す》り寄せてきた。端整な顔立ちだが、いかにも欧米系

という目鼻立ちの派手な顔ではない。付き合ってみて分かったのは、既成の事柄に縛られていないように見える彼女が、細やかに気を使ってくれる大和撫子《やまとなでしこ》のような性格の持ち主だったという意外性だった。大胆さとそれに矛盾しない繊細さを併せ持っており、その懐《ふところ》の深さにも番匠は惹《ひ》かれている。

しばらく歩くとツタを壁に縦横にはわせた大きな洋館が出現した。道に面した階段を数段のぼれば間口の広い玄関がある。この二階建ての木造家屋には看板がかかっていないので、知らぬ者は通り過ぎてしまう。

「ここだよ」

こんな古びた一軒家がバーなのかという驚きが先立つ佇《たたず》まいで、初めて訪れる者の想像力を膨らませてくれる。

「地震がくれば崩れちゃいそうなところね」

「今だって床がぎしぎし鳴るよ。かつて、どこかの国の大使が住んでいた館《やかた》らしい。二階は会員専用のゲストルームになっている」

両開きの扉を開けると、黒のスーツにグレイのタイを合わせた背の高い青年の笑顔があった。真ん中から分けた長めの髪を内側に少しカールさせた二枚目だ。

「番匠さま、いらっしゃいませ。……お久しぶりです」

店長の加藤が礼儀正しく腰を折った。三年前からの顔見知りである。

「こんばんは。食事は済ませてきたのでバーでいいよ」

「かしこまりました。どうぞ、こちらへ」

加藤のあとに続くと、廊下のきしむ音がした。小さなキャンドルが所々に置かれており、その光があたりを鈍く照らしている。バーとディナールームとは別れており、バー・ゾーンは蠟燭《ろうそく》の火が小さく落とされていて、いっそう暗い。広いフロアに足を踏み入れると、カウンター席の左奥に十数席のテーブルがゆったりした間隔でレイアウトされている。各テーブルには手触りのよいレザー・ソファが客の訪問を待っている。突き当たりの席に案内された。柱で遮断されているため、周りの席からは見えにくくなっている。店長は「どうぞ、ごゆっくり」とソファに座るのを促し、一礼してから立ち去った。

「ミステリアスな雰囲気ね」

「悪くないだろう?」

男性店員が、番匠名のタグがついたシーバス・リーガルと氷、ミネラルウォーターとタンブラー二つずつ、それにナッツ類と野菜スティックをワゴンで運んできた。「あとはこちらでやるから」と告げると男はうやうやしくおじぎをして姿を消した。

二つのタンブラーに氷を入れ、手早くオンザロックを作るとゆうなに一つを渡し、グラスのふちをカチッと当て合った。

「最近はご無沙汰《ぶさた》してたけど、西麻布でよく飲んでいたもんでね。金曜日に早く帰ってもやることがないから、このあたりにたむろしていたんだ」

ゆうなは小さな顔を番匠の横顔に近づけ、形のよい口元に妖《あや》しい笑みを浮かべた。

「誰と一緒だったのかな？」

と、声をひそめささやく。

体の奥から突き上げられるような感覚がした。彼女のタンブラーを取り上げテーブルに置くと、おしゃべりを封じるように唇をふさいだ。彼女の切れ長の目が息苦しさを訴えるように大きく見開いた。

番匠はいったん彼女を解き放してあたりを見渡し、人影がないのを確かめるとしなやかな腰を引き寄せ、また唇を重ねた。今度はさすがに驚きを見せなかった。目を閉じ、顔を仰向けて番匠の唇をむさぼり、こちらの舌の動きに合わせて柔らかな舌をからませてくる。抱き寄せた体を左手で支えるようにして、彼女の乳房をドレスの上から鷲《わし》づかみに、だが力を抜き、やさしく包んだ。彼女は身をよじってささやく。

「ダメよ、ここでは……」

消え入りそうな、かぼそい声が耳朶《じだ》に触れる。今晩だけは全《すべ》てを忘れたかった。

「よく来るの？」

第11章　焦　燥

ＪＲ渋谷駅近くの古びた喫茶店で、若やいだ街の雰囲気にそぐわない年配の男三人が人目を避けるように膝《ひざ》を寄せ合っている。

「多川君は来ないのか？」

「そのようですね」

苛立《いらだ》つ兵頭忠士に伊志井徹は素っ気ない返事をした。トウボウを辞めてからの兵頭は精気が失《う》せ、やつれたように見える。

「肝心な時に、どうして多川氏は来ないんだ」

三人目の男は桜木英智だった。会社生活を退いてから、頭髪が白くなるにまかせた桜木は、元合繊事業本部長の多川浩三が来ていないのに腹を立てた。

伊志井は兵頭の強い要請により前役員を集めようとしたが、桜木以外の人間はついぞ現れなかった。こんな時期に関係者を集めるのは非常識の極みである、と兵頭をさとしたのだが、司法機関の動向が気になってじっとしていられない様子だった。そんなわけで、不本意ながら声をかける役を引き受ける羽目になってしまったのだ。

「そもそも、なぜワシらが告訴されなければならんのか？」

兵頭が恨めしそうに唸《うな》った。全盛時の声の張りはとっくに失われている。

桜木が話を引きとった。

「われわれは連結債務超過から脱し、更なる飛躍を願って計画を策定し、達成するよう社員を指導しただけなのです。偽りの数字を計上しろなどと、一度たりとも命じたことはない」

「そう、不正だけはするな、と言い続けてきた、なあ桜木さん」

「そうですよ。計画を立て、その通り遂行させるののどこが悪いんだ。黒字を出すように社員を指導するのは経営者として当然じゃないか！」

これまでの足跡を正当化し合うくらいしか自らを慰める手段が見つからないのであろう。恐怖から目を逸《そ》らすために己を奮い立たせているようにも見える。

二人の茶番劇に、伊志井は水を差すように言った。

「桜木さん、あなたは計画通りの数字を出さなければ、役員さえ怒鳴りつけていたじゃないか。計画から乖離《かいり》すれば事前検討会で叱責《しっせき》し、申請案件をあなたの権限で経営会議にかけることを渋った。計画達成を投融資案件承認の交換条件にすらしてきたんじゃないか。全てを忘れたとでも言うのかね」

「わたしは計画を達成しろと言っただけだ。あいつらが勝手に数字をいじったんだ。そうでしょう？」

兵頭に顔を向けて同意を求めた。

「ああ。ワシは姑息《こそく》な真似《まね》はするな、と社員たちに口を酸《す》っぱくして言い続けてきた」

いけしゃあしゃあと出鱈目《でたらめ》を並べたてる二人に呆《あき》れ、顔をそむけた。多川が姿を現さなかった理由は、東洋染織問題の責任を自分になすりつけ、なおも権柄《けんぺい》ずくで迫ってくる桜木の顔が見たくなかったからに決まっているのだ。

明日も事情聴取が待っている。しかし、今もって一五年二月から三月の経過が思い出せない。手掛かりにできたはずの沢木のデータも失われてしまった。このままでは検察にノックアウトされてしまう。就寝前にもう一度、手帳のコピーを穴が開くほど見詰め直した。一五年の年明けから記憶を丹念になぞり、当時の状況を反芻《はんすう》してゆく。一五年一月一〇日の項には次のようにメモされている。

午後三時　住倉五井　塩見部長　於本店

東洋染織の清算を前提とした合織事業構造改革案の説明のために、塩見広信融資部長と会談したのだ。

改革案をペーパーで示すと、塩見は「ようやく出来ましたか、ここまでよくこぎつけて下さいました」と白い歯を見せた。彼の笑顔にはようやく突破口が開けるという安堵《あんど》感《かん》がにじんでいた。「長い間手がつけられなかった合織の抜本策や東洋染織の後始末まで番匠常務にお願いして申し訳なかった」と頭を下げられた。

塩見は旧住倉銀行出身で、相手に信頼感を与える人品骨柄に優れたバンカーだ。勇猛果敢で知られる旧住倉の行員の中でも稀有《けう》な存在感を放っている。その約一年前、旧五井の根本部長から塩見部長にトウボウの責任窓口が移ったのだ。

塩見の直属上司は副頭取の藤堂輝久である。敏速な意思決定が行なわれるようにと異例の人事がなされたのだった。藤堂と塩見は、豪腕でならす重宗倫太郎の薫陶《くんとう》を受けてきた名コンビだ。

作成資料はすべてB３型用紙で、二枚の骨子と数十ページの詳細資料から成る。番匠は骨子資料を示して説明に入った。

「ご覧の通り、今回の合織事業構造改革案は三段階からなっています。まずは毛布事業から完全撤退し、東洋染織を清算します。次に本体事業としてのアクリル全事業から撤収。最後に、ポリエステルを採算性ある事業として継続し、ナイロン・高分子は将来撤収も視野に入れて段階的に縮小、場合によっては撤廃することで、リストラクチャリングを図ります。もちろん、継続事業においても大幅な人員削減を推進しなければなりません。お手許《てもと》の資料にございますように、総損失は約一二五〇億円、うち東洋染織によって被《こうむ》る損失は約一千億円、アクリル事業の損失は二五〇億円となります」

「凄《すご》い金額ですね……」

塩見部長とその傍らに控えていた辻井《つじい》上席部長代理は、改めてその金額の大きさに息を呑《の》んだ。

「東洋染織を実質的に傘下《さんか》に入れた平成一〇年三月末、つまり兵頭の社長就任以前から、五二四億円の実損額が存在していました。その後、兵頭・桜木体制下の平成一〇年から一二年の三年間で、約三〇〇億の損失を作りました。ただし不良資産も含まれています。ちなみにこの三年間の資金流出は実損失や商社金融肩代わりで四四〇億円に上ります。正直に申し上げて、信じがたい金額です。しかしながら、これが偽らざる実態です」

トウボウが流出させた四四〇億円はすべて住倉五井銀行からの融資額にあたる。

「一二年度までで八〇〇億円以上の資金を使ったことになるのですか！」

この手の話に慣れている筈《はず》の塩見も苦々しそうに顔を歪《ゆが》めた。

「ええ。東洋染織の実損額五二四億の内、トウボウ自身の責任に属するものがいくらに当たるのかの調査は断念しました。残念ながら、その責が問われるべき人間はすでに社を辞しています。その後の運営については、兵頭が現社長として直ちに責任を取るのが筋だと思います。しかし、しかしですよ、主導的役割を果たした桜木副社長の実質的な責任は非常に重い」

塩見は報告資料をめくりながら黙って耳を傾けていた。

「当社顧問、大手町パレス法律事務所の麦畑弁護士から、平成一〇年度から一二年度については、兵頭、桜木両人ともに特別背任罪の疑いがあり、私財没収を問われる可能性も否定できない、との指摘を受けました。代表取締役社長と副社長が責任を取るとなれば、社として、これらの事実を公《おおやけ》にせざるを得なくなるでしょう。同時に、昭和五〇年代前半に起きた合織での巨額粉飾が世に晒《さら》されるというリスクも出現します。合織で犯した二度にわたる失政がマスコミの格好の餌食《えじき》となる恐れもあります」

塩見はなおも沈黙を続けている。

「トウボウ・ブランドが傷付くだけでなく、上場廃止、さらには破綻《はたん》にまで追い込まれかねない。だからこそ、私は桜木さんの引取りを御行にお願いし続けてきたのですよ」

「倒産すれば、司直の手が入りますよ」

塩見のボソッとつぶやいた声に、座は静まりかえった。三人とも黙ってテーブルに置かれたお茶に手を伸ばし、すする。

番匠は湯呑みを戻してから、おもむろに口を開いた。

「刑事事件だけはご免こうむりたいものです。事ここに及んでは桜木さんに静かに退いて頂き、東洋染織をトウボウの手の中できれいに処置して、ソフトランディングを図るしかないんじゃないですか」

塩見は宙を睨《にら》むように顎《あご》を上げた。

「そうですねえ……」

合併行にありがちな複雑な社内事情にでも思いを巡らせているのか、塩見は唸りにも似た声をもらす。東洋染織の一件を公表し、特定の経営責任者を晒し者にすれば、大向こう受けはするかもしれない。が、払われる犠牲も底知れない。

「番匠常務、トウボウがここまで追い詰められたのは、三〇年前から諸問題を引きずってきたからです。兵頭、桜木両氏だけに責任を問うこと自体、不公平だと思います。もし刑事事件にまで発展したら、お二方のご家族までが巻き込まれてしまいます」

言葉の端々に優秀なバンカーらしい気配りをにじませている。

「しかし……くどいようですが、桜木氏が社内におられる限りは、アクリル・東洋染織の一貫した処理が遂行できないのが実情です。アクリル問題を解決できなければ、合繊事業の構造改革はお題目だけに終わります」

「兵頭社長には再三再四、桜木さんのことは申し上げているのですが、一向に聞き入れて下さいません」

銀行側から兵頭に忠告している様子に気づいてはいたが、それでは埒《らち》が明かぬと承知しているので、何度もじかに訴えているのだ。

彼の表情から、腰の重い旧五井銀行側の事情に配慮する様子が読み取れた。

「巨額の負担は覚悟しなければなりませんが、東洋染織とフーズという二大問題さえ片付けられれば、トウボウは間違いなく生き残れるということだけはご理解頂きたい。東洋染織の後は、すぐにでもフーズの事業対策と損失処理策の答申に移りたいと考えております」

フーズ不良資産五〇〇億円を完全処置するために東京国税局課税第一部審理課と打合せを始めており、すでにその対策準備に入っている。

塩見がデスクの上で指を組む。

「今月下旬に金融庁の特別検査が入ります。本日お持ち頂いた東洋染織、さらには後日提出される予定のフーズの対策処置案を正式に受け取ってしまいますと、そこから生じる損失を当行の決算に織り込む必要が生じます。資産評価損だけが先行する事態となり、当期決算に重大な影響を与えかねません。ですから、対策資料の正式提出は当行の決算が終わってからにして頂きたいのです」

無理からぬ話だ。どのメガバンクにも公的資金が注入されており、自行の決算に極めて神経質になっている。

「つまり、東洋染織やフーズの抜本対策案に係わる損失の計上と当社取締役会の承認に関しては、一四年度決算を終了したあとにしてくれ、というご意向ですね」

「そういうことになります」

「承知しました。その件は兵頭に伝えます。――話を戻して恐縮ですが、桜木さんをどうにか引き取って頂くわけにはいきませんか。東洋染織問題の責を問われるべき人間が、役員として同社の対策に係わっては絶対にいけないし、取締役会でそれに関する議決権を行使するのも法律上問題となる、と弁護士にも釘《くぎ》をさされています」

「難しい問題ですね」

塩見はまた宙を睨むようにして渋面をつくった。

「御行の麻生会長が反対されておられると伺っています。やはりトウボウの人事権は五井銀行元頭取が握っていらっしゃるということですか」

その質問にはいっさい答えずに、塩見は質問を返した。

「兵頭社長と桜木副社長には特別な関係でもあるのでしょうか？」

「例えばどういったものですか」

「金銭関係とか……」

「まさか。いくらなんでも、それはないでしょう」

番匠は首を大きく振った。銀行から派遣された〝再建請負人〟が社のトップと共謀して金を懐《ふところ》に入れるなど考えも及ばない。それとも何かの情報を入手し、踏み込んだ発言に及んだのか。

「しかしですね、なぜあそこまで兵頭社長が桜木さんをかばい、守り抜かねばならないのか、私には正直、理解できないのですよ」

たしかに塩見のいう通りなのだ。

「同性愛的な絆《きずな》で結ばれているのではないかという冗談は社内でも聞きましたがね……」

常に行動を共にする両人の関係を知っている塩見は、番匠のはぐらかしに思わず吹き出した。それにつられ、肩をゆすって笑った。終始口を挟まず黙っていた上席部長代理もにこやかな顔を見せる。三人の笑声は狭い応接室の壁に虚《むな》しく反響した。またしても桜木更迭《こうてつ》の言質《げんち》を取ることはできなかった。


十五年一月十五日午後一時四十五分 東京国税局 成田調査第三部長

どんな会談だったろう。番匠は記憶をたどった。そうだ、東京国税局内で費途不明金問題を交際費課税で決着させた日だ。

「常務、たいへんなことが起こっています」

一四年一一月下旬、経理部の沢木部長と酒井課長によって突然の第一報がもたらされた。

「数週間ほど前から化粧品に東京国税局の調査が入っているのですが、過去五年間にさかのぼった調べを受けたところ……約二億七千万円の費途不明金が発見されました」

「ええ？」

大慌《おおあわ》てで常務室に飛び込んできた二人の報告に、番匠は耳を疑った。

「われわれも寝耳に水です」

両人とも幾分顔を紅潮させている。

「費途不明金なんて代物《しろもの》は世の中に存在しない。金を使った奴《やつ》がしゃべらないから不明なだけだ。どんな目的に使われたんだ？」

不正な裏金づくりだと直感したが、それを口にするのをはばかられたので、二人に回りくどい講釈を垂れてしまった。

「化粧品ダンピング業者がトウボウ化粧品の関西地区と九州地区の両販社に訪れ、廉価《れんか》で売り飛ばされたくなければ手持ちの在庫を全部買い取れ、と脅してきたそうです。不承不承そのバッタ屋に金を支払ったと聞いています」

「いつからそんなことが行なわれてたんだ？」

この危局にまた厄介な問題を浮上させてくれたものだと拳《こぶし》を握りしめた。

「国税局は五年前までしか手を付けていませんが、相当前から行われていたのではないかと思います。最低でも半期に一回、二千万円単位でデリバリーされています」

裏金が会社のため以外に使途されていれば法律上ゆゆしき問題だ。そうなっていないのを祈りながら、訊《たず》ねた。

「ダンピング業者は特定できるのか？　領収書はどうなってる？」

「領収書に記載されていた業者の名称と住所は、出鱈目《でたらめ》であることが判明しました」

「受け渡しはどういう形になっていたんだ？」

「一一月下旬に、調査第三部調査第二二部門の総括主査が九州へ、同部門主査が大阪に調べに行ったそうです」

このようなケースでは、税務当局は必ず反面調査という定石を踏む。

沢木は大きく肩で息を継ぎ、一拍おいていっきに報告した。

「まず大阪での反面調査結果ですが、平成九年五月から一四年六月までの調査期間に限定すれば、買い取り回数は一一回、費途不明金合計額は二億一二〇〇万円に上ります。関西販社は、販社経理部長がコスモ銀行桜橋支店の窓口で金を引き出し、そのまま店内で件《くだん》の業者に手渡しした、という説明をしております。しかし、国税局の主査が現地でヒヤリングしたところ、一千万円以上の金を銀行から引き出す場合は、必ず応接室で支店長代理が引出者に応対して渡すことになっているそうです。販社経理部長の主張するような事実はなかったと思う、と桜橋支店は反論しています」

「その話は誰から聞いた？」

「主査から直接聞きました」

「経理部長の話は嘘八百だろうな。業者の名前も住所も嘘となると、間違いなく組織ぐるみの犯行だ」

辻褄《つじつま》合わせに奔走しているであろう不逞《ふてい》の輩《やから》の名前を頭でなぞっていた。

「九州販社ですが、販社経理部長の話ではホテル日航福岡のロビーでバッタ屋と会ったそうです。経理部長から報告書をファックスで送らせました」

酒井がファックス用紙を番匠に示した。そこには要旨だけが次のように記されていた。

商品の買い取りは平成一三年七月、一二月、平成一四年五月の三回。支払った金額は総額六千万円である。

一三年の夏、業者から電話を受ける。ホテルロビーが待ち合わせ場所に最適と判断し、小職（九州販社経理部長）はトウボウの社員バッジを、相手は茶のバッグと洋傘を目印として面会する。

商品リストの提示を受け、七から七・五掛で買い取れと要求されたが、交渉の結果六掛で決着。販社総支配人が不在なので明日午前中に再度連絡をくれと交渉した。相手は紳士然としていたが、交渉不成立の場合は乱売店への売却を強く示唆《しさ》した。流通センターへ直接持ち込み、検品終了後商品代の支払をすること。加えて銀行振込にしたい旨《むね》を当方より申し出たが、相手から拒否される。支払はすべてキャッシュ(広島銀行福岡支店で領収書を交換)。二回目、三回目もほぼ同じ手口だが、相手は毎回別人であった。いずれの接触においても再度の交渉には応じかねる旨を伝えた。それ以降、連絡はない。

「どう思われますか、常務」

沢木に判断を求められた。

「関西販社も九州販社も同じだな。いずれの報告書も信用に値しない」

周辺の聴取と証拠書類の収集を優先させるように命じた。

「とくに証拠固めに注力してくれ。ただし、隠密裡《おんみつり》に行動しないと反撃を受けるぞ。費途不明金の背景には裏金の存在あり、だ。総会屋対策に使ったのか、内部の誰かがポケットに入れたのか、どちらかに決まっている」

企業内で金銭の不正が発覚する時は、まず税務調査がきっかけである。会計士監査によって発見される例はほとんどない。今回もご多分に漏れず、これに該当する。

関西販社も九州販社も社長の息がかかった経理部長が配置されている。兵頭たちがあわてふためく光景が目に浮かんだ。

「化粧品部門のトップが関与してるんでしょうか？」

「さあ、それは分からない」

心に描いているイメージをそのまま口に出すのはやはりはばかられた。

出身者のエースたる兵頭は化粧品部門を完全に支配している。彼の指示、承認なしには何事も進まないだろう。粉飾決算を強要しておきながら、費途不明な支出で当期利益の足を引っぱり不埒な裏金づくりにまでいそしんでいたとは！　首脳陣はどう釈明するつもりなのだ。番匠は呆《あき》れはてた。

十五年一月三十一日午後五時　合織報告　麦畑弁護士

「昨年一〇月下旬にご説明しました『東洋染織の当社最終方針案』に引き続き、合織事業抜本策がようやくできました。本日はその報告に参りました」

手帳のメモから、麦畑弁護士にこんな報告をした情景が浮かんできた。

一通りの説明を終えると、「たいへんな作業だったでしょう。でも合織全体のフレームワークが策定できないことには、東洋染織の最終処理に手をつけられませんのでね」

と麦畑は目で笑って満足そうにうなずいた。

東洋染織から撤収し、アクリル事業そのものの存廃を検討するためには、生産ユーティリティ等を共有する合繊事業全体の見直しと、撤収財源を含めた全社フレームワークの策定が必然的に求められる。

「ところで、兵頭社長は桜木さんの処分に関する時期について言及されていらっしゃいましたか」

「いえ、それどころか桜木副社長からはとんでもない指示が出されています」

これまでの東洋染織に関する経営会議、取締役会の付議状況を弁護士に伝え、法に抵触する部分があれば議案書、議事録を差し替えろ、との命令を桜木より直接受けたと、ある社員が訴えてきたのだ。

「どう理屈をつけても、一〇年度から一二年度の資金流出という過失は免れない。桜木氏は我が身を守るのに必死なのでしょうね。嘘《うそ》に嘘を重ねれば、さらに状況は悪化する。東洋染織を元オーナーに返したら、トウボウは法的に終わってしまう」

平成一〇年一月の取締役会で東洋染織の支援が決まった。その方法として第二会社（新東洋染織）を設立し旧東洋染織の事業と資産を承継させると同時に、トウボウは旧社に対し有していた債権約三〇〇〇億円を放棄、旧東洋染織の破綻《はたん》を防いだ。債権償却による損失負担は合織工場の土地含み益で充当した。

　多大な犠牲を払ったにもかかわらず、元オーナーの求めに応じてタダ同然で新社を返却すれば間違いなく背任罪に問われる、と弁護士は忠告しているのだ。新東洋染織の連結外しが桜木主導により行なわれたのも問題だと麦畑は付け足した。

「経営会議や取締役会の資料、議事録を改竄《かいざん》したところで、法廷での争いになれば必ず真相は露見します」

　麦畑は桜木の小賢《こざか》しさを鼻先で笑った。それを受けて番匠は告げた。

「さすがに看過できない行為だったので、私の方から住倉五井にはクレームを入れました。銀行サイドも驚いてましたよ」

「法律的判断は過去の判例で確立しています。責任を問われるのは、担当指導役員及び代表取締役です」

　麦畑は毅然《きぜん》とした態度で言い切った。そのときドアをノックする音が響き、若い女性事務員がコーヒーセットを手に入室してきた。テーブルの上の湯呑み茶碗《ゆのみぢゃわん》を片付ける間に、二人は黙ってコーヒーにミルクを入れ、スプーンで軽くかき混ぜた。

　事務員が部屋から消えるのを見届けると、番匠は再び口火を切った。

「昨年の一二月一八日、ニューオータニで兵頭に会って頂きましたが、間違いなくその旨はお伝え下さったんですよね」

番匠がいくら説得を試みても、兵頭は頑として聞き入れなかった。そのため、麦畑弁護士にミッションを託したのだった。

「確かに申し上げましたが、兵頭社長からは『執行役員、取締役副会長、または取締役相談役では駄目なのか』と返されました。私はただの相談役として残すのが限界だと答えました。『退任時期は改選期の六月でよいか』とおっしゃったので、『とんでもない、年末がリミットです』と申し上げた」

その後兵頭は何ひとつ行動を起こしていない。一体何を考えているのか。

「金融庁の住倉五井の検査結果によっては、御社の債務者区分が要管理先以下にされるかもしれません。責任者をその前に処分しておかなければ、御社は保《も》ちませんよ」

金融機関が融資先を債務の弁済状態に応じて分類するのが債務者区分で、正常先、要注意先、破綻懸《け》念《ねん》先、実質破綻先、破綻先の五段階がある。要注意先のうち、返済に遅れのある企業は「要管理先」として別枠で管理され、要管理先は破綻懸念先以下と同様、不良債権と位置付けられる。金融機関はこれら区分に応じて、貸倒れに備えるための引当金をそれぞれ計上しなければならない。

「元オーナーに東洋染織を返せないと言うと、どんな妨害が入るか分かりません。それに乗じてけしからん連中が現れてきますし、金融庁等に露見する可能性も十分あります」

例によって怪文書が出回り、魑魅魍魎《ちみもうりょう》がうごめき出すだろう。
「それならなおさら、早く責任者を処分すべきです」
兵頭の対応の鈍さに麦畑は苛立《いらだ》っている。手許《てもと》資料を訳もなく開けたり閉めたりする様がそれを物語っていた。

十五年二月十二日午前九時三十分経営会議　社長報告（いなほ銀行特検）

手帳に午前という記述は残されていたが、時刻と経営会議が二重線で消されていた。代わりに〝社長報告（いなほ銀行特検）〟とだけ書かれている。いなほ銀行はトウボウの準メインバンクであり、グループ全体で八〇〇億円強の借入金があった。いなほ銀行に金融庁特別検査が入り、社長に報告したのだ。

十五年三月二十八日午前十一時　コスモ銀行大崎部長

「特検の嵐《あらし》」が吹き荒れた銀行受難の時代を象徴するような会談だった。二つの都市銀行が合併して生まれた準メインバンク、コスモ銀行の大崎営業部長が金融庁の特別検査を心配して、面談を申し入れてきた際のメモである。竹城昇三金融担当相がコスモ銀行を間引き対象に狙《ねら》っているとの風説が流布《るふ》していた頃だ。決算には直接関係ないので、ページを繰った。

三月末までのスケジュールには決算関連事項が記入されていない。番匠はまた頭を抱えてしまった。

陥穽《かんせい》にはまり込んでしまった恐怖から逃れようと、番匠はゆうなを求めた。今夜も番匠を気遣い、食事を作りに来てくれたのだ。粉飾決算の首謀者にされてしまうという恐怖が生存本能を強烈に刺激したのかもしれない。

ゆうなの上に身を投げ出した。生命の根が萎《しお》れたようにぐったりして頭の中も空っぽだ。彼女の白いなめらかな肌は汗をにじませ淡紅色を帯びている。しばらく紅潮した乳房に顔を伏せたままでいた。上気した体から身を離すと、静かに横たわる。ゆうなは子供をあやすように後ろから髪を優しく撫《な》でてくれる。

夢とうつつの境で、様々な情景が明滅した。救急車のサイレンが幽《かす》かに耳に届く。上から追い詰められている最中に沢木が倒れたんだ。救急車が来て……決算……特検対応……。

閃光《せんこう》が走った。

「どうしたの？」

ゆうなは、突然、番匠が大声を発して起き上がったので驚く。

「分かった！」

厚い雲の下を飛んでいた飛行機がいきなり澄んだ青空に抜け出したような感覚であった。

「何が……何が分かったの？」

「どうして一四年度の決算を憶《おぼ》えてなかったか、だよ」

彼女は話の筋が読めないようで当惑している。

「いなほへの特別検査は決算と関係ないと思い込んでいた。他の部分から記憶を甦らせようと躍起になっていたけど、そうじゃなかった。そうじゃなかったんだよ、ゆうな！」。事情を詳しく知らない彼女に理解できるはずがない。しかし番匠は構わずに独り言を続けた。「特検があったから一三年度のようにはいかなかったんだ。社長室に通っていたのは、決算の報告をするためじゃなかった。ようやく……思い出せた」

七転八倒の末、当時の情景が部分的にせよ、初めて形あるものとして甦ってきた。

一四年度決算を忘却した件については理解を得られるかもしれない。だが、それは粉飾決算に異を唱えていた証明にはならない。未《いま》だ危険水域を脱していないままの現状に新たな不安と苛立ちが押し寄せてくる。

「一四年度について、ようやく思い出しました。いなほ銀行への特別検査が決算に無関係だと思い込んでいたのがそもそもの間違いでした」

「どういう意味ですか？」

林原検事は身を乗り出し、二重瞼《ふたえまぶた》をしばたたいた。

「うちは決算が三月ですから、本決算の打合せは例年ならば二月初めからスタートしますが、平成一五年二月一二日、いなほ銀行大阪支店に金融庁の特検が入ったため、私のほうはそれどころじゃなくなってしまったのです」

同支店から即座に窓口のトウボウ大阪財務部に連絡が入った。貸金に対して金融庁が行なう特別チェックだ。平成七年一一月に大阪から本部を東京に移転したが、銀行取引はそのまま継続していた。

「トウボウの債務者区分にスポットが当たりました。いなほ銀行の貸金の引当てが少な過ぎると金融庁に厳しく指摘され、トウボウ財務部はその対応に追われるようになったんです。当初、いなほとの折衝は大阪財務部が担《にな》っていました。そのうち大阪では手に負えなくなり、東京財務部が前面に出てやり取りせざるを得なくなったのです」

大阪財務部のスタッフは手薄で、初動対応も拙劣だった。いなほ銀行は金融庁からこってり絞られ、トウボウのアキレス腱《けん》である「東洋染織の受取手形」と「トウボウフーズの在庫」が検査対象としてクローズアップされたのだ。

貸借対照表上の東洋染織の手形が特検実施時点で四五〇億円にのぼっていた。検査官は「三桁《けた》億の債務超過になっている会社じゃないか！」といなほ銀行大阪支店融資担当の次長を大声で叱責《しっせき》し、さらにトウボウフーズに対して「この在庫金額は何だ、食品事業なんだぞ。在庫の維持月数から見ても異常じゃないか」と怒りをぶつけてきた。

「いなほ銀行執行役員瀬戸大阪支店長、次長、部長代理の三名から、二月下旬の日曜日に、大手町の本店で当方と打合せしたいとの申入れがありました。休日の打合せを要請されるほど、事態は切迫していたのです」

支店長の瀬戸から直接電話で依頼されたのだ。

「どんな話がなされたのですか」

番匠は落ちついた表情で答えた。

「瀬戸支店長からは、まず、一三年度上期・下期、一四年度上期・下期に分けて、トウボウの業績がなぜ悪化し、かつどのような理由で営業キャッシュ・フローが落込みましたはマイナスになったのかを分析し、かつ、それが一時的要因であるとの分析結果にしてほしいと頼まれました。続いて、東洋染織の内蔵損とその実態、フーズの内蔵損状況、トウボウ及び連結会社の勘定明細とその含み損の一覧表、東洋染織のアクリル毛布に関する取引実態などの諸資料の提出を要請されました」

検事が紙を差し出したので、番匠は手早くペンを走らせ箇条書きにした。

「かなりの時間がかかりましたか」

「ええ。一つの企業体が生きるか死ぬかの瀬戸際《せとぎわ》でしたので、膨大な資料作成と詳細なデータ作りを要求されました。特に東洋染織の説明資料には神経を使い、財務として総力を挙げて作成せざるを得ませんでした。しかも、当社からいなほへのブリーフィングに先立ち、その内容から説明方法に至るまですべて住倉五井の了解を要したので一層手間がかかりました」

いなほ銀行の担当者がわざわざ住倉五井本店にまで足を運び、トウボウの財政実態などを聞き取り調査した。メガバンク同士の面子《メンツ》をかけた鞘当《さやあて》と駆け引きも行なわれた。いなほがメインバンクとして貸し込んでいる問題企業に、住倉五井がクロス融資をしているケースも多々あったからだ。お互い一方的に融資金を引き上げられないという事情を抱えていたのだ。

「その頃が決算の数字を詰めていく時期だったのですか？」

当てがはずれたのか、検事の目に落胆の色がよぎった。

「まさにその時期とぶつかっています。住倉五井銀行は、当社に八〇〇億円を超える貸出を行っていたいなほ銀行の動向を最も気にしていました。メイン寄せをされたら、自行が窮地に陥ります。われわれ自身もいなほに足抜けされたら、一瞬のうちに会社が瓦解《がかい》しかねないと承知していました。全力を挙げていなほ銀行特検問題に取り組むしかなかったのです。麦畑弁護士からは、桜木副社長を特別検査前までに処置すべきだ、と事前に警告を受けていました。だからなおさら、穏やかではいられなかったというのが当時の正直な心境です」

これで番匠の嫌疑が消えるわけではないが、一四年度決算打合せの関与に記憶の空白が生じた理由は明らかにできる。話をさらに継いだ。

「東洋染織問題のせいで、私自身は決算どころではなくなってしまったのです。沢木経理部長に『今回の決算は君の方でやってもらうしかないぞ』と財務経理室のフロアで告げたことを思い出しました。会計士の折衝は要所要所で一緒に行なうから心配しないように、と言い添えたようにも思います」

一つの記憶は別の記憶を呼び起こす。だが、それにはかならず何らかの切っ掛けが要る。

「だからといって沢木君たちに責任はありませんので……。彼らを責めないよう、くれぐれもお願い致します」

「ええ、分かっています。おっしゃろうとしていることは」

林原は無愛想に答えた。

「すべての責任は役員である私にあります」

それだけは、元上司の面子にかけて念押しをしておかねばならない。自分よりひと回り若い沢木の将来を失わせるわけにはゆかない。

「いなほ銀行の特別検査について、兵頭社長にはどのように対応されたのですか」

「入検の報せ《しら》を受けて、すぐに報告しました。かねてより兵頭さんはいなほ銀行の動向を気にされていました。今後、逐一詳細な報告を入れるようにとの指示を受けました」

統合された三行のうち、兵頭が旧二行の頭取と親しい間柄にあったのも、その動向を気にする理由の一つだった。手帳の「時刻と経営会議」の箇所に二重線が引かれていたわけがここにきて腹に落ちた。それは、経営会議の出席を急遽《きゅうきょ》取り止《や》め、兵頭と社長室で緊急ミーティングをしたからであった。

「厳しい状況はどのくらい続いたのですか」

「一ヵ月間は予断を許さない状況でした。社長には逐一、現状の報告を怠りませんでした」

「お一人でですか」

「もちろん。銀行関係の報告はいつも私一人です。プライベートな話になりますが、兵頭社長のご子息の結婚に当たり、住宅ローン借入れに関する相談ももち掛けられておりました。それについて二月から三月にかけて数回報告した記憶があります。それもあって頻繁に密談をしていたものと見えたのでしょうね」

検察官の走らせるペンが乾いた音をたて続けている。左手に座る事務官も無表情な様子でパソコンのキーを叩《たた》いていた。

検事はペンをとめ、書き上げた紙を机にしまうと代わりに一枚の書類を取り出した。

「ところで番匠さん、この資料は経理部のものですか？」

林原検事が「一四年度連結決算見込み」と記入された表をすべらせた。一五年一月三〇日付で、連結当期利益は▲四六億の赤字かつ▲四四億の連結債務超過として作成されていた。

「これは経理の沢木君が作った表で、社長に提出した書類です。左肩の四角で囲ってある前提条件『東洋染織引当一三〇億計上済み』は私が命じて書かせたものです。はっきりと憶えています」

「書かせた理由は？」

「一四年度の東洋染織の引当には最低一三〇億円が必要だという主張を私が譲らなかったのです。社長に反対され膠着《こうちゃく》状態が続いていました。一三〇億円が不可欠な前提条件であることを殊更《ことさら》に示すため、わざわざ目だつように書かせたわけです」

林原はすぐに納得した顔をして、矛先を転じた。

「計画から決算までどのような仕組みで運営されていたのかを説明してくれませんか？」

仕組みそのものに欠陥が内在しているのかを探ろうとしているようだ。

「トウボウでは、計画、月度業績進捗《しんちょく》管理、中間見通し、そして決算着地見込みまでの一連の主計業務＊いわば管理決算を、すべて事業統括本部長の下で事業統括室が行なうことになっていました。事業統括が作成した管理決算を受けて、経理は法定決算に取りかかります。それまでは経理がタッチすることはありません」

計画策定から決算に至るまでの仕組みは、次のような流れになっていた。

①事業統括室が短期利益計画（半期及び一年）を各事業部門との間で策定する。

②対計画比の毎月度の全社利益進捗管理と、決算期末までの管理決算すなわち決算着地見込みを、事業統括室が所管する（事業統括室は、全事業部門を取り仕切る主計機能を果たしていた）。

③事業統括室は毎月度の全社の利益実績とその進捗状況を計画と比較・分析しつつ把握し、社長・副社長に報告を行なう。そのあと経営会議に付議し、期末までに決算着地見込みを作成する（見逃せないのは、事業統括本部長及び同室長が兵頭社長の息のかかった化粧品出身者で固められていた点である。事業統括室が「粉飾推進室」と揶揄《やゆ》される萌芽《ほうが》はすでにここにある、と指摘する者もいた。むろん粉飾を推進したくないのは事業統括室も同じであ

＊**主計業務**＝一般的には各部署から出てきた数字を集計・分析して報告する業務を意味する。

った。要は兵頭との力関係なのである）。
④管理決算が事業統括室から兵頭社長に提出される。それを基に各事業部門は本部経理と打合せを行なう（当然のことながら、管理決算の着地数値と実態数値との間に、かなりの乖離《かいり》が発生する）。

このような仕組みの下で、経理部が独自でその実態報告を両首脳に上げれば悶着《もんちゃく》は必ず起きる。一三年度決算がその典型例だった。

検事はトウボウの組織図に目を通しながら、「事業統括室は以前からあったのですか？」とたずねた。

「ええ、名称は異なりましたが、兵頭体制以前からありました。桜木さんがトウボウに来られてから、この組織では機能しないと根底から作り直された目玉部門でした」

「どんなシステムでしたか」

「事業統括室長の下、事業管理部長と、事業統括第一部長から第四部長という二本ラインで構成されていました。前者は全部門の業績数値と部門実態を統括し、後者は各事業部門にいる各統括室長を個別指導する。そんな役割を担っており、本社スタッフ部門の中で最大の人員を誇っていました」

「いわば桜木チルドレンですか」

「そう言ってもいいかもしれません。怖い父親に支配される子供たちといったところでしょうね」

　検事はニヤッとした。

「一二年九月から一三年二月末まであなたは東洋染織の実態を調査されていましたが、まずその経緯についてお伺いしたい」

　検事はいよいよ東洋染織問題に向かって舵《かじ》を切った。

「一月から八月まで、トウボウ・ド・ブラジル社の問題にほぼ専念していたのですが、終わりしだい東洋染織問題を片付けてほしい、と指示を受けました。私にバトンタッチさせようと仕組んだのは住倉五井銀行だ、と耳にはしておりました」

　八月二四日の取締役会終了後、社長室に呼ばれ、兵頭からトウボウ合織株式会社専務取締役（アクリル所管）の兼務を命じられたのだ。

「その時から東洋染織を所管したのですか」

「そうです。かつてトウボウフーズの資金流出に歯止めをかけた実績が買われたのでしょう。メインバンクが兵頭さんに要請したため、お鉢が回ってきたのです」

　東洋染織に対する無為無策ぶりを見るに見かねて、住倉五井が横から口を出したのである。

「辞令交付の時、何と言われましたか」

「君はトウボウの本体役員なので東洋染織の役員にはできない。トウボウ合織の専務取締役にするのでそこから東洋染織を見て欲しい。そう言われました」

東洋染織の取締役を兼任させられない事態こそ、同社の剣呑《けんのん》さを示す証左と言わざるを得なかった。

「あなたからは社長に言葉を返しましたか」

「ひどい辞令ですねと率直に申し上げました。しかし東洋染織問題はトウボウ全社の命運を握っているので、微力ながらお引き受けすることにしました。ただし条件を提示しました。東洋染織の毛布の原材料を供給している当社アクリル事業をリストラすること。そして、アクリルから東洋染織まで全《すべ》てまとめての撤退を視野に入れること。以上二つをお願いしました」

アクリル事業の撤収は余りにも遅きに失した感がある。だが、最後の悪あがきを試みるしか手がないのも事実だった。

「兵頭社長の反応はどうでした」

「それでかまわないと言われました」

「アクリル事業を本心ではどう思っていたのですか」

「合織事業は一種の呪縛《じゅばく》だと感じていました。殊にアクリルは三〇年前の合織粉飾の発端となり、トウボウの屋台骨を揺るがした事業です。長い歴史の中でまともに採算がとれたことのない部門だったので、辞令交付を受けるや撤収の決意を固めました」

合繊事業は巨額資金を注《つ》ぎ込《こ》んだ設備を持ち、撤退は困難を極める。債務超過に陥るのも覚悟しなければならない。口先だけの大号令はこれまで幾度も発せられたが、事業撤収が実施されなかった所以《ゆえん》だ。番匠は、「アクリル事業をつぶさない限り、トウボウは生き残れない」と、端《はな》から不退転の決意で臨んでいた。

六月に入ると、蒸し暑さを感じる。まだ冷房を入れる時期ではないようで、額にうっすら汗が浮き出る。検事は、珍しく事務官に冷たいお茶を出すように命じた。何を企らんでいるのだろうか。

「ところで、会計士は東洋染織の監査をどのように行なっていたのですか」

さり気なく、彼らの関与を突いてきた。東洋染織はＣＰＡにとってまさに鬼門だった。ここを突破口に会計士関与疑惑に話題を転じようとする下心が垣間《かいま》見《み》える。

「山手監査法人内部でも東洋染織を危険視していたようです。しかしながら、監査実務からは迫力が今ひとつ伝わってこなかったですね」

フーズの杜撰《ずさん》な経営が倒産につながることはないが東洋染織を放置すれば破綻《はたん》に追い込まれる、という切実な危機感が当時の自分を支配していた。一方、会計士はどうだったろうか。同社の引当計上を目いっぱいとるように社長の尻《しり》を叩いてほしい、とアピールしたのは番匠からだった。

昭和六〇年頃からトウボウは東洋染織に粉飾のツケを回してきたし、東洋染織自体も架空売上などによる粉飾決算を行なってきた。平成に入ると、東染は相当額の実損失を内蔵しているとの噂《うわさ》が社内に流れ始めた。同社が破綻危機に瀕《ひん》した平成九年に、トウボウは約三〇〇億円の債権を抱えていた。東洋染織を救済すべきか、経営陣は決断を迫られ、同年七月にTS委員会が社内に設置されるに至った。TSは東洋染織の頭文字である。委員長には当時専務取締役だった兵頭、副委員長には常務取締役の桜木が就任した。TS委員会はサポートを山手監査法人に依頼した。

津田、見月、松下の会計士チームは数ヵ月後、「損益計画妥当性について」と題した報告書を提出した。

左記前提条件下で東洋染織は、年間九億五千万円の経常利益を計上することができる。

〈前提条件〉

①東洋染織が過大な在庫のない状態で事業を継続した場合に見込まれる損益であること。

②年間生産計画数量が販売計画量と一致し、売れ残りが生じない前提によること。

③資金調達は備蓄取引によらず、銀行からの借入れによるのを前提に定めること。

「東洋染織に関する会計士レポートについてはご存じですか」

「トウボウフーズにおりましたので詳しく知る立場にありませんでした。しかし、会計士がTS実態調査を経営陣から依頼されたという噂は聞こえてきました。会計士報告書の存在を知ったのは一二年九月から一三年二月〜三月の実態調査のときです。東洋染織問題はずっと極秘扱いだったので、実態が分かっていたスタッフは少なかったでしょう」

「お読みになって、どう思われましたか」

林原は固い表情でこちらを睨《にら》みつけている。この案件に対して検察がいかに関心を払っているか、その眼光の鋭さから推しはかることができた。

「いろいろな見方、考え方があるのでしょうが、私は、あの報告書にまったく納得できませんでした。松下会計士に厳しい言葉もぶつけました。当社アクリルと密接な関連をもつ事業にまともな利益が出るはずがないと疑ってみるのが社内の常識だからです。三〇年前にトウボウのアクリルが巨額粉飾を行なった事実を熟知し、それこそ苦い経験をされてきたはずの山手が絶対に提出すべきでない報告書でしょうね」

検事は口を真一文字に結んでいる。

繊維事業は在庫との戦いである。にもかかわらず、②の条件を付けること自体、現実性を度外視していると言わざるを得ない。東洋染織への継続支援のための資金調達は通常の銀行借入金ではまかなえなかったから、商社金融に頼らざるを得なかったのに、前提③を付けるのもナンセンスだ。前提条件を加えれば加えるほど、報告作成者の免罪符が増えてゆき、依頼側に悪用される余地が増す。あれは、実践的なビジネスレポートとはとても呼べるような代物《しろもの》ではなかった。

番匠は断じた。

「第三者機関からの報告としては『毎事業年度末に必ず実質売れ残る在庫問題を斟酌《しんしゃく》すれば、採算がとれない事業だと判断すべきである』と結ぶべきです。アクリルの歴史がそれを物語っています」

検事はこちらの眼をすくい上げるように見ながら訊《たず》ねた。

「松下会計士にクレームを付けたとき、彼の反応はどうでしたか」

「ただ黙っておられました。そりゃ、昭和五〇年代にアクリル粉飾揉《も》み消しの片棒を担《かつ》いだ監査法人なのですから、反論しづらいでしょう」

「憂慮されていましたか？」

「ええ。『あんな報告書を上げたら、うちの経営者は粉飾まみれのアクリル毛布事業を継続していく口実をもらったと考えるに決まっているでしょう』と思わず声を荒らげてしまったくらいです。松下先生は反論されませんでした。私も少々言い過ぎたと反省しましたが……。たとえいかなる事情があろうとも、あのような内容の報告書を経営陣に上げてしまったのは山手監査法人の大きな失策でしょう」

平成一〇年三月期にトウボウが東洋染織に資金を突っ込む方針さえとらなければ、破綻の憂《う》き目にあわずにすんだことだけは確かだ。この責任感の欠如したレポートは断崖《だんがい》に立つトウボウの背中を後ろから押した。

「番匠さん、なぜ会計士は東洋染織をトウボウの連結から除外しても意見をさしはさまなかったのだろう？」

検事は話題をそらそうとしない。声は穏やかだが、視線にますます力を込めてくる。

「私にも分からない。そもそも本来東洋染織を連結すべき年度は、誰が見ても平成一〇年三月でした」

平成一〇年三月期、トウボウは東洋染織を子会社として実質保有していたが、桜木の指示により他人が形式的に所有する仮装名義株の体裁を作り上げた。

「やっぱり、調査報告書が何らかの影響を与えたのかなぁ」

世間話でもするように問いかけているが、その顔付きからは少しでも多くの事実を嗅《か》ぎ取ろうとする様子がうかがえた。

「どうでしょうか。当て推量でものは言えません」

ＣＰＡをターゲットにしているのだろうか？　まだ確信が持てない。

「住倉五井銀行の方はどうだったのですか」

「銀行の立場としては、当然連結に入れたくないでしょうね」

「言わずもがな……か。一〇年三月の東洋染織対策スキームは桜木さんと旧五井銀行の指導で作られたのでしょうから、同社を連結範囲に加えることは五井としてはあり得ない選択となりますか」

「そう考えるのが妥当でしょう」

銀行に対してはあまり執着していないようだ。この日の調べは東洋染織に対する会計士の関わり合いが中心だった。

次の事情聴取前日、林原検事からキャンセルの連絡が入った。曇り空の下でゆうなと芝公園を散策している最中にその電話を受けた。

「明日の事情聴取がキャンセルになった」

「どうしてかしら？」

「きっと理由があるのだろうね。検察が意味のないことをするわけないからね」

今にも風雨をもたらしそうな黒雲を突き刺す東京タワーを見上げた。墨のような雲は次第に膨れ上がってゆく。やがて二人の頭上に到達した。あたりは異様なほどの薄暗さにつつまれてゆく。

番匠は地下鉄内幸町《うちさいわいちょう》駅を出て緑豊かな公園を横断し、すっかり通い慣れた検察庁に着いた。部屋に入るや否《いな》や、林原検事から慇懃《いんぎん》な挨拶《あいさつ》を受ける。

「先日は、こちらの都合でキャンセルをしてしまい、失礼しました」

「いえ」

一言だけ返し目礼した。嫌味のない礼儀正しさを備えた男だ。エリートの階段をのぼってゆくのはこういった人物なのかもしれない。番匠はその顔を見上げながら、勝手な想像をめぐらせた。

「本日も東洋染織について確認させて下さい」

ゴングが鳴ると、林原は力の入った様子を見せた。

「同社を実態調査されたときに提出された資料において、一〇年三月末現在で不良資産または内蔵損が五二四億円存在したことが報告されています。他方、会計士の調査報告によると、九年一一月の中間報告書では九年四月現在の内蔵損が四五九億、一〇年一月付の公式の最終報告書では三八六億とされています。どうして、このような食い違いが出てくるのですか」

「私の調査班で、CPA最終報告の三八六億と当方で調査した五二四億の差額分析を試みたことがあります。その差は一三八億ですが、考えられる要因は二つです。まず一つは会計士が調査した対象時点は九年四月現在の実損額で、私の対象時点は一〇年三月現在の実損額であり、一年あまりの時間差があります。東洋染織は私の調査では一年で六〇億から八〇億の実質赤字を出していたので、一年の間に約七〇億の実損額を出したものと推定できます。二つ目の原因として、会計士がいずれかの事情により、商社等が抱えている社外在庫をカウントしなかったのではないかと想定しました。社外在庫は把握しにくいので、時間的制約があれば見逃す可能性があります。調査対象になった時点の差から生まれた実損額が約七〇億、会計士の調査洩《も》れの社外在庫が約七〇億であれば合計約一四〇億円となります」

「なるほど、説得力がありますね」

番匠の分析による社外在庫約七〇億円は、CPA調査報告書における中間と最終の差額にほぼ一致する。検事は腑《ふ》に落ちたという顔をした。

「なぜ、内蔵損四五九億が三八六億へと変えられてしまったのだろうか?」

検事の関心は専《もっぱ》ら会計士が内蔵損額を変更した動機にある。その裏を取りにきたのだ。

前回よりも林原の目には気合いが入っており、表情も険しい。

CPAをターゲットに決めたのではないか。事情聴取が一度延期されたのはそれと無関係でないように思えた。

「何度も申しますが、その頃トウボウフーズに在籍していましたので承知していませんん」

番匠の答えは会計士たちの人生に重大な影響を及ぼす。だからこそ臆測《おくそく》による発言を避けた。

「七三億少なく報告したのはどうしてでしょう？　五十歩百歩なのにね」

思わせぶりな言い方に転じた。明らかにＣＰＡ最終調査報告書の数字に嫌疑をかけている。やはり会社から要請されて、会計士が意図的に抜いた数字なのか。

「ところで、昨日山手監査法人から金融庁にトウボウの件の報告書が提出されました。過去の不良資産や内蔵損について全く知らなかったという、白々しい文句が綴《つづ》られています。報告書の欺瞞《ぎまん》を証明する証拠は山ほどあるが、山手の津田、見月、松下会計士を刑事訴追するかどうかは、彼らがトウボウの粉飾に積極関与したか、もしくはトウボウ側から利得を得ていたかが判断の分岐点になると考えています。

われわれに会計制度や会計士監査制度にメスを入れる意図はない。しかし万一、会計士に刑事責任を負わせるような事態になれば、結果として日本の会計諸制度には大きく斬り込まざるを得ない。検察庁がどのように舵《かじ》を切るかは、番匠さん、あなたの発言次第で決まる。会計士がトウボウグループ全体に及ぼした影響につき、冷静かつ客観的に述べて頂きたい」

心臓を鋭い刃物で突き刺されるような思いがした。

「これは社会的にたいへん大きく、かつ重要な問題なので、一度ゆっくりお考えになった上で、あなたの意見を述べてくれませんか。わが国の会計諸制度を根本的に見直すターニング・ポイントになるかもしれません」

番匠に腹をくくらせようとしているのだろう。背筋を伸ばし、意気軒昂《けんこう》に林原は言葉を継いだ。「山手は自分たちを守るために総力をあげて立ち向かってくるでしょう。日本有数の監査法人ですから、われわれも重大な決意を固めて対処しなければなりません」

ここは唸《うな》るしかない。検察がトウボウ前経営陣だけでなく、会計士をもはっきりターゲットに定めていると宣言したも同然だ。

国際的に立ち遅れた会計士監査制度を変革させられるのは、この検察庁をおいてはないであろう、と番匠も確信している。金融庁や日本会計士協会が自発的に改革を断行するのは、まず期待できない。一企業体の責任を云々《うんぬん》するより国際的に未熟なわが国の会計士監査制度を抜本的に変えてゆく方がはるかに意義が大きいだろう。

不謹慎な言い方をすれば、粉飾決算はこの世に企業が存在する限りなくならない。それは欧米の企業史が証明している。

山手はわが国を代表する四大監査法人の一つであり、大企業に関与する所属会計士がターゲットとされることは史上初めてである。もし山手の会計士を起訴できれば、一罰百戒としてマーケットに警鐘を鳴らせるばかりではなく、会計改革の橋頭堡《きょうとうほ》にできる。検察にとっては大殊勲だ。政治家や高級官僚の罪を暴《あば》くことばかりが金星ではない。社会にどれだけのインパクトが与えられるかが勝負なのだ。

財務諸表等の正否に関する許認可権を有する監査法人が襟を正さない限り、粉飾決算を減らすのは困難である。長年の粉飾決算に気が付かない公認会計士は存在しないし、その実態を認識していない監査法人がある訳がない。山手監査法人の監査は投資家を欺《あざむ》くものでもあった。

西峰元社長時代の合繊巨額粉飾問題をなまじっか上手《うま》く乗り越えてしまったが故《ゆえ》に、トウボウの粉飾は繰り返され、監査に対する山手監査法人の姿勢もいっこうに是正されなかった。これらすべての粉飾について山手はしらばくれようとしている。「本当にそれでいいのか」と林原は問うているのだ。

検事はこちらに考える時間を与えるためか、しばらく口を噤《つぐ》んでいた。咳払《せきばら》いを一つしたあとシリアスなトーンで言葉を繰り出した。

「これほどの粉飾を会計士が歴史的に認めてきた理由が理解できない」

ぶつけられた疑問は至極もっともだった。

「私は管理畑の出身ですので、会計士とのやり取りはここ数年しかしていません。林原さんの疑問には過去の本部経理部長経験者が的確に答えられるはずですよ」

本部の経理関係者の在籍期間は概して長かった。一五年以上の長きにわたりその職にあった者さえいる。会計士との付き合いは深かったはずで、そのあたりの事情を熟知しているだろう。

林原検事は少し待つように言い残して、部屋を出ていった。上司の判断を仰ぐのだろう。二〇分ほどして検事が戻ってくると、明後日の午後一時三〇分、東京地検に出頭するように告げられた。

いつもの帰り道をたどりながら、津田、見月、松下らの顔を思い浮かべる。もとより不埒《ふらち》な人間ならば手加減する必要はないが、職務に生真面目《きまじめ》に取り組んできた男たちである。彼らをこれ以上不利な状況に追い込むわけにはいかない。兵頭や桜木、さらに法律上時効になっているものの、多額の役員退職金で悠々自適に生活している偽善者たちの方が罪深い。

「番匠さん、よく考えてきてくれましたか」

約束の事情聴取日当日、検事は再び番匠に覚悟を求めた。

「ええ、よく考えてみましたが、私の財務経理本部長時代には会計士の先生方が積極的に粉飾を指導や関与した印象はありません」

検事の目が一瞬きらりと光った。

「かばってはいませんか？」

頬をぴくっとさせ、番匠に刺すような視線を向けている。

「かばう気持ちはありません。山手監査法人が過去の粉飾について知らなかったというのは無茶な話で、この発言は認めるわけにはいきません。しかし、会計士が指導的役割を果たしたわけではないでしょう。あくまでもトウボウの犯した罪です」

「あなたが言うように会計士が悪くないのであれば、なぜ、こんな巨額に脹《ふく》れあがってしまったのですか！」

張り上げた声が部屋の空気を破裂させる。

「それはですね、西峰元社長時代の合繊粉飾の処理に目をつぶってしまったからです。一度大きな罪を犯したため、以後は指摘しづらくなった。次々と連鎖的に生じる粉飾問題に本来の対応ができなくなった、ということでしょう。ある意味で三人は被害者ですよ」

検事の指摘はポイントをついている。だが、ここで素直に認めるとCPAたちは逃げ場を失ってしまう。

「だからと言って、許認可権を持っている国家資格者がこれだけ多額の粉飾を認めていいことにはならない。山手が金融庁に上げた顚末《てんまつ》報告書には、トウボウの粉飾は巧妙であり見抜けなかったという呆《あき》れはてた記述がなされていた。スーパーのシズハン、兜山《かぶとやま》証券、最近では栃《とち》の葉《は》銀行、コスモ銀行などと同じように真実を闇《やみ》に葬《ほうむ》り、逃げ去ろうとしている。粉飾を承知していたのに、適正意見を書き続けてきたことには大いなる疑問を感ぜざるを得ない。……法的に問えるのかは別にして、われわれは事実関係をまず押さえなければならないと考えています」

舌鋒《ぜっぽう》の鋭さが耳にこたえた。そのとき、小鳥の鳴き声がした。珍しくブラインドが上げられている窓に目をやると、日比谷公園から飛んできたのか一羽の野鳥の羽ばたく姿が窓越しに映った。ヒヨドリほどの大きさだ。スズメが咥《くわ》える餌《えさ》でも横取りしようと飛んできたのであろうか。左手の事務官も手を休め、窓を見つめている。検事が半身の構えで背後に視線をやると、すぐに騒ぎはおさまった。

静寂のあと、番匠は重い口を開いた。

「ところで、検事さん、なぜ会計士がこんなに多額の粉飾を過去から認めてきたのかという先日来のご質問ですが、私見でよろしければここで申し上げたいと思います」

話題の角度に少しだけ変化を加えてみた。

「ほう。ぜひ伺いたいものですね」

検事は目を大きく見開いた。

「トウボウに資産の含み益がたっぷりあった時代は、資産含み益の額が不良資産金額を上回っており、会計士に安心感を与えておりました。一言でいえば含み益監査を意識していたのです。日本の会計士監査に大なり小なりそういった傾向が存在したことは否めない事実だと思います。先ほど申し上げたように単なる個人的見解ですが、当たらずとも遠からず、と思っています。長らく在籍していた元経理部長にでも聞いて頂ければ、そのあたりの感触がお分りになるのではないでしょうか」

含み益監査という言葉に検事は興味深げな表情を浮かべていた。

平成四年、トウボウはファッション事業本部が犯した粉飾の後始末に苦しんでいた。粉飾の結果、仏国レオール社との提携ブランドの在庫が山のように残された。経営陣はそれを総合商社五井物産経由で、関係会社トウボウ・ハイファッションに抱かせて密《ひそ》かに処理しようとした。表面上、本体から不良在庫はなくなるが、実態は八畳の座敷から六畳の居間にゴミを移し替えるに過ぎない。後は、ハイファッションを連結範囲から外す、という安易なスキームを山手監査法人が受け入れるかにかかっていた。

いつものように一定の条件付きで会計士はゴーサインを出した。そのせいで、償却し切れなかった一〇〇億円の残滓《ざんさい》在庫を抱えたファッション関係会社がその後も監査上頭痛の種となり続けた。トウボウ全体における土地等の含み益が不良資産の含み損を上回っている、とのCPAの判断が働いたために採《と》られた措置だったと当時ある信頼筋から聞いた。

今日も会計士の話題に終始した。番匠はこの件になるべく触れたくなかった。その姿勢に、検事の方は不満を抱いたようだ。

「会計士の件は、もう一度よくお考え下さい」

最後に、林原検事は念押しをした。番匠はそっけなく頷《うなず》きながら、逃げ惑っていたスズメの姿を会計士に重ねた。

「次回の日程については、改めて連絡します。ひょっとして、別の検事が担当するかも知れません。その検事にも、今まで私に話したこととダブっても構いませんので詳しく答えて下さい」

ようやく解放された。林原の念押しは東京地検特捜部が山手監査法人の会計士を追いこむためのサインに違いないと番匠は読み取った。

第12章　攻防戦

　トウボウ関連の記事が頻度を増して掲載され、善と悪の図式が一段と明確化されてきた。各メディアとも司直の本格的な介入を煽《あお》るような論調であった。

　駒沢《こまざわ》公園近くにある喫茶店の隅で、兵頭、桜木、伊志井の三人が膝《ひざ》を交えている。

「東洋染織は多川が合繊事業本部長として担当したのだし、連結決算の粉飾は財務経理本部長の番匠の責任だ。そうでしょう、兵頭さん！」

　桜木の身勝手な自己弁護ぶりは、現役時代から一向に衰えない。

「歴代社長が目茶苦茶な経営をしてきたのを、むしろ正したのですよ。人件費を一〇パーセントカットし、組織も新たに作り直したうえ、給与体系の一部を業績給に改訂した。これだけの偉業を成しとげたんだから、毅然《きぜん》とした態度をとっていればいいのですよ」

一気にまくしたてたものの、自らを主役級の悪玉とする報道攻勢に内心ひどく怯《おび》えていた。

「その通りだ。ワシらは危なかった会社を建て直したんだ。連結債務超過だって解消したし、一千億円も借入金を減らしたじゃないか！　事業部には、無理は構わぬが無茶はいかん、と常々言ってきた。粉飾は番匠が勝手にやったもので、ワシは知らん」

近年不調を訴えていた兵頭も、桜木の発言で生気を幾分取り戻してきたようだ。

「事実無根の報道があちこちでなされている。冗談ではない。われわれのおかげでトウボウ再生の糸口が見えたのに、けしからん」

桜木が顔を赤くし、いきまいた。

「桜木さんの言う通りだ。もっと早くに倒産していたはずのトウボウに希望を与えたのはワシらなんだ」

頼りになるのはお前しかいない、というように兵頭は桜木に加担する。

「あなたの親しい報道関係者に取材させ、兵頭元社長はグループを守るために体を張った、会社再生に貢献した、という記事を掲載させるべきです。ここは一発反撃しましょう」

伊志井が猛然と桜木をなじってきた。

「なにを血迷ってるんです！　そんなことをしたら、世間の笑いものになりますよ。桜木さん、あんたは副社長時代にも、とばっちりがわが身に降りかからないよう懸命だったけど、社員はお見通しだったよ。藪蛇《やぶへび》になるような行為は慎むべきだ。どうしてもやりたかったら、桜木さん、あなたが自分でやればいいじゃないか」

「代取の発言でなければインパクトがないじゃないですか」

桜木はいかめしい表情を作り、伊志井を睨《にら》みつけた。顔が幾分引きつっている。単細胞の兵頭を矢面に立たせ、自分たちの正当性をメディアに訴えさせることしか打つ手がない閉塞感《へいそくかん》に、心中では背筋を凍らせていたのだ。

一週間ぶりの呼び出しであった。いよいよ第二幕のカーテンが上がった。

スーツ姿の男女が行きかう霞《かすみ》ヶ関《せき》の路面に激しく雨が打ちつけている。六月中旬、梅雨が始まっている。

通い慣れた検察庁とはいえ、いつも背筋には緊張が走る。

二五歳前後であろうか、若い事務官が一階受付のロビーに待つ番匠を迎えにきた。中肉中背の、なかなか顔立ちが整った青年だ。これまで事情聴取された九階ではなく一〇階に案内された。林原検事のときのように直接検察官室に向かうのではなく、固定式のプラスチック椅子《いす》が備え付けられた無味乾燥な待合室で二、三〇分待たされた後、同階の検察官室に案内されたのだ。入口のネームプレートには五月女直之《さおとめなおゆき》とあった。

「番匠です。お世話かけます」

「検事の五月女です。どうぞ座って下さい」

大柄で太っている五月女検事は番匠の顔をギョロッとした目で捉《とら》えると、真正面の椅子をすすめた。対峙《たいじ》したときに見せるまなざしの鋭さは前任者と共通している。検察官に共通した特徴らしい。

「今日から、林原検事に代わって私があなたを担当します。検事の交替はよくあるので別段気にしないで下さい」

担当検事が替わると否応《いやおう》なしに新たな緊張感が生まれる。林原検事より三、四歳若い印象だ。

「あなたにとって不利に思われることについては黙秘権があります。しかしながら、捜査には全面的に協力して下さっていると聞いています。どうか正直にお答え頂きたい」

合繊巨額粉飾から質問は始まった。それを起点に平成一三年度連結決算までに至る粉飾の概略について、事情聴取が進められる。

平成一三年度連結決算については、財務経理室が兵頭または桜木にどんな形で案を伝え、それに対していかなる指示が与えられ、さらにどのように承認を受けたのかを具体的に知りたいと言われた。指示命令系統の調査である。平成一三年度決算については、比較的しっかり覚えている。事情聴取はスムーズに進行し、第二幕第一場は夕暮れ時には終了した。

二回目以降の事情聴取はほぼ二日置きに行われた。

入手ずみのメモや資料からの「ブツ読み」を一つ一つ積み重ね、周到なつき合わせが弛《たゆ》むことなく続く。さながら碁盤に布石を打ってゆくようだった。

「フーズの話を聞かせてもらいたい。東洋染織は言うまでもないが、フーズの不良資産も負けず劣らずです。あなたは平成九年一月から一〇年五月までトウボウフーズに出向されていたが、不良資産をどのように認識されていましたか？」

時系列の確認後は重要個別問題に入っていく段取りになっているのか、五月女検事の表情は法の番人の自負にあふれている。

「平成九年一月着任から最初の三、四ヵ月間は、証憑《しょうひょう》書類等*を一枚一枚めくり全資産を洗い直しました。不良資産の全容を完全把握するためです。当時の資料はすでに検察に提出してあります」

本体に統合されていた一時期を除けば、トウボウフーズは別法人組織として長い間運

*証憑書類＝現預金出納帳、納品書、請求書、領収書など「仕訳のもととなるすべての書類」を指す。組織の内部者が主観的な判断により作成した書類ではなく、外部者（株主、税務署等）から見て、客観的に取引の内容が分かる証拠になるものを証憑書類という。

営されてきている。幾つもの小さな食品会社を買収、合併をしてきた歴史を有するため、社は複雑な派閥で構成されていた。

「不良在庫は、どのくらいの額に達していましたか」

「在庫トータルで二三〇億から二四〇億円ほどありましたが、そのうち稼動《かどう》しているものはわずか二〇億から三〇億円でしたので、ほとんどが不良在庫という状態でした」

「不良在庫が二〇〇億円強あったのですね」

五月女は大きな体を前後に揺さぶるようにして数字を確認した。

「そうです。二〇〇億円強のうち、帳簿上だけで実在しない空気在庫が約六〇億ありました。空気在庫について記載した資料もすでに提出済みです」

空気在庫だけでなく二〇年以上経過した商品が残されていたのも合繊と変わりはなかった。

「不良在庫等について、兵頭、桜木両氏には報告されましたか」

「フーズの社長には報告しましたが、本体の首脳陣に直接報告することは、求められない限りありません。当時の黒川社長はフーズの平成八年度決算を大幅に粉飾しようとしていたのですが、平成九年二月の本体経営会議で決算着地見込みの報告を行なう際に、彼の反対を押し切り、実態ベースで答申しました。それまで報告されていた数字と大幅に落差のある決算見込みを提出したわけですから、経営会議は紛糾しました」

「どのような状況でしたか？」

「当時の常務取締役企画本部長、取締役企画室長、取締役財務経理室長の三人から、ストレートな決算をして巨額の損を明るみに出してもらっては困る。フーズが債務超過になって金融調達が出来なくなったらどう責任をとるのか、と非難されました」

後年さらに苛酷《かこく》な金融情勢に至ったことを思うと、当時はまだ平和だった。平成九年までであれば自力再生のチャンスはあったのかもしれない。

「当時の常務取締役企画本部長とは桜木氏ですね」

「ええ。いずれにしても誰がどのように指摘し、どう答えたのかはすでに提出した書類に詳しく記録されておりますので、目を通されれば分かります」

「兵頭さんはどうでしたか？」

「当時専務の兵頭さんには、経営会議開催の数日前お目にかかる機会があったので根回しをしておきました。『分かった、なにも言わない』と答えてくれて、約束通り一言も発言はされませんでした」

このときの兵頭はたいへん頼もしく映った。

「秋山社長はどう発言しましたか」

「フーズ側を非難される局面は一切ありませんでした。管理特別担当副社長に相談して解決をはかるようにと副社長と私に指示され、その場を収められました」

「証拠資料から判断すると間違いないですね……よく分かりました」

五月女検事は、番匠から提出されていたメモ書きと実態決算に関する資料を熱心に見比べると、納得したように頷いた。


日比谷公園の片隅に紫陽花《あじさい》が咲いていた。六月も終わりを迎えている。雨に咲き乱れた姿は、生来の淡い彩り《いろど》のためかどこかはかなげで、寂しさに包まれた貴婦人を連想させる。事情聴取はすでに二ヵ月近く続いていた。

「フーズの件をさらに詳細に聞かせてもらいたい。あなたが在籍していた頃、不良資産に関する報告を会計士にしたことがありますか。ここに沢木氏提出の一〇年五月二一日付資料がありますが」と五月女検事は切り出した。

CPAに焦点をあてた尋問である。東洋染織同様、会計士たちのアキレス腱《けん》だ。

示された資料は、フーズの平成九年度（平成九年四月一日〜一〇年三月三一日）の実態損益計算書並びにキャッシュ・フロー表、そして平成八年度期末と九年度期末を比べた不良資産明細比較一覧表だった。

「私が平成一〇年三月期決算を基に作成した資料のコピーに間違いありません。いわば、平成九年度トウボウフーズ実態決算表です。それまでのフーズは粉飾した決算しか表に出さなかった。この時初めて、内情をさらけ出したのです」

「そのようですね」

傍証固めが進んでいるのか、五月女はすでに承知済みだという表情をした。

「平成九年度は運良くリストラ策が功を奏しました。この表にもあるように四五億円の不良資産を償却し、キャッシュ・フローも大きく計上しました」

みんなで力を合わせ、大苦境にあったフーズの経常損益を黒字にしただけではなく、多額の赤字キャッシュ・フローを経常収支二〇億円の黒字に転換させた。経常および特損段階あわせて不良資産四五億円を一年間で償却し、リストラの第一歩を踏み出すのに成功したのだ。メインバンクや日本産業銀行から一定の評価も受けた。

五月女は軽くジャブを放ってきた。

「不良資産を四五億も消したのだから、当然、桜木さんや会計士には報告したでしょう?」

兵頭・桜木と会計士を捕縛するため、自分を階段にして一気に駆けのぼるつもりなのか。それともこちらも問答無用で捕まえる意図なのか。不安がそんな妄想を掻《か》き立てる。

「会計士には報告しました。というのも、赴任した途端、見月会計士より不良無形資産の償却を求められたからです」

フーズでは飲料自動販売機による事業をベンダーと呼んでいたが、その事業のハンドリングが上手《うま》くいっておらず、赤字を垂れ流すいっぽうだった。そこで当時の経営者は大胆な粉飾スキームを考え出した。

まずベンダー事業で赤字まみれになったフーズグループの関係会社（＝A社）が同グループの別会社（＝B社）にベンダーの営業譲渡を行う。営業譲渡会社A社はそれによって譲渡益を計上し、それを財源にしてベンダーから出た数十億単位の多額赤字を相殺《そうさい》する。その代り、営業譲受会社B社の貸借対照表上には「ベンダー専用使用権、ベンダー長期前払費用、営業権等」と称する無形資産が計上されることになる。

A社がベンダー事業で垂れ流した赤字をB社のバランスシート上の無形資産として振り替えただけで、それ自体は損失の塊にすぎない。最終的には自力再生の見通しがつかないという理由で、ベンダー事業は平成八年度末に米国系炭酸飲料会社へ事業売却された。従業員にすれば踏んだり蹴《け》ったりである。

巧妙な手口でいくたびも財務諸表を塗り替えた歴史を持った会社がフーズだった。いわばトウボウ本体のミニチュア版だ。

「見月会計士は、ベンダー事業売却により貸借対照表上に残された不良無形資産の処理に焦《あせ》っていたのです。『ベンダー使用専用権他の不良無形資産』を三年以内、そのうち一部のものだけは四年以内で均等償却するとの約束を固め、決着を見ました」

「その後、どうなりましたか？」

「約束を履行しました。一〇年三月期決算で不良資産四五億円を償却した中には、不良無形資産の均等償却も含まれていましたので、その証《あかし》として不良資産明細一覧表と九年度実態決算表を会計士に報告したわけです」

番匠さん、ここを見てくれませんか、と検事が人差し指で叩《たた》いた資料の上段余白には沢木の筆跡で、「一〇年一〇月、一一年一一月桜木副社長報告」との書き込みがあった。

番匠は、「一〇年五月、私から会計士には報告しましたが、桜木氏には報告しておりません。しかし沢木がそのようなメモを書き添えているのなら、少なくとも記載月に彼から報告したのでしょうね」と見慣れた字を見つつ解説を加え、そのあと検事に視線を移すと、「不良資産の件であれば『トウボウグループの全社不良資産一覧表』を作成し、平成一二年一二月二七日、両首脳に報告していますよ。そのとき詳細に答申しております」と告げた。

五月女は怪訝《けげん》な顔をした。その一覧表が手中にないのがすぐに理解できた。明らかに重要な資料なのに会社からは提出されていなかったらしい。

「どういう事情から二人に報告したのですか？」

検事は身を乗り出した。

「一三年三月は連結債務超過解消のために策定された中期計画が終了する時期です。その終了にあたって会計士から、問題不良資産に関する償却や引当をぜひとも一三年度以降の新中長期計画に織り込んでくれ、という強い申し入れがありました。津田会計士らがみずから筆をとり兵頭社長宛《あて》の要請文を書かれ、経理部に提示されたのですが、私の方から要請文にもっとメリハリを利《き》かせてほしいと注文をつけたのです。会計士が問題視した不良資産が経理の把握金額よりも少なかったりもしたので、最終的には経理室が独自に作成し直し、その報告書を出したのが一二年一二月二七日です。むろんCPA要請文より厳しい内容になっております。会計士監査上の指摘課題、連結外しに関する問題点および改善事項など一切合切まとめて社長報告したのです」

五月女検事は聞き終わると、執務机のパソコン画面を見つめながらキーボードを叩いた。しばらくすると立ち上がり、上司に報告するのでしばらく待機していて下さい、と言い残して部屋から出ていった。部屋には番匠と事務官だけが残された。

特捜検察では特捜部長の下に二人の副部長がつき、事件が起きると選任された主任検事（通常は副部長）を中心に、機動的な一定規模のグループが編成されるという。

一般人の想像以上に裾野《すその》の広い事情聴取や調べが行なわれると林原検事から聞かされたことがあった。まさかあの人まで、という人間も事情聴取の範囲に入っているのだろう。

証券取引法違反であれば、検察庁の権限の下で証券取引等監視委員会も動く。だが監視委は金融庁の付属機関にすぎず、独自の行政処分権を持たない。日本の監視委の権限は米国の証券取引委員会（SEC）に比べると格段に弱い。そもそも米国SECが四千人弱のスタッフを抱えるのに対して、日本のそれは約三百人強のスタッフしか有していないという。

トウボウの破綻《はたん》は本当に会計改革の引き金となるのだろうか？

番匠がそんな想《おも》いにふけっていると、五月女が部屋に戻ってきた。

「では今日のところはこれぐらいにしましょう。次は三日後でいかがですか」

同意すると検察庁を辞した。

会計諸制度を変える意図はなくとも、結果としてそこに大きくメスを入れざるを得ない。林原検事のその言葉がいつまでも耳朶《じだ》に残っていた。

七月に入り、東京は猛暑にみまわれた。

検察庁一〇階の人気《ひとけ》のない待合室で沢木は、床に視線を落とし待機していた。部屋は静まり返っている。人影を感じたので見上げると番匠が入口に立っている。一瞬声が出なかった。事件関係者同士が検察庁で出くわすことはめったにない。番匠の事情聴取と同時刻、しかも同じ待合室での待機という偶然が重なった珍しいケースである。明らかに検察側のミスだ。

隣りに腰を下ろした番匠から、

「沢木君は大丈夫だ。すべての責任は私までに留《とど》めるから心配するな」

と慰められた。

検察からの一刻も早い解放を切望していた沢木は、元上司の言葉に胸をなで下ろした。そして、自らの事情聴取の度ごとに番匠の状勢が不利になってゆくのかもしれないことを憂慮した。

兵頭、桜木の執拗《しつよう》な攻撃から護《まも》ってくれたのは、目の前にいる男ただ一人だった。沢木は身体《からだ》を張って防波堤になってくれた番匠へ感謝を忘れた日はない。

ICレコーダーに生々しく録音された番匠の孤闘が耳に甦《よみがえ》る。トウボウの現経営陣は、兵頭、桜木のみならず、番匠まで告訴しようとしている。沢木はその理不尽さを検察に訴えるべきか、悩み続けていた。だが、トウボウフーズ株式会社管理部長の職にあり、今なお禄《ろく》を食《は》んでいる立場なのだ。

ほどなく、若い担当事務官が「番匠さん、部屋へどうぞ……」と告げにきた。番匠は軽く会釈《えしやく》を送ると待合室から姿を消した。

挨拶《あいさつ》を交わした後、番匠は指定席に座った。

「先日おっしゃっていた会計士の兵頭社長宛要請文とはこれですか」

席に着くや否《いな》や、五月女検事は三冊の資料を前に置いた。幾度か書き直しを求めた会計士連名の発状予定文書だった。番匠は軽く頷《うなず》き、付言した。

「CPAと議論の末、東洋染織、フーズ等の当社存亡に係わる『最重要改善事項』と、重要には変わりないが当社の継続性を失うまでに至らない『重要改善事項』とを区分して経理が独自に作成し直した報告書で社長に答申をしました。CPAからの警鐘や連結外しの問題点をも盛り込んだのは言うまでもありません」

平成一二年の秋から論議を重ね、一二月中旬までかかった作業であった。

「当初予定の発信者は会計士になっていますが、実際には会計士から頼まれて経理が作成したのではないですか」

思いもつかない発想をするものだ。トウボウの粉飾状況を知悉《ちしつ》している会計士自身が公式文書でそれを認めるわけにはいかない。だから経理部に発状文書の作成依頼をしたのではないか、と考えたのか……。ありとあらゆる可能性を潰《つぶ》しながら事件を詰めていく検察の手法を垣間見《かいまみ》た思いがした。

「それはあり得ません」

「そうですか」

釈然としない声の響きであったので、番匠は説明をし直した。

「この文書は会計士が作成し、われわれに示したものです。会計士案では表現が穏やかすぎるのでメリハリをつけてほしい、とりわけ東洋染織問題については両首脳の危機感をもっとつのらせるように記載すべきだと主張し、修正を要求したのです」

五月女検事は三冊の資料をジッと見比べ、「なるほど、確かに番匠さんの言うように東洋染織の箇所は強い調子に書き直されていってますね」とようやく納得顔を見せた。

東洋染織問題のリスクについては、いくら声高に叫んでも過ぎることは決してない。しかしかつて無内容の報告書を提出した負い目からか、フーズにくらべると対応が及び腰に感じられてならなかったのだ。

「中味はどんなものですか？」

「会計士制度にピアーレビュー制が取り入れられるため、監査はよりいっそう厳しくなる、という書き出しから始め、諸問題につき報告しました」

一二年一二月二七日付、兵頭・桜木の両人に対する答申の概略は次のような内容であった。

①東洋染織の債権に対する貸倒引当を計上し、フーズの不良資産とくに不良在庫を償却するのを最優先事項とする。そして化粧品長期滞留在庫、羊毛の不良在庫、ファッションの不良在庫の償却を優先。それぞれの引当や償却は新中長期計画に監査法人と相談のうえ織り込むべきだという提案。

②全社不良資産の明細と金額の一覧表。ちなみにこの不良資産の総計は約二千億円。

③連結範囲に取り込むべき会社として、フーズ六販社を最優先させる。フーズ東京販社

（すでに連結済み）を除き、大阪販社等の六販社を持分法適用会社から百パーセント連結に変える。トウボウの実質子会社であるトウボウ物流など八社についての連結除外は会計監査上問題なので、連結会社として認識すべし。

五月女は兵頭社長の当時のスケジュールを検事席に備えられたデスクトップで素早く確認した。検事はディスプレイを睨《にら》みながら訊《たず》ねた。

「一二月二七日、沢木さんと共に社長室で兵頭、桜木両氏に会われたという秘書室記録がありますが、これですか」

「はい。半年前六月の株主総会で取締役に選任されていましたので、社長に粉飾問題へ

＊**持分法**＝投資会社が被投資会社の純資産及び損益のうち、投資会社に帰属する部分の変動に応じ、投資の額を「持分法による投資損益」を通して連結決算日ごとに修正する会計処理を指す。連結は連結会社の財務諸表を構成する勘定科目ごとに合算して作成するのでFull line consolidation（全行連結）と呼ばれるが、持分法は持分法適用会社の純資産および損益に対する投資会社の持分相当額を、損益計算書上は「持分法による投資損益」、貸借対照表上は「投資有価証券」の修正によって連結財務諸表に反映することからOne line consolidation（一行連結）と呼ばれる。原則として、旧基準では議決権が二〇％以上五〇％以下の関係会社について持分法が適用されていたが、その後新基準では議決権が一五％以上四〇％未満にある会社について適用されるよう、その範囲が厳しく改正された。

の解決策を提示しなければなりませんでした。いずれにせよ、この報告が平成一三年度以降の連結決算を実施していく上での大前提となっています。だからその後、不良資産の償却を巡って両首脳と財務経理室が衝突する場面が増えたのです」

「二人の反応はどうでしたか？」

「報告内容につき全体的には認識しているが財源の枠内でなければ償却に応ずることは出来ない。承認なしで勝手に償却することは罷《まか》りならん、と桜木副社長から却下されました。彼が叱責《しっせき》する際に使う常套句《じょうとうく》なのですが、『これは経営が考えることで、君たちが検討する問題ではない』とお叱《しか》りを受けました」

「兵頭さんは何か言いましたか？」

「社長からは、連結外しを継続しなければ会社はまたたく間に債務超過に陥り潰れてしまう、と言われました」

ひと通りの説明が済むと、検察官は若い事務官にお茶を出すように命じた。珍しい振舞いだ。事務官は部屋の隅の冷蔵庫から五百ミリリットルの冷えたお茶を取り出し、カップに注いで出してくれた。

メインバンクから強力な財務支援や金融支援を受けない限り、兵頭の言う通りだった。それゆえ、連結外しは昭和五二年度連結財務諸表制度導入時から行われ続けてきたのだが、当時は土地の含み益が存在する時代だった。ちなみに連結外し第一号は昭和五二年、仮装譲渡によって取引納入業者に株式を名義株で持たせたトウボウ不動産とトウボウ倉庫（後のトウボウ物流）であり、このときの代表取締役社長が西峰一斉であった。

その後の代表例は何と言っても「東洋染織」と「フーズ六販社」に尽きる。前者はトウボウからの出資を完全にゼロとした。しかし後者は一一年度末に出資を一五パーセント以上四〇パーセント未満にして持分法適用会社にしていた（それまで完全に連結から除外されていた）ので、損益および自己資本はその出資比率分だけ影響を受けていた。フーズ六販社の持分法適用は、連結除外を主張する経営首脳と完全連結を要請する会計士との妥協によるものだ。

五月女は喉仏を上下させ、お茶をうまそうに味わったあと、一息入れると続けた。

「先ほど説明された事項に関する資料はどこかにありますか？」

「沢木君と酒井君が持っています。会社のセンターファイルにも残っているはずです。財務経理室にとっては重要な報告事項でした。平成一二年の年の暮れギリギリでの答申でしたから、よく憶《おぼ》えています」

番匠たちはこの報告を皮切りに、一三年度および一四年度連結決算において、両首脳に戦いを挑んだ。その端緒となった重要資料が社から提出されていなかったのは何故《なぜ》だ？　誰かの意図によるものか。

長い事情聴取を終えると外はすでに真っ暗になっていた。

五月女検事による事情聴取が進む中、西岡行雄から「至急会いたい」との連絡を受けた。早稲田大学大学院の会計学ゼミで席を並べた親友であり、鳴沢記者の出身高校の先輩でもある。

西岡は卒業後、会計士補として大手の監査法人に就職し、一五年ほど会計士として勤めてから独立した。日本橋室町のビルに事務所を構え、税務や経営コンサルタントを務めつつ、八王子にある私立大学の客員教授として教鞭《きょうべん》もとっている。

事務員に案内された会議室で里山の風景画を眺めながら待っていると、西岡が姿を見せた。

「呼び出して悪かったなあ。今、たいへんなのに……」

切羽詰まった状況を察してか、いつもの軽口をたたかず、心配そうにこちらに目を向ける。

「まあ、知っての通り、ちょっとたいへんなことに巻き込まれてはいる」

「いや、こんな記事を見つけてね」

西岡は「亜細亜《アジア》経済」平成一七年五月号を開き、番匠の前に差し出した。その記事を執筆したのは元毎朝経済の鳴沢明彦だった。今年四月に届いた手紙には経済系出版社に転職したことが書き添えられてあった。新聞社を辞めても、その記者魂を鎮《しず》めることはできなかったのだ。

「トウボウの粉飾についての山手監査法人理事長の談話が掲載されているが、お前、まだ読んでいないだろう？」

「そんな記事が出てるのも知らなかったよ」

「ちょっと読んでみろよ。笑わせやがるぜ」

薄い頭髪に眼鏡をかけた理事長の大きな写真が載っていた。記者の質問に答える形式で構成されている。まずは「トウボウにだまされた」という派手な見出しが目に飛び込んでくる。

今回のトウボウの粉飾は実に巧妙だった。高度な専門知識を有した者によって、組織的に仕込まれていたため、山手監査法人の会計士は見破ることが出来なかった。監査の限界というしかない。今までトウボウにだまされ、裏切られ続けてきたことが判明し、まことに残念だ。遺憾の極みである。

そのような内容だった。

「鳴沢君はトウボウの実情をよく知っている。山手の理事長が弁明すればするほど墓穴を掘っていくのを承知の上で、できるだけ自由にしゃべらせたんだろうよ」

鳴沢との取材上の関わりについて簡潔に説明した。

「お前が渦中《かちゅう》の人物として事情聴取の真っ只中にいる、と知っての上なんだろう？」

「もちろん。だけど鳴沢君が偉いのは俺との仲を利用してスクープを打とうとしないところだよ」

「理事長も、とんだ相手にインタビューされたものだな」

鳴沢はトウボウ事件の本質を捉《とら》えんがため、関係者を執拗に追い続けている。それにくらべて、俺はこのざまだ……。胸が締めつけられる。

「鳴沢がお前に面会したい、と言ってきたら、どうする？」

「どんなに親しくとも、それだけは受けられない。事件が片付いた後ならともかく、捜査中に会うことはできない。今度の事件は私的なレベルに留まらないからね」

「正論だな。さっきの話に戻すと、いくら責任回避のためとはいえ、大の大人がこんな子供騙《だま》しのような弁明を堂々とできるものかね。確かにトウボウは悪いよ。しかし企業だけでこんなに長く粉飾を続けることはできない。いつもこうやって、経営者側だけに罪を押し付けて逃げ回ってきたのが監査法人だよ。番匠、本当にこれでいいのか。こんな出鱈目《でたらめ》が通ったら世の中、真っ暗だ。これじゃ、いつまで経《た》っても監査制度、いや会計そのものが進歩しないぞ」

旧態依然とした日本の会計士制度に、かねてより批判的な姿勢を示していた西岡である。企業を欧米レベルまで押し上げていくためには、公認会計士の役割が不可欠である、と考えているのだ。

西岡が続ける。

「お前よく言ってたよな。経済学や法学に比べると会計学はセコい学問だって。小さなコップの中で学者が議論しているだけで、経済学のような科学的な視点もなければ、法学のように大きな理念の下での一貫したロジックもない。会計学は社会科学ではなく、ディシプリン、実践学にすぎないんだ、と。今でも、あのときのお前の顔が忘れられんよ」

番匠は黙って腕組みしていた。下唇を軽く噛《か》んで壁の一点を見詰め、鳴沢の正義感にあふれた横顔を思い浮かべていた。

刑罰には時効が定められている。しかし人間の責任に時効などというものは存在しない。改めて重圧が両肩にのしかかってきた。

事情聴取は二、三日置きに続き、この日も夜の八時を過ぎてようやく終わった。沢木は日比谷公園に足を向けた。肩を落としながら前屈《まえかが》みで公園を歩く自分の影には、切実に思い悩んでいる様子がにじみ出ていることだろう。

故郷広島に暮らす年老いた父の姿を思い浮かべた。中学一年のときに母を亡くして以来、男手一つで育てられてきた。小学校の教師を真面目《まじめ》一徹に勤め上げ、一〇年前に退職した。曲がった事が大嫌いな父に幼い頃から尊敬の念を抱いてきた。現在もその想《おも》いは変わらない。その父が望んでいたのは息子の立身出世であった。

幼い時から勉強にはげみ、県下で一、二を争う進学校から大阪大学にストレートで入った。アルバイトに明け暮れる学生時代を終えると、トウボウに迎え入れられた。父は名門企業への入社を喜んでくれた。少年時代から「滅私奉公」の教えを受けてきたせいか、これまで会社第一に励んできたつもりだ。

日比谷通りを一台の救急車が騒がしく駆け抜けてゆく。そのサイレンはかつての自分の姿を思い起こさせる。

いったいどうすればいいのだろう？

踏ん切りがまだつかない。

あのＩＣレコーダーを検察に持ち込めば、一三年度連結決算での番匠の孤軍奮闘ぶりは証明されよう。だが、議事録作成のためとはいえ、剣呑《けんのん》な会談を録音していたなんてことが社内に知れ渡ったら、どんな目で見られるだろう。自分だけ逃げおおせればそれでいいいのか？　先日、検察待合室で番匠とはち合わせしたとき、自分のパソコンが壊れたことで窮地に陥っていると聞いた。

番匠さんは今でも自分を権力からかばってくれている。

沢木の心は揺れ動いていた。

番匠の携帯電話が鳴った。五月女ではなく林原検事からだ。明後日、事情聴取をしたいという。ＣＰＡの件かもしれない。

約束の午後一時半、受付で所定の手続を終えると、九階までエレベーターで上がった。エレベーターホールで林原が出迎えてくれる。顔を合わせるのはひと月ぶりだ。

わざわざ出迎えてくれた真意は何だろう？　邪気のなさそうな笑顔だが相手が検事ならば警戒を怠るわけにはゆかない。挨拶《あいさつ》もそこそこに、部屋へ案内された。

「今日は談合事件で事務官がみな出払っていて、私一人なんです」

橋梁《きょうりょう》の官製談合事件が世を騒がせていた。だから検事自身がホールで待って迎えてくれたのか。合点した番匠はすすめられるままに腰を下ろした。林原は後部の棚から分厚いファイルを取り出した。あらかじめ付箋《ふせん》がつけられたページを開き、目の前に置く。

「これは金融庁に上げられた山手監査法人からの顛末《てんまつ》報告書です。トウボウの粉飾をまったく知らなかった、という呆《あき》れた回答がなされています。この部分です」

人差し指で示した。やはり予感は当った。ＣＰＡからの報告書をあえて読ませることで、こちらを挑発しようという魂胆だ。食虫植物が捕虫器に獲物を誘い込む感覚に似ている。

「会計士たちは逃げ切ろうとしています。粉飾を承知していたにもかかわらず、適正意見を書き続けてきた行為には大いなる疑問を感じざるを得ません。責任をどう問うのかは別にして、われわれはまず正確な事実関係を押さえねばならないと考えています。まずフーズの在庫内容についてですが、監査法人は次のような報告をしました。『在庫は良品と不良品の二区分のみである。そのうち、一四五億円ほどからなる不良品は東南アジアで販売できるので、評価損計上を会社に要求しなかった。以上は津田はじめ当監査法人会計士が番匠、沢木両氏から説明を受けたものである』と。これについていかがですか？」

資料の文字ひとつひとつを懸命に追う番匠を、検事は注意深く観察している。こんな愚にもつかぬ報告書をCPAはよくもぬけぬけと提出したものだ、金融庁との間に馴合《なれあ》いがなければとても出せる代物《しろもの》ではない。逃げ切るために死に物狂いになっている状況が映し出されているとも言える。

やがて、こちらの反応を窺《うかが》う視線が気にならなくなった。読み切って顔を上げると、林原が反論を促すような目で見ていた。番匠は、素早く脳内で整理してから話しはじめた。

「売れるとしてもせいぜいガム程度でしょう。不良在庫一四五億円すべてが売れるなんてことはあり得ません。例えば、アイスクリームのような冷菓をどうやって海外に輸送するのでしょうか。ハイコストのバッタ品を買う人間は世界中どこにもいないと思いますが」

「そうでしょうね。もし会社側から売れると説明を受けたとして、すんなり納得する方がおかしい」

林原はこちらの冷静な反応に当てが外れたような顔をしている。

「検事さん、商品形態の実態説明はフーズ部門しかできないと思いますよ。会計士はそのために現場で在庫実査等の監査をしているのでしょうから。商いを知らない本部経理は説明能力に欠けると考えるのが常識ではないですか」

「おっしゃる通りです。ところで、なぜ会計士は不良在庫を二〇〇億円強として報告しなかったのでしょうか？」

「平成一〇年五月に、私から見月会計士にフーズの不良在庫を二〇〇億強ではなく一四五億として説明したのかもしれません。フーズの前任者が平成九年三月末に会計士報告したのが一四五億だったので、それを踏まえて発言したのかも」

不良品が一四五億であろうと二〇〇億強であろうとトウボウにとっては大同小異だ。しかし検察が会計士をターゲットとしたいなら、そう簡単に話を終わらせるわけにはゆかないだろう。

その後、この報告書につき、いくつかの質問が投げかけられたが、今回の事情聴取はさほど長くかからなかった。的がぐっと絞り込まれていく手応《てごた》えを肌で感じた。

翌日になると質問のピッチが上がってきた。昨日から生煮えのままになっているフーズの数字について再確認が行われた。会計士に関するストーリーの裏付けが取れてきて、数字の整合性を求める段階に入ったのだろう。

「一〇年五月に会計士に報告された一四五億という数字が実在庫二〇〇億強と異なるのはこういった理由からですか」

林原検事はそう言って、一枚の資料を番匠のもとに滑らせた。

フーズ不良在庫　　二〇八億
内、東京販社在庫　　四三億
本社在庫　　二〇億

「二〇八億から東京販社と本社の在庫合計六三億を差し引くと、一四五億となります。東販、フーズ本社はすでに百パーセント連結会社になっている。連結バランスシートに不良性の在庫が存在すること自体、監査上おかしい。会計士自身もそれに触れられたくなかったから、一四五億円という数字が使われたのではありませんか。もともと経理前任者は二〇〇億ではなく一四五億という数字で会計士報告をしていた。それも考慮して一四五億とした。番匠さんから見れば二〇〇億と一四五億にさしたる違いはないのでしょうけれど」

「筋が通る話です」

検事の推察は正鵠《せいこく》を射ている。見事な筋立てに感心した。

林原は「そうであるならば、一四五億円と言ったのも理解できます。私の方でもう一度よく吟味してみます」と自らに言い聞かせるようにつぶやいた。

検事の質問は東洋染織に転じた。

「平成一四年度の東洋染織に対する引当金一三〇億円の計上根拠は何ですか。また会計士はそれに対してどのような対応をしましたか」

「一四年度末の債務超過額は、二四〇億円になっていました。一方、引当金については一三年三月期三五億、一四年三月期七五億を計上してきました。一五年三月期に一三〇億引当計上すると、東洋染織の債務超過額相当額二四〇億だけぴったり引き当てることになります。本来は債権回収基準によって引当計上額を決めるべきだと思います。しかし回収基準は理屈っぽく経営陣に分かりづらい。シンプルで説得力がなければ、とても兵頭さんに引当計上をのませることができません。そこでバランスシートの自己資本の累損に目をつけて二四〇億円まで強引に引当計上していったというのが実情です」

検事は黙っていた。小さく口を開け、目には強い光を湛《たた》えている。こちらの表情を冷静に窺っているのだ。

「東洋染織のバランスシートをひと目見れば債務超過だと分かりますからね。それでも一三〇億円の引当に、兵頭社長は目をむいて反対しました」

「なるほど。たしかにバランスシートを見れば即座に分かりますね」

林原は口許《くちもと》を引きしめ、深く頷《うなず》いた。

「担当会計士からは当初から累損基準で引き当てる旨《むね》のコンセンサスが得られていましたが、最終的にはやはり債権回収基準でしか監査事務所を説得できないと分かりました。それで引当計上した一三〇億なる金額を回収基準で算定できるようなストーリーを、会計士と沢木君が苦労して作ったのです」

「ここに回収基準による計上根拠らしき資料がありますが」

検事は手際《てぎわ》よく並べられた資料を確認して、言った。

「ご覧になったように、たいへん複雑な論理構成により算定されています。私も今ひとつ理解出来なかったロジックです。無責任な言い方に聞こえるでしょうが、この資料については沢木君から直接聞いてもらえませんか」

「本当に分かりづらい算定方法ですね」。検事は眉根《まゆね》を寄せ、首をひねった。「それでは、沢木氏に聞いてみることにしましょう」

「いずれにしても、一三〇億は東洋染織の累損基準で計上され、後から債権回収基準に合わせるため理屈をこじつけたものです」

どうひいき目に見ても、こじつけ計算であるのは一目瞭然《りょうぜん》である。

「本日はこれぐらいで終了したいと思いますが、何か番匠さんからありますか」

林原検事は尋問の終わりにこう付け加えた。気にかかっていた一四年度連結決算の件についてたずねてみた。

「兵頭社長が一三年度と同じく、一四年度も当期赤字や連結債務超過を受け入れなかった点については、どの程度ご理解頂けているのですか」

「今のところ、兵頭さんの主張と番匠さんの説明は全面的に食い違っています」

さらりと言われたが、粉飾は番匠の主導によるものだと兵頭が主張している意味に違いない。予想はしていたので、さほど落胆はしなかった。

そして幾分同情の混じった眼差《まなざ》しで、「沢木氏が一四年度決算の関係書類は捨てたという件ですが、他のところから若干の書類が出てきていますので、それらを検討した上でお訊《たず》ねしたいと思っています。いずれにしても一四年度の決算についてはよく分からないところが多い。下期には、社内で桜木さんが一歩退《ひ》いた形でおられたので、その分だけあなたは不利な立場にあるのは確かでしょう。経営浄化調査委員会からはヒヤリングがなかったのですか？」と告げられた。

会社を救うため、番匠は桜木の放逐を実現した。それがもとで我が身が追い詰められるとは！　人生とは皮肉なものだ、と自分に説き聞かせつつ、無愛想に返した。

「ヒヤリングは一度もありませんでした。旧経営陣を効果的に糾弾するにはどうすればいいのかという意識ばかりが働いていた集団なのでしょうから、事情など端《はな》から聴くつもりはなかったのでしょう。いずれにしても社長指名を直々に受けた後輩が、正義をタテに恩人を刺すという前代未聞《みもん》の事案ですからね」

「ええ、確かにめったにない案件です」

検事はそうつぶやいて、番匠の揶揄《やゆ》に苦笑いを浮かべた。


以前、ある雑誌に兵頭の取材記事が掲載された。自らが置かれている状況に理解が及ばないのか、兵頭は「〝親〟を斬《き》った姉島は許せない」と堂々と言い放った。取材攻勢の中で、つい本音を吐露してしまったのだ。理よりも情を重んじる兵頭は、闇討《やみう》ちをくらわせた後継者をどうしても許せなかったのだろう。姉島は事件の本質を踏まえ、公正に真実の解明にあたるべきであったが、兵頭と異なる意味で思慮の足りない新社長にそれを求めるのはしょせん無理だった。

経営陣は日本企業再建機構からの金、即ち国民の血税を使うには事実の解明が必須《ひっす》であると世間を意識した所見表明をした。しかし、トウボウの闇の扉には手を掛けなかった。会社側の正義のみを都合よく振り回し、社会的正義を全《まっと》うせずに調査の幕を下ろしたのだ。

任意事情聴取は最終局面に近づきつつある、と番匠は感じていた。新たな季節の到来を告げるように、青白く光る稲妻が真っ暗な夜空を引き裂いた。

第13章 強制捜査

七月二八日夜九時過ぎに自宅の電話が鳴った。

「隅田です。ご無沙汰《ぶさた》しています、お元気ですか」

連絡してきたのはトウボウの関係会社で営業に従事する課長だ。関わり合う機会は少なかったが、隅田博とは比較的親しかった。

「社内で粉飾に最も反対されていた番匠さんがこんな目に遭うなんて……。憤《いきどお》りを覚えます」

「ありがとう。でも、オレは財務経理本部長を務めていたのでね、粉飾と無縁だったと主張するわけにはいかない」

ほんの一握りの人間しか知らない自分の戦いを、知っていてくれたのは意外だった。

「ところで番匠さん、今日、調査委に名前を連ねる橋口さんが、明日午後三時に兵頭、桜木、番匠の三人が逮捕されるとしゃべっていましたよ。大笑いしていたそうです。電話の相手は間違いなく、新聞記者でしょう」

代理人である飯田弁護士からは、番匠の役職から考えると逮捕される可能性は極めて高い、と聞かされていたので、覚悟はできていた。しかしトウボウの役員という要職を占めている橋口が前経営陣の逮捕を嬉《うれ》しそうに口外しているとは、呆れてものも言えない。おおかた浄化調査委の弁護士から得た情報だろう。下膨れしたあばた面《づら》がいまいましく頭に浮かんできた。

飯田は「七月二八日か二九日あたりが危ない。嫌疑があればどんな人間でも平気で逮捕するのが特捜検察です。極端に言えば、彼らにとって逮捕は日常茶飯事です。問題は起訴されるか否《いな》かの一点です」と言っていた。特捜案件は一般的に証拠物が乏しく、供述をたよりに立件してゆくケースが多い。逮捕を安易に行なうのは、そんな理由からもきているらしい。

粉飾は潔《いさぎよ》く認めた。疑いようもない事実だからだ。粉飾に社内でいちばん抵抗していたという事実が伝われればそれでよいと番匠は割り切っていた。経営浄化調査委員会とそれと通じるマスコミが、「当時の財務経理本部長が粉飾を主導した」という誤った情報をわけ知り顔で垂れ流すのには我慢がならなかった。

浄化調査委の弁護士とつるむ現経営陣の一部がストーリーの構築を意図したのは承知していた。元財務部長牛窪康治《うしくぼやすはる》とのやり取りが頭をよぎる。よく利用していた新橋の小料理屋で彼と再会したのは、新社長が就任した平成一六年の五月だった。

「姉島さんとは同期だったんでしょう？」

着席早々訊《たず》ねられた。

「そうだよ」

「番匠さんの出世が早かったせいか、嫉妬《しっと》してたみたいですね。姉島さんは番匠さんをターゲットにしていますよ」

牛窪は、番匠が退社した際に取締役財務経理本部長として推挙した元部下で、沢木の先輩格に当たる。銀行の貸し剝《は》がしにあっていた頃、財務のプロとしてもっとも苦労をかけた人物でもある。取締役に就任したものの、一六年六月の株主総会にてわずか三ヵ月で降り、トウボウを去った。現在は某上場会社の財務部長を務めていると聞く。

「男の嫉妬は女よりもすさまじいからね。月光仮面気取りの姉島としては自分を世間に売り込む千載一遇のチャンスだ。例のヤメ検と組んで何かやりかねないかもな。俺は経理を担当していたから、もってこいのターゲットだろう」

「番匠の悪業《あくごう》をあばくんだ、と力みかえっていましたよ。くれぐれも気をつけて下さい」

「姉島君が君にそう言ったのか？」

「ええ、一緒に銀行への挨拶《あいさつ》回りをしていたときに聞きました」

「貴重な情報をありがとう。ターゲットだろうが何だろうが構わんが、大切なのは公平に調査する気持があるかだよ。粉飾問題が都合のいいように使われるとしたら、君の懸《け》念《ねん》通りの事態に陥るかもしれないね」

浄化調査委のメンバーがストーリーを組み立て、それに沿った証言、証拠だけを収集する。そんな図式が脳裏に浮かんだ。

ある筋からデマを吹き込まれた証券取引等監視委の人間が「番匠さんと桜木さんはたいへん仲がよかったらしいですね」ともっともらしく元合繊本部長の多川専務に語ったという。多川からその話を聞いた番匠は現経営陣に不信感を覚えた。やはり小菅《こすげ》で勝負するしかないか。番匠が肚《はら》を決めたのは、実にこのときだった。


じっとしていても汗が噴き出すほど暑い日であった。平成一七年七月二九日、兵頭忠士、桜木英智、番匠啓介の三名は東京地検内の別々の検察官室内で有価証券報告書の虚偽記載による証券取引法違反被疑の逮捕状を読み上げられ、特捜部によって身柄を拘束された。

屈辱感には程遠い感覚だった。実感が全く湧《わ》かないのだ。逮捕状の文面も右耳から左耳へと通り過ぎてゆく。手錠をかけられたときに、刑事映画の一シーンを思い浮かべたほどだった。しかし、オモチャの手錠ではなかった。すぐに番匠は現実世界に連れ戻された。ゆうなの悲しむ顔がちらつく。

逮捕と同時に、家宅捜索が始まった。いわゆるガサ入れだ。その対象は兵頭、桜木、番匠の自宅だけではなかった。山手監査法人にも捜査の手が伸びたとのちに聞いた。

東京拘置所は荒川沿いにその威容を誇示している。約二一万平方メートルの広大な未決囚収容施設である。東武伊勢崎《いせざき》線の小菅駅から徒歩一〇分、地下鉄千代田線綾瀬《あやせ》駅からは二〇分ほどだ。正面入口の鉄扉《てっぴ》をくぐると、桜並木が右にゆるいカーブを描いている。

拘置所と刑務所の違いは一般にはあまり認識されていない。拘置所の存在理由は刑罰を科するためではなく、「逃走および罪証隠滅の防止」にある。それゆえ不起訴で釈放されるまで、あるいは起訴されて裁判で判決が確定するまで、被疑者はここに収容されるのだ。

三五度に達する猛暑が連日続いていたが、独房室は冷房が効いていて涼しかった。番匠が入ったのは先頃建てられた新館で、地上一二階地下二階、中央部の中央管理棟から南北にV字形に両翼を延ばす近代的な建造物である。

部屋の広さは四畳で、うち一畳分は小さな洗面台と水洗トイレに占められている。いずれも衛生的だ。天井に長い蛍光灯が二本はめ込まれており、夜九時に照度が落とされるものの、監視のため一晩じゅう明かりは点《つ》けられたままだ。

小さな机に、タオル、石鹸《せっけん》、歯磨き粉は部屋に用意されている。持込品は入所前厳重にチェックされ、一部の身の回り品以外は刑務官によって領置される。

番匠は翌三〇日、東京地方裁判所まで車で護送され、同構内の出廷留置場で裁判官から被疑事実の要旨を告げられた。それに対する認否確認を求められ、続いて勾留《こうりゅう》期限および接見禁止の説明を受けた。

拘置後も不思議なくらい気力が萎《な》えていなかった。裁判官から最後に「あなたを起訴するかしないかは検察官が決めます」と告げられたときには、闘志が静かにくすぶり続けているのを再確認した。失うものはもう何もない。あとは堂々と真実を語ってゆくだけだ。

灰色のコンクリートにおおわれる要塞《ようさい》のような建物はむき出しになった国家権力だ。番匠はそう感じた。

取調べの担当は五月女検事だった。調べは別棟の一室で行なわれた。正面に検察官、左横に事務官という配置は検察庁と同じである。白壁に囲まれた室内は、取調べ用の机と椅子《いす》、デスクトップ型パソコンのみで構成されており、殺風景の極みだ。

よく眠れましたか。これが検事の第一声だった。拘置所という異質の環境下にいる人間の気持を少しでも和らげようとの配慮であろうか。外は三五度を超えているそうですよ、と本題に入る前に、たわいもない雑談をしばらく続け、こちらを気づかう姿勢をみせた。

「ではまず、あなたが入社されてから見聞きしてこられたトウボウの粉飾の歴史を再度詳しく、時系列に添うかたちでお伺いしたい」

五月女検事は大きな咳払《せきばら》いをした。その音は白くて厚みのある壁にぶつかり、新たな号砲のように響く。

「最初の配属先の事業管理部で見たのはどの事業部門の粉飾でしたか」

「関係会社を統轄《とうかつ》する事業管理部には一〇年ほどいました。全体の状況が鳥瞰《ちょうかん》できるポジションでしたが、やはりフーズが目に付きましたね。昭和五〇年代、当時の社名はトウボウ食品株式会社でしたが、すでに一二〇億から一三〇億ほどの不良資産を背負っていました。トウボウ薬品株式会社（薬品事業の販売会社）も六〇億円ほどの不良資産を抱えていましたが、さすがに所管官庁がうるさいので限界を見据えながらやっていた印象があります。当時、食品、薬品などの決算打合せ時には必ず期首時点と期末時点の内蔵損比較表を当該社から直接取り寄せ、先方と内容確認していましたので、状況については的確に把握しておりました」

肩に力を入れず、淡々と答えていった。

「昭和五〇年代に露呈した合繊の粉飾はどうでしたか」

「所管は企画部なので、管轄外でした。しかし、当時の事業管理部は監査部と同じ部屋にあり、作られた不良在庫の様子は手に取るように分かりました。昭和五二年前後から監査部が合繊の在庫受払表を急にチェックし始めたのです。あまりにも異様な光景だったので、昨日のことのように憶《おぼ》えています。すぐに異常に水ぶくれした在庫の存在を知りました。キャッチボールや宇宙遊泳の結果ですね」

「しかるべき地位にいた方々は一様にその粉飾事件を口にします。よほどの意味を持っていたようですね」

「後世に禍根《かこん》を残すトウボウ粉飾史の原点です。発覚したのが昭和五〇年代に入ってからですから、不適切な売上を商社等に計上していたのは昭和四八、九年あたりからと考えるのが妥当でしょう。山手監査法人代表社員の伊岡谷之助氏の目こぼしがなければ成立しなかったと思います。山手をガサ入れすれば詳しい事情がさらに分かるんじゃないですか」

時系列を追いながら調書を重ねていくと、自ずと経営者と担当会計士の関係が浮び上がってくる。合繊の巨額粉飾事件を皮切りに、フーズ、薬品、羊毛、レオール＆ファッション、トウボウ不動産等々による主な粉飾行為につき順次説明していった。どれも直接関わったわけではないが、経緯についてなら解説できる。

「ひどいものですね。歴代経営者は例外なく、粉飾と関係していたと言ってもいい。まさに欺瞞《ぎまん》と偽善の系譜だなあ」

「そう言われてもしかたないですね。合繊巨額不良在庫の処理のため、本社および本社工場の二〇万坪以上の土地とその他主要工場の土地などを主財源として、当時の経営責任者が会計テクニックを総動員させ、皮相的に内蔵損の尻拭《しりぬぐ》いをしていました。そうして、やっと切り抜けたにもかかわらず、その後もどんどん不良資産を作ってしまったのですから。兵頭さんが就任する前にはすでに二千億ほどの非稼動《かどう》資産などを抱え、財政的には虫の息でした」

粉飾史の概要については三〇枚ほどの調書作成を含めて、三日間で終了した。

調べは午前、午後、夜に分けられていたが、日を追ううち、午後と夜の二回だけになった。無聊《ぶりょう》をもて余し、もの足りない日々でもあった。一四年度決算に対し、自分がどんな姿勢で臨み、どのように対応し、着地を図ろうとしていたのだろうか。一刻も早く思い出したかった。

拘置所の生活は極めて規則正しく進んでゆく。午前七時起床。七時四〇分に朝食。一一時五〇分昼食。午後四時二〇分に夕食。夜九時消灯。入院生活に似ている。

任意事情聴取の段階で三ヵ月弱の期間を費やしている。特定の事項を除けば、立件のため、これ以上の新事実が必要とは思えない。これからは、供述調書の作成に時間が割かれてゆくのだろうか。

食事は刑務官の監視のもと、雑役担当から配膳《はいぜん》される。麦入りのご飯と味噌汁《みそしる》におかずが添えられる。初日に飲んだ熱い味噌汁の味わい深さに感激した。先入観に逆らい、食事はまずくない。週に一度出される給食のようなパンと善哉《ぜんざい》も上々だ。これなら住人たちの舌も慰められるだろう。白米と大麦が七対三の麦飯はアルミ弁当箱で差し出されるが、温かい麦飯を弁当箱の蓋《ふた》に移し替えると、中の水分が飛んでおいしく味わえることも発見した。

「工夫しだいで結構いける！」と心の中で小さく叫んだ。ゆうなが聞けば「自称グルメのくせにその程度の舌だったの」と呆《あき》れ果てるかもしれない。

食事が充実していれば、戦闘意欲は保てる。番匠は独房室の中で毎日トレーニングにも励んだ。筋肉が落ちないように腕立て伏せ、スクワット、ランジといったトレーニングを取り入れ、ストレッチと合わせて朝と午後の二回、毎日欠かさなかった。両足を左右に開脚しながら顔や胸を畳につけられるようにもなった。

週二回三〇分ずつ、外での運動が許された。縦一〇メートル、横三メートル前後ほどのウレタン床の運動場に出る。外気と触れられる唯一《ゆいいつ》の場所では、気分転換を図れる。入浴も週三回できる。ありがたいことに朝一に入らせてもらった。湯も風呂場《ふろば》も清潔そのものだ。

読書が一番の気晴らしになった。古い官本が多かった。時間が経《た》つにつれ、どんな本でも、読破したくなる。身柄拘束によって外界と遮断されているので、情報飢餓におちいっているのだろう。とくにフレデリック・フォーサイスの作品はエンターテインメント性に富み面白かった。ド・ゴール仏大統領暗殺未遂事件を題材にした『ジャッカルの日』やロシアの危機を描いた『イコン』をむさぼるように読んだ。

所内で会える人間は限られる。刑務官、検事、そして運動場までの往来で廊下にてすれ違う同フロアの独房室の住人だけだ。しょぼくれた老人や半白の髪をきれいに七三になでつけた中年紳士、松葉杖《まつばづえ》をついたヤクザもいれば、タトゥーを入れまくった外国人も見かける。政治経済犯だけの収容所ではない。

接見できるのは原則、代理人である弁護士だけだ。時間は三〇分以内。日々の接見では外部の生きた情報が得られる。弁護士は心情を吐露できる唯一の味方でもある。

拘置所が本来快適であるはずがない。だからといって、出たくてたまらないほどでもなかった。人間は状況に適応する生き物である。それなりの食事も担保されている。都市の喧騒《けんそう》を離れた禅寺の一つとでも割り切ればよい。物事を深く見つめ直す意志のある者にはおすすめの場所だ。皮肉でもなんでもない。鉄格子《てつごうし》に護《まも》られた一風変わった寺院なのである。

番匠は頭を完全に切り替えた。ポジティブに行動するのか、それともネガティブに自分を追いつめてゆくのか、とらえかたひとつで万事見え方が変わる。命まで取られることはないのだから決して落ち込むな！　毎晩寝床から天井を見上げつつ、自らをそう戒めた。

粉飾の時系列を整理した後は、平成八年三月期のトウボウフーズの検証に時間が費やされた。東洋染織と並ぶグループ内問題会社の双璧《そうへき》だ。同社にとっては最悪の会計年度だった。

「平成七年度末現在の状況を示すこの資料は、当時のフーズ社長・黒川章一氏から本体の経営会議に報告されたものだと思うが、間違いないですね」

五月女検事は「フーズ不良資産（平成七年度）」という一覧表を番匠に見せた。右上に「8・9・13経営会議資料」と小さくメモが記されている。

「その通りです。私がフーズに出向する前の話ですが、黒川社長は本社サイドからかわいそうなくらい愚か者扱いされ、叱《しか》られていました。最悪の業績と資金状況ではありましたが、彼一人だけで不良資産や借金を作ったわけではないので、気の毒に感じていました」

黒川は会社人生の大半を西峰の秘書として送ってきたので、経営はむろん商売や計数にも疎《うと》い人物だった。

「不良資産額はフーズ本社および七販社で約五二五億、フーズ関係会社を含んだフーズグループで六〇〇億強とあります。これで正しいのですね」

「当時フーズの不良資産は社内で五〇〇億から六〇〇億円あると噂《うわさ》されていましたが、まさにこの数字通りです」

不良資産の明細項目ごとに「既報告数字欄」と「修正数字欄」とが設けられていて、当日の本部経営会議のためにフーズ側が修正を加えたことを示している。見直しの経緯顚末書《てんまつしょ》までもが添えられていて、粉飾経緯がくどくどしく解説されていた。

五月女検事は納得したように首を縦に二、三度振った。そして肉の厚い掌《てのひら》でゆっくり顔を撫《な》で上げる。

「ところで、平成九年に出向された時、実態調査をされましたよね。どんな手口で粉飾がなされていたのですか？」

「いろいろなやり方がありましたが、代表的な手口としては押込み販売をして、それに対する支払販促リベートを計上しないというやり方です。これは売上と販促リベートの両面より問題になります。契約販売による粉飾もありました。黒川社長時代まで伝統的に踏襲されてきたフーズ独自の手法です」

「なんですか、契約販売とは？」

検事は大きな体を背もたれに預け、一オクターブ高い声を上げた。

「三月度は冷菓の実需シーズンではありません。しかし備蓄と称しアイスクリームなどの冷菓を生産、蔵出しをして、三月度に売上を計上するのです。実際には製造した冷菓を借り上げた冷凍倉庫にしまい込むだけで、相手先には一切発送しません。要は伝票上の売上を作るのが目的なのです」

決算対策のため三月までの決算月に仮需の形で利益を計上してしまう。これは明らかな粉飾だ。

「フーズ出向直後に、まっ先に止《や》めさせました。それまでのフーズは決算ごとに契約販売をやっていましたから」

もし実需期の夏に売れなければ、在庫は劣化してしまう。アイスクリームやかき氷は冷凍庫に入れて置く限り腐ることはない。しかしいかに冷凍品といえども、あまりに古くなると売り物として店頭に投入できない。そもそも大量の在庫を冷凍庫に保管して置くこと自体、多大なコスト（保管料と金利）がかかり経営を圧迫してしまう。

「聞けば聞くほど、当時の経営責任者はひどいですね」

怒りの刃《やいば》をＯＢに向けたが、すぐに大きな吐息へと変えてしまった。時効という壁のためだ。

日によって異なるが、夜の調べは夕飯の三、四時間後に始まるケースが多い。所要時間はさほど長くない。

「ここに九年三月末現在のデポ（置き場所）別在庫表があります。これは倉庫別不良在庫表と認識してよいのだろうか？」

五月女検事は手を口にあて、二、三回大きな咳をした。うっすらと無精髭《ひげ》も見える。連日の調べと調書づくりで疲労が溜《た》まっているようだ。

「ええ。歴代社長の置き土産です。この資料は当時の商品管理部長に私が依頼しました。平成九年三月末現在におけるフーズの総在庫は二二九億円、そのうち不良在庫は二〇四億円あり、デポ別つまり倉庫別にすべて記載されています。したがって正常在庫は差額の二五億円分しか存在しなかったわけです。不良にはＡＩＲ六四億円も含まれていました。この時の調査で初めて明らかになりました」

「帳面だけの空気在庫か。いったい何年前のものですか？」

「空気在庫の起源は存じませんが、不良在庫には二〇年以上前に製造された商品も計上されていましたね。賞味期限を飛び越えた話です」

「書画骨董《こっとう》じゃあるまいし、まったくもっていい加減な経営をやってきたのですね」

フーズの元商品管理部長にも聴取が行われていると聞いてはいたが、五月女はその経営の杜撰《ずさん》さに改めて苛立《いらだ》っていた。

ここ数日間の調べを通した事実経緯は二十数枚の供述調書となった。逮捕前におけるフーズ関係の事情聴取も、この時点で併せて調書にされた。フーズに関しては、自分が知るほぼ全《すべ》ての事実関係を話し終えた。

日傘を貫くような強い陽射しである。温度計も三五度を軽く超えている。

逮捕前日、ゆうなは「小菅には決して来るな」と言われていた。だが居ても立ってもいられず、差入れを口実にここまで来てしまった。

面会所に向かう歩道橋を渡ろうとしていた。代理人の飯田弁護士と会う予定になっている。携帯電話のナンバーをあらかじめ番匠から聞いておいたのだ。

バタバタと足早で背後に現れた男女の会話が耳に入った。

「アネさん、ハジキ、持ってねえでしょうね？」

「なに言ってんのよ、持ってるわけないでしょ！」

ギクリとした。キュロットパンツにTシャツ、ビーチサンダルを履いた中年女が、ヤクザ風の若い男に怒ったように言い返している。どうやら拘置所にいる男への面会らしい。ヤクザの女房か愛人なのだろう。

思わず日傘で顔を隠した。二人組はその前を急いで通り過ぎていった。啓介はいったいどの辺りに居るのかしら。歩道橋からコンクリートで覆《おお》われる拘置所を落ち着かない様子でしばらく見上げた。面会所に入ると差入れ売店があった。缶詰がズラッと並んでおり、ショーケースには菓子パンが重ねられている。

差入受付窓口から大きな声がした。

「困っちまうんだよ、それじゃ。アニキに頼まれて持ってきたのによー」

「入らないったら入らない」

「それじゃ、オレが怒られっちまうんだよ！」

「駄目って言ってるだろう。入らないものは入らない」

アロハシャツを着たチンピラがタオルケットらしき差入れを手にして受付刑務官に訴えている。机を叩《たた》いて抗議したが、刑務官はプイッと顔を背けてしまった。

不安を抱えて差入れ窓口に向った。番匠のために大きなバッグで様々な品物を運んできた。差入願を受付窓口に提出すると刑務官は目を丸くした。ゆうなの表情から、すぐに初めて来たことを察したらしい。

「日用品は差入れられません。衣類は三枚まで。タオルは一本」

見かねて差入願を書き直してくれた。ゆうなは指示通り、許可された品のみを差入れボックスに入れた。食べ物もこの売店で販売している缶詰と菓子しか渡せないという。電子掲示板のある待合席の方に目をやった。飯田弁護士とは電話だけのやり取りでまったくの初対面である。

その時、差入願に記入していた二人のスラッと背の高い女性の後ろ姿が目に入った。

マリア様のような黒いロングスカート、白いスカーフを頭にお洒落《しゃれ》に巻いている。きれいな後ろ姿だ。うっとりと眺めていたその時、二人の女性が振り返った。

声を失った。真っ赤なルージュを塗りたくった口は裂けているように見える。目も黒いアイラインで巨大に縁取られている。神々《こうごう》しく見えたのは後ろ姿だけで、この世のものとは思われないほど不気味な女たちだった。邪悪な新興宗教《カルト》にでも入信しているのだろうか？

自動ドア越しには、黒服に身をつつんだヤクザ数名が手を後ろに組み直立不動の体勢で一列に待機しているのも見える。

弁護士らしき人間を探した。まともそうに見える者が少なかったので、飯田を見つけ出すのはそれほどむずかしくなかった。目が合ったので、軽く会釈《えしゃく》をして近づき一礼して挨拶《あいさつ》した。

「朝霧です。飯田先生でいらっしゃいますか」

「ええ。はじめまして、飯田です」

立ち上がって挨拶してくれた後、彼女の荷物を見てけげんな表情をしたので、「渡せないのを知りませんでした」と小声で伝えた。

待合席に腰を下ろす。番匠は一八日に起訴されるだろう、保釈金額の折衝後、保釈という段取りで進める、と説明を受けた。一八日に起訴？　ゆうなの全身から力が抜けた。

「面会所の門には記者がたむろしています。私は面《メン》が割れているのであなたと一緒に出てゆかない方がよい」と飯田弁護士は告げて、おもむろにその場を立ち去った。

座り込んだまましばらく茫然《ぼうぜん》自失していた。が、少し気が落ち着くと、番匠の寂しげな横顔が浮かんできた。起訴などされてたまるものですか。啓介は悪いことなんて何もしてないわ。ゆうなは心の中で二度も三度もそう叫び続けていた。

身柄を拘束されてから一〇日あまりが経った。

「実質二千億円の連結債務超過に関するこの資料ですが……」

と切り出しかけて、五月女は言葉を止めた。中途で話を失速させたのは、番匠の片頬に力が入ったのを見逃さなかったからだろう。被疑者からの僅《わず》かなシグナルにも敏感なのが名検事だ。「どうしました?」と五月女はぎょろ目を向けた。

番匠は、資料に目を落とし、黙り込んだ。沢木が桜木に上げた平成一一年四月一日付の報告書だった。銀行から厳しい貸し剝《は》がしの対応に追われていた頃だ。兵頭が代表取締役社長に就任したのは平成一〇年四月だから、二千億の債務超過を生じさせたのは兵頭以前の経営者である。

三〇年前、合繊粉飾でもたらされた巨額不良在庫の相当部分は、高度な経理技法により本体以外の所で消し去られた。ここにあるのは、「消し切れなかった一部の不良資産」

「合繊巨額粉飾事件の後にも繰り返された愚行から新たに生まれた不良資産」「事業運営より計上された実損失」の累計額がおよそ二千億円に達したことを示す証拠資料だ。

就任以前までに積もってしまった額であるから、兵頭、桜木が生み出した実損額はわずかだと言えなくもない。しかし適正な財務情報を投資家にディスクローズしなかった点は重大で、証券取引法違反（有価証券報告書の虚偽記載）の疑いをかけられるのは当然だ。厳正な会計基準の下に算出された期間損益と財政状態を投資家に開示する前提があってこそ、証券市場は成り立っている。その情報により初めて投資家は適切な投資ができるのだ。

自分たちが作った負債ではないというのが、兵頭、桜木の口癖だった。確かに「二千億円の不良資産を作った経営者」と「二千億円の損失を顕在化させなかった経営者」のどちらが悪いのかと言えば、明らかに前者である。検察もそれははっきり認め、前者を偽善者だと断罪した。

番匠は資料の数字を眺めながら、「いったいどこで歯車が狂ってしまったのだろう?」とぽつりとつぶやいた。

「悪《あ》しき前史を隠蔽《いんぺい》しようと、熱弁をふるった人物がいたじゃないですか」

「ああ、株主総会で、ですか」

検察官は万事心得ている。その人物とは、平成一六年六月、トウボウの定時株主総会において議長である社長の姉島に指名され、発言した西峰一斉を指している。

「約一二〇年の歴史を持つトウボウがわずか一〇年で崩壊した。日本企業再建機構から公的資金を投入した以上、司直の手にかけてでもその責任を明らかにしてほしい」

そのかなり前からトウボウは実質債務超過に陥っており、死に体《たい》であった。西峰自身が最も知っていた筈《はず》の事実だが、彼は三〇分ほどの演説の中でさりげなく己の正当性をアピールした。というより、さながら彼のワンマンショーだった。

西峰のスピーチはかつての信奉者たる元役員たちを感動させた。彼らはその饒舌《じょうぜつ》に酔い、しまいには拍手喝采《かっさい》で華まで添えたという。

「人間ってやつは、自分に不都合な所業を全部忘れちまう生き物なんでしょうかね。それとも時効が成立しているという安堵《あんど》感《かん》が、あんな演説に走らせてしまうのでしょうか」

番匠の独言のようなつぶやきに、五月女は口を噤《つぐ》んだまま、それを肯定するように力を込めて頷いた。

経営浄化委が名誉会長を追及することは一切ない。姉島の軽率な約束が彼を勇気づかせたのかもしれない。西峰が総会前夜に修羅の形相で草稿にペンを入れている姿をふと想像してみた。

取調べ室に虚《むな》しさが漂う。

「ところで、この資料に見覚えがありますか？」

五月女検事はそういってうつむくと、足下のダンボール箱からＢ３判の資料を取り出した。沢木が作成した報告書だ。

「平成一一年五月七日、沢木氏が会計士と打合せながら書いた連結外しのための書類に相違ないですね？」

検事は確認を求めてきた。

平成一一年度から連結諸規則が厳しく改正され連結子会社の範囲が広がるため、桜木は沢木に連結外し策の検討を指示した。急ぎ対応しなければ、一二年度末に連結債務超過を解消するという公約を果たすどころか、一一年度時点で底が抜けたような連結債務超過に陥ってしまうからだ。

書類を繰っていくと、トウボウの関係会社に対する現状の出資比率図とその出資比率の変更を示すページが現れた。問題会社を連結範囲から除外するため、現行出資比率を変更させるスキームが描かれている。「現状／当社対策案／公認会計士条件」の順序に項目区分され、会社と会計士それぞれの意見が詳細に記されていた。

「会計士が連結外しの出来る条件を提案したのではないですか？」

この資料だけから判断すれば、検事の主張のようにしか見えない。

「沢木君は、この資料を作成するに当たって会計士と打合せをしたと供述したのですか？」

「そうです。沢木さんから詳しい説明がありました。さらに、この資料のバージョンアップ版が両者によって作られています。二度目の打合せが行われ、五月一九日に新たな書類が作成されています」。五月女はそう言って番匠の前に第二版を滑らせた。「一連の連結外し対策は桜木氏の指示で沢木氏が会計士と共に練ったものです。打合せには番匠さんが関与していないのは、すでに確認をとっています」

五月女は番匠に有利な事実を開陳してくれた。何らかの意図があるのか。番匠は身構えた。

「銀行の貸し剝がし対策で四苦八苦していた時期で、そちらに参画する時間は割けなかったのでしょう。しかし、会計士の最終了承を得る折衝には、出席していると思いますよ。沢木は必ず重要な会計士折衝には私を引っ張り出しましたので」

「会計士と折衝する前の七月一七日、番匠さんと沢木さんは桜木氏の要請により連結外し対策を答申されています」

全《すべ》てを桜木に報告せよ——それが兵頭の方針だった。当然ながら、細かい報告内容までは憶《おぼ》えていない。沢木がそのように証言しているのであれば、そうなのだろう。

「一一年七月一七日付で桜木さんの了承と指示を受け、同月二七日、あなたと沢木さん、津田・見月・松下会計士の間で連結範囲の打合せがなされています。番匠さんが初めて折衝に加わったのはこの七月二七日になります」

こちらに記憶を呼び起こそうとヒントを与えてくれたが、イメージすら浮かんでこない。いまさらながら、特捜部の調べには舌を巻く。

「では七月二七日まで私はこの件で会計士と折衝していなかったということですか」

「ええ。同日の打合せ内容は議事録に詳しく記録されています」

几帳面《きちょうめん》な沢木は、その模様を正確に残していた。議事録に目を通すと、北海道・東北・名古屋・大阪・広島・九州にあるトウボウフーズ地区販社六社（東京販社はすでに百パーセント連結済み）を今後連結上いかに取り扱うか、という点についての白熱した議論が書きとめられていた。

「桜木さんは多額の不良資産を抱えたフーズ六販社の連結を断固認めてくれませんでした。六販社連結の是非が最大のポイントであったのは間違いありません」

議事録は大脳へ刺激を与えてくれた。

「そのようですね、フーズ六販社について見てゆくと、その後もずいぶん苦労の跡がうかがえる」

「そうなんです。六販社は不良資産を溜《た》め込むデポとなっていましたからね。不良資産が存在しなかったら、連結や持分法適用を巡って議論を闘わす必要もありません。そういった点では、経理マンとして辛《つら》い思いをずいぶんしました。今でも多額の不良資産を作った経営者たちを世に告発したい気分です」

五月女検事は「その通り」と言わんばかりに深くうなずき、沢木から「連結外しのための一連の対策」および「連結外しを実施した場合の平成一一年度連結業績見直し」の二案件が一一年八月二五日付経営会議で答申された事実を付け加えた。

経営会議資料に目を走らせるうちに、フーズ六販社の連結外し策が実行に移されていった経緯の記憶がしだいに手繰《たぐ》り寄せられてきた。

平成一一年度、連結が主たる財務諸表に格上げされ、連結範囲の規定も変わる。東洋染織を別格とすれば、フーズ六販社が最大の焦点である。一二年度末に連結債務超過を解消すると公約していたので、桜木はその対応に躍起になった。

そこで、フーズの下請け先に六販社の株式を一部仮装譲渡し、トウボウからの出資比率を減少させ、持分法適用会社にして、連結財務諸表の業績悪化を減殺《げんさい》するというその場しのぎのスキームが策定されたのだ。下請け先がフーズ六販社の出資を引き受けるための株式購入資金は、トウボウから迂回《うかい》融資がなされるという前提条件付きである。数年後に株式を買い戻す裏契約もなされていた。下請け先が所有するフーズ六販社の株式は名義株そのものだった。

どこから眺めてみても、会計士たちは共犯にしか映らなかった。

連結外しの調べの後、「新中長期計画」策定とその周辺事情等について調書を作成したい、と検事は告げた。

新中長期計画とは、桜木の肝煎《きもい》りで策定された平成一三年度から一七年度の五ヵ年事業計画を指す。一二年度末に公表上の連結欠損金約五〇〇億円を消去するため、平成一七年にはグループ売上を八千億以上まで持ってゆくというプランである。一三年五月に記者発表された。

「これは妥当なものだと思われていましたか」

「いえ、達成不可能な数字しか並んでいません。目標数字を両首脳が独断で決め、その上に配当を織り込むことまでを主張するといった、とんでもないプランです」

「ほう、配当まで。公表された計画では配当はなくなっていますね」

すでに捕捉《ほそく》ずみだろうが、検事は関心のある素振りを見せた。

「われわれ財務経理はこの計画を阻止するため会計士の力を借りようとしました。内密に津田会計士と打ち合わせた後、両首脳対津田、見月、松下の会談をセッティングし、先生方から警鐘を鳴らしてもらいました。配当阻止の経緯は提出している手帳と議事録に記されている通りです」

「ああ、一三年二月一三日に『一四時、会計士vs.社長・副社長』と記載された箇所ですね。番匠さんが仕込んだんですか」

小さく頷《うなず》いたあと、吐き捨てるように言った。

「逆立ちしたって配当など出せるわけがない。前年の一二年一二月二七日に不良資産等約二千億円とその中味、さらに会計士から指摘の連結除外になっている問題会社について報告したばかりですよ。正気の沙汰《さた》じゃありません」

配当計画をぶち上げた時の桜木の得意顔を思い浮かべるだけでも癪《しゃく》にさわる。

「二人は配当を諦《あきら》めましたか」

「いや、くすぶった状態がしばらく続きました。メモからも分かりますように、先生方からそんなに強い言葉は出なかった。『不良資産を償却しないで配当を行えば特別背任罪に問われるぞ』と迫らなければ、諦めるような人たちではありませんよ」

配当すべき利益がないにもかかわらず、分配を行うのは違法行為である。蛸《たこ》配当と称されるもので、会社法上厳罰に処せられる。それを承知の上で、周囲の反対を押し切ってまで強行しようとする桜木の執念はどこに由来していたのか。今もって理解できないでいる。

「で、どうしましたか」

「メインバンクの住倉五井銀行に出向き、配当だけは絶対阻止してくれ、と依頼しました」

「それで？」

「もちろん同意してくれました」

番匠は目を一瞬逸《そ》らしたが、すぐに検事を見つめなおして告げた。

「最終的に配当を盛り込むのを断念させたのは住倉五井だと思います。四月以降になっても桜木版新中長期計画にゴーサインを出しませんでした。圧力をかけたんですね。原則として計画は一四年三月末までに承認されなければなりません。しかし最終オーソライズはかなり遅れました。配当についての項目は結局、削除されました」

「なるほど。それにしても当初の、最終年度の売上計画は一兆円と大風呂敷《おおぶろしき》を広げてたようですが」

「当時の状況を考えれば目茶苦茶な数字です。桜木さんは当初、合繊や天然繊維にも各々《おのおの》一千億円ずつの売上ノルマを課そうとしていたと思います。イカれていますよ」

高い利益計画は、為政者にとって粉飾を促す小道具にもなる。

「最終的な数値目標は八五〇〇億円になったようですよ」

「一兆円も八五〇〇億円も変わりませんよ。利益水準は当初案からそんなに変えず、配当計画をやめただけの話です」

これらの経緯も調書にされた。やはり検察は、一三年度および一四年度の粉飾決算がこの達成不可能な新中長期計画と不可分の関係にある、と睨《にら》んでいるようだ。

さらに、新中長期計画にしかるべき不良資産償却を盛り込んでもらいたいという会計士から兵頭に宛《あ》てた要請書の作成経緯や、全社不良資産明細並びに連結除外の問題会社に関して、番匠から兵頭・桜木に正式報告した際のやりとり等についての調書が三五枚にわたり詳細に作成された。

取調室は四方が白い壁に囲まれている。純白な壁に向き合って目を瞑《つむ》ると、深山幽谷に存する迦葉山《かしょうざん》の坐禅《ざぜん》堂を思い出す。数年前、群馬県の武尊《ほたか》山系に連なる浄域の寺の一角で白壁と対峙《たいじ》して坐禅を組んだことがあった。部屋の電灯は薄暗かったが、両眼を閉じれば同じである。異なるのは、坊主《ぼうず》の代わりに検事がいることだけだ。

「おっと、これを聞くのを忘れていた」といって検事はポンと手を打ち、B4サイズの資料を机の中から取り出し、目の前に置いた。

僧から警策《きょうさく》を頂戴《ちょうだい》したときの音のように聞こえた。

「一三年度および一四年度業績に関する事業統括室作成の資料ですが、見覚えありますか？」

「ええ。これをもとに経営浄化調査委員会が一六年一〇月二八日に三〇〇億円の粉飾があったと公表したのでしょう？」

事業部門ごとに数字を細かく羅列した一覧表だ。

「この数字が信頼できるものかを知りたいのです」

「率直に申し上げますと、事業統括室の把握した約三〇〇億円という粉飾合計額は信憑《しんぴょう》性《せい》に極めて欠ける数字で使いものになりません。そもそも事業部門からしっかりした裏付けと共に取り寄せた数字ではないのです。粉飾処理と個々に合わせられていないので裏付けになる証憑《しょうひょう》もないはずです」

　検事は「どうもそのようですね」とあっさり認めた。証券取引等監視委員会もさすがに疑問を感じたらしいが、経営浄化調査委員会委員長、菅原盛一弁護士が元検事風を吹かせてパフォーマンスのために強引に公表した、という情報をかねてから耳にしていた。

「事業統括室の岡崎事業管理部長がその資料を持ってきた時に数字の信憑性と裏付け経路をたずねましたところ、『何の裏付けもない数字です』というバツの悪そうな返事が返ってきました。桜木副社長の指示により急いで作成したようです。取りあえず報告しておこう、といったかたちで作成されたお粗末な資料です。みんな、桜木さんには怒り心頭でしたからね。部下にさんざん粉飾させておいて、後から粉飾金額を調べさせるなんて！」

「そんな金額が一人歩きし始めると、実に困るんです」と、検事は修行僧のように顔をしかめた。

　粉飾金額を大きく発表した方が注目を浴びるだろうという意図が潜んでいたのか。菅原弁護士と彼に追従した姉島隆の利己的な思惑が見え隠れしているようにみえる。

「番匠さん、一三年度下期についてお尋ねします。一四年三月一九日付の決算案が経営首脳に対する財務経理としての最終提案なのですか？」

「そう考えていただいて結構です。経理としては一三年度の年間ベースで経営首脳に上程しました。それが連結当期利益▲四三億円の意味です」

「三月一九日が経理からの最終案だとすると、連結当期利益七千万円の社長承認はいつごろ取ったのですか」

「四月一五日のファイリングまでには実質的な承認を得る必要がありましたので、そのあいだですね」

「手帳の四月八日のページには『決算社長報告』と記載されていますが……」

「その日ではないと思います。兵頭社長、桜木副社長双方から二桁《けた》億の黒字を強要され、『もし無理でも一〇億に近い一桁金額を当期利益とせよ』と指示されたのが八日です。八日の報告と同時に社長承認は得られません」

「秘書室の社長日程記録から推測すると四月一〇、一一日くらいかと思われます。四月一〇日にもあなたは社長室に顔を出している。四月一一日には、兵頭、桜木、沢木、総務・広報本部長と打合せをされ、さらにその後社長とサシで会っておられる」

ここまで明らかになれば、流れは見える。

「一四年四月一〇日に『連結当期利益七千万円、連結純資産八億円』の決算案が社長の承認を受け、その足で会計士に報告。翌一一日、ニュー霞《かすみ》ケ関《せき》ビルに出向き資料を提出した上で、同月二二日の経営首脳と会計士のトップ会談でその決算案をオーソライズするという停止条件付で会計士と合意。これが正確な流れだと思います」

まるでテニスのラリーのようにリズムよく片付いてゆく。

ようやく一三年度連結決算の調べに一応の筋道がついた。ひと区切りがついたところで、胸にくすぶり続けている不満を検事にぶつけようと思った。

番匠は五月女を睨《にら》みつけた。

「粉飾に無抵抗、いや消極的協力までして、しかもそれに黙諾を与えた役員を咎《とが》めずに、貴方《あなた》たちはなぜ粉飾に反対した人間を拘束し続けるのですか？　粉飾決算を行なった企業の財務経理担当役員はすべて悪人と見なせばそれで事足りるのですか」

決してその場かぎりの情動から叫んだわけではなかった。

「一概にそんな風には思っていない」

「おかしくはありませんか。命令に抵抗し続けたにもかかわらず、経営トップに意見を圧殺され、最後には仕方なしに協力させられた。それで罪に問われるならば、経理関係者には会社を辞めるしか道が残されていないということですか！」

「必ずしもそうとは……」

五月女は口をへの字に曲げた。

「でも、あなたたちが今回やっているのはそういうことじゃないですか、五月女さん、違いますか？」

長い取調べの中で最も注意すべきは供述調書の署名と指印である。腹に落ちないときには迂闊《うかつ》に応諾してはならないのは言うまでもない。しかしそれ以外では素直に協力してきた被疑者からの突然の反撃に、面食らっているようだ。

「国家権力を背景にしたエリート司法機関が私のような弱者を捕まえる。こちらだけをスケープゴートにして住倉五井関係者には何の罪も問わない。関連資料や議事録から見ても、さらに道義的な観点からも、およそ公平とは言いがたい扱いではありませんか。銀行や過去の経営者の責任にはなぜ触れないのですか。粉飾を行なっていたのは何も成一三年度、一四年度だけではないんですよ。あまりにも政治的だ！」

平成一二年度以前の時効に該当しない年度にまで遡《さかのぼ》って同じ罪を問うのが本来あるべき姿だ。

「政治的に動いているわけではない。検察は公正だ」

五月女は番匠を睨み返しつつ、言葉を探しているような目の動きをした。

「何が公正ですか。時効になっていない粉飾行為が立派に存在するじゃないか。あなたたちは極め付きの国策捜査をやってるんだ！」

日本企業再建機構は銀行不良債権の解消を促進するために政策的に設立された組織である。不良債権を片付けるにはその貸出先の事業会社を清算するか再生するかしか手がない。その背後には大銀行は決して潰《つぶ》してはならぬという国策がある。国家は、これまで金融機関には手をつけ整理もしてきた。これ以上の追及は国益にそぐわない。今回の捜査対象として桜木を例外として住倉五井銀行関係者はできる限り外したいのだ。共犯者たちの免罪に思いを向けると苛立《いらだ》ちが抑えられなくなる。

五月女は口許《くちもと》を歪《ゆが》めて言い返した。

「少なくとも証拠物件に対しては、公正、公平に判断しています。それにあなたは弱者ではけっしてなかった。銀行から強く推された次期社長候補だった」

「銀行が私についてどう考えていたかは、ここでは関係ないでしょう。あるいは次期社長予定者であればこそ、兵頭にゴマをするため粉飾を主導的に行なった、とでも言いたいのですか。そんな邪推から逮捕を導けるなら、もっと調べなければならん人がいるでしょう？　それとも浄化調査委にいるヤメ検の杜撰《ずさん》な調査を鵜呑《うの》みにでもしているのですか」

思いのたけを吐き出した。一四年一一月に発覚した費途不明金事件以来、兵頭退陣しか生き残る道がないと決意を固めていた人間が、社長に与《くみ》するわけがない。そもそも兵頭が自分の指示通り動かないオレを後継者にするのはあり得ない。

五月女は瞬《まばた》き一つしないで叫んだ。

「われわれ検察は浄化調査委とは関係ない！　一緒に語られるのは心外だ」

「だったら、もっと公平に捜査をすればどうなんですか」

「そういう態度なら、ここから出られんぞ」

検事は目をむいた。

「ああ結構だ。何年でも閉じ込めておけよ。何十年でも構わんぞ！」

まさに売り言葉に買い言葉だ。痴話喧嘩《ちわげんか》に等しい。睨み合ったまましばらく経《た》った。

左隣りの事務官が目を白黒させている。頭が少し冷えたところで、番匠は独りごつようにつぶやいた。

「しかしどうして一四年度の資料だけが出てこないのか。どこかで握りつぶされているのか……」

七月二九日の関係者逮捕の折、弁護士の話ではトウボウ本社に家宅捜索は入らなかったという。最初から事件の積極的な協力者であるという理由からだ。断じて正しい捜査とはいえない。姉島と浄化調査委のヤメ検が結託する可能性が万に一つでもあれば、家宅捜索を実施するのが筋道である。

記憶は飛んでしまっているものの、兵頭らに与する動機がないという確信だけが今の番匠を支えていた。ただ、それを証明する手立てが見つからないのである。

八月も一六日を迎えた。勾留《こうりゅう》期限はさほど残されていない。競馬で言えばさしずめ第四コーナーからホームストレッチに向かう場面であろう。

飯田弁護士が接見に来てくれた。特捜事件では一切合切の証拠が検察に押さえられているので、どんな敏腕弁護士も太刀打ち出来ないと聞く。飯田からもあきらめの雰囲気が漂う。

「体調はいかがですか？」

「ありがとうございます。別段変わりはありません」

「明後日、拘束期限が切れます。迎えの準備は出来ています。しかし不起訴として解放されるかどうかは分かりません」

「……先生の感触ではいかがですか」

「検察側と接しても、肝腎《かんじん》なところは黙して語りません。感触をつかめないでいるのが正直なところです。起訴される公算が高いと考えて頂いた方がいいと思います」

職業柄、楽観的な予測を避けたいのは理解できるが、人を崖《がけ》から突き落とすような台詞《せりふ》をいとも簡単に言ってのける。

「弁護士としての長年の経験からですか？」

言葉を発する代わりに、無慈悲にコックリと頷いた。

「起訴される公算が高いというのは、わずかながらも起訴されない可能性が残されているという意味ですよね。可能性が絶無でないなら、祈るのみです。ベストを尽くしたつもりですので、起訴であろうと不起訴であろうと仕方ありません」

飯田弁護士は黙って聞いていた。というより、かける言葉が見つからなかったのだろう。

「上手《うま》く逃げおおせたOBや現役役員たちは、最後にジョーカーを引いた者をあざ笑っていることでしょうね」

責任を免れられるとは思っていなかった。自分は一兵卒ではない。将官として部門を率いてきた、その組織が罪に問われているのだ。役員になった後、部下たちを前に自分の責任の大きさを感じて慄然《りつぜん》とした経験も幾度かあった。

しかし、「おまえが粉飾を主導した」と名指しされれば、言いようのない憤《いきどお》りを覚える。「検察に打ち負かされたくない」という思いがフツフツと沸き起こってくる。

「ただ悔いだけは残したくない、言えることはそれだけです」

重い沈黙がしばらく続き、所定時間が終わった。

午後の調べは中止になり、二〇時三〇分から夜の調べが始まった。

「あなたが一五年三月期決算を兵頭社長に示したのはいつか覚えていませんか」

調書の下書きのため徹夜でもしたのか、今日の五月女の顔は無精髭《ひげ》におおわれている。

「何度も申し上げましたが、一五年二月中旬からいなほ銀行に対する金融庁特別検査が始まり、一ヵ月ほど忙殺されていました。だから、一四年度決算過程については、あまり憶《おぼ》えていないのです。検事さんからヒントが頂ければ、思い出すきっかけをつかめるかもしれません」

五月女検事はそれに答えず、「手帳には一月三〇日、兵頭氏との面会の記録があり、番匠さん、沢木さんの二人で四月一五日にも会われているのですが、決算報告をされたのはいつだろうか？」と訊いてきた。核心からずいぶん外れた時期だ。

「我ながら訝《いぶか》しく思うほど記憶が飛んでいます。一四年度決算も前年度と同じような対処をしていたと思うのだが……」

一月三〇日は最初の実態報告に違いない。決算づくりはこのあたりから実質的に始まる。当期赤字案で押していた筈《はず》だが確信は持てない。

「四月一五日はどうですか？」

「手帳を見る限り、決算が決まった時期は一四年度の方が遅れていますが、……そのあたりの記憶もやはり飛んでしまっています」

こんな時期に決算案を社長に持ち込むわけない。しかし記憶が失なわれている以上断言はできない。

「ところで、事業統括の三好、川田、それに番匠さんの三人で兵頭社長と何回か会われていますが、決算関係の打ち合わせですか？」

検事は身体が凝《こ》ったのか、肩を拳《こぶし》で軽く叩《たた》き、首をぐるりと回した。連日の調べによる疲れが見える。

「一四年度決算の折、事業統括担当者はよく社長室に呼びつけられていました。三好本部長、川田室長、岡崎事業統括部長もその件で呼ばれたんだと思います」

住倉五井銀行の要請に屈し桜木の役割を一歩後退させたため、兵頭自身が事業統括室を指揮していたのだ。番匠はひとつ深呼吸して続ける。

「前年度で懲《こ》りたのでしょう。自分の主張に逆らわない事業統括室と打合せを重ねる方がはるかに目標を強要しやすい。会計士との関係で私を同席させただけです。いずれにしても、事業統括から上がってきた資料は無視していました。経理はそこまでお人好《ひとよ》しではありません」

「第三者的立場で参加したというのですか」

「はい。社長の指示があれば打合せに出ないわけには参りません。ただし事業統括から提出された決算数字を認めるかどうかは別問題です」

「番匠さんたちを陪席させた理由は理解できます。社長と事業統括が合意しても会計士に拒絶されたら意味がありませんからね。まあ、本日はこのくらいにしましょう」

五月女はこのところ連日取っている調書をなぜか作成しなかった。疲れていたためか、それとも違う理由だろうか。気にかかる兆《きざ》しだ。

迎えに来た刑務官に連れられ、暗く長いフロアを歩いた。独房室は六メートルほどの廊下を挟んで左右に約五〇房ずつ並んでいる。検察官が番匠を厳しく追及してこないのを訝っていた。

取調べ室から戻り、独房のあるフロアに足を踏み入れたときに感じる独特な臭《にお》いは何だろう？　収容者たちは息を潜め、不気味なほど静まり返っている。夜の調べのあと照明が消されたフロアを歩いて戻るたびに、この堅固な館《やかた》から譬《たと》えようのない圧迫感を受ける。怨念《おんねん》でも漂っているのだろうか。

午後九時をまわっている。入室するとすぐに寝床についた。畳の上に敷かれた薄い布《ふ》団《とん》に横たわり、二枚のゴワゴワした毛布をかぶる。快適とはいえない。毛布が肌にあたりチクチクする。東洋染織の件が想起された。

どうも形勢が変わってきているようだ。

修羅場にいると人間の直感は冴《さ》えてくる。

特捜部は一四年度決算の粉飾に関して番匠が主導的な役割を果たさなかったと分かってきたのではないか。そう願いながらも、首を横に振る。

検察はさまざまな情報から仮説を立て、関係者からの事情聴取と物証収集によりそれを補強していく。異なる事実が浮かんでくれば、当初立てたシナリオを見直しつつ、さらなる捜査を推し進めるはずだ。その繰り返しによって全容を明らかにし、法律と社会情勢に照らして訴追するか否《いな》かの判断を下す。これが本来の在り方だ。

山手監査法人の家宅捜索から、わが身を救う資料でも出てきたのだろうか。かすかに楽観的な思いが胸によぎる。

番匠は静かに目をつぶった。


早朝から朝刊を待ち受けていた。有栖川宮《ありすがわのみや》記念公園の繁茂した樹木で蟬《せみ》が騒いでいる。ようやく手にした八月十七日付の朝刊を朝霧ゆうなは急いで開いた。

「トウボウ粉飾。証券監視委、元社長ら三人を告発」

新聞を持つ手が震え出した。記事のポイントが番匠から聞いていた話と大きく異なるのに気付いたのだ。

監視委は不正経理が経営首脳を中心に行なわれた点を重視し、証取法の両罰規定を適用してトウボウを告発対象とした。特捜部は拘置期限の一八日に刑事処分を決めるが、三容疑者はいずれも「経営破綻《はたん》につながる決算を出すわけにはいかなかった」などと大筋で容疑を認めているという。

これまでの調べによると、粉飾決算は兵頭容疑者の了承の下、桜木、番匠両容疑者が主導して社内担当者らに指示。業績不振の関連会社を連結対象から外すなど、二〇〇二、

二〇〇三年三月期の連結決算でそれぞれ八百億円超を粉飾し虚偽の有価証券報告書を提出した疑いが持たれている

新聞に掲載された記事は正しいという先入観を持つな、と番匠から告げられていた。メディアには常に検察の露払いをする格好で世論を形成してゆく傾向があり、報道を丸呑みしてはいけない、と言い聞かされていた。いま手にしている記事は真実を語っていないのだ。ゆうなは、そう信じたかった。

同日午前八時に、飯田弁護士は接見に現れた。どんな時も冷静で穏やかな物腰を崩さない。

「もし明日、ここを出ることになれば、うちの弁護士が必ず迎えに来ますのでご安心下さい」

「ありがとうございます。でも、もし、なんておっしゃらないで下さいよ」

万事慎重に考えるのが弁護士の習性らしい。明日、勾留期限を迎える番匠は苦笑いした。

「不起訴であれば無条件で釈放されます。起訴された場合は、通常相当額の保釈金を積み、しかるべき手続きを取れば保釈されます。ただ保釈については検察側の意向が通るケースが多いのも現実です」

彼の慎重さは豊富な経験に由来しているのだろう。

「正直言って、今回の逮捕に今もって納得がいかないのです。私が粉飾決算を主導したとどうして断言できるのでしょうか？ 財務経理本部長だったからといって連座させられるのではたまりませんよ」

「検察の意志は今ひとつはっきりしないんです。……ともあれ、検察庁というのは本当に嫌な役所ですからね」

政治家がらみの特捜事件にも携わってきた高名な弁護士だが、よほど冷や水を浴びせられてきたのだろう。検察批判をしばしば口にする。番匠自身も特捜検察の恐ろしさは日々実感している。

「飯田先生、いずれにしてもこれまでたいへんお世話になりました。本当にありがとうございます」

最悪の事態までシミュレーションしてくれているのに感謝した。番匠は軽く頭を下げたあと、しみじみと言葉を継いだ。

「経理責任者としては辞職するしか救われる道がなかったのですかね。もしそうであれば、今後企業に踏みとどまり、粉飾に最後まで抵抗する経理担当者は我が国にはいなくなる。さびしい限りです」

自身の志を貫き、会社を辞めた鳴沢をふと思い出した。霧雨に青白く光る夜景を目にしながら社に踏みとどまろうと決意したのは誤った判断だったのだろうか。

「粉飾を黙認し続けた上級役員はたくさんいました。今回の私に対する仕打ちは異常だと思います」

番匠は昨日の検事との論争を頭の中で再生した。

「同感です」

飯田弁護士も強い調子で相槌《あいづち》を打った。

午後三時三〇分から検事の調べが始まった。

「一四年度決算につき、調書作成に入っていきます。まずは一四年度上期からですが……」

検事はそう言いながら立ち上がり、壁際《かべぎわ》に無造作に置かれたダンボール箱から資料を取り出し、

「上期については、桜木副社長が事業統括特別担当を兼任しており、実現不可能な目標値を数字上達成するために粉飾を強いたと言われていますが、どうですか」

と訊《き》いてきた。

「仰《おお》せの通りです。事業部門ごとに、A＝通常計画、B＝体質強化計画、C＝拡販計画

といった三つの要素を組み合わせた、ABC計画という複雑怪奇なプラン作りを事業統括室にやらせたのです。事業統括はパニックに陥っていました」

同年度の事業計画は複雑な構成と高いノルマから成っていた。異常に高い目標数字を実現しろというのは、「粉飾せよ」と命じているのと同義だ。少なくとも検察はそう捉《とら》えている。桜木が空理空論をもてあそぶ男であることを示す典型的な事業計画だった。まったく訳の分からぬ計画だな、と言い捨てて、五月女は切り上げた。

「では、一四年度下期決算はどうでしたか？」

ようやく待ちに待った話題が出た。これからの受け答えに番匠の人生がかかっている。机の下で右拳《こぶし》に力を入れた。

「検事さんから見せられた資料から判断してゆく他ないのですが、一五年一月三〇日付経理資料によれば、二桁億円の当期赤字プラス連結債務超過案で社長に提出していると思います。その後も、経営トップとのいさかいが続いていたと思いますが、何月何日までそんな日々が続いたのかを含め、まったく憶えていません。連結債務超過にならぬ案を持って来いとの指示があったのはまず間違いありません。粉飾の責任を実感させるため、債務超過回避策案を上程する交換条件として実態決算表を突きつけるという苦肉の策を選択した記憶が頭の片隅に残っているからです。

『実態利益欄』の横に、社長に判断できるよう粉飾の具体的な中味と数字を記載した

『対策欄』を設け、合計額で何とか社長指示に辻褄を合わせ債務超過回避策の案としました。事態の打開をはかるには、社長指示数字と実態数字の二つを並記し、前者を採った場合のリスクを訴える書類を提出するしか道がなかったのです」

「今、説明された事項をこの紙に示してくれませんか」

こちらが驚くぐらい検事の反応は素早かった。差し出されたメモ用紙に実態経常利益欄、対策Ⅰと対策Ⅱで構成された対策欄の表を大まかに図示しながら説明を続けた。

「対策欄の数字は会計士監査におけるリスクを理解させるものです。対策Ⅰの欄はグレイ対策を示していて、理屈はあるものの取り消される可能性が高い数字。対策Ⅱはブラック対策と称し、会計士に間違いなく取り消される数字です。無条件で債務超過回避策を兵頭社長の好きにさせるわけにはいかない、というメッセージです。ささやかな抵抗をしたつもりです」。乾いた音を立てている番匠のペン先を、検事がじっと見詰めていた。

「いくら兵頭社長だって、対策欄の数字が会計士監査で問題になるくらいは判断がつきますからね。前年度にはあれほどの騒動が起きたのですから、身を以て理解していたはずです」

「そのようですね。兵頭さんは数字を記憶していましたし、対策欄の意味もよく理解しておられる」

他者の取調べから得た情報は、主任検事の判断により別の検事にもたらされるのが特捜部の定石と聞く。

一五年一月あたりから、兵頭の強引さはますます増幅していった。それまでは、まず桜木に意見を示させ、つぎに発破をかけるのが常だった。しかし一四年度下期の後半以降は桜木が発言する前に、何かに追い立てられているように大声で性急な私見を述べ、個々の事項に具体的な指示を飛ばし始めた。幹部にリーダーシップをとる姿を見せつける場面が増えた。

夜八時の調べは一三年度下期決算の調書作成に終始した。下期決算について実質的に社長承認を得た日。ファイリングに至るまでの会計士と財務経理室とのやりとり。一四年四月二二日における経営トップと会計士間の会談内容。決算取締役会議承認までの経緯。これらの調書づくりは夜一〇時頃までかかり、わずかな雑談のあと独房に戻った。

毛布がちくりと頬を刺す。いつの間にか布団の上でまどろんでいたらしい。ゆうなの姿が浮かんだ。

彼女は今頃、どう過ごしているだろうか？

七月二七日の晩のことだった。

あんなに悲しそうなゆうなの顔は初めて見た。

恋人が近々逮捕されると知ったゆうなは言葉を失った。

「今まで支えてくれて、ありがとう。そのうちマスコミも駆けつけ大騒ぎになるだろうから、もうこの部屋には出入りしないほうがいい」

「何言ってるのよ。たいへんな時こそ、誰かがいなきゃ」

意識して気丈を装《よそお》っている風でもなかった。女は男より肝が据わっており、他人の目を気にせずここ一番になすべきことをなすと聞くが、まさにそれを目《ま》のあたりにした想《おも》いだ。だが、これ以上彼女に迷惑をかけるわけにはいかない。

「何とかやってこれたのも君が傍にいてくれたお陰だ。ほんとうに感謝している」

「あなたが何と言おうと、気の済むまで付き合わせて頂きます。二人で力を合わせれば乗り越えられない山なんてないわ」

そう言って、彼女は笑顔を番匠に見せたが、その双眸《そうぼう》は静かに潤《うる》んでいた。

「調べです。すぐに用意して下さい」

刑務官の無粋な声が窓ガラス越しに聞こえた。恐らく午前零時頃だろう。異例な時間帯の呼び出しだ。急ぎ身支度して部屋を出た。特捜検事には昼夜はないらしい。調べ室には、五月女検事と事務官がすでに待機していた。

「番匠さん、期限が迫っているので一四年度の続きをやらせてもらいます」

その件は語りようもない。そもそも記憶は失われているのだから、いまさら付け加えることもない。検察官が読み上げる調書は番匠の関与に対して踏み込んだ記述がなく、兵頭、桜木の主導を謳《うた》うだけの内容に終始していた。特段異論もなかったので署名指印をしたが、一四年度決算に対して自分がどんな姿勢でいたのかは判然としないままだ。

「こんなに遅くまでたいへんですね」

さりげなく五月女に声をかけた。激しく言い争った日もあるが、付き合いが長くなると、友情に似た温かい気持ちを感じる時もある。不思議な感覚だ。

「われわれは徹夜には慣れております。長生きを望めない職業の一つですよ」

五月女検事は大きな肩を揺すって笑った。かたわらの若い事務官はうつむき加減で苦笑いをしている。

調べ室を去ろうとしたとき、事務官がなぜかうれしそうな笑顔を向けてきた。その笑顔がやけに印象に残った。出会った時からこの青年が気に入っていた。礼儀正しい振舞いに清々《すがすが》しさを感じた。検察官室で番匠に手錠をかけたのは彼だったが、そのかけ方は丁寧でこちらの心に伝わるほど配慮の行き届いたものだった。彼の優しさはいつまでも忘れないだろうと思った。

番匠の不起訴を願う一方、やはり昨日の新聞報道が気にかかっており、未明になってもなかなか眠りにつけない。どんなことをしても彼を救いたい。不慮の事故に遭ったかつてのフィアンセを助けられなかっただけに、朝霧ゆうなの思いは募るいっぽうだ。

インターネットなら最新情報を摑《つか》めるかもしれない。ゆうなはベッドから抜け出すと、パソコンを起動させた。検索を行なうと眼前に関連画面が現れた。鼓動が大きくなる。カーソルを移動させ、次の画面を呼び出す前に胸の前で十字を切った。そして静かにマウスをクリックし、ディスプレイをスクロールした。

「――元常務・番匠啓介容疑者は粉飾への関与が薄いとして、起訴猶予《ゆうよ》とされる公算が高くなっている」

目が釘付《くぎづ》けになった。おもわず目頭が熱くなり、液晶画面が僅《わず》かに霞《かす》んだ。

神は彼を見捨てなかった！

シャンパンで独り乾杯したくなった。苦しんだ一年五ヵ月分、慰労してあげたい。そう思ったとたん、涙が落ちてきた。


「これから検事の調べです」

翌朝、独房室のドアが勢いよく開かれた。

いつもの長い廊下を歩いた。夜に感じる不気味な気配は朝には雲散霧消している。建物に怨念《おんねん》が取りつくわけがない。この館《やかた》はただのコンクリートの固まりにすぎぬ。怨念が棲《す》みつくとすれば人間の心の中だけだろう。埒《らち》もない夢想が浮かんでは消える。刑務官に従い、五月女検事が待つ部屋にゆっくり向かった。

部屋に入ると軽く一礼し、いつものように検事の正面の椅子《いす》に静かに座った。

「おはようございます、番匠さん、長い間たいへんご苦労様でした」

肘《ひじ》当てを支えに腰を浮かせ、そう挨拶《あいさつ》した。今日は随分と愛想がいい。いつもと違って目許《めもと》も穏やかだ。

「こちらこそ、お手を煩《わずら》わせました」

「いえいえ……」

座り直した五月女検事は曖昧《あいまい》な返事のまま両手の指を机上で軽く組んだ。そして、さほど力むことなくこう伝えた。

「番匠さん、検察庁はあなたを起訴いたしません。本日、あなたを釈放します」

検事の宣告が神託のように響いた。胸がつまって言葉が出ない。目をつむり、柄にもなく神への感謝の文字を紡《つむ》いだ。監査法人へのガサ入れで何か出てきたのだろうか。しかし今はどうでもいい。「ここを出てからも引き続き協力して頂きたい」という要請が聞こえたような気がしたが、「起訴いたしません」という声の余韻だけが耳朶《じだ》に残っている。

独房に戻って冷静になると、ようやく、なぜ助かったのかという疑問が頭をもたげてきた。捜査に協力的であったからといって、番匠を不起訴にするほど検察は甘くない。

そもそも起訴を前提にした身柄拘束だったのか、それともこちらにより協力的な供述を求めるための逮捕劇だったのか。房内では両腕を組み、仁王のように突っ立ったまま身じろぎもしない男の姿があった。

第14章　解　放

平成一六年三月三〇日にトウボウを辞して以来一年五ヵ月、本当によく耐えたものだ。

番匠は感慨深く来《こ》し方を振り返った。

八月一八日、釈放。

手配された車で自宅に戻ってきた番匠の姿を見るや、口許《くちもと》に微笑を浮かべた朝霧ゆうなは両手を高く上げ、走るようにして胸に飛び込んできた。抱きしめると身体《からだ》の温《ぬく》もりが伝わってくる。職業人としては大きなものを失ったが、代わりにかけがえのないものを手に入れたぞ、という実感が湧《わ》いてきた。

検察から無事解放されて一週間、疲れ果てた心身をいやすため散歩以外の外出は控え、自宅での休息にひたすら専念した。多忙であった筈《はず》のゆうなは、仕事の依頼を可能なかぎりキャンセルして、かたわらにいてくれた。

「ねえ、啓介、ニューヨークに行かない？」

ゆうなが思いがけない提案をしてきた。優しい視線を投げかけながらも、何かを訴える光を目に湛《たた》えている。

「旅行にかい？」

「そうじゃなくて、向こうに住むのよ」

「仕事はどうするの？」

「またあっちの大学で働こうと思うの。啓介も一緒に、どう？」

戸惑いながらも、すぐにゆうなの誘いに胸を躍らせている自分を見つけた。

「東京よりよっぽどエンジョイできるわ。リンカーン・センターの界隈《かいわい》なんか、夜遅くまで楽しいわよ」

舞台芸術の殿堂として知られ、オペラやクラシックのコンサートが常時開催されているエリアだ。

コロンバス・サークルからセンターを左手に見て走るブロードウェー付近には、モダンなひねりを加えた極上イタリアン「ア・ヴォーチェ・コロンバス」やチーズソムリエのいるクリエイティブなフレンチ「ピチョリーヌ」、百種類のボトルワインと四〇種類のグラスワインを用意する「バルシボ・エノテカ」など多くのレストランやバーが集中を咲かせるという。公演はおおむね八時から始まり、人々は終演後、グラスを片手に会話に花を咲かせるという。世界のビジネスの中心であるだけでなく夜型人間を歓迎してくれるメガロポリスでもあるらしい。

「二人で人生を思い切り楽しみたいの。啓介に友だちをいっぱい紹介するわ。きっとあなたはニューヨークを気に入るわよ」

「分かった、ゆうな。ちょっと時間をくれないか」

番匠がこれからの人生を前向きな姿勢で臨めるように、と真剣に考えてくれている。力強く新たな一歩を踏み出したい。番匠自身もそう願っていた。しかし、一連の事件について自分なりの決着をつけておきたい。新しい人生のためにも悔いは残すまい、と心に誓った。

検察は兵頭忠士元社長、桜木英智元副社長を証券取引法違反（有価証券報告書の虚偽記載）の容疑で東京地裁に起訴した。

起訴状に示された粉飾額は次の通り。

①平成一三年度につき、連結純資産額で八二九億円、連結当期利益で六五億円。

②平成一四年度につき、連結純資産額で八一二億円。

連結純資産が八〇〇億円を超す両年度の粉飾は、主として問題会社の連結外しと不良資産の評価損の未計上から成っており、三〇年にわたってトウボウが不良資産を累積させてきたという事実を表わしている。その他、平成一四年度について連結当期利益の粉飾額がゼロである、という検察の判断は注目に値する。

次なるターゲットは会計士に定められた。矛先を転じる前に、しばらく休息をとるという。検察官や事務官は連日連夜の捜査、取調べで疲労困憊《こんぱい》していたからだ。

釈放された二日後、番匠は愛宕虎ノ門《あたごとらのもん》法律事務所を訪れた。応接室のソファに腰をかけていると、飯田弁護士が姿を見せた。深々と頭を下げる。

「いやいや、とにもかくにもよかったですね。おめでとうございます」

飯田は満面に笑みを湛え、ゆるりと腰を下ろした。

正面に向き合うと、飯田は法律家らしく、

「形の上では処分保留とされていますが、会計士の件が一段落すれば正式に不起訴処分になります」

と毅然《きぜん》たる態度で明言した。

「ありがとうございます。会計士問題が片付かなければ、この事件の幕引きにはならないのは承知しています」

「番匠さんにとって事実上、この件は終わったと言えます。不起訴がくつがえることはありません」

「役員の末席を汚《けが》していましたので、兵頭さん、桜木さんの裁判が終わるまでは推移を見届けるべきだと考えています」

「私もそう思います。裁判に呼ばれることもないでしょうから、とにかくしばらくゆっくり体を休めて下さい」

本件のような場合、関係者が証人喚問されると、被告側に不利に働くことが多いらしい。その証言によって被告人に対する裁判官の心証が悪くなるケースはあってもプラスに作用する例は余りないという。

改めて丁重に礼を述べると、弁護士事務所を出た。日差しが昼下がりの路面に照り返している。吹き出る汗までもが心の澱《おり》を洗い流してくれるように感じた。

八月三〇日、五月女検事から「明日午後二時から事情聴取をしたい」との連絡を受ける。久々に彼の声を耳にした。長期間対峙《たいじ》してきただけに、鬼検事の声にも親近感を覚える。

二週間ぶりの検察庁である。

「番匠さん、今日からまたよろしく」

五月女検事の眼光の鋭さは釈放後も変わらない。

「山手監査法人でも東洋染織を相当大きな問題と捉《とら》えていたようですね」

席に着いたばかりの番匠の前に資料二枚を並べた。沢木が記した平成一三年三月期決算に係わるメモだ。連結債務超過を解消したと兵頭が世間に胸を張った事業年度である。検察での取調べの中、兵頭、桜木に対し、東洋染織問題での特別背任罪の立件は見送る方針だと聞かされていた。しかし、会計士や監査法人が当時どのような認識を持っていたのかについては格別の関心を寄せている。

沢木は以下のように記していた。

平成一三年五月一四日
一二年度決算会計士指摘の件
松下会計士からの説明。
①五月一〇日（木）モニタリングでTS問題が議論となり、見月会計士が監査第三部長より再説明を求められた。
②TSは最重要課題であり、トウボウの爆弾と認識。このような会社を連結から外しているのは大問題→本審議（五月一六日）で再度説明予定。
③今年度の処理は目に余る。すべての事業部、すべての取引に疑いを持って監査せざるを得ない。

平成一三年五月一五日

会計士交渉の件

津田・見月・松下会計士からの説明。

①審議会はTS問題を抱えるトウボウを危機的な状況にあると認識する。

②今回の決算について代表社員は身体《からだ》を張って、事務所（本審議・モニタリング等）を説得するつもりだが、どういう結果になるかは保証できない。

・五月一六日　単体、本審議

・五月一九日　連結、RP・モニタリング

・五月二二日　連結、本審議

③なお、本来は決算発表前にトウボウ本社を訪れ、代表社員の考えを伝えたいが、RP・モニタリング・本審議でどんな結果、どんな条件を付けられるかは約束できない。全スケジュールが終了した後で事務所としての結論をお話ししたい。

RPはレビューパートナーを指す。メモにあるやり取りから察する限り、山手監査法人本部審議会はトウボウの粉飾を把握し判断に加担していた、と指弾されても仕方ないだろう。

東洋染織への会計士側の認識に焦点を絞りながら、事情聴取が重ねられてゆく。クレセント株式会社への化粧品事業売却の経緯および頓挫《とんざ》の主因。住倉五井銀行の問題への関わり。「会計士は化粧品事業売却スキームをいつ頃知ったのか」という件についても併せてヒヤリングされた。昭和五二年度の連結制度導入時にトウボウ不動産とトウボウ倉庫の連結外しをした事情にまでさかのぼったのは、予期せぬことだった。

検察庁前でいつものチェックを受けた後、正面玄関に向かおうとしていた。九月一二日午後三時、番匠は玄関から意外な人物が飛び出してくるのを目撃した。山手監査法人の津田会計士だ。

昨日あたりから、「会計士立件へ詰め」「会計士の刑事責任検討へ」などの見出しが各紙面に躍っていた。しかし山手監査法人は、「トウボウから、東洋染織は子会社でないという報告を受けていたので、実態を見抜けなかった。監査の限界は自ずとある」などと、世間を愚弄するコメントを繰り返すばかりだ。担当会計士たちも「粉飾については承知していなかった。巧妙ゆえに見破れなかった」と口を揃《そろ》え、一貫して否認を続けている。

脇目《わきめ》もふらず、路上に待機するタクシーへ走りこんでゆく。車内にダイビングするかのような急ぎぶりだった。津田からは、声をかけられぬほどの切迫感を感じた。

彼らの年貢の収めどきがきたのだろうか？

翌一三日、番匠は自宅で会計士の逮捕を知った。逮捕は間近だろうと肌で感じ取っていた。しかし、ショックは否《いな》めなかった。

山手監査法人は改めて家宅捜索を受けた。逮捕された各会計士宅だけではなく、捜査の手は理事長、前理事長の自宅にまで及び、特捜検察の意気込みが伝わってきた。

津田たちも犠牲者だ。昭和五〇年代初めに露呈した合繊の巨額粉飾事件に伊岡谷之助会計士が目をつむらなければ、あるいはそれ以降の粉飾行為に代表社員が毅然たる態度さえとっていれば、手が後ろにまわるという憂《う》き目を見ずに済んだだろう。

逮捕当初、会計士たちは揃って容疑を否認していたが、二一日頃から松下が関与を認める供述をし始めたという。他の会計士が落ちるのも時間の問題なのかもしれない。

九月二八日。このところ連日続いていた検察庁の事情聴取だが、今日は予定されていない。芝公園のベンチに座り、番匠は感慨深げに東京タワーを見上げていた。受難の時期につかの間の散策を楽しんだ公園である。

今朝九時頃、ニューヨークにいるゆうなから国際電話が入った。

「もしもし、わたしよ、元気?」

久びさに聞く声だ。

「検事の調べにまた付き合わされてるけど、元気でやっている。君の方はどう?」

「もちろんよ。私たちの新居もまもなく決まりそう」

ゆうなは番匠が心身の健やかさを取り戻してゆくのを見定めた後、ニューヨークに発《た》った。新生活の準備のためだ。同地の大学からタイミング良く届いたオファーを受けるつもりだという。

「一〇月初旬で事情聴取も終わりそうだ」

「会計士さんの勾留《こうりゆう》期限が切れる日ね」

「そう、その日に僕の処分保留が起訴猶予《ゆうよ》、つまり不起訴となって、決着がつく」

「分かった。ようやくそれで幕になるんだ。こんなエキサイティングな経験、そうそうできるものじゃないものね」

ゆうなの笑いが一万キロの彼方《かなた》から届いた。気づけば眼前のタワーが日没前の群青《ぐんじょう》を背景にその雄姿を浮かび上がらせている。孤独と恐怖に身を苛《さいな》まれた事件も終わりを告げようとしている。この先にはいったい何が待っているのか？

もしかして、トウボウは完全解体してしまうのではないか？　番匠はそれを最も恐れていた。

完全解体とは、『トウボウ』及び『東紡』という本体商標と商号の喪失を指す。法人格がこの世から抹消されるという事態を遥《はる》かに超え、トウボウ復興の芽まで摘まれてしまう現実を意味するのだ。現経営陣はスポンサー（再建機構）の顔色ばかり窺《うかが》わず、本体商標を喪失しないような対抗戦略を練って然《しか》るべきである。機構と刺し違えてでもトウボウの看板を護《まも》り抜く覚悟が要る。

もともと日本企業再建機構は事業やブランドにばかり目を向けており、トウボウ株式会社という法人格を残すことは最初から考えていなかった。前経営陣が身を引いて間もなく、伊志井が吉備社長をはじめ最高幹部に会い、トウボウ本体の存続につき特段の懇請をしたと聞く。トウボウが懐《ふところ》に飛び込んでくる前にはうまそうな餌《えさ》をばらまいていた再建機構だったが、米国流の考えを一方的に押し付けるだけで、彼の懇請を非情にも突き放した。釣った魚には餌を与えない類《たぐい》の発言をしたという。

一年前、物悲しい表情を浮かべた伊志井が、番匠に告げた。

「再建機構のある幹部にこう言われたよ。『本体の存続にこだわらなくても、化粧品事業が残ればいいではないですか。トウボウブランドは残ることになる。なぜ一企業の枠組みでものを考えるのですか。どうして会社存続にこだわるのですか。だからあなたは駄目なんだ。いいですか、大切なのは商品であり、その商品を生み出す事業なんだ。トウボウという法人格なんぞどうでもよい。再建機構は法人を再生させるのではなく、事業を再生させるためにあるんです。アメリカではそういう考え方をする』とね。恥ずかしながら、その時初めてだまされていたことに気付いた」

日本企業再建機構が本性を現わした瞬間だった。ＯＢにとってトウボウは思い出がいっぱい詰まった故郷そのものであり、現役社員には何物にも替えがたい誇りの象徴だ。

伊志井はそう訴えたかったのだろう。

　平成一七年五月一二日、トウボウ株式会社は東京証券取引所から上場廃止の宣告を受けた。再建機構が「財務省の一部の強い支持を得ているから上場廃止にはならない」と豪語していたにもかかわらず、である。残存部門については、再生よりも売却が優先され、事業売却が前倒しになるのは必至だと考えられる。

「日本企業再建機構の構成メンバーはしょせん烏合《うごう》の衆で、事業再生のプロフェッショナルは存在しない。対象企業を厳しく査定した後は、多額のカネをつぎ込むしか能がない」

　との批判が専門家筋にも根強い。

　不良資産の償却を極限まで行ない、損失も思い切り前倒しにして次年度の利益を出しやすくする。それを見計らって減増資などの財務対策をするだけだから、後は事業売却するしかない。次なる就職先を念頭にエクジット（出口）ばかりを気に病む再建機構のスタッフには、根を下ろして事業再生を行なう能力は端《はな》からないというのだ。ことに銀行からはこの手の批判が絶えない。

　増上寺から梵鐘《ぼんしょう》が聞えてきた。朝夕の五時に六度ずつ響く。夕方の鐘は心の淵《ふち》にまで染《し》み渡ってくる。

翌日の空も晴れわたる。温暖化の影響か、これまでになく長い残暑が続いている。しかし、空にはすでに秋の気配を想《おも》わせる雲がたなびいていた。夏のさなかにすでに秋の兆候がある。それに気がつく人間が少ないだけだ。トウボウ崩壊にも予兆があったはずなのに、気づく者はいなかった——。

捜査は最終局面を迎えている。番匠にとっては、平成一四年度の連結決算の実態がいまだに思い出せないのが、どうにも、もどかしかった。

「山手監査法人から津田会計士のメモが出てきました」

五月女検事から一枚の紙片を受け取った。

メモには一四年度下期の連結業績見込み数字と、それに対する津田の考えが記載されていた。番匠の肩に自然と力が入る。

一五年一月一五日

［トウボウ一四年度下期の見込み］

経常利益　一九〇億円

特　損　▲五〇億円

当期利益　四〇億円

但し、東洋染織への引当計上

▲一三〇億円を前提
［私の考え］
当期利益は一桁《けた》に減らすべき
以上

一四年度の上期・下期合計の年間連結計画は社内示達ベースで経常利益一九二億円、当期利益六〇億円。社外公表ベースでは経常利益一八〇億円、当期利益六〇億円であった。

「へー、こんなメモが出てきたのですか、驚いたなぁ……」

事業統括室の関係資料を参考にして記したものだろう。下期当期利益四〇億円はとうてい達成不可能な数字である。同年度上期決算での当期利益は一億円強だったが、上期のしわ寄せを下期にもってきて年間利益の辻褄《つじつま》を合わせるのが、兵頭・桜木組の常套《じょうとう》手段であった。

検事はもったりした口調で訊《たず》ねてきた。

「最初から当期利益を一桁億円にするつもりであったとしか言いようがないですよね」

同意を促す視線である。

「ええ。企業が最も重視するのは税引き後の当期利益です。それが決められなければ決算数値は確定しませんからね」

彼の心中を察するとまともに答えづらいが、五月女の指摘通り津田は結論を最初から下していたと認めざるを得ない。

「どういう感想を持たれましたか」

「真意は津田さんにしか分かりません。兵頭さんはトップダウンを是とする人でしたからいったん言い出したら譲歩しなかった。それゆえ決算はいつまでも固まらず、先生方もたいへん苦労されていましたので……」

一月時点で当期利益を「一桁」と心づもりしていた古参会計士の胸中の葛藤《かっとう》を、垣間《かいま》見《み》る思いがした。事件関連の行動日を特定するため、沢木、津田ら会計士の行動日程表もすべて開示された。隠し事はいまさら何人《なんぴと》の利益にもならない。

「これも山手から押収《おうしゅう》した資料です。一五年二月一〇日付で、あなたと沢木さんから、連結当期利益▲五四億円、連結純資産▲五三億円からなる資料が提出されています」

「検事さん、一五年一月三〇日付で経理から兵頭社長にそれと同じような赤字案を上げていますよね。そこから先、経理作成の諸資料が見つからなかったり、沢木君のパソコンが壊れてしまったり、信じられないような事態が続いた……」

五月女は同意するように首を僅《わず》かに振った。

「いなほ銀行のフォローで私は約一ヵ月、決算どころではなくなった」

社員手帳の「いなほ銀行特検」という走り書きと一四年度連結決算には一見何の関係もない。いなほ銀行特検を決算関連事項から除外したのが大きな過《あやま》ちだった。

「トウボウ社内においては、一四年二月二〇日付で、三好事業統括本部長、川田事業統括室長、東尾企画室長、番匠さんの四人が社長報告をしておられる。連結当期利益一八億円、連結純資産一九億円の二桁黒字決算という内容でした。その資料がここにあります」

林原検事から見せられた事業統括室作成の資料だ。この書類を巡り番匠は検察との間でひと悶着《もんちゃく》を起こした。

「検事さん、この資料の数字は経理作成のものとは根本的に異なります。われわれがこの時点で黒字案を社長提出することは考えられません」

「しかしこの時のメンバーにはあなたも入っておられたではありませんか」

検事はとりあえず反論した。事情を分かりながらの反駁《はんばく》なので、その声は以前と打って変わって穏やかだった。

「社長の思惑通りの決算案を私に聞かせ、その線で会計士と交渉させるために同席させたにすぎません。社長も事業統括も、会計士さえオーケーすれば決算の経理処理なんかはどうとでもなる、という無責任な姿勢でした」

兵頭と事業統括室との決算数字の打合せには極力顔を出したくなかった。出席するたびに、やり切れない虚《むな》しさにさいなまれるだけだった。

「検事さん、一四年度連結決算に関する資料はこれだけですか」

「いや、もう一つあります。この資料も山手にガサをかけたときに押収したのですが」

その書類を見て、番匠は目を見開いた。

「これが、これが……山手から出てきたのですか？」

五月女は、そうですと呟《つぶや》いた。

「社内からではないのですか」

「いえ、トウボウからではありません。山手監査法人からのものです」

検事に見せられたのは、平成一五年三月一九日付の一四年度連結決算案で、番匠から会計士宛《あて》に「連結当期利益▲二億円、連結純資産ゼロ」として提出されていた資料である。つまり「赤字決算案」を提案していたのだ。

この資料が存在する限り、平成一四年度連結決算において、番匠から社長への黒字提案は一貫してなかった、と推論する他はない。つまり連結当期利益についても、自分は粉飾の提案をしていなかったことになる。一五年三月一九日に連結決算の赤字案を会計士に提出しつつ、社長に黒字案を提案するわけがない。

「私が沢木に作らせた資料に間違いありません。経理が作った資料は立ちどころに分かります。一三年度同様、私はギリギリまで兵頭社長に抵抗していたんだ！」

思わず声が大きくなった。検事は机の引出しから一枚の紙を取り出すと、番匠の前に置いた。

「実はもう一枚資料を押収しています。それによるとあなたは決算期日ギリギリの一五年三月三一日になっても、連結当期利益を▲一億円として会計士に提出しておられた」

一五年三月三一日付の書類に、確かに連結当期利益▲一億円という数字が書き込まれていた。

我が身を救ってくれたのは、この二枚の紙だ!

初めて、釈放された事情が呑《の》み込めた。これこそ、靄《もや》のかかっていた一四年度決算を明らかにする証拠だ。一四年度下期に桜木が経営の表舞台から一歩後退していた事実が存在していたとしても、番匠の嫌疑を打ち砕く書類なのである。それがトウボウからではなく、監査法人から出てきたことが何とも皮肉であった。

この二つの資料により、番匠が財務経理本部長として赤字決算案をギリギリまで社長に出し続けていた姿が裏付けられた。安堵《あんど》すると同時に、自信をこめて一四年度決算をなぞってみせた。

「三月一九日に連結当期利益を▲二億円で会計士に提出していたということは、事業統括が黒字案を作成した二月二〇日の以前も以降も、私が兵頭氏に赤字決算案を出し続けていた証拠になりませんか」

「ま、そうなりますかね」

検事はバツが悪そうに答えた。七三に分けた髪に手をやり、小さな咳払《せきばら》いをする。

「三月一九日という押し迫った時期にかかわらず、赤字案を推していたとすれば、それまで二桁億円の赤字で抵抗してきた可能性は高いでしょう。私が会計士に提出した二月一〇日付の決算案が『連結当期利益▲五四億円、連結純資産▲五三億円』になっていたのですから、その前の一月三〇日に『二桁億円の赤字』で答申していたのであれば、なおさら辻褄が合います」

もちろん過年度の歪《ゆが》みを是正する償却額も含まれていたので、当期利益は二桁億の大赤字になっていた。

「そういうことになります」

「平成一三年度連結決算と同じようなパターンを踏んだ、と考えるのが妥当なのではありませんか？」

「そう考えるのが合理的でしょうね」

不起訴が決まった今となっては、もはやどうでもよいことなのかもしれない。しかし一四年度についても最後まで抗《あらが》っていたともっと早く証明されていれば、こんな苦悩は味わわずに済んだ筈《はず》だ。臍《ほぞ》をかむような思いがした。

よりによって会計士へのガサ入れから、我が身の潔白が判明したとは……。人気《ひとけ》のない日比谷公園で、「クソーッ」と叫んだ。わけもなく口から飛び出した一声だった。腹の底から無性に怒りが込み上げていた。

終章 サウダージ

平成一七年一〇月二日、平成一四年度連結決算に関して五〇枚近くの調書を取ったのを最後に、番匠啓介の調べは終了した。一三年度以上に大幅な売上利益の取り消しが会計士との協議を通して実施された事実も確認された。これが結果として一四年度の当期利益の粉飾をゼロとするのに繋《つな》がったのだろう。調書に慎重に署名し、最後に指印を捺《お》した。胸に解放感が広がる。午後六時二〇分をまわっていた。

「番匠さん、これですべて終わりました。長い間、ご苦労さまでした」

検事は充足感に満ちた表情を浮かべた。

「こちらこそ。このたびは世間を騒がせ、皆様にも多大なご面倒をおかけしましたこと、深く謝罪します」

腰を下ろしたまま検事に頭を下げた。

「ご参考のためにお知らせいたしますと、兵頭、桜木両氏の公判の第一回目は一一月三〇日に行なわれます。番匠さんが証人として呼ばれるケースはまずありませんが、一応お含みおき頂ければと思います」

飯田弁護士からも同様の話があった。会計士たちの裁判にもたぶん呼ばれることはないだろう、と検事は事もなげに続けた。やや拍子抜けの感は否《いな》めない。

「私が提出した書類は手元に戻ってくるのですか」

「もちろん。事件に終止符が打たれればお返しします」

会計士の勾留《こうりゅう》期限が切れる明日一〇月三日に処分保留は正式に不起訴へと変わる。名実ともに自由の身だ。

検察庁を辞した番匠はふと足を止め、背後を振り向いた。もうあそこに呼ばれることはあるまい。聳《そび》え立つ合同庁舎を仰ぎ見ると、踵《きびす》を返した。


成田空港第二ターミナルで手続きを終え、番匠はラウンジに足を向けた。

「ジョーム！」

背後から若い女性の声がする。振り向くと、モスグリーンのパンツに白のスプリングコートをはおった倉橋凜子が微笑《ほほえ》んでいた。

「やあ、こんなところで会うとは」

「お久しぶりです、ジョーム」

「もう、常務は廃業したよ」

「そうですね、でも懐《なつ》かしいです、二年ぶりかしら」

一六年三月三〇日に会社を辞して以来の再会だ。凜子は女振りを一層上げている。

「まだ会社にいるの？」

「去年退社したんです。イギリスでマーケティングの勉強をしようと思いまして。これから、ロンドンに向かうところです」

「それは素晴らしい。……今回の事件では君たちにもずいぶん肩身の狭い思いをさせてしまったね」

「何をおっしゃっているのですか。番匠常務の方こそ、大変でしたね。報道から目が離せませんでした」

凜子はそう言って細い眉《まゆ》をひそめた。

「しかたないよ、経理の親玉という役目だったからね、まあ最後のお務めだけは果たしたつもりでいる」

番匠はさばさばした気持で笑い返した。

「ところで、どちらまでいらっしゃるのですか？」

「ニューヨークに行くんだ」

「へー、ニューヨークですか、何時の便で？」

不思議そうな表情を見せた。

「正午発のアメリカン・エアラインズ。君は？」

「一三時のBAです。いつまで滞在されるんですか？」

「いや、実は僕にも分からない……」

「旅行じゃないんですね、何だか怪しいなぁ？」

形のよい唇を少し尖《とが》らせるようにして、黒髪から栗色《くりいろ》に染めた長い髪をかき上げた。退社のあと髪の色を変えたようだ。

「別に怪しくはないけど。もう一度リングに立つべきか、リングを静かに去るか、じっくり考えたいと思ってね」

「傷を背負った男もなかなか素敵ですよ、番匠さん！　それで、あっちではどんな方が待ってらっしゃるんですか？」

白状しろとばかりに尋ねてきた。そういえば約束のフレンチをまだご馳走《ちそう》していなかった。

「一応、大切に想《おも》う人が待ってくれている」

番匠は少しはにかんだ。凜子の上目使いに眩《まぶ》しさを感じたのだ。

「まあ、ごちそうさま。でもジョームらしくっていいわ……」

「ロンドンは寒いから体に気をつけろよ。もちろん男にも気をつけて。いいね、英国紳士をもてあそぶんじゃないよ。君にかかったら世界中の男はイチコロだからなあ」

「そんな悪さは致しません。ジョームこそ、彼女を大切にしなきゃダメですよ。いいお年齢《とし》なんだから」

舌をペロリと出した。悪びれたところがないのが彼女の魅力だ。

「倉橋凜子の前途に幸《さち》多からんことを」

晴れ晴れした気分で握手を求めた。

「では、ジョーム、グッドラック！」

凜子も番匠の掌《て》をしっかりと握り返した。こんなタイミングでかつての同僚と会おうとは。今さらながら出会いの面白さを感じた。

背筋を伸ばし、新しい挑戦に向かってゆく凜子の後ろ姿に、これからの自分を重ね合わせようとした。

ボーイング747―400機に乗り込んだ番匠は、ジャケットを脱ぎビジネスシートに身を沈めた。凜子に会ったせいか、在社中の様々な思い出がフラッシュバックする。

なぜ……トウボウは崩壊してしまったのだろう？

「カリスマ経営者」は「経営方針に口を出す労組」を手中に収めると、それを梃子《てこ》にして明治から培《つちか》われてきた伝統を喰い荒らし、脂《あぶら》ぎった名誉欲を充足してきた。西峰及びその薫陶を受けた歴代経営者は、先人の遺《のこ》した財産を喰いつぶすだけではなく、博物館にでも寄付したいほどの古めかしい在庫を増殖させながら後世に先送りしてきたのだ。

自力再生のチャンスは一度だけあった。事業売却である。しかし不幸にも経営トップは順序を間違えた。もし周到な戦略を以《もっ》て化粧品以外の事業部門すべてをM&Aの対象にしていれば、トウボウは魅力ある企業体として生き残り、再生できたかもしれない。

しかし兵頭忠士はメインバンクの思惑にやすやすと乗ってしまった。虎《とら》の子である化粧品事業の売却に断固反対するどころか、真っ先にそれに同調するという大失態を犯した。それでもメインバンクによる金融支援が限定条件付きでも得られたならば、魅力を失ったとしても再生は可能だった。

カリスマOB経営者の面子《メンツ》と労働組合の思い上がりが、ライバル社への事業売却を頓《とん》挫《ざ》させた。ここに至って息の根は完全に止められたのである。メインバンクは降りかかる火の粉を払うため、非情にもトウボウを公的再建機関に委《ゆだ》ねる決定を下した。生贄《いけにえ》を差し出すごとく——。

日本企業再建機構に化粧品事業だけを売却し、その売却益と売却資金でトウボウ本体を救済するという絵図を描いてはいた。ところが「再建機構が化粧品事業を血税で買収するなら、問題会社であるトウボウ本体を機構下に置き、資産査定にかけるべきである」という世間の声に押され、外堀はどんどん埋められていった。

「まことに気の毒ではあるが、本体が再建機構の手にかかるのは避けられない情勢となった」

機構支援要請の記者会見から一〇日後、住倉五井銀行の藤堂副頭取に呼びつけられ、こう告げられた。

それは同時に、トウボウ全経営陣の退任を意味していた。産業再生担当相はもちろん、財務省、経済産業省、金融庁など各省庁の思惑はその時点で錯綜を始めていた。

「司直の手が入らないならば、構いません」

「再建機構が手がけるのであれば、そのような事態にはならないと思います」

この時、番匠は、もし司直介入の可能性があるならば会社更生法の適用を選択したい、と決意していた。

「大丈夫ですよ、番匠さん」

「本当に大丈夫なんですね」

そう念を押した。しかしあっけなく、約束は破られてしまった。住倉五井の判断の甘さによるものなのか、それとも彼らの手玉に取られたのか？

化粧品事業売却という選択以外に生き残る道はあっただろうか？　答えは「NO」で

ある。化粧品事業の部分譲渡を拒絶しなかった時点で、針路は決定づけられてしまった。あえて付言すれば、そのとき兵頭が断固拒否さえしていれば、化粧品を失わずに、住倉五井銀行の下で自主再建を行なう唯一《ゆいいつ》のチャンスはあった。企業は人なり——まさに箴《しん》言《げん》である。

今さら愚痴ってみても虚《むな》しいだけだが、クレセントへの売却を徹底阻止して、トウボウを破綻《はたん》の道へと押し出してしまった者たちは、どのような思いで生きているのだろう？　能登《のと》の海で命を絶った長谷川真也に、いずれ、あの世で叱《しか》り飛ばされるに違いない。

自分が情けなかった。番匠は長谷川の遺志を継げなかったのだ。

平成一八年一月九日正午に高輪プリンスのさくらタワーで元副会長の伊志井と会った。ノーネクタイに紺ブレザー姿の伊志井の背は少し丸まっていた。彼は別れ際《ぎわ》にポツンとこうもらした。

「会社を辞めてから同じ夢ばかりを見るんだよ。報告が間に合わないと急いでエレベーターに乗り込んだところ、途中で止まってしまう。じりじり焦《あせ》っていると今度は意思に反して急降下してゆく。誰かに報告するのにあわてふためいていた若い頃がよみがえってくるんだね。汗びっしょりになって目覚める」

伊志井の作った苦笑いで、その相手は西峰一斉だろう、と察した。

「以前から危ないと言われ続けてきたトウボウだが、まさか私の在社中にこうなるとは夢にも思わなかった。トウボウを滅ぼしてしまったという苦しみを背負って墓場までゆくのが、私の務めだと思う」

伊志井の潔《いさぎよ》い言葉が心にしみた。責任を痛切に感じなければならない者はもっと他にいる。名門企業の晩節を面子や意地で汚《けが》した輩《やから》である。

一月中旬に鳴沢明彦から会いたいという手紙を受け取った。彼と顔を合わせれば一連の出来事に言及せざるを得ない。愚直な取材を続ける鳴沢のような記者は少なくなった。人目を惹《ひ》く見出しをどこよりも早く載せたい、という意識だけがメディアには先行している。トウボウ粉飾事件はその本質を世の人々に理解されないまま置き去りにされた。

返信を書いた。一七年四月にもらった陣中見舞い状の礼を記し、「亜細亜《アジア》経済」誌を通して真実に立ち向かう勇気を与えられた、としたためた。その上で、まだ当分事件の真相を語る心境にはない。こちらから必ず連絡する。真実は包み隠さず明らかにし、何らかの形で公《おおやけ》にするつもりなのでそれで了解してもらいたい、とまとめた。自己の信条を貫くため社を辞した勇気ある男に、ニューヨークから敬意と熱いエールを送り続ける。番匠は末筆に添え、ニューヨークには長期滞在の予定と追記した。

一月三一日、日本企業再建機構はクレセント株式会社にトウボウ化粧品を事業売却した。トウボウ化粧品はクレセントの傘下《さんか》に入った。かつて激しい攻防を繰り広げたライバル社だ。白皙《はくせき》をほころばせる名取を思い浮かべた。経緯からいっても、最もふさわしい企業だろう。トウボウの化粧品事業を大切に育《はぐく》んでくれれば、と祈るばかりだ。

二月一七日、トウボウOBに衝撃が走った。一二〇年の歴史を誇った本体商標がクレセント傘下の株式会社トウボウ化粧品に譲渡されてしまったのである。ブランドに愛着を抱くOBたちのなかには、旧大阪本部跡地に姿を現し、その場で膝《ひざ》をつき泣き崩れる老人もいた。職業人生を捧《ささ》げるに留まらず、この名門企業に殉じたとまでいえる社員がいたのを番匠も知っている。

唯一の歴史的財産であるコーポレートブランドが永久に失われてしまった。必然的に残存部門を抱えた本体は社名を変更せざるを得なくなる。これでトウボウ株式会社は、二度とこの世に復活できなくなった。完全解体。御家断絶である。

OBたちは、なぜ身体《からだ》を張ってでもブランドの譲渡を阻止しなかったのかと姉島らを厳しくなじった。これまですべての悪を前経営陣に押し付けてきた姉島も、さすがにこの失策までは彼らのせいにはできなかった。「トウボウを再建します」と西峰一斉に大見得を切った姉島だったが、その狡猾《こうかつ》さが取返しのつかない事態を招いたのだ。タナボタで経営トップになってしまった人間の悲劇とでも言うべきだろうか。

三月二七日、東京地裁よりトウボウ粉飾事件で起訴された兵頭元社長に懲役二年、執行猶予《ゆうよ》三年という判決が下された。桜木元副社長は懲役一年半、執行猶予三年。両人とも控訴しなかったため刑が確定した。

沢木がICレコーダーを密《ひそ》かに検察に持ち込んだとある筋から知ったのはこの頃だ。証拠品を検察へ提出すると同時に退職した、と聞いた。故郷に帰ったとの噂《うわさ》を耳にしたが、現在も連絡は取れないままだ。

検察官がICレコーダーを事件関係者に提示するまでには至らなかった。兵頭らは法廷で検察の主張を全面的に受け入れ、津田をはじめとする会計士たちも最終的には検察の意に沿ったかたちの供述をしたからだ。

断崖《だんがい》絶壁に追いつめられていた番匠は、まさに間一髪で救われた。ICレコーダーの存在があればこそ、特捜は山手監査法人に決然と家宅捜索を行ない、平成一四年度連結決算がまとまる経緯を示す重大な証拠資料を見つけたのだ。あのままでは俺は経営浄化調査委員会の餌食《えじき》になりかねなかった。番匠の背筋に冷たいものが走った。

トウボウの元幹部、現役の役員および幹部社員は、事件の本質を深く考えると同時に、判決を厳正に受け止めるべきだ。

いったいどれだけの人間が粉飾の指示や強要に抗《あらが》ってきたのか？

トウボウの粉飾は一九七〇年代から始まり、燎原《りょうげん》の火の如《ごと》く様々な部門に広がっていった。決して一握りの者だけの犯行ではない。OBを含めたほとんどの役員、幹部社員にとって他人事《ひとごと》ではなかったはずだ。「倒産しない限り露見はしない」という甘えが粉飾を加速させていったのだ。

通常、粉飾は経営トップが示唆《しさ》、要請、あるいは指示するもので、それに異を唱えた社員は左遷《させん》されるか村八分になる。よって必然的に組織ぐるみの犯罪になる。仮に権力者の関与しない会計不正があったとしても、企業にさほど打撃を与えるものでなく、世間を騒がすような事態にはならないはずだ。

企業において、権力を握る者の不正を止めるのは難しい。監査にあたる会計士はこうした現実から目をそらすのではなく正面から向き合ってほしい、と切に願う。そこにこそ、公認会計士しか果たし得ない社会的役割が存在するのではないか。

企業の粉飾が表沙汰《おもてざた》になると、経済界の重鎮たちはその行為をいっせいに非難する。それ自体は言うまでもなく正しい。しかし、経営者として債務超過に陥るような事態に直面したとき、いったい何人が自己保身という鎧《よろい》を脱ぎ捨てることができるだろうか。

粉飾は経営トップの過剰な自己愛に由来する。少なくともトウボウではそうだった。たわいない動機だが、それこそが企業粉飾の本質なのだと思う。

戦後経済は護送船団体制のもとで発展してきた。一九八五年のプラザ合意を受け、日本では急速な円高が進行し、政府は円高不況を懸念《けねん》し、低金利政策を採用した。この政策が不動産・株式への投機を異常に加速させ、バブル景気を過熱させたのだ。実体を超えた経済はいつか破綻をきたす。株価は八九年の大納会で史上最高値をつけたあと暴落に転じ、地価も九二年中頃をピークに急降下を始めた。バブル経済はここに崩壊した。

株価と地価の暴落後、想像を絶するほどの不良債権が姿を現した。旧大蔵省を頂点とした護送船団方式の矛盾がそこかしこに露呈し始めた。

北海道を代表する銀行をはじめ、大手金融機関のいくつかが、不良債権の増大や株価低迷のあおりを受け破綻した。金融機関の不良債権が景気の足を引っ張り、さらに不良債権を膨らませるという悪循環が続いたのだ。

消費需要は長く低迷し、デフレ不況に直撃された日本経済は沈滞を続けた。借金の過剰、雇用の過剰、設備の過剰のいわゆる三過剰により長期にわたってもがき苦しんだ。出口を見出《みいだ》せない不況に苦しみ抜く産業界の中で、名門企業トウボウ株式会社は構造的転換のための生贄として、怨念と後悔を抱えながら、荒立つ波間の泡沫《ほうまつ》と化した。

シートに深々と背中を預けた番匠は、我が身を捧《ささ》げてきた企業の歴史を虚《むな》しくたどりながら、そっと瞼《まぶた》を閉じた。


気がつくと機はすでに安定飛行に入っていた。機内では数人のフライト・アテンダントが飲み物を配る準備に取りかかろうとしている。

かつてブラジルを訪れた番匠は「失われたものへの郷愁」というニュアンスを持つ

サウダージなる言葉を現地で知った。愛して止《や》まなかったトウボウを失い、初めてサウダージの肌触りを理解できたような気がしてきた。

二度と戻らぬものを郷愁してもしかたない。サウダージの国で、朝霧ゆうなに出会った。そして彼女に支えられ、癒《いや》され、救われた。

神は大切な一つを失わせたが、新たにより慈《いつく》しむべき別の一つを与えてくれた。人間の生き方を試されておられるのだろうか。そんな想いを心中深く包み込み、愛する女性の待つニューヨークに心を馳《は》せた。

二年後の春、マンハッタンの昼下がり。グランドセントラル駅近くのカフェで番匠啓介はコーヒーを片手にウォールストリート・ジャーナルを開いた。東京発のこんな記事が目に飛び込んできた。

「トウボウはこの世から消えたが、歴史あるトウボウブランドはその名を冠した化粧品会社として残った。強力ブランドをラインナップしたクレセントは欧米資本に新たなる戦いを挑む。新経営戦略下での事業の拡大化が今後期待されるだろう」

一丸となって再出発をはかる新生トウボウ化粧品の姿があった。四二丁目を流すイエローキャブを眺めながら、ほっと胸を撫《な》で下ろした。

クライスラービル、フォード財団ビルから国連本部まで続く通りにはアールデコ調の美しい建築群が並んでいる。毎日五〇万人が利用するグランドセントラルは今日も喧噪《けんそう》が絶えない。

鳴沢に真実をいずれ公表すると約束した。カップの底に残ったコーヒーを呑《の》み干して、番匠は立ち上がった。新たな決意に胸を躍らせる自分を発見したのである。

この長篇は、著者が当事者として体験したある企業の
粉飾事件とその後の崩壊に取材したフィクションです。

この作品は二〇〇八年一一月、アートデイズより『責任に時効なし　～小説 巨額粉飾～』というタイトルで刊行された。文庫化にあたり、全面的な改訂を行なった。

池上彰著　ニュースの読み方使い方

〝難解に思われがちなニュースを、できるだけやさしく嚙み砕く〟をモットーに、著者がこれまで培った情報整理のコツを大公開！

池谷裕二著　脳はなにかと言い訳する
人は幸せになるようにできていた!?

「脳」のしくみを知れば仕事や恋のストレスも氷解。「海馬」の研究者が身近な具体例で分りやすく解説した脳科学エッセイ決定版。

石原たきび編　酔って記憶をなくします

埼玉に帰るはずが気づいたら車窓に日本海。居酒屋のトイレで三点倒立。お巡りさんに求婚。全国の酔っ払いの爆笑エピソード集！

内田幹樹著　査察機長

成田―NY。ミスひとつで機長資格を剝奪される査察飛行が始まった。あなたの知らない操縦席の真実を描いた、内田幹樹の最高傑作。

江上剛著　非情銀行

冷酷なトップに挑む、たった四人の行員のひそかな叛乱。巨大合併に走る上層部の裏側に、闇勢力との癒着があることを摑んだが……。

江上剛著　失格社員

嘘つき社員、セクハラ幹部、ゴマスリ役員――オフィスに蔓延する不祥事の元凶たちをモーゼの十戒に擬えて描くユーモア企業小説。

衿野未矢著
十年不倫の男たち
妻と恋人。二人の女性に何を求めているのか。道ならぬ恋について語り始めた男性たちの、複雑な心理に迫るノンフィクション！

NHKスペシャル取材班著
グーグル革命の衝撃
大川出版賞受賞
人類にとって文字以来の発明と言われる「検索」。急成長したグーグルを徹底取材し、進化し続ける世界屈指の巨大企業の実態に迫る。

小澤征爾著
ボクの音楽武者修行
〝世界のオザワ〟の音楽的出発はスクーターでのヨーロッパ一人旅だった。国際コンクール入賞から名指揮者となるまでの青春の自伝。

大槻ケンヂ著
リンダリンダラバーソール
バンドブームが日本の音楽を変え、冴えない大学生だった僕の人生を変えた——。大槻ケンヂと愛すべきロック野郎たちの青春群像。

太田和彦著
居酒屋道楽
古き良き居酒屋には、人を酔わせる歴史があり、歌があり、物語がある——。上級者だからこそ愉しめる、贅沢で奥深い居酒屋道。

奥田英朗著
港町食堂
土佐清水、五島列島、礼文、釜山。作家の行く手には、事件と肴と美女が待ち受けていた。笑い、毒舌、しみじみの寄港エッセイ。

小西慶三著
イチローの流儀
オリックス時代から現在までイチローの試合を最も多く観続けてきた記者が綴る人間イチローの真髄。トップアスリートの実像に迫る。

佐々木譲著
警官の血（上・下）
初代・清二の断ち切られた志。二代・民雄を蝕み続けた任務。そして、三代・和也が拓く新たな道。ミステリ史に輝く、大河警察小説。

佐藤優著
国家の罠
―外務省のラスプーチンと呼ばれて―
毎日出版文化賞特別賞受賞
対ロ外交の最前線を支えた男は、なぜ逮捕されなければならなかったのか？　鈴木宗男事件を巡る「国策捜査」の真相を明かす衝撃作。

佐藤唯行著
アメリカはなぜイスラエルを偏愛するのか
ユダヤ・ロビーは、イスラエルに利益をもたらすため、超大国の国論をいかに傾けていったのか。アメリカを読み解くための必読書！

佐渡裕著
僕はいかにして指揮者になったのか
小学生の時から憧れた巨匠バーンスタインとの出会いと別れ――いま最も注目される世界的指揮者の型破りな音楽人生。

城山三郎著
官僚たちの夏
国家の経済政策を決定する高級官僚たち――通産省を舞台に、政策や人事をめぐる政府・財界そして官僚内部のドラマを捉えた意欲作。

塩野七生著
マキアヴェッリ語録
浅薄な倫理や道徳を排し、現実の社会のみを直視した中世イタリアの思想家・マキアヴェッリ。その真髄を一冊にまとめた箴言集。

椎名誠著
本の雑誌血風録
無理をしない、頭を下げない、威張らないをモットーに、出版社を立ち上げた若者たち。好きな道を邁進する者に不可能はないのだ！

志水辰夫著
行きずりの街
失踪した教え子を捜しに、苦い思い出の街・東京へ足を踏み入れた塾講師。十数年分の過去を清算すべく、孤独な闘いを挑むが……。

白川道著
終着駅
〈死神〉と恐れられたアウトロー、視力を失いながら健気に生きる娘。命を賭けた恋が始まる。『天国への階段』を越えた純愛巨編！

真保裕一著
ダイスをころがせ！（上・下）
かつての親友が再び手を組んだ。我々の手に政治を取り戻すため。選挙戦を巡る群像を浮彫りにする、情熱系エンタテインメント！

須田慎一郎著
ブラックマネー
―「20兆円闇経済」が日本を蝕む―
巧妙に偽装した企業舎弟は、証券市場で最先端の金融技術まで駆使していた！「ヤクザ資本主義」の実態を追った驚愕のリポート。

新潮文庫最新刊

鈴木敏文著
朝令暮改の発想
—仕事の壁を突破する95の直言—
人気商品の誕生の裏には、逆風をチャンスに変えるヒントが！ 巨大流通グループのカリスマ経営者が語る、時代に立ち向かう直言。

遠山正道著
成功することを決めた
—商社マンがスープで広げた共感ビジネス—
はじまりは一社員のひらめきだった。急成長を遂げ、店舗を拡大するSoup Stock Tokyo。今、一番熱い会社の起業物語。

湯谷昇羊著
「できません」と云うな
—オムロン創業者 立石一真—
昭和初頭から京都で発明に勤しみ、駅の券売機から健康器具まで、社会を豊かにするためあくなき挑戦を続けた経営者の熱き一代記。

岩波明著
心に狂いが生じるとき
—精神科医の症例報告—
その狂いは、最初は小さなものだった……。アルコール依存やうつ病から統合失調症まで、精神疾患の「現実」と「現在」を現役医師が報告。

國定浩一著
阪神ファンの底力
阪神ファンのDNAに組み込まれた、さまざまな奇想天外な哲学。そんな彼らから学ぶ人生を明るく、楽しく生きるヒント満載の書。

井形慶子著
戸建て願望
—こだわりを捨てないローコストの家づくり—
東京・吉祥寺に、1000万円台という低価格で個性的な家を建てた！ 熱意を注ぎ込み、理想のマイホームを手にした涙と喜びの記録。

巨《きょ》額《がく》粉《ふん》飾《しょく》

新潮文庫　し - 70 - 1

平成二十三年四月一日発行

著者　嶋《しま》田《だ》賢《けん》三《ざぶ》郎《ろう》

発行者　佐藤隆信

発行所　株式会社新潮社

郵便番号　一六二―八七一一
東京都新宿区矢来町七一
電話 編集部(〇三)三二六六―五四四〇
読者係(〇三)三二六六―五一一一
http://www.shinchosha.co.jp

価格はカバーに表示してあります。

乱丁・落丁本は、ご面倒ですが小社読者係宛ご送付ください。送料小社負担にてお取替えいたします。

印刷・株式会社光邦　製本・憲専堂製本株式会社

ISBN978-4-10-134437-9 C0193